新版

うつほ物語 六

現代語訳付き

室城秀之＝訳注

24105

はじめに

新版『うつほ物語』をお届けします。

『うつほ物語』は、わが国初の長編物語で、清少納言と紫式部も読んだ作品です。『源氏物語』以上に物語らしい作品だとの評価がありながらも、巻序の混乱や本文の重複などの乱れもあって、研究が後れていました。今回、全二〇巻を六冊に分けて、注釈と現代語訳を施しました。全六巻の内容をごくごく簡単にまとめてみましょう。

第一冊　巻一「俊蔭《としかげ》」の巻から巻四「春日詣《かすがもうで》」の巻
　琴《きん》の家を継ぐ藤原仲忠《なかただ》の誕生と、源正頼《まさより》の娘あて宮をめぐる求婚の物語

第二冊　巻五「嵯峨《さが》の院」から巻八「吹上《ふきあげ》・下」
　あて宮の春宮入内《とうぐうじゅだい》に向けての求婚の進展の物語

第三冊　巻九「菊の宴」から巻十二「沖つ白波」
　あて宮の春宮入内後の物語と、仲忠と朱雀帝《すざくてい》の女一の宮の結婚の物語

第四冊　巻十三「蔵開《くらびらき》・上」から巻十五「蔵開・下」
　仲忠と女一の宮との間のいぬ宮誕生と、琴《きん》の家を継ぐ仲忠の自覚の物語

第五冊　巻十六「国譲《くにゆずり》・上」から巻十八「国譲・下」

朱雀帝の譲位の後の春宮立坊をめぐる物語

第六冊　巻十九「楼《ろう》の上・上」と巻二十「楼の上・下」

いぬ宮への秘琴伝授《ひきんでんじゅ》の物語

本書第六冊目の読みどころを簡単に説明しましょう。いぬ宮が六歳になった年に、仲忠は、いぬ宮に秘琴《ひきん》を伝授することを計画して、祖父俊蔭の故地である京極殿《きょうごくどの》の築山《つきやま》に東西の二つの楼を造ります。東の楼がいぬ宮、西の楼が尚侍《ないしのかみ》（俊蔭の娘）の楼です。いぬ宮は八月十三日に京極殿に移り、三日間の宴の後から、尚侍によって、四季の移ろいと交感しながら一年をかけて伝授が行われました。翌年の八月十五日に秘琴伝授が完了していぬ宮が楼を下りて琴を披露することが決まります。その日は、嵯峨《さが》の院と朱雀《すざく》院の二人の院をはじめ、多くの人々が京極殿に集まりました。尚侍が二人の院の要請で弾いた琴の音は、奇瑞《きずい》を起こし、遠く、内裏にいた帝のもとにも届きます。尚侍はさらに清原俊蔭の遺言にあった波斯風《はしふ》の琴を弾き、いぬ宮の琴も披露されて、人々を感動させました。この日の禄《ろく》として、尚侍は正二位《しょうにい》が加階され、亡き俊蔭は中納言が追贈され、京極殿にも従五位下の位が贈られて、俊蔭一族の秘琴伝授の物語を語り終えました。

室城《むろき》秀之《ひでゆき》

目次

楼の上・下

凡例

一　本書は、尊経閣文庫蔵前田家十三行本を底本として、注釈と現代語訳を試みたものである。できるだけ底本に忠実に解釈することにつとめたが、校注者の判断で校訂したところがある。校訂した箇所は算用数字（1、2……）で示し、「本文校訂表」として一括して掲げた。

一　本文の表記は、読みやすくするために、歴史的仮名遣いに改め、句読点・濁点、送り仮名・読み仮名をつけ、踊り字は「々」以外は仮名に改めた。会話文と手紙文には、「」を付した。

一　和歌は二字下げ、手紙は一字下げにして改行した。

一　内容がわかりやすいように、章段に分けて、表題をつけた。

一　注釈は、作品の内容の読解の助けとなるように配慮した。注番号は、章段ごとにつけた。注釈で、同じ章段の注を参照させる場合には注番号だけ、同じ巻の別の章段の注を参照させる場合にはその章段と注番号、別の巻の注を参照させる場合にはその巻の名と章段と注番号を示した。

一　現代語訳は、原文に忠実に訳すことを原則としたが、自然な現代語となるように、言葉を補ったり、語順を入れ替えたりした部分がある。本文が確定できないところでも、前後の文脈から内容を推定して訳した場合には、脚注でことわった。また、推定が不可能な場合には、底本の本文をそのまま残して、（未詳）と記した。現代語訳の形式段落は、現代語の文章として自然な理解ができるように分けた。そのために、本文の形式段落と異なるところがある。

一　この物語には、絵解《えと》き・絵詞《えことば》などといわれる部分がある。本来的な本文なのか、後に加えられたものなのか、議論が分かれている。本書では、この部分も本文として読む立場を取った。そのため、ことさらに、「絵解き」「絵詞」などと名をつけずに、［　］で区別して、そのまま、本文として読めるようにした。

一　登場人物の名には、従来の注釈書を参照して、適宜、漢字をあてた。

一　各巻の冒頭に、「この巻の梗概」と「主要登場人物および系図」を載せた。

一　六冊目には、巻一九「楼の上・上」、巻二〇「楼の上・下」を収録した。

楼の上・上

この巻の梗概

仲忠《なかただ》は、石作寺《いしつくりでら》に物忌みに出かけて、そこで、一条殿にいた藤原兼雅《かねまさ》の妻宰相の上と男君（小君《こぎみ》）と出会って、父兼雅に勧めて、二人を三条殿の東の一の対に迎える。小君は、仲忠を父親のように慕う。一方、仲忠の男君（宮の君）は、三条殿で育てられ、祖父兼雅を父親のように慕う。

いぬ宮は、六歳になった。物語は、清原俊蔭《としかげ》一族の秘琴《ひきん》伝授の物語をふたたび語り出し、物語を収束させようとする。母尚侍《ないしのかみ》（俊蔭の娘）に依頼して、いぬ宮に秘琴を伝授することを計画し、三月から、祖父俊蔭の故地の京極《きょうごく》に屋敷（京極殿）を造営する。京極殿は、築山に東西の二つの楼を造り、二つの楼を高い反橋《そりばし》で繋《つな》いだ。

主要登場人物および系図（楼の上・上）

◇は系図の中に重複して出ている人

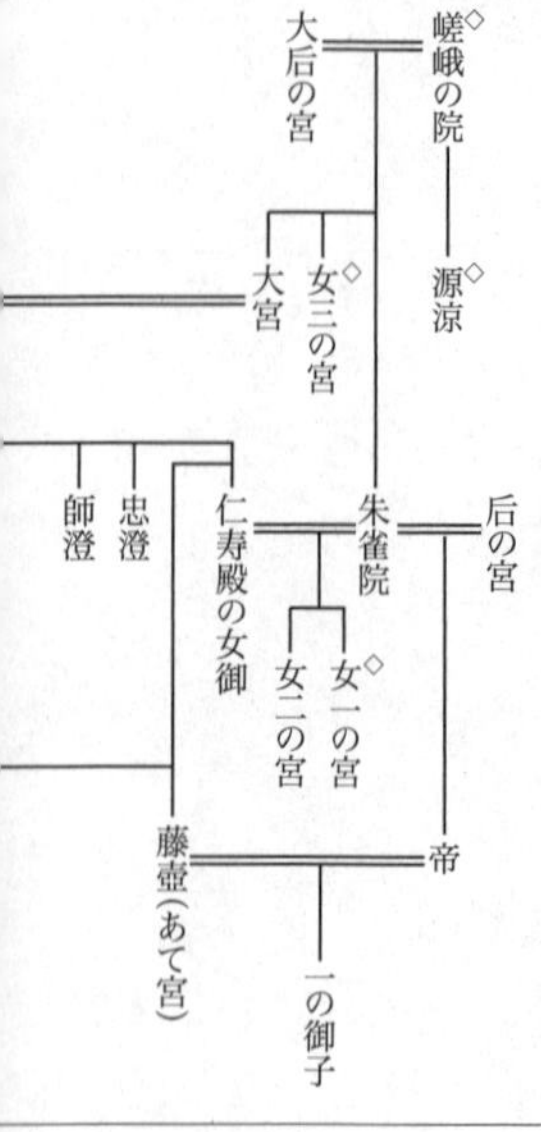

八月十三日に、いぬ宮は京極殿に移る。その日は、兼雅や女一の宮をはじめ、多くの人々が京極殿に集まり、三日間の宴が催された。

宴が終わって、兼雅や女一の宮も帰り、いよい

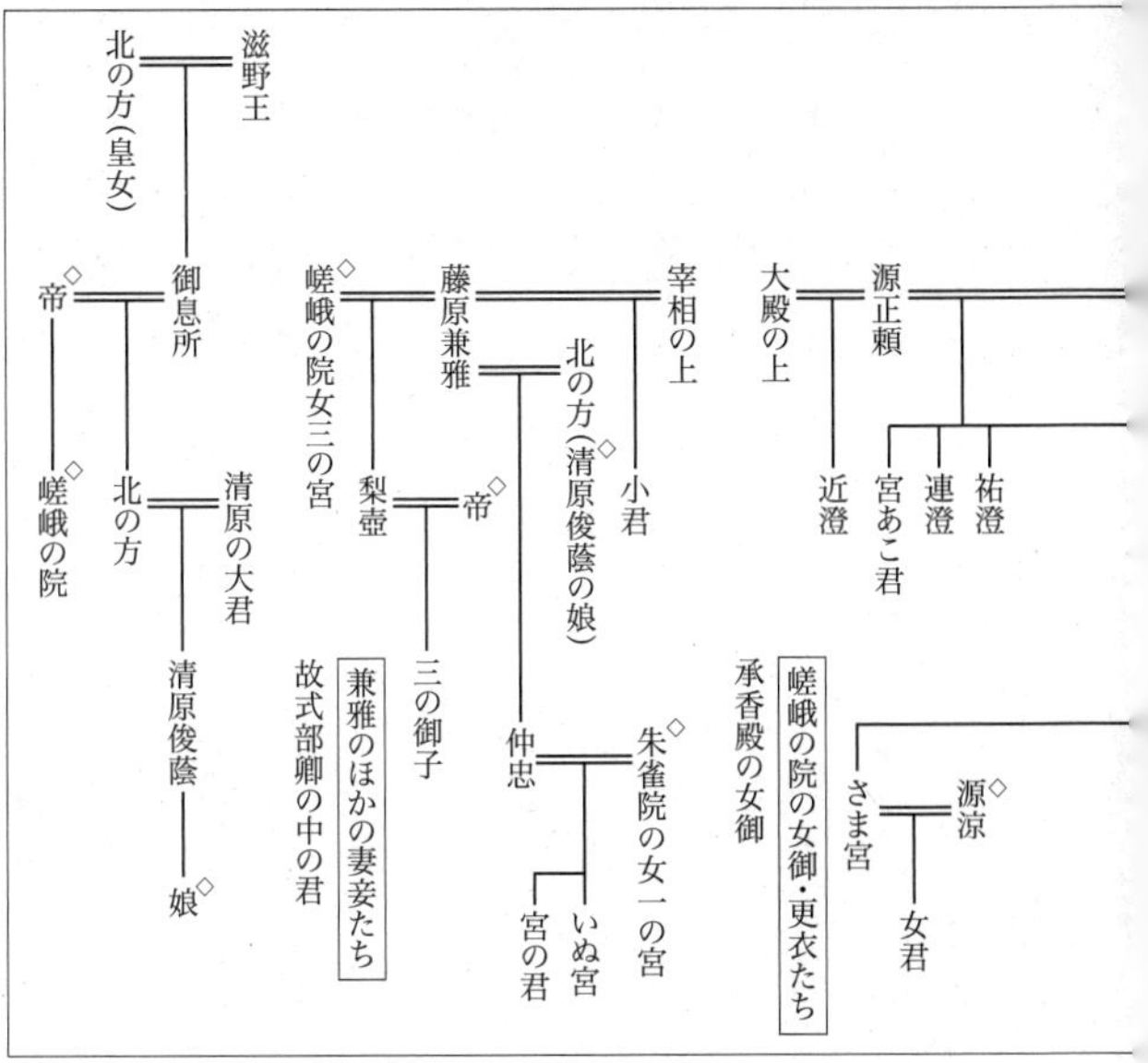

よ一年をかけてのいぬ宮への秘琴伝授が始められることになる。

一　兼雅、仲忠に、一条殿にいた宰相の上を捜させる。

一三条の右大臣殿の、二かの一条殿の対どもに居給へりし御方々、三宮迎へられ給ひて、今は限りなめりとて、思ひ思ひに渡り給ひにし中に、西の一の対に、四源宰相の、

宰相の上五古里に多くの年は住みわびぬ渡り川には訪《と》はじとやする

と書きつけ給へりしを、殿、おはして見つけ給ひて、兼雅「心深くをかしう、容貌《かたち》なども事なむなかりしを、いかで、こればかりを、あり所を聞かましかば、尋ねてしかな」とのたまへば、六尚侍《ないしのかみ》、「いとよきことなり。宮のおはしける所に、あまた、さてものし給ひけるを、七女子《をんなご》もなくさうざうしき。所は八広うおもしろうめでたきに、もとのやうにてものし給はば、聞こえ交はしてあらむ」とて、九右大将の参り給へるに、1尚侍「ここにのたまふめること、なほ、2御心とどめて尋ね給へ」と聞こえ給へば、げに一〇長くと思す。

一　底本「三条右大臣殿」。藤原兼雅。
二　「俊蔭」の巻【四八】、「蔵開・中」の巻【三】など参照。
三　嵯峨の院の女三の宮。女三の宮が兼雅に引き取られたことは、「蔵開・下」の巻【七】～【一二】参照。
四　「源宰相」は、「源宰相の娘」の意。宰相の上。
五　「蔵開・下」の巻【三九】注三参照。ただし、歌句に異同がある。
六　「尚侍」は、兼雅の北の方。仲忠の母。
七　ここには女の子もいなくて寂しく思っています。「国譲・下」の巻【五三】注四参照。
八　「所」は、三条殿。
九　仲忠。
一〇　「長く」は、「心長く」の意。

二　兼雅、仲忠に、承香殿の女御腹の斎宮のことを語る。

かかるほどに、朱雀院《すざくゐん》[1]の御はらから、[一]承香殿《そきやうでん》の女御《にようご》と聞こえし御[2]腹の、斎宮《さいぐう》にておはしつる、女御隠れ給ひぬれば、上《のぼ》り給はむとて、[3]右大臣殿のたまふやう、[兼雅二]「この宮の御母方も離れ給はねば、早う近うて時々見奉りしに、御容貌《かたち》清げにてをかしくおはせしが、折々に聞こえ交はししに、[三]何かはと[4]思《おぼ》し契りしを、にはかに下《くだ》り給はむとせしに。[四][5]また、かく見つけ奉りて、異《こと》ことも[6]おぼえでなむ」。大将の[五]侍りし、[仲忠]「げに。[六]ものせられずは、忍びて、たまさかに、さやうにありなまし。まだ、御歳も若うおはすらむかし。何かは。今も、さおはせかし」。[兼雅七]「宮、いかが思さむ。かたじけなけれども、ここには、大将の歳のほど見給[7]ふるに、[八]今にあらねばこそ」と聞こえ給へば、[仲忠]「いさや。なほ、すさめ言《ごと》なり。今、[九][8]かの一条[9]の西の対の君は尋ね侍らむ」と聞こえ給ふ。

一　嵯峨の院の女御。「内侍のかみ」の巻【八】注六参照。
二　承香殿の女御が、藤原氏の出身で、兼雅と近しい関係だったことをいう。
三　「何かはと思し契る」は、女御が兼雅の気持ちを受けて将来を契ったことをいう。
四　ふたたび、こうして親しくお会いすることになって、どう振る舞っていいのかわからなくて。
五　客体敬語の「侍り」を地の文で用いた例である。
六　斎宮になって下向なさらなかったら。
七　斎宮。
八　今のように女一の宮と結婚していなければ、斎宮は、あなたにどうかと思う。
九　「かの一条の西の対の君」は、宰相の上。

三　仲忠、石作寺で、宰相の上と小君と出会う。

かくて、[一][1]石作寺《いしつくりでら》の薬師仏《やくしぼとけ》現じ給ふとて、多くの人詣で給ふ。[二]大将の、御物忌《ものいみ》し給はむとて、いと忍びて、一所《ひとところ》、御供に人多くもなくて参り給へり。げに、いみじう騒がしきまで、人詣でたり。暁には、皆出《い》でぬ。

[三]この御局《つぼね》の傍らにとどまりたる人、いとあてはかにゆゑゆゑしき声して、上に、人二人ばかり、[四]下仕《しもづか》へなめり、人にいたうも隠れで、几帳《きちやう》の[2]綻《ほころ》びより見えたるも、めやすし。大徳《だいとこ》の、御堂《みだう》の内より来ためれば、[五]乳母《めのと》なるべし、さやうのおとなおとなしき声にて、「この君の御こと[3]よかんべく祈り給へや。『親におはする殿に知られ奉り給へ』と申し給へ。[六][4]上いと心苦しうなむ思《おぼ》し嘆くを見奉る」など言ふ。[5]親子あるにやあらむ、あはれなることなりや、[七]親子と見ず知らざらむよ、誰ならむと[6]聞き居給ふほどに、八つ九

一 「石作寺」は、山城国乙訓郡にあった寺。参考、『延喜式』巻二一玄蕃寮「凡近都諸寺、東拝志以北、西石作以北」。
二 底本「大将の」。「大将殿」の誤りと見る説もある。
三 仲忠の御局。
四 挿入句。
五 挿入句。
六 「上」は、母上の意。
七 その子は、父親と会ったこともなく父親に知ってももらえずにいるのだろうな。
八 「よほろ」は、膝の後ろの窪んだ部分。『和名抄』形体部手足類「膕　与保路曲脚中也」。参考、『栄華物語』巻一「(八歳の永平親王は)御髪などいとをかし

つばかりなる男子《をのこご》、髪も[八]よほろばかりにて、搔練《かいねり》[7]の濃き袿《うちき》[8]一襲《ひとかさね》、あて[九]桜の直衣《なほし》のいたう萎《な》れ綻《ほころ》びたるを着て、[一〇]白ううつくしげに、あてにうつくしげなる、[一一]化粧《けさう》[9]もなく、ただ見に立ち出でて、外《と》の方見立ちたり。よう見給へば、[一二]宮の君の顔に似たり。声は、いとあてになまめかしう愛敬《あいぎやう》づきて、幼げにものなど言ふ。

いとうつくしげに見給へば、見合はせ給ひて、扇して招き給へば、うち笑みて、ふとおはしたり。内に、いとあてなる声にて、[母]「かれ呼び給へ。かの君は、いづちぞ。あな見苦し」と言へば、[乳母]「おはしませ。おはしませ」と言へども、聞かず。大将、膝《ひざ》に据ゑ給ひて、[仲忠]「母君は、ここにか」とのたまへば、[子]「おはすめり」。[仲忠]「誰《た》が御子ぞ」。[子]「知らず」。[仲忠]「御父《てて》は、誰とか、人は聞こゆる」。[子]「[一三]右の大将とかや、人は言へど、まだ見え給はず。呼ぶなり。まうでなむ」とて[一四]立ち給ふ。

あやしきことかな、[一五]西の対の君にこそ、[10][兼雅]「児《ちご》ありしを、ただ一目見ずて、祖母《おば》君なむ、愛《かな》しうして取り込めてし」とのたまひし

げにて、よほろばかりにおはします」。

九「桜の直衣」は、桜襲（表は白、裏は濃い紫）の直衣。

一〇 すぐ下にも、「あてにうつくしげなる」とある。

一一「化粧もなく」は、気にする様子もなくなどの意か。

一二「宮の君」は、仲忠の長男。

一三「右の大将」は、兼雅をいう。昔、父親は右大将だと教えられたのである。

一四 まだこの子が兼雅と宰相の上との間に生まれた小君だと明かされていない。この段階での「給ふ」の敬語は唐突である。

一五「西の対の君」は、宰相の上。「蔵開・下」の巻【三八】に、「西の一の対におはするは、宰相ばかりの人の御娘、若くて奉りたるなりけり」とあった。

にやあらむと、あはれにもあべきかな、それにやあらむ、なほ気色見むと思して、硯《すずり》召し寄せて、

仲忠 一六「渡り川いづれの瀬にか流れしと尋ねわびぬる人を見しかな

一七 11おぼえさせ給ふや。まめやかには、いかでか承り12にしかな。一八しるべは、いとよう、ここに」

と書き給うて、13上に近う使ひ給ふ童《わらは》して奉り給ふとて、仲忠 一九「この御返り賜うてなむ、若君を」と聞こえ給ふ。

取り入れさせて見給へば、二〇大将の御手なめり、いといみじう恥づかしう、いかに見給ふらむとおぼえ給へど、二一仏の御しるしもあらむと、うれしう思す。白き色紙に、

宰相の上「いとおぼつかなう思ひ給へらるれど14。

二二 渡り川誰か尋ねむ浮き沈み消えては泡となり返るとも

えおぼえずぞ侍《はべ》る」

二三とも書き給へり。

思ひあてに、かの見給ひし手よりはいとなまめかしうあてに書

一六 「渡り川（三途の川）」と詠んで一条殿を出て行った人は、どこの川の瀬に流れて行ってしまったのかと思って捜しあぐねていましたが、今ようやくその人を見つけることができました。
一七 底本「おはしませ給や」。次の宰相の上の返事に「えおぼえずぞ侍る」とあるので、「おほえさせ給や」の誤りと解する説に従った。
一八 「しるべ」は、道案内をする人の意で、小君をいう。宰相の上の、前の「かの君は、いづちぞ」による言葉。
一九 このお返事をくださってから、若君（小君）をお返しいたします。
二〇 「大将」は、現在の右大将仲忠をいう。
二一 石作寺の本尊の薬師仏。
二二 「誰か尋ねむ」は、反語表現。「誰か尋ねじ」の意。
二三 「とも」の「も」は衍か。

きたれど、それなめり、げに、二四紛《まが》へる心かなと思す。

立ち返り、

「《仲忠》心憂く。二五もて離れては思されじものを。[15]今よりは、親二六などと[16]こそ頼み聞こえさせむと思う給へらるれ。いとまめやかに、年ごろ、『《兼雅》いかでものせさせ給ふらむ』と嘆き聞こえ給ひて、『二七思ひのほかならぬ御さまにてものせさせ給はば、御迎へも、いかでか』[17]などなむ聞こえ給ふ。二八一人、心細くて思う給ふるに、[18]いとうれしく見奉るも、いと頼もしくなむおぼえ侍る。『二九殿をば、かたじけなけれど、三〇さる方に思ひ聞こえ給ひて、心やすく思さば、取り分きて』となむ、三一君には語らひ聞こえさする」

と聞こえ給へり。

小君には、「《仲忠》まろが弟《おとうと》におはしけれど、子のやうに[19]思ひ聞こえむ」など、いとよう語らひ聞こえ給ふ。いと思ふやうにめでたきさまにて、かうのたまへば、見馴らひ給はぬ幼き心地には、いとうれしくて、「《小君》まろも思ひ聞こえむ」など聞こえ給ふに、「おは

二四　人違いをしたと思わせるようにしているのだな。

二五　他人のようには思っていただきたくはありませんのに。

二六　係り結びが調わない。「親などとこそ頼み聞こえさせめと思う給へらる」とあるべきところ。

二七　「思ひのほかならぬさま」は、結婚していることをいう。

二八　「一人」は、仲忠に男の兄弟がいないことをいう。

二九　「殿」は、兼雅。「殿をば」は、「さる方に思ひ聞こえ給ひて」に係る。

三〇　「さる方に」は、夫としての意。

三一　「君」は、宰相の上。

せ」とあれば、入り給ひぬ。御乳母《めのと》など、限りなく喜ばしう思ふ。

四　仲忠、宰相の上に対面する。

日暮れて、屏風《びやうぶ》のもとにて対面し給へり。いとあてに、けはひなども、一式部卿の君よりも心憎く恥づかしげにものし給へり。二院の女御の御声におぼえ給へり。若君の御ことも、おいらかにのたまふさま、恥づかしげなり。「《仲忠》今、必ず御迎へ侍《はべ》りなむ。しかしかなむ、常に聞こえ給ふ」とのたまへば、「《宰相の上》三何か、みづからは。四常語り弄《ろう》ずる人にて侍《はんべ》らむも見苦し。五心苦しう見給へる人は、六かの御心は頼もしげなくおぼえ給ふを、げに、七御心とどめさせ給はむこそは、頼もしう侍らめ」。大将、「《仲忠》いかが」など聞こえ給うて、八「やがて率《ゐ》て奉らむ」とのたまへど、「《宰相の上》今、まづ、さる人など聞こえ給はむに、げにと思し出《い》づること侍らばこそ」とのたまふ。

またの日も、九呼び奉り給ひて、御果物《くだもの》など参り給へど、遊びを

一　故式部卿の宮の中の君。兼雅の妻妾の一人。「式部卿の宮の君」の誤りと見る説もある。

二　「院の女御」は、朱雀院の女御。仁寿殿の女御。宰相の上と仁寿殿の女御に同じ源氏として血縁関係があることを匂わせていると解する説もある。後に、女御の妹の藤壺にも似ているともある。【七】注三〇参照。

三　倒置法。私は、お迎えいただくわけにはまいりません。

四　「語り弄ず」は、噂して馬鹿にするなどの意。

五　「心苦しう見給へる人」は、小君をいう。

六　「かの御心」は、兼雅の心をいう。

七　「御心」は、仲忠の心をいう。

のみし給ふ。大将の詩《し》誦《ずん》じ給へば、声いとをかしうて、もろともに[一〇]具し給へば、[仲忠]「いとうつくしう。誰か、[2][一一]教へ奉りしは」。[小君]「母君」と聞こえ給へば、[一二]をかしかりけりと思す。

三日果てぬれば、出で給ひなむとす。[仲忠][一三]「いづくより参り来べき」と聞こえ給へば、[宰相の上]「言ひ知らぬ山里のやうになりたる侍り。御覧ぜむにも、いとあやしげになむ侍る」と聞こえ給ふ。

同じほどに出で給ふ。[一四]御君の御供に、殊に人もなし。御迎へに参り給へるさるべき人、むつましき人を、[仲忠][一五]「参れ」とて添へ奉り[3][4]給ふ。

[一六]西の大宮なりけり。一町なれど、いみじう荒《あば》れて、いとかすかなり。祖母《おば》も、かくなむと聞こえ給ひて、限りなく喜び給ふ。人どもに、果物《くだもの》・肴《さかな》など、清げにして出だし給へり。

八　この寺からお帰りの際に、そのままお連れ申しあげましょう。
九　仲忠殿が小君を。
一〇　「具す」は、ここは、小君が仲忠の声に合わせて琵琶を弾いたことをいう。小君と宰相の上が琵琶を弾くことは、【七】【九】参照。
一一　倒置法。
一二　あの母君から習ったから、こんなに上手だったのだな。
一三　お迎えにうかがうには、どのように参ればよろしいのでしょうか。
一四　底本「御君」の表現は異例。仲忠をいう。仲忠は、【三】に、「御供に人多くもなくて」とあった。
一五　宰相の上のお供をせよ。
一六　西の大宮大路。宰相の上が住む所。西の京は、人の家も少なくさびれた地だった。

五　仲忠、寺から帰り、兼雅に宰相の上母子のことを報告する。

大将は、やがて殿[一]に参り給ひて、(仲忠)「物忌みし侍《はべ》らむとて[1]、石作《いしづくり》に籠もりて侍りつるに[2]、しかしかの人なむ[二]、いとうつくしげにてこそおはしけれ[三]。はや、今日明日にても迎へ奉らせ給へ。東《ひんがし》の一の対の南かけてこそはよく侍らめ」など聞こえ給へば、(兼雅)「いさや。心などの思ふやうによくもあらずは、御《み》ためにも面目《めんぼく》なくこそは。[四]左のおとどの、[五]具者《ぐさ》のやうにて、[六]ゆうゆうと引き連れて歩《あり》き給ふに、一人なれど、[七]かれを圧《お》し伏すばかりにものし給ふこそ[八]、世の中の人も、なかなかかうて[3]と思ひたるを、[九]なまよろしくてあるべき」とのたまへば、大将・尚侍《かん》のおとど聞こえ給ふ[4]、(仲忠)「[一〇]すべて、御心狭《せば》く思ほせばなりけり。たとひ、人[一一]のはらから、なま悪《わろ》くても、侍らむからに、それ[一二]につけてやおぼえの劣らむ」。(尚侍)「思ふやうにものし給はずとも、それにつけてこそ、いとど、[一三]かのすぐれた

一　父兼雅の三条殿。
二　係助詞「なむ」の結びがない。
三　「いとうつくしげにて」は、小君のことをいう。
四　「左のおとど」は、左大臣源正頼。
五　「具者」は、お供の者、従者。平安時代の仮名作品にほかに例が見えない語。
六　「ゆうゆうと」、未詳。「ゆくゆくと」の誤りと見る説もあるが、「悠々（いういう）と」と解した。
七　「かれ」は、正頼の男君たちをいう。
八　係助詞「こそ」の結びは、「思ひたるを」の部分で流れているか。
九　異腹の弟などがいるのはあまりいいことではないでしょう。
一〇　以下「おぼえの劣らむ」までを仲忠の発言、「思ふや

るさまは見聞こえ給ふ[5]べかめれ。いと心憂き御もの言ひなりや。はや迎へ奉り給へ」と聞こえ給へば、（兼雅）「いざ、さ、はや、ともかくも」と聞こえ給ふ。

六　兼雅、仲忠に勧められて、宰相の上に手紙を書く。

大将、（仲忠）「今朝の御送りに、人奉りつるに[1]、かの住み給ふなる所は、いみじう荒《あ》れて、心細げになむ侍《はべ》るなる。まづ、御文なども、ただ今はものせさせ給ひてや、よく侍らむ」とのたまふ[2]気色、いとすがすがし[3]。（兼雅）「昔、あはれ、源《ぐゑん》宰相の、『行く末[一]、やむごとなき人おはすとも、なほ、これ[二]、心苦しう見給へ。え避《さ》らず[4]、心細くものはかなきさまにて散り[三]侍らむ[5]は、いと悲しかるべくなむ』と、『容貌《かたち》は、世にも、よにいと多く侍らむ。心には、え憎ませ給はじ』と言ひしものを。何[四]をかは遣《や》るべからむ」とのたまへば、（仲忠）「かく心深かりける御心を、いかに[五]。さて、頼もしかりける。い[六]

うに」以下を尚侍の発言と解した。
二　「人のはらから」は、異腹の兄弟の意か。
三　反語表現。「それにつけておぼえの劣らじ」の強調表現。
三　「かの」は、仲忠の意。

一　将来、身分の高い方が北の方におなりになっても。宰相の上が女三の宮よりも早く結婚したことになるか。
二　「これ」は、宰相の上をいう。
三　「散る」は、捨てられるの意。
四　どんな物を贈ったらいいだろうか。
五　「いかに」は、「いかに喜び給はむ」などの意。
六　「いでや」は、「いでや、いかがせまし」の省略で、贈り物はどういたしましょうの意。

でや」とて、「尾張《をはり》より奉りし唐櫃《からうづ》あらば、入り物ながらやよか[6]らむ」とて召し出《い》でたり。片つ方に、絹二十疋《ぴき》、綾《あや》十疋、いま一つ方には、尚侍《ないしのかみ》、「[七]ここに物入れむ」とてのたまひて、掻練《かいねり》の綾の衣《きぬ》一襲《かさね》、薄色《うすいろ》の織物の細長、[7]袴《はかま》[8]一具《ひとぐ》、[八]山吹の綾《あや》の三重襲《みへがさね》、[九]にそき給はむとて、[一〇]斑絹《まだらぎぬ》と入れ給ふ。

御文は、

兼雅「あさましう、年ごろになりにけり。おぼつかなさ、心よりほかにてなむ。いづくとも[9]知らせ給はざりけるもことわりなれど、よろづ心憂く。大将聞こえられければ。[一一]あはれなる人も、あやしう、またも見せ知らせ給はざりしかば、いとおぼつかなきを。今は、さてのみは、[10]いかでかは。いとよう、心やすくて渡り給ひぬべき所なむ侍る。御迎へ、少し。[一二]心苦しき人の恋しさも。

[一三]住み馴《な》れし垣穂《かきほ》離れて年経《ふ》れどわが常夏《とこなつ》はいつか忘れむ

[一四]『さりとも』とかや。さて、これは、ただ今、人のものし給ふめる。何にかあらむ」

七　こちらには、私のほうで何か入れましょう。

八　「山吹の綾の三重襲」は、上の「袴」の説明か。

九　「にそき」、未詳。

一〇　底本「またらきぬ」。「斑絹」と解する説に従ったが、未詳。

一一　「あはれなる人」は、小君をいう。

一二　「心苦しき人」も、小君をいう。

一三　「垣穂」に宰相の上を、「常夏」に小君をたとえる。「常夏」は、撫子。

一四　「さりとも」、未詳。歌による表現か。

一五　「殿人」は、宰相の上の屋敷に仕える人。

一六　「唐土」は、遠いもののたとえ。「とこ（常）夏」に

とて、早くかの御方に心寄せにてありし、大和介《やまとのすけ》なる人を召し出でて奉り給ふ。

[一五]殿人出で会ひて、めづらしがり、御《おほん》返り、

宰相の上[11]「めづらしく見給へ[12]つるは。げに、おぼつかなきほどになりにけるにや。

[一六]唐土《もろこし》になりにし仲のとこ夏を露とおき臥《ふ》し我ぞ忘れぬ

心苦しく思《おぼ》すなるは、ともかくもの[13]せさせ給へかし。[一七]これは、[一八]またや隔てむと見給ふる[14]も、今さらに、あいなき方や」

と聞こえ給へり[15]。

御返り、尚侍《かん》の殿に、兼雅「これ見給へ。手[16]をこそ、この気近く見し人々よりは、よく書きたれ。見どころあるさまに[17]、をかしくぞ書きたるや」。尚侍《かん》の殿、「げに、いとをかしげなり」と、「取り分きて、思ひはらからなどいひ、むつましき人もなし。心細きに、[一九]心ざまなども思ふやうにおはすなり、さ取り分きて思ひ聞こえば。大将をも、[18]族《やから》のやうに思ひ給ふべし。[二〇]あやしく、おとなおとなし

「床」、「おき」に「置き」と「起き」を掛ける。「常夏」に小君をたとえる。参考、『古今集』恋五「唐土も夢に見しかば近かりき思はぬ仲ぞ遥けかりける」（兼芸）。

一七 「これ」は、贈られた絹・綾や衣装をいう。

一八 「隔つ」は、「衣」の縁。あるいは、引歌があるか。参考、『拾遺集』恋三「衣だに中にありしは疎かりき逢はぬ夜をさへ隔てつるかな」（詠人不知）、『後撰集』恋三〈離れ方になりにける男のもとに装束調じて送れりけるに、「かかるからに、疎き心地なむする」と言へりければ〉「つらからぬ中にあるこそ疎しと言へ隔て果ててし衣にやはあらぬ」（小野遠興の娘）。

一九 挿入句。

二〇 「あやしく」は、「言ひ合はするに」に係る。

くなられたれども、まづ、はかなきことも、おのれと言ひ合はするに、[二一]亡くなりたらむ世に、[19]さうざうしと思ひ惑はむも、いとあはれなり」と、[二二]殿にも聞こえ給へば、[兼雅二三]「ゆゆしき言《こと》は、うたてあり。大将の、あひ思ひ、かたみに後ろやすく思ひ給はむには、い[20]ともよろしき心ざまぞ。あはれ、[二四]宮の君こそ、[21]やむごとなく思ひ聞こえし効《かひ》なく、ものはかなく言ふ効《かひ》なけれ」などのたまふ。

かくて、東《ひんがし》の一の対、[二五]大将の御物忌《ものい》みなどに時々渡り給ふ所なり、さるべきさまにしつらはせ給ひ、[22]屏風《びやうぶ》どもなど立てさせ給ふ。

七　仲忠、宰相の上の屋敷を訪れる。

大将、[一]明日の夜《よ》とておはしたり。木ども、前栽《せんざい》などは、数あまたありけれど、[二]げに、山里のやうになりにけり。対ども、廊など傾《かたぶ》き、あやしきさまなり。人の音もせず。[1]東《ひんがし》の方に寄りたる格子の[三]二間《ふたま》ばかり上《あ》げためり。未申《ひつじさる》の外《と》より見入れ給へば、[四]中の障子《しやうじ》

二一　私が死んだ後で。
二二　「殿にも」、不審。
二三　「ゆゆしき言」は、尚侍の「亡くなりたらむ世に……」の発言をいう。
二四　「宮の君」は、故式部卿の宮の中の君。「蔵開・下」の巻【三】参照。【四】注一でも、宰相の上と比較されていた。
二五　挿入句。

一　「明日の夜」は、宰相の上を明日迎えることになる日の夜の意。
二　宰相の上は、仲忠に、【四】で、「言ひ知らぬ山里のやうになりたる侍り」と言っていた。
三　「の」は衍か。
四　「中の障子」は、部屋を仕切る襖障子。

も毀《こほ》れたり。南の簀《す》[五]より上《のぼ》りて覗《のぞ》き給へば、東の[2]妻戸の簾《すだれ》上《あ》げて、[六]人もなしめし居たり。母屋《もや》の[3]柱に、いと濃く黒き袿《うちき》の艶《つや》やかなる一襲《ひとかさね》、薄き縹《はなだ》の綾《あや》[七][4]の張綿《はりわた》重ねて着て居たる人の、髪、糸を縒《よ》りかけたるやうに艶やかに長げなり。額《ひたひ》にかかれるほど、いとうつくしげなり。聳《そび》やかになまめかしき容貌《かたち》、尚侍《ないしのかみ》[5]の御様体《やうだい》・容貌におぼえたり。[八]ありし君、[6]掻練《かいねり》[九][7]の小袿《こうちき》ばかりうち着給ひて、[一〇]鶴脛《つるはぎ》にて、いと小さくをかしげなる琵琶《びは》を掻《か》き抱《いだ》きて、前に居給へば、いとうつくしと思ひ給うて、髪掻きやり給ふ手つき、いとうつくしげなり。この君、琵琶を、ふとをかしくらうらうじく[一一]をかしく弾き給ふ。[8]母君、「《宰相の上》今さへ、この小さき琵琶を弾き給ふは、いと見苦しからむは」とのたまへば、「《小君》さは、[一二]御膝《おんひざ》に居て弾き侍《はべ》らむ。ただ倒《たふ》れにて[9]侍り」とて、[一三]大きなるを弾き給ふ。いと上手《じやうず》なり。これを弾き給ふを、[一四]殿に見せ奉らまほしくおぼえ給ふ。

大将うちしはぶき給へば、驚きて、几帳《きちやう》引き寄せ給ひて、[一五]この君して、御褥《しとね》出《い》だし給へば、「《仲忠》[一六]仰せかたじけなし」とて掻き抱き

五「簀」は、「簀子」に同じ。

六「人もなしめし」、未詳。

七「張綿」は、真綿の綿入れの衣か。参考、『落窪物語』巻一「（継母が）おのが着たる綾の張綿の萎えたるを（姫君に）着せさせ給へば」。

八「ありし君」は、小君をいう。

九 子どもが小袿を着ている例である。

一〇「鶴脛」は、着物の裾が短くて脛を長く出しているさま。

一一「をかしく」が重複している。

一二 母上のお膝にすわって。

一三「大きなる」は、大きな琵琶の意。

一四「殿」は、兼雅。

一五「この君」は、小君をいう。

一六「仰せ」は、宰相の上が命じて小君に褥を出させたことをいう。

て、「《仲忠》いで、その御琵琶持ておはせよ。[一七]ただ今なむ参り来つる。今は、何かは[10]恥ぢさせ給ふらむ」。「《宰相の上》[一八]やがてや参り侍るべき」と聞こえ給ふ。「《仲忠》御迎へは明日となむ侍るべかんなる」など聞こえ給ふ。母君、いと恥づかしくあさましかりけるわざかな、さばかり[一九]心恥づかしげにおはする人の、いかに見給ひつらむと[11]思《おぼ》す。[二〇]御返りを、「《宰相の上》承りぬ。ただ今、みづから聞こえさす」とて、母屋《もや》の障《しやう》子《じ》のもとにて対面し給へり。

「《宰相の上》[二一]今は、世にあらむやうも思されでやみにしを、いかに聞こえさせ給へれば、『《兼雅》[二二]近きほどに』などまでのたまふらむと思ひ侍れば、聞こえさせむ方なく。なほも、何とも思ひ給へ侍らで。明け暮れも、殊に[二三]見給ひ入れざりしを、[二四]惚《ほ》れ惚れしくなられたる人、残り少なくおぼえ給ふ、[二五]さらにいと嘆かしきことにのたまへる、今は後ろやすくなむ」とぞ聞こえ給へば、「《仲忠》それこそは、いとことわりに[12]侍るなれ。[二六]ここには、殊に聞こゆることも侍らず。まことに、年ごろ、おぼつかながり聞こえ給ひつ。仲忠が[13]母にものし

一七 上は小君へ、下は宰相の上への発言と解した。
一八 以下を宰相の上の発言と解した。
一九 「心恥づかしげにおはする人」は、仲忠をいう。
二〇 「御返り」は、仲忠の挨拶へのお返事の意か。
二一 今は、この世で生きているとも、お父上に思っていただけずにいたのに。
二二 「近きほど」は、近い所の意。ただし、【六】の兼雅の手紙には、「いとよう、心やすくて渡り給ひぬべき所なむ侍る」とだけあった。
二三 「見入る」は、(小君のことを)心にかけるの意。
二四 「惚れ惚れしくなられたる人」は、宰相の上の母をいう。次の「残り少なくおぼえ給ふ」と同格の表現か。
二五 「さらに」を、私以上にの意と解した。
二六 「ここ」は、一人称。

給[14]ふも、いと心細く、ただ一人ものせらるれば、あまたものせさせ給ひける御中に、何とも思されずとも、取り分きて思[二七]ひ聞こえさせむ。むつましく思さるべき者なり。今、近くても見給ひてむ。古めかしく、心やすく、御[15]はらからなどのやうに思されむに、いとよくなむ侍るべき」など聞こえ給へば、宰相の上「いとうれしきことにも侍るべきを、近くては御心劣りやと思う給ふるうちに、ここにも、いと心苦しくてものし給へば、『[二八]小さき人は、添ひたる人も侍《はんべ》りなむ。[二九]よそながらも、今は頼み聞[16]こえさせなむ』と聞こえさせ給へ」などのたまふさまの、いとめでたう、[三〇]限りなき人の御けはひにも通ひたれば、いとまめやかなる御[三一]心、少し[三二]僻言《ひがこと》も聞こえつべけれど、あるまじく便《びん》なきことと思ひ返し給ひつつ[17]、さも聞こえ給はず、仲忠「いと[18]便《び》なきこと。時々は渡らせ給ふとも、こたみは、[三三]いかでか渡らせ給はざらむ」。宰相の上「今、それは、この頃過ぐしてなむ」と聞こえ給へば、仲忠「いと悪《あ》しき御ことに侍《はべ》なり。[三四]かの御本《ほ》意《い》なく侍らむ」など聞こえ給ひておはしぬ。

二七　「思ひ聞こえさせむ」の部分に主体敬語はないが、尚侍の動作と解した。
二八　「小さき人」は、小君をいう。
二九　私は、こちらにいたまま、お頼り申しあげることにいたします。
三〇　「限りなき人」は、藤壺をいう。【四】注二参照。
三一　「御心」は、仲忠のお心の意。「思ひ返し給ひつつ」に係る。
三二　「僻言」は、心得違いの懸想じみたことの意。
三三　反語表現。「渡らせ給はむ」の強調表現。
三四　父が不本意にお思いになるでしょう。

八　夕方、仲忠から宰相の上に装束が贈られる。

夕づけて、衣箱《ころもばこ》一具《ひとよろひ》に、[一]唐綾《からあや》の撫子《なでしこ》の袿《うちき》、濃き縹《はなだ》の袿、濃紫《こむらさき》の織物の細長《ほそなが》、三重襲《みへがさね》の袴《はかま》[1][二][2]、いま一つには、若君[3]の御料に、いと濃き袿一襲《ひとかさね》、薄き蘇枋《すはう》の綾《あや》の袿、桜の織物の直衣《なほし》、躑躅《つつじ》の織物の指貫《さしぬき》など入れ給ふ。女の袴の腰に、赤き薄様《うすやう》に、

[仲忠][三]人知れぬむすぶの神をしるべにていかがすべきと嘆く下紐《したひも》

とて、[四][4]御文もなし。

いと小さき小舎人童《こどねりわらは》、「御返り賜はらむ」と言ふ。[宰相の上]「いと恥づかしく、あやしきありさまを思《おぼ》[五]し量《はか》り給ふこと」とのたまふほどに、[六]これを見つけて、あさましくおぼえ給へば、御返りも聞こえ給はず。母君[七]、「いとあはれに、かたじけなく。何ごとも思すまじく。[八]よろづに、この御心のかうもてなし給ふにこそあれ。なほ、しる[九]しばかりののたまへ」と、切《せち》にのたまへば、ただ、かく、

一　以下は、移転のための宰相の上の装束。

二　「いま一つ」は、「衣箱一具（二箱）」のうちの一つの意。

三　「むすぶ（産霊）の神」は、万物を生み出す力を持った神。「結ぶの神」（縁結びの神）とも解された。参考、『拾遺集』雑恋「君見ればむすぶの神ぞ恨めしきつれなき人を何作りけむ」（詠人不知）。「むすぶ」「下紐」は、縁語。下の句は、下紐を解いていいかどうかと嘆くの意。下紐が解けるのは、恋しい人と会える前兆と考えられていた。仲忠の、宰相の上への思いを秘めた歌である。

四　歌ばかりで手紙もないの意。

五　「思し量り給ふ」は、

宰相の上「うち解けてうら[一〇]もなうこそ頼みけれ思ひのほかに見ゆる下紐
　さまざまにも見給へられて」

など聞こえ給へば、童に、躑躅《つつじ》の小袿《こうちき》、若君の御今様色《いまやう》の袿一襲《ひとかさね》添へて被《かづ》け給へるに、童「御返りの限り」とて、取られねば[一一]、歩み去りて、御前《おまへ》の群薄《むらすすき》の上に[一二]うちかけて走り出《い》[5]でぬ。「いとされてくちをしき童かな」と言ふ。

御返り参らすとて、童「しかしかなむして逃げて[6]参りつる」と申さすれば、[7]仲忠「いとをかしくしたり」と仰せられて、御衵一襲《あこめひとかさね》[一三]賜はす。御文見給ひて、[8]さればこそ、悔しう、[9]何せむに、[10]世の常にもこそ思ひ給へ、かかる気色を見えぬらむと、恥づかしくおぼえ給ふ。

九　翌日、仲忠、兼雅のもとを訪れる。

またの日、[一]殿に参り給ひて、仲忠「昨日《きのふ》、[二]かしこにまうでて侍《はべ》りき。

過剰な敬語表現。
六「これ」は、仲忠の歌をいう。
七 源宰相の北の方。宰相の上の母君。
八「この御心」は、右大将殿（仲忠）のご配慮の意。
九「しるしばかりの」は、「しるしばかりの返り言」の意。
一〇 形容詞「うらなし」の「うら」に「裏」を掛ける。「解く」「裏」は、下心の意。「裏」「下紐」は、縁語。
一一 被け物を返そうとするが、受け取ってもらえないので。
一二 被け物をかけて。
一三 挿入句。私のことを世間並の男とお思いになったことだろう。

一「殿」は、兼雅の三条殿。
二「かしこ」は、宰相の上の屋敷をいう。

いかがものし給ふ[1]見給へむとて聞こえしかば、三みづからはおはすまじげにこそのたまふなりしか。度々《たび》、さらば便《びん》なかるべきよし聞こえしかば、四しかしかのたまうしを、五おはしましてなむよく侍るべき」と申し給へば、（兼雅）「あやしきことかな。などか、さはあらむ。恐ろしげに、頭《かしら》もなりにたらむ。容貌《かたち》もめでたかりしが、あはれ、今までものし給ひける。琵琶《びは》は、今の世に、さばかり弾きたる人はあらじはや」とのたまへば、（仲忠）「そよや。六若君こそ、しかしかものし給ひしか。[2]ことわりにこそ侍《はべ》なれ」。殿、（兼雅）「をかしきことかな。らうたくして教へ給へるなめり。七母君も、いとよく弾きき」とのたまふ。

尚侍《かん》の殿、「日暮れたらば、[3]早うおはして、なほ、一度《ひとたび》に渡し奉り給へ。いでや、八あやしく、心憎き人さまざまに[4]集め給ひけるほどよりは、[5]なまめかしくをかしくこそおはせね。[6]九左のおとどは、いと愛敬《あいぎやう》づき、をかしくこそ見え給ふめれ」。殿、「いでや。そのおとどこそ、一〇目につき一一ておぼえ給ふらむな。一二身の上めでたく今め

三 宰相の上ご本人は。
四 「しかしか」は、【七】の、宰相の上の「今、それは、この頃過ぐしてなむ」の発言をいう。
五 父上ご自身でお迎えにいらっしゃるのがいいと思います。
六 小君は、琵琶をとても上手にお弾きになりました。
七 宰相の上の母君。
八 昔はすばらしい方々をいろいろと集めて住んでいらっしゃったのに、今では色めかしくもおもしろくもない暮らしをなさっているのはどうしてなのでしょう。
九 「左のおとど」は、左大臣源正頼。
一〇 係助詞「こそ」の結びが調わない。
一一 「目につく」は、好ましく見えるの意。
一二 「な身の上」は、底本

かしくおはしますを見奉り給ひて後こそ、おのれをも思ひ落として、かく恥の限りのたまひ出《い》だせ」とのたまへば、「〔尚侍〕例のことよ。さりとて、病[二三]したることわりなれば、口塞《ふた》げ」とて、薫物《たきもの》などよく寄せ給ひて、遣り奉らせ給ふ。

一〇　兼雅、仲忠の勧めで、宰相の上母子を迎える。

御車二[1]つしておはしたり。[一][2]昔見給うしよりも、いみじうなりにけり。几帳《きちやう》などは、いと清げなり。

ただ入りに入り給へば、灯《ひ》よきほどにて、母屋《もや》に、いとなよよ[二][3]かなる袿《うちき》に、[三]柳の織物の薄き織物重ねて着て居給へり。若君は、いと清げに[四]装束《さうず》かして、直衣《なほし》の限り着給へり[4]。御髪《みぐし》は、[五]よほろ過ぎ給へり。下《さ》がり端《ば》、いと清らなり。灯《ひ》のもとに立ち寄り、明かき、見給へば、大人、四五人ばかり、小さくてをかしげなる童《わらは》などなり。いとめやすし。昔、いと[六]きらはかなりし人の、いとめで

「浪のうへ」。

二三「病す」を、気に病むの意と解した。

一　兼雅は、かつてここに通った後に宰相の上を一条殿に引き取ったのである。
二「なよよかなり」は、柔らかな感じだの意。『蜻蛉日記』下巻「なよよかなる直衣」。

三「柳の織物の薄き織物」は、「柳の薄き織物」に同じか。「柳の織物」は、縦糸は萌黄、横糸は白の織物。

四「装束かす」の四段活用の例は、平安時代の仮名作品にほかに例が見えない。

五「よほろ」は、膝の後ろの窪んだ部分。【三】注八参照。

六「きらはかなり」は、平安時代の仮名作品にほかに例が見えない語。はなやかで時めいているの意か。

たくてしつらひ、婿取り給ひしを思ひ出《い》で給ふも、いみじう悲しうおぼえ給ふ。

[兼雅][七]「若君はや」とのたまへば、おとなおとなしくつい居給へり。[兼雅][八]「この童、その灯《ひ》取り寄せよ」とのたまへば、持て参りたり。見奉り給へば、[九]大将の児《ちご》なりし時、かくやありけむと、うつくしげに恥づかしき顔の、笑《ゑ》み給はぬに、愛敬《あいぎやう》いと匂ひやかなり。[一〇]女君に、[兼雅]「いとあやしく、またも[一一]見せ給はで引き具し給うてしこそ。[一二]など、年ごろの物語に」など聞こえ給へど、人のやうにも恨み聞こえ給はず、ただ、いとおいらかに恥づかしういらへ聞こえ給へば、なかなかのたまふべきこともなし。いとあはれに、昔思ひ出でられ給ふ。

しばしうち臥《ふ》し給ひて、[兼雅]「夜《よ》更けぬらむ。いざ給へ」と聞こえ給へば、[宰相の上][一三]「ここにもや。さては」。[兼雅]「さて参り来つるぞかし」とのたまへば、[宰相の上]「何か。[一四]心静かに。[一五]かつがつ、さは早う」と聞こえ給へば、[兼雅]「あやしきこと。さらば、[一六]なぜふにか。また、幼き一人を

七「若君は、いづこや」の意。
八「この童」は、近くにいる童に呼びかけた言葉。
九 兼雅は、仲忠が十二歳の時に会ったので、児の時は見ていない。
一〇「女君」は、宰相の上。
一一「見す」は、小君を見せるの意。
一二 その後、何年も話してくださる機会があったのに、なぜ小君のことを聞かせてくださらなかったのですか。
一三 私もでしょうか。それはできません。
一四 私は、心を落ち着けてから参ります。
一五 さしあたって、それでは、小君だけでも早くお連れください。
一六「なぜふにか」は、「なでふにか」に同じ。「国譲・

ば、いかでか」とのたまへば、[宰相の上]「さらば、いま少しおとなしからむほどにものせさせ給へかし。[一七]心細げにものせらるる人を、いと後ろめたく侍ればなむ、なほ、後《のち》」など聞こえ給ふ。[兼雅][一八]「それも、やがて、もろともにものせさせ給へ。[7]人も住まで、いと心やすき所ぞ」。女君、[宰相の上][一九]「若君、いかでか」。殿、[兼雅]「昔には似給はず、いと心憂く思しなりにけり」と、まめやかに恨み聞こえ給へば、うち笑ひ給ひて、[宰相の上]「昔の心のやうには、げに、えあらずこそは」と聞こえ給へば、[兼雅][二〇][8]「あが仏、ことわりには、聞こゆる限りもあらず。疾《と》く疾く」とのたまへば、[宰相の上]「かかる所に一人離れておはせむが、いと心苦しうおぼえ給へばなりけり。さは聞こえむ」とて入り給ひて、[兼雅]「『なほ、この度《たび》』とあめるを、[二一]渡り給はずは、[9]さらにものし[10]侍《はんべ》らじ」と聞こえ給へば、[祖母君]「あな見苦し。さらば」とて出で立ち給ふ。

大将の御もとに、[兼雅]「その御車、ただ今賜へ」と聞こえ給へば、奉り給へり。[二二]あれに、女君・[11]若君、御乳母《めのと》を、[二三][12]御車に、祖母《おば》北の

下」の巻【一七】注九参照。あなたが一緒でなかったら、どうして帰れましょう。
一七　「心細げにものせらるる人」は、宰相の上の母君をいう。
一八　その母上も、このまま、一緒に来るようにおさせください。「させ」は、使役の助動詞。
一九　ぜひ小君だけをお連れください。
二〇　「あが仏」は、自分が大切に思っている人に呼びかける言葉。「俊蔭」の巻【三七】注六参照。あなたの筋を通してのご辞退には、なんの申し開きもできません。
二一　母上が一緒にお移りにならないなら、私も行くつもりはまったくありません。
二二　「あれ」は、仲忠から借りた車をいう。
二三　「御車」は、兼雅自身の車をいう。

方、御親族《しぞく》におはする大輔《たいふ》の君・少将の君などいふ、乗りぬ。次[13]に、大人三人・童二人乗りぬ。さるべき御供十余《よ》人して、いときらぎらしくて渡り給ひぬ。

[二四]大将、「《仲忠》などか。[二五]暁方にはなり侍りぬらむかし」と申し給へば、「《兼雅》いとうたて。『《宰相の上》渡らじ』とありつれば。『《兼雅》[二六]若人《わかうど》もろともに』とて、しひてなむものしつる」とて、尚《かん》侍の殿の御前《おまへ》[14]におはせむとし給へば、「《仲忠》はや静まりて、人も寝入りて侍らむ」とて、皆思ふ[二七]やう[15]に下《お》ろし置きて出で給ひぬ。

[二八]宮に、「《仲忠》あやしく、夜《よ》更け侍りにけり。[二九]おとど、[三〇]今めかしき古《ふる》事《こと》[16]改めさせ給へるとて」。「《女一の宮》何ごとぞ」。「《仲忠》[三一]ささの人なり」など聞こえ給ひ[17]て御殿籠もりぬ。

かくて、参り給ひつれば、若君の、[三二]この殿をば、[三三]「父《てて》ぞ」とて、むつましう纏《まと》はし奉り給ふ。居給へる所にも、いと近うむつれ居給へり。[三四]殿をば、「《小君》殿」と聞こえ給ひて、殊にむつれ聞こえ給はず。

二四　仲忠は、兼雅が帰るまで三条殿で待機していたのである。
二五　転居は夜中のうちにするのが常だった。
二六　「若人」は、小君をいう。
二七　「思ふやうに」は、仲忠が前もって考えていたようにの意か。
二八　女一の宮。ここは、仲忠と女一の宮が住む、三条の院の東北の町の場面である。
二九　「おとど」は、兼雅。
三〇　「古事今めかしく改めさせ給へる」に同じか。
三一　「ささ」は、副詞「さ」を重ねたもの。参考、『蜻蛉日記』中巻「ささの所よりなりけりと聞き給ひて」。
三二　「の」は、衍か。
三三　「この殿」は、仲忠。
三四　「殿」は、兼雅。

一一　兼雅邸の小弓の日、小君、琵琶を弾く。

小弓射給ふ日、大将、殿の君たち、大殿へあまた参りたり。梨壺の宮・宮の君・この若君の、いと清げに装束《さうず》きておはする、人々、若君を、「いとうつくしげにおはするは、誰ぞ」と問ひ聞こゆれば、大将の、《仲忠》「『子少なくさうざうしく』とてものしためる」と聞こえ給へば、「かの御子か。いとかしこう似給ふめり。宮の君はらうらうじく、これはなまめかしくおはすめるは」などて呼び奉り給へれば、おはしたり。御髪《みぐし》も、中に、長く清らなり。《宰相の上》「殿・宮に参り給はむには、指貫《さしぬき》着てこそ」とのたまへど、《小君》「宮も宮の君も、わがやうにこそ」とて着せ奉り給はぬなりけり。案内《あない》も知らぬ人は、「大将の一つ御腹なめり」と聞こゆ。

宮笙《しやう》の笛、宮の君横笛、皆、いとめでたく吹き給ふ。「この君、何かし給ふ」と聞こえ給へば、《仲忠》「琵琶《びは》ぞ弾き給ふ」とのたまへば、

一 小弓合。小さい弓を、左右に分かれて射る遊び。多く、春に行われた。参考、『蜻蛉日記』下巻「三月十五日に、院の小弓始まりて、出で居などののしる」。
二 正頼の男君たち。
三 「大殿」は、兼雅の三条殿。
四 「梨壺の宮」は、梨壺腹の御子。第三御子。
五 「宮の君」は、仲忠の長男。
六 右大臣殿（兼雅）のお子さまなのですか。
七 「これ」は、小君をいう。
八 三人のお子さまたちの中で。
九 「殿」は仲忠、「宮」は梨壺腹の御子をいう。
一〇 梨壺さまの御子も宮の君も、私のように指貫を穿いていらっしゃいません。

「いとをかしきことかな」とて、[一一]大殿の[7]侍従《[8]じじう》、[一二]中納言の御太郎、[9][一三]頭の中将、その御弟[一四]四位の少将、[一五]大宮の御方に琵琶聞こえ給ひて、〔仲忠〕「これ」とて弾かせ奉り給へば、〔小君〕「人に抱《だ》かれでは弾き侍《はべ》らず」とのたまへば、〔仲忠〕「おはせ。おはせ」とて抱《いだ》き給ひて弾かせ奉り給へば、いとになくおもしろく弾き給ふ。笛に弾き合はせて、三所《みところ》遊び給へる、人々、「いとめづらかにをかしき御ありさまどもなり。内裏《うち》などに御覧ぜさせばや。いみじき物の上手《じやうず》は、またも出《い》で給ふべき所なめり」と感じあはれがり給ふ。[一六]大殿も、さまざまにうつくしう見給ひ、御遊びの具に[10]よかめり、大将、[11]子少なうものし給ふに、かたみに行く末を思ひ後見《うしろみ》るもよかりけりと思す。

入り給うて、〔兼雅〕[一七]「対の子を、人々の、『をかし』と言ひつる。あやしきは、大将見つけて纏《まつ》はし、宮などをば[12]むつび遊び給へるめり。我をば、[13]事とも思はず。子は、誰ともいはでつきたればこそらうたけれ」とのたまへば、〔尚侍〕「ことわりこそあんなれ。小さき人は、ただ、思ふ人にむつるるものなり。一日《ひとひ》、見奉りしかば、対の

一一 「大殿の侍従」は、宮あこ君。正頼の男君。
一二 「中納言の太郎」は、正頼の長男忠澄の長男。「嵯峨の院」の巻【二四】注八、【三五】注三、「菊の宴」の巻【二】参照。
一三 底本「とうの中将」。「頭の中将」は、良岑行正。ここは、「宰相の中将」の誤りで、正頼の三男祐澄か。
一四 「四位の少将」は、正頼の十男近澄。
一五 「大宮」は、正頼の妻。祐澄や近澄は、三条の院の大宮のもとに使者を出して琵琶を取り寄せたのだろう。
一六 「大殿」は、兼雅。
一七 「対の子」は、東の一の対に住む小君をいう。
一八 「立つ給へり」の促音便無表記の形か。
一九 「小さき心地に」は、「眺めてなむおはせし」に係る。

簀子《すのこ》にて、宮を抱《いだ》き奉り給へりしに、宮の君、『まろもまろも』とありしを抱《いだ》き給ひしに、[14]うち見上げて立[一八][15]給へりしを、小[一九]さき心地に、見ずにておはせしかば、一人、高欄に眺めてなむおはせし。などか、この君も、時々は抱《いだ》き奉り給はざらむ。すべて、かかる御心のあればぞ、[二〇]月を経しかど、[二一]ものの思ひ出でもなくておはして、いみじき目の限り見しぞかし。涙落ちぬべく、つらき気色見え給ひしか[二二]。[二三]大将は、宮をも誰をも分かず、さまざまにこそ思ひ聞こえたれ。かの祖母《おば》君などの見給はば、心憂く憂しと思う給ひなむ。人の嘆き負《お》ひ給はず、[二四]あまねく情けあり、世に久しくおはせばこそ、[二五]おのれなくとも、大将の御《み》ためにも頼もしうよからめ。[16]顔かたちの、さ思ひ給へらむに、ものしく、心も見ゆる、面《おも》なし。いとたとへなく思し[二六]給はむをこそ、人は、[二七]うたてなむ見奉らめ」など、内《うち》々に聞こえ給ふことを、[二八]かの御方の侍従《じじゅう》の君、[二九]対の御方の少将の君とはいとこどちなれば、行《い》き会ひて語れば、祖母《おば》君も母君も、うれしきことと喜び給ふ。「大将の、[17]御心・ありさま・

二〇「月」は「年月」の誤りか。
二一 私たちのことを思い出してくださることもなく、私たちはこのうえなくつらい思いをしたのです。「俊蔭」の巻でのことの回想。
二二「か」は、詠嘆の終助詞か。
二三 右大将（仲忠）は、梨壺の御子でも誰でも分け隔てすることなく、どの子もそれぞれにかわいくお思い申しあげています。
二四 誰に対しても思いやりがあって。
二五 たとえ私が死んだとしても。【六】注三参照。
二六「思し給ふ」は、過剰な敬意の表現。
二七 あるいは、「うたてなむと」の誤りか。
二八 尚侍に仕える侍従の君。
二九 宰相の上に仕える少将の君。

容貌《かたち》よくおはするは、三〇この御心ばへの、[18]かうおはすればこそありけれ。三一この殿の御心は、いでや。心深からざらむ人は、人の言はで思ひたらむ[19]心ばへなどこそ思ひ知り給はね。三二むべ、ただ大将殿をのみ思ひ聞こえたりけり」などのたまふ。

一二　兼雅、梅壺の更衣を東の二の対に引き取る。

かくて後、一梅壺《むめつぼ》の更衣《かうい》と聞こえし、恨み聞こえ給ひて、二山菅《やますげ》を[1]一包みにて、三香《かう》の扇、薄様《うすやう》の中に入れ給ひて、

梅壺四「うらやまし同じ麓の山菅のわきてぞ人は思ひ重ぬる
思ひ出《い》づること多く」

などのたまへば、御返り、

兼雅五「よそながら思ひ重ぬる山菅をひとへにつらきた[2]めしとやする
目もたどたどしく、今はおぼえ侍《はべ》るを、なほ、昔の[3]やうに、近きほどにやはものせさせ給はぬ」

三〇「この心ばへ」は、尚侍の性格の意。

三一「この殿」は、兼雅。

三二 なるほど、だから、小君は右大将殿ばかりをお慕い申しあげているのですね。


一「梅壺の更衣」は、兼雅の妻。娘婿の祐澄に引き取られた。「蔵開・下」の巻【三八】注一八参照。

二「山菅」は、ヤブランの古名。『和名抄』草木部草類「麦門冬　夜末須介」。『拾遺集』恋三「あしひきの山の山菅やまずのみ見ねば恋しき君にもあるかな」(詠人不知)の歌などを意識したものか。

三 香染めの扇。

四「同じ麓の山菅」に、同じ一条殿で暮らしていた宰相の上をたとえる。

五「山菅」に、梅壺の更衣をたとえる。

とて、後に迎へ奉り給ひて、東《ひんがし》の二の対の、北の廊かけておはす。なかなか、[六]宮の御方の人々よりは、「[七]やすからず。世の中[八]きなよりのを。いにしへを思ひ返せば、わが君[九]かかる御住まひをせさせ給はむとや思ひし。[一〇]品にもよらずや」など言ふを、尚侍《かん》の殿の人々聞きて聞こゆれど、「《尚侍》あなかしこ。ゆめ聞き入るな。[一一]下人《しもびと》は、さぞあなる」とて、いと清らにもてなさせ給へり。

一三　尚侍、兼雅に、ほかの妻妾たちも愛するように語る。

殿は、一月《ひとつき》を、二十五日は[一]こなた、いま五夜《いつよ》をば[二]宮の御方・この対などには通ひ給うて、昼もこなたにのみおはするを、尚侍《かん》の殿、「なほ、これなむ、いと見苦しく見奉る。[三]今は、心静かに、時々は行ひもしてあらむ。[四]宮の思すらむこともあり。これ、よろしきに聞こえ給へ」と、大将に聞こえ給へば、「《仲忠》いとよう仰せられたり。ここに、かくて、わが御ままにておはします。仲忠侍《はべ》り。

六　「宮の御方の人々」は、女三の宮に仕える人々のもとからは。
七　「やすからず」を、地の文と見る説もある。
八　「きなよりのを」、未詳。「あぢきなきものを」の誤りと見る説もある。
九　「かかる住まひをす」は、尚侍がいる三条殿に引き取られて住んでいることをいう。
一〇　「品」は、身分の意。
一一　下人は口さがないものだと言います。

一　「こなた」は、尚侍のもとをいう。
二　女三の宮と宰相の上の所。
三　【六】注三、【二】注三五にも、死を意識した尚侍の発言が見える。
四　女三の宮。

今は、人、とかく申すべきならず。聞こえにくきを、のたまはせむついでに申し出《い》でむ」とのたまふに、[五]入りおはしたり。

[仲忠][1]「いとほしと見奉り給うし[2]人々の、[六]あるは世を背き給ふ、所々にかすかにてものし給へるを、[七]取り申すままに、めやすく、かくものせさせ給ひつるを、いとうれしく見給ふる[3]を、[八]一方《ひとかた》[4]にのみ[5]おはしますは、いとものしきやうに侍り。こなたに[6]十日、宮の御方に[7]十日、いま十日を[九]三所《みところ》におはしまさせむ」[一〇][8]と聞こえ給へば、うち笑ひ給ひて、[兼雅]「いとあやしく、果ては、あるまじきことをさへものせらるる。昔、若かりし時こそ、[一一]さまよひ歩《あり》くもめやすく、見まほしく思ひ給ふ人もありけめ。今は、身のおぼえもはなやかならず、腰も痛ければ、え歩《あり》くまじ。[一二][9]一所《ひとところ》にまたものしたることは、[10]いとほしう、いかが[一三]人も思ふらむとてこそあれ。あるまじきことなり」とのたまへば、尚侍《ないしのかみ》、「否や。[一四]御心さりとて、いかがなど思はばこそあらめ。人々も、つれづれに眺め給ふらむ。さてうち通ひ給ひておはせば、よくなむあるべき。[一五]左のおとどは、[一六]宮・大《おほい》

五 兼雅が。
六 挿入句。
七 私がお勧め申しあげたことで。
八 父上が母上の所にばかりいらっしゃることは。
九 「三所」は、故式部卿の宮の中の君、宰相の上、梅壺の更衣の三人の所をいう。
一〇 私ができそうもないことまでおっしゃる。
一一 「さまよひ歩く」は、いろいろな女性のもとを渡り歩くの意。
一二 「一所」は、女三の宮の所をいう。
一三 「人」は、尚侍をいう。
一四 ほかの方々の所に通うお気持ちになっても、私は不快に思ったりなどいたしません。
一五 左大臣源正頼。
一六 大宮と大殿の上。参考、『源氏物語』「匂宮」の巻

殿《どの》、いとうるはしくこそ、十五夜づつおはしつつ、子ども、いづれともなく思ひかしづき給へ。[一七]かくて添ひおはせむからに、かしこくやはあるべき。そが中にも、宮の御方は、[一八]院の取り分きて思ひ聞こえ給ひて、折々も聞かせ給ふらむ。いとかたじけなし。[一九]対の君などは、御心ざまなども、あはれに見え給ふ人なめり。[二〇]そればかりには、なほ、[二一][11]ここに聞こえむままに、人よりは殊にもてなし給へ。[12]かの大将をも、祖母《おば》君の泣く泣く喜び給ふなる。おのれ一人して思ひ聞こゆるも、[二二]ゆゆしくのみおぼゆるに、心深からむ人には思ひ置かれ給ふらむぞうれしき。行《い》く末に行き会ふこともあるものなり」など、切《せち》に聞こえ給へば、[兼雅]「[二三]二十八夜《や》[13]はこなたに、そのほかをば宮の御方などには」などのたまふを、[尚侍][14]「さらば、そのほかに、思ひ思ひにおはせむ」とのたまふ。[兼雅]「更衣《かうい》の方は、らうらうじく癖《くせ》々しうものし給ふ。式部卿の君は、心幼くて、乳母《めのと》のもの言ひなめし。対の君は、おいらかなれど、心深ければこそ、[二四]人々の御ためにも心やすけれ。[二五]そればかりは、げに、のたまはむ

「丑寅の町に、かの一条の宮を渡し奉り給ひてなむ、三条殿と、夜ごとに、十五日づつ、（夕霧は）うるはしう通ひ住み給ひける」。

一七　こうして私の所ばかりにいらっしゃるからといって、すばらしいことなど何もありません。

一八　嵯峨の院。

一九　「対の君」は、宰相の上。東の一の対に住む。

二〇　「それ」は、女三の宮と宰相の上の二人をいう。

二一　「ここ」は、一人称。

二二　「ゆゆしくおぼゆ」は、死期が迫っていることをいう。

二三　「二十八夜」を、「十五夜」「十八夜」の誤りと見る説もある。

二四　「人々」は、子どもや孫たちをいう。

二五　「それ」は、宰相の上をいう。

に従はむ」などのたまふ。

一四　仲忠、小君を連れて参内し、帝・春宮、藤壺に見せる。

かくて、内裏《うち》・春宮《とうぐう》にも、若君見まほしうせさせ給ひて、度々《たび》のたまへば、[兼雅][一]「おのれはわかこし率《ゐ》て参らせよ」とて参らせ奉り給ふ。尚侍《かん》の殿の御方に、御装束《さうぞく》[1]はし給ふ。[二]鬢頰《びづら》結ひ給へるは、いま少しをかしげにめでたくおはす。

率て参り給ひつれば、内裏・春宮も、一所《ひとところ》におはしまして、「いとうつくしき人なりけり」とのたまはす。ありさま、らうたげにをかし。琵琶《びは》召して、「弾け」とのたまはす。[三]しばし御いらへもし給はねば、大将、[仲忠]「なほ仕まつれ。まだいと幼く侍《はべ》り。[四]大きなるは、人に抱《いだ》かれてなむ弾き侍る」と奏し給ふ。女房たち、あまたさし出《い》でて見る。源氏《ぐゑんじ》[2]の中納言、[涼]「この聞きつるは、これか。いとうつくしかりける人を、[3]今まで見奉らざりけるよ。[五]この膝《ひざ》に

一　「おのれはわかこし」、未詳。私は連れて行けないから（あなたが連れて参内せよ）の意と解した。

二　「鬢頰」は、元服前の少年の髪型。「角髪（みづら）」に同じ。

三　上は小君へ、下は帝と春宮への発言。

四　「大きなる」は、大きな琵琶の意。【七】注三参照。

五　上は仲忠へ、「この膝にを」は小君への発言。

六　帝も春宮も。

七　この子をこのまま宮中に残しておきたい。

八　「忍びやかに」は、仲忠だけに聞こえるように小さな声での意。

九　「この宮にやあらむ中の君にはまさり給はじ」は、

を」とて、抱《いだ》きて弾かせ給へば、[4]少しばかりいとになく弾きてさし置き給ふ。

[六]上も宮も、「[七]やがてとどめむ」とのたまへど、「《仲忠》まだいと幼く侍りて」と奏し給ふ。中納言、[八]忍びやかに、「《涼》いで、その[5]君や、[6]うたて、かたじけなけれども、[九]この宮にやあらむ中の君にはまさり給はじ。いかに」とのたまへば、「《仲忠》さらに。いと見苦しう、ただ[一〇]宮の御真似《まね》をして、さがなう心強《こは》く、なまめかしき気《け》も侍らず。されば、宮にも、[一一]あからさまにも率《ゐ》て参れば、[7]見給はで、『[一二]生《む》まれし時より、心恐ろしきものと見き。[一三]いぬ宮の[8]はらからにはあらざめり。率《ゐ》て往《い》ね』とぞ思ひ給ふ。[一四]おとどは、ただ、心にまかせて見給ふ。不用の者なり。[一五]この君、[一六]仲忠らが[9]教へむことも聞きつべし、手などもいとうつくしう書き、声もいとをかしうぞ侍る」。

春宮、「藤壺《ふぢつぼ》の御方に、いざ」と率ておはす。大将、参り給ふ。

[一七]内に、[一八]ただ呼びに呼び入れ給ひつ。几帳《きちやう》ばかり[一九]引き寄せておはす。[10]いみじううつくしがり給ふ。大将、孫王《そわう》の君に、「いと幼き

後の内容から考えて、小君を宮の君と比較した発言らしい。「この宮」を女一の宮、「中の君」を、仲忠の第二子の意で、宮の君をいうと解する説に従った。

一〇 女一の宮。

一一 宮の君は、祖父兼雅の三条殿で育てられている。

一二 女一の宮が宮の君を生んだ時は、ひどい難産だった。「国譲・下」の巻【五二】【五三】参照。

一三 女一の宮がいぬ宮を生んだ時は、安産だった。

一四 「おとど」は、兼雅。「蔵開・上」の巻【八】参照。

一五 「この君」は、小君。

一六 挿入句。私が教えることも聞いて理解してくれるにちがいありません。特に学問についていうか。

一七 藤壺の下局の中に。

一八 春宮の動作。

一九 藤壺は。

人参り給ひにけり。[二〇]呼び入れ給へ」。[11]孫王《そんわう》の君、『[藤壺][二一]いとうつくしきは、誰に奉らせ給ふにかあらむ』とて、隠れもあへさせ給はざめれば」。大将、「[二二]あらじものを。[二三]くは、見給へかし」とて[二四]剝《む》き給へれば、[12]人々笑[13]ふなり。[仲忠]「まことは、まこと。[二五]見参《げざ》のたとひもあなれば、物の初めに[14]ゆゆしきを、いかでか」とて、「まかでさせむ」とのたまへば、[藤壺]「あやしの言《こと》や」とて、忍びやかに笑ひ給ふ気色も聞こゆ。[仲忠と]「疾く疾く」とのみのたまへば、[藤壺][二六]「さのみやは。まことは、いとうつくしき御ありさまを、常に参らせ給へ」とて、[二七]宮もろともに出で給へり。見比べ奉らせ給ふに、うつくしげにあてに気高きことの、[二八]いとことのほかにもあらぬを、[二九]子に引き連れて見むぞ、面立《おもだ》たしくおぼえ給ふ。白銀《しろかね》・黄金《こがね》の童《わらは》の相撲《すまひ》取りたる[三〇]形《かた》を得給ひてまかで給ひぬ。

尚侍《かん》の殿に、しかしかなむと聞こえ給へば、いとうれしと思す。

宮の君は、[三一]殿をば、「父君《ててき》」とてむつれ奉り給ふ。大将をば、よそに見放[15]ち奉り給ひて、[宮の君]「大将参り給ふめりや」など聞こえ給

二〇 私もお呼び入れください。
二一 こんなにかわいい女の子は。小君を女の子と間違えたのである。
二二 女の子ではありませんよ。
二三 「くは」は、感動詞で、相手の注意を促す言葉。
二四 「剝く」は、小君の着物の前をめくるの意。
二五 「見参のたとひ」は、女の子と偽ってお目通りを願っても見参した際にそれがばれるということか。
二六 そんなにお急ぎになることはないでしょう。
二七 春宮が小君と一緒に出ていらっしゃった。
二八 小君が春宮にそれほど特に見劣りもしないので。
二九 「子に」は、自分の子としての意。実際は、異母弟。
三〇 「形」は、人形。
三一 「殿」は、兼雅。兼雅は、祖父。

ひて、事とさし放ち給ふ。[三]宮は、大将をば、「母こそ」とつけ給ひて、いとようし奉り給へば、をかしがりうつくしがり奉り給ふ。

一五　尚侍、女三の宮や宰相の上などに贈り物をする。

[一]大弐《だいに》上《のぼ》り来て、殿に、白銀《しろかね》の透箱《すきばこ》二十、[1]唐綾《からあや》、沈《ぢう》の[二]峰に[2]螺《ら》鈿磨《てんす》りたる櫛《くし》など奉りたる、尚侍《ないしのかみ》、宮の御方に七つ、[三]わが御方にも、[3]御方々にも二つ三つづつ配り奉らせ給ふ。殿は、[四]人の御次第にのたまへど、尚侍「さべきことなれど、人は心こそ恥づかしけれ」とて賜ひつ。

かれらの透箱、一つには唐綾五疋《ごひき》、いま一つには沈《ぢう》・紫檀《したん》の櫛あるを、対の御方に奉らせ給ふとて、尚侍の殿《かん》、

[五]思ひやる心をつげの櫛ならば[4]おぼつかなくは嘆かざらまし

とて奉り給へれば、[5]御返り、

宰相の上[六]「そのかみに古《ふ》りにしものを改むるこれこそつげの小櫛《をぐし》とは見

三　「宮」は、梨壺腹の御子。

一　大宰大弐。ここにだけ登場する人物。
二　「峰」は、櫛の背の部分。
三　「わが御方にも」は、ご自分のもとにも二つか三つ残しの意と解した。
四　「人の次第に」は、女君たちの身分によって差をつけるようにの意。
五　「つげ（黄楊）の櫛」に「告げ」を掛ける。「黄楊の櫛ならば」の仮定条件は、贈ったのが沈と紫檀の櫛だからいう。参考、『義孝集』「人知れぬ心一つに嘆きつつ黄楊の小櫛をさす空ぞなき」。
六　「つげ（黄楊）の小櫛」に「告げ」を掛ける。

れ
[七][6]姨捨《をばす》てのと思ひ給へらるる[7]」と聞こえ給へり。さまざまに心憎く申し交はし給ふ。いと忍びて、さべき折には、[八]この御方には対面し給ひて、かたみに、心深うあはれに聞こえ契り給ふ。

一六　仲忠、女一の宮に、いぬ宮に秘琴伝授の計画を語る。

大将は、院・内裏《うち》・春宮《とうぐう》・[一]殿と、おぼつかなからぬ間《あひだ》に参り給ふ。また、ややもすれば、召され給ふ。[1]心地さへよに心静かなる折なくおぼえ給ふ。

[二]宮に聞こえ給ふやう、「仲忠[三]身に思ふこと侍《はべ》[2]りし時、[四]かくて侍りては心のどかに思ひなり侍りしを、いぬ宮生《む》まれ給ひて後は、いよいよ、命も惜しう、思ふことあるまじと思ひ[3]侍りしを、よく思ひ侍りつれば、世の中にもの思ふにこそなりぬべけれ。身に限りて

七「姨捨ての」は、『後撰集』恋一「来むと言ひし月日を過ぐす姨捨の山の端つらきものにぞありける」（詠人不知）による表現。
八「この御方」は、宰相の上。

一「殿」は、兼雅。
二 女一の宮。
三 私がこの世をはかなく思っていた時。藤壺への恋が破れて悲しんでいた時のことをいう。
四 あなたとこうして結婚して穏やかな気持ちになりましたが。
五 私に限っては、人よりもの思いが多いような気がいたします。
六 いぬ宮への琴（きん）の伝授のことを心配する気持ちを察しない女一の宮を責めた言葉。

は、[五]人にまさりたる心地こそし侍りつれ」。宮、[女一の宮]「など」と[4]のたまへば、[仲忠][六]「いぬ宮などを疎《おろ》かに思《おぼ》したるにこそ侍めれ。まだ這《は》ひ居ざり給ひし時だに、この琴《きん》を見給ひては、いと弾かまほしうし給ひき。[七]この年ごろは、月日も疾《と》く過ぎなむ、物の心も知り給はば、[八]心静かにて、さるべからむ所を造りて率《ゐ》て奉りて、習はし奉らむと、夜《よる》は目を覚まし、昼はこれを思ひ巡らし侍るに、[5]本意《ほんい》のごと[6]静かなるべいことの難かべいをなむ、いかさまにせましと思ひ侍[7]る。来年《らいねん》は七つになり給ふ。今まで、これを教へ奉らぬことと。[九][8]尚侍《かん》のおとどは、[一〇]四つよりこそ弾き給ひけれ。[一一]御袴《はかま》のこと急ぎ侍りしに、事にもあらざりけり」と嘆き聞こえ給へば、[女一の宮]「げに。身にも思ふことなり。[一二]さしもあらぬ人々にだにこそあれ。世の常ならむは、いとこそ効《かひ》なかるべけれ。[一三]そこにこそ、え心静かにものし給[9]はざめれ。[一四]尚侍のおとどこそは」とのたまへば、[仲忠][一五]「一人離れても、えおはせじ。また、[一六]下《くだ》れる[10]弟子よりこそ習ひ給ふべけれ[11]。[一七][12]昔の朝臣《あそん》は、[一八]七人の[13]山人の中の[14]劣りの手よりこそ、すぐれたる極《きは》

七「この年ごろは」は、「思ひ侍る」に係る。

八「心静かにて」は、「習はし奉らむ」に係る。

九 下に「思ひ侍り」の省略がある。

一〇「俊蔭」の巻【一九】参照。

一一「袴のこと」は、いぬ宮の袴着をいう。

一二 琴の家ではない人々。

一三「そこ」は、二人称。仲忠。

一四 尚侍さまなら教えてくださるのではありませんか。

一五 父上を残して、母上にお一人で来ていただくことはできないでしょう。

一六「下れる弟子」は、仲忠自身をいう。

一七「昔の朝臣」は、祖父俊蔭をいう。

一八 七人の山人の中の一番劣った人の奏法から順に。「七人の山人」は、「俊蔭」の巻【三】以下参照。

まりの手をば弾き取り給ひけれ。仲忠が弾き侍るを、院の上[一九]など[15]は、『よし』と[16]仰せらるれど、尚侍のおと同じく[17]し給へども、[二〇]思ほえずこそ侍れ[18]。かの弾き給ふ時は、[二一][19]故治部卿《ぢぶきやう》、いかに弾き給ひけむとこそ、昔恋しく思ひやられ侍れ。[二二]尚侍のおとどは、いかがは。[二三]一所《ひとところ》におはして、まづ、仲忠がおぼえむ[20][21]限りをこそは習はし奉らめ。春は、霞、[二四]ほのかなる鶯《うぐひす》の声、花の匂ひを思ひやり、夏の初め、深き夜の時鳥《ほととぎす》の声、暁の空[22]の気色、林の中を思ひやり、秋の時雨《しぐれ》、夜《よる》明らかなる月、思ひ思ひの虫の声[23]、風の音、色々の紅葉の枝を別るる[24]折の気色を思ひ、冬の空定めなき雲、鳥・獣《けだもの》の気色[25]、朝《あした》の雪の庭を眺め、高き山の頂《いただき》を思ひやり、[二五][26]凍《し》みたる池[27]の下の水をあはれび、深き心、高き思ひも、もろもろのことを思ひ合はせ、世の中の、すべて、千種《ちくさ》にありと見ゆるものの、おぼゆるもの、また、[二六]時に従ひつつ、色衰へ久しくなり、また、むなし[28]くなりぬるものを心に思ひ続けて、琴《こと》の音《ね》に弾き添へむと、思ひ同じくて弾き侍ればこそ、琴《こと》の音《ね》、思ひ思ひに従ひて響き、よろ

一九 「院の上」は、朱雀院。
二〇 とても私と同じものだとは思われません。
二一 「故治部卿」は、仲忠の祖父清原俊蔭。
二二 最初から母上に教えていただくわけにはいかないでしょう。
二三 母上には一緒にいていただいて。
二四 参考、『忠見集』「鶯の初音ほのかにあしひきの山辺飛び出づる声聞こゆなり」。
二五 「凍む」は、凍るの意。
二六 「時に従ふ」は、時節に従うの意。参考、『源氏物語』「竹河」の巻「琴笛の調べ、花鳥の色をも音をも、時に従ひてこそ、人の耳もとまるものなれ」。
二七 あなたがお弾きになるように、ただ心にまかせて弾くものではないでしょう。
二八 どうして、私は一曲だけでも教えてもらえないの

づの折には合ひ侍[29]れ。[二七]遊ばすやうに、ただ弾[30]きにやは弾[31]くものならむ」と聞こえ給へば、宮、いとあはれに、疎《おろ》かならむ心を思ひて弾き鳴[32]らすべきことにはあらざりけりと、恥づかしく聞き給ふ。「《女一の宮》かかりけることどもを。さても、[二八]など、手一つをだ[33]に教へらるまじき。など。いぬ宮の折こそ、聞き習ふべかなれ[34]」とのたまへば、うち笑ひ給ひて、「《仲忠》今、いとか[35]しこう聞こしめしてむを。まめやかには、このことを思ひ侍るに、[二九]独り寝賜[36]はらまほしきを、いかに、さても侍らむ。[三〇]さるべき所を思ひ巡[37]らし侍るに、[三一]ここ[38]は、いと騒がしくて、さるべきにも侍らず。[三二]尚侍のおとどの京極[39]を、さるべきさまに、まかり出《い》で、造らせむ。この頃、伊賀守《いがのかみ》辞するを、『明年《みやうねん》の院の[三三]御賜《たう》ばりを、今年申させ給へ』と、女御殿の御[40]前に聞こえさせ給ひて。[三四]さるべき屋どもは、一年《ひととせ》造らせて侍り。対などなむ造らすべきやう侍る」とて、「《仲忠》[三五]みはしにやあらむ」とて[41]、尚侍のおとどに参り給へり。

ですか。
二九　独り寝をさせていただきたいのですが。
三〇　「さるべき所」は、いぬ宮に琴を伝授するのにふさわしい所の意。
三一　「ここ」は、正頼の三条の院の東北の町をいう。
三二　「尚侍のおとどの京極」は、尚侍が伝領した京極殿の意。「蔵開・上」の巻【二】参照。
三三　「賜ばり」は、年官年爵のこと。ここは、朱雀院の次年度の年官を繰り上げることをいうらしい。
三四　「蔵開・上」の巻【四】参照。ただし、「国々の受領などの、さしつべきを、対一つづつ預け、……皆のたまひ預けつつ造らせ給ふ」とあった。
三五　「みはしにやあらむ」、意未詳。

一七　仲忠、尚侍に、いぬ宮への秘琴伝授を依頼する。

御物語聞こえ給ふ。おとど[一]、「《尚侍》[1]小君、[2]一日《ひとひ》、[二]千字文《せんじもん》[三]習はし奉り給ひしかば、やがて一日に聞き浮かべ給ふべか[3]めりきかし。[4]詩《し》など誦《ず》じ給ふ、[四][5]御声にはまさりため[6]り、いとおもしろうあはれにならむ」。「《仲忠》いとをかしう侍《はべ》ることを。[7]いぬ宮の御ことをこそ、何ごとにも、まづは思ひ侍るに、ねたく、疾《と》くもおとなしう教へなさせ給ひてけるかな」。尚侍《かん》のおとどの、「心憂くもわきまへ給へるかな。よくぞ、[五]私《わたくし》の物にし給ひてける。[六]いかが、御琴《おほんこと》は、今まで」と聞こえ給へば、「《仲忠》いと弾かまほしうものし給ふを、いかがとのみ思ひ給ふる。朝廷《おほやけ》にも院にも、御気色賜はりて、暇《いとま》申して、よろづを捨てて、静かに籠もり侍りて、かたじけなくとも、[七]おはしまさせて、おぼつかなきところどころも承りてとなむ、夜昼嘆き思ひ給ふる」。尚侍《かん》のおとど、「げに。その御ことをなむ、[八]ここに

一　「おとど」は、「尚侍のおとど」の意。
二　「千字文」は、二五〇句千字から成る四言古詩。中国の梁の周興嗣撰。習字の手本とされた。参考、『栄華物語』巻六「ある僧坊を見れば、うつくしげなる男ども、『千字文』を習ひ、『孝経』を読む」。
三　兼雅が。
四　挿入句。
五　「私の物」は、「私物」に同じ。仲忠が小君を自分の子のように思っていることをいう。
六　どうして、今までいぬ宮への琴の伝授はなさらずにいるのですか。
七　母上にも一緒に来ていただいて。

も思ひ給ふる。いと[九]篤《あづ》しくもなりに[8]たるを、さらば、早う思《おぼ》し立てかし。いと恐ろしうも、物の心、よう思ひ知りたるさまにおはすれば、いとよう弾かせ奉り給ひてむ」とのたまふ。忍びやかに聞こえ給ふやう、[仲忠]「このことおぼえ侍るなむ、多くのこと侍る。[一〇]かの宮は、いと人騒がしく[一一]不用なり。[一二]この殿も、[一三]さるべきにも侍らず。[一四]京極を、さるべき[9]さまに造り[10]しつらはせ侍りてとなむ思ひ侍る。よろづの所よりも、かの殿をなむ、しかものせむに、本意《ほい》のごと侍るべき。[一五]殿や、[兼雅]『便《びん》なし』とのたまはせむ。仲忠、[11]これこそは、一生の大きなる大事に思ひ侍れ」。尚侍《かん》のおとど、[12]「さらなる御ことなり。『便なし』とありとも、[一六]それにやは。[一七]ただの[13]たまはむにのみこそ。[一八]かしこは、いと世に異《こと》なり。年ごろ思ふに、なほ、[14]ただ渡り住ままほしう思ひ侍り。心のどかに、昔を思ひ出《い》でて、さべき[一九]尊きことをもせさせ、行ひもかしこにてせむとなむ思ひ侍る」などのたまふに、涙もとどめがたう落ち給ひぬ。大将も、[二〇]悲しきことや思ひ出で給ふらむ、泣き給ふ。[仲忠]「よく思し仰せ

八　「ここ」は、一人称。
九　「篤し」は、病気がちだの意。これまでも、死を意識した尚侍の発言があった。【三】注三参照。
一〇　「かの宮」は、正頼の三条の院の東北の町をいう。仁寿殿の女御の居所であるための呼称か。「国譲・中」の巻【三九】注三参照。
一一　「不用なり」は、不可能だの意。
一二　「この殿」は、三条殿。
一三　琴の伝授をするのにふさわしくありません。
一四　京極殿。
一五　この「殿」は、兼雅。
一六　そのことで遠慮なさる必要はありません。
一七　ただあなたがおっしゃるとおりになさればいい。
一八　「かしこ」は、京極殿。
一九　「尊きこと」は、亡き両親の追善供養をいう。
二〇　挿入句。

らるることなり。仲忠も、[二一]世の中といふもの常なきものなり、静かに時々は籠もり侍りて見給へ[15]まほしき[16][二二]法文《ほふもん》・書《ふみ》どもも侍り。[二三]さるべき昔の御ためのことどもも、[17]いかでかと思ひ給ふるも、公《おほやけ》私《わたくし》と、[18]心・身の暇《いとま》なく侍りなむ。静かなる御行ひ、殿の御世の間《あひだ》はせさせ[二四]給はじ。[二五]尊きことは、しか思ふやう侍り。いぬ宮の、思ふやうにものし給はば、さやうの折にも、なほ、かくてこそは御覧ぜめ。いかで、よにあらまほしくめづらかなることを御覧ぜさせむとなむ思ひ給ふる」など、あはれなることども聞こえ給ふほどに、殿、「前《さき》追ふ声[19]して久しくなりぬるは、ここにものせらるるにこそありけれ」とて、[二六]御子《みこ》抱《いだ》き奉り給へり。[二七]宮の君、[二八]「まろも」と聞こえ給へば、宮をば肩にかけ奉り給ひて、[二九]いま一所《ひとところ》をばただに掻《か》き抱《いだ》きておはす。[三〇]若君もおはしたり。いづれとなく、さまざまに清らにうつくしげにおはする、うつくしう見奉り給ふ。尚《かん》侍のおとども、大将の御気色も、泣き給へりけるを、「《兼雅》など、例ならぬさまに見え給ふ。もし、[三一][20]宮の御方、[三二]対などの人々の中に、

二一 挿入句。
二二 「法文」は、「経」「論」「釈」などの、仏の教えを記した書物。
二三 「さるべき昔の御ためのことども」は、祖父母のための追善供養をいう。
二四 「さす」は、使役の助動詞。
二五 追善供養の件に関しては、私に考えがございます。京極殿に叙爵を願うことをいうか。「楼の上・下」の巻【三九】注二三参照。
二六 梨壺腹の第三御子。
二七 「宮の君」は、仲忠の長男。
二八 僕も抱っこして。
二九 「いま一所」は、宮の君をいう。
三〇 「若君」は、小君。
三一 「宮の御方」は、女三の宮。

便《びん》なきこと言ふやあらむ」[21]と、大将思すらむこと恥づかしくてのたまふ。尚侍《かん》の殿、いとよう笑み給ひて、「あなもの狂ほし。京極造らむとあるにつけて、あはれなること思ひ出づるなり」。殿、（兼雅）「それこそは、思し出でむに、いと苦しけれ」と、まめやかにのたまへば、（尚侍）「あやしく。それより前《さき》にも、[三三]いみじうあはれなることどもはなくやは」と聞こえ給へば、（兼雅）「そよ。それにつけてもの思はせ奉りけむを思ふに、いと苦しうなむ。いかで、昔の世の中のことをはか[三四]けじ」とのたまへば、（尚侍）[三五]「ただ今、[22]よきことの限りもおぼえ給ふなるかな」とて、かく書きつけて居給へり。

（尚侍）[三六]いにしへの千《ち》ぢ八《や》千《ち》種《くさ》のもの思ひを今も悲しといかが忍ばぬ

と書き給ふにも、涙落ち給ふを、殿も、あはれにおぼえ給ひて、いと疾《と》く、

（兼雅）[三七]「千くさには涙ぞ露と結びけむかかるこの世に思ひ解けなむ

[三八]疎《おろ》かなる御衛《まも》りか」

と書きつけて見せ奉り給ふ。

三二「対などの人々」は、東の一の対にいる宰相の上などに仕える人々。
三三　反語表現。「いみじうあはれなることどもはあり」の強調表現。
三四「かく」は、口に出して言うの意。
三五　今はもう、昔のことは忘れて、幸せな今のことばかりをお考えになるということなのですね。
三六「千ぢ八千種」は、非常に数が多いことをいう。参考、『義孝集』「春の花千ぢ八千くさに思へども言の葉繁しかくてやみなむ」。「いかが忍ばぬ」は、反語表現で、「忍ぶ」の強調表現。
三七「千くさ」に、「千種」の意と「千草」の意を掛ける。「結ぶ」「解く」は、縁語。
三八　私は、あなたをお守りする人として不充分ですか。

一八　仲忠、東の一の対に立ち寄り、宰相の上と対面する。

大将、これを取り給ひて出《い》で給ふままに[1]、対[一]におはして、[仲忠二]「久しく参らず」と聞こえ給ふ。御褥《しとね》[2]参らせ給ひて居ざり出で給へり。[宰相の上]「げに、おぼつかなきほどになり侍《はべ》りにけるかな。いとうれしく[三]のたまはするに、よろづのこと、皆慰まれ侍りてなむ、明け[四]暮らし侍る」と聞こえ給ひて、[仲忠五]「あやしき古里の侍りつるついでに、今めかしき御仲にのたまへる言《こと》」とて、ありつる物、御懐《ふつくろ》より引き出でて見せ奉り給へば、いとあはれにおぼえ給ひて、傍らに、

[宰相の上六]古里はいづくともなく忍ぶ草繁《しげ》き涙の露ぞこぼるる

とてさし出で給へれば、見給ひしも、げに、いかにと、あはれにおぼえ給へば、[仲忠七]「御筆の下《お》ろし」とて、

[仲忠八]住み来《こ》しも見しも悲しき古里を玉の台《うてな》[3]になさばなりなむ

一　宰相の上が住む東の一の対。
二　ご無沙汰いたしました。
三　「のたまはす」は、仲忠が兼雅に話をしたことをいう。
四　「明け暮らす」は、「明かし暮らす」に同じ意。
五　「あやしき古里」は、京極殿をいう。母と父が、荒れ果てた昔の屋敷でのことを思い出して、その機会に新婚夫婦のように詠み交わしなさった歌です。
六　「繁き」は、「忍ぶ草繁し」と「繁き涙の露」の意を言い掛ける。
七　お使いになった筆をお貸しください。
八　「玉の台」は、宝石で飾りたてたように美しい御殿。参考、『古今六帖』六帖〈葎〉「何せむに玉の台も八重葎出づらむ中に二人こそ寝め」。

など聞こえ給ひて出で給ひぬ。

一九　いぬ宮、日々に光りまさるように成長する。

大将は御徳もいと厳《いか》めしう、[一]大殿に次ぎ奉りて、この殿を、天《てん》下《げ》、世の人も、[1]かしこう頼み奉り、参り集ひ、何ごともものたまへなど思へり。

一の宮は、いぬ宮と雛《ひひな》遊びし給ふ。御容貌《かたち》、日々に光りまさるやうにおはす。いみじき[二]腹立ち、恐ろしき者の心にも、見奉らむ[2]に、よろづのこと忘れて笑まれぬべし、あて宮も、今のほど、かくは、えおはせざりけむと、思ひ並ぶべきさまならず見え給ふ。

御乳母《めのと》[三]五人、[四]宮の君・源氏《ぐゑんじ》の君ども、[3][五]御乳主《おほんちぬし》・乳母子《めのとご》六人、[六]同じほどにて、丈五尺なる裳《も》を、[七]結ひ込めに着せ給ひて、御遊びの具にて候《さぶら》はせ給ふ。これよりほかの人々には見せ奉り給はず。ただ[八]二の宮ばかり、[九]女御殿とぞ見奉り給ふ。[一〇]祖父《おほぢ》おとどゆかしがり

一「大殿」は、左大臣源正頼。

二「腹立ち」は、すぐに腹を立てる人の意か。

三「蔵開・上」の巻【二】には、「二人は民部大輔の娘、いま二人は五位ばかりの人の娘ども」とあった。

四「宮の君」「源氏の君」は、いぬ宮の侍女の名。

五「乳主」は、「忠こそ」の巻【三】注九参照。

六 以下は、「御乳主・乳母子六人」の説明。「同じほど」は、同じくらいの年齢の意。

七 端を折り込んで結んだ状態で。

八 朱雀院の女二の宮。

九 朱雀院の仁寿殿の女御。

一〇「祖父おとど」は、いぬ宮の祖父正頼。

聞こえ給へど、さらに見せ奉り給はず。朝廷《おほやけ》も、かの[二]読みさし給ふ書《ふみ》聞かまほしうし給へど、とかうのがれ申し給ひて、[4]おぼろけならで参りにくくし給ふ。

二〇　仲忠、修理大夫に京極殿に楼を造ることを命じる。

[一]京極におはして、静かに、[1]巡る巡る見歩《あり》き給ふに、世の中にありとある[2]木・花・[3]紅葉、数を尽くしてあり。唐土《もろこし》にもありけるものの、実《み》をかしく、花・紅葉めづらかにする木草どもの種をさへ[二]植ゑ置き給へりけるも、[三]山中《やまなか》、所々に、いとおもしろく、何とも人知らぬ生ひたり。[四]一年《ひととせ》は、いたくおほよそにこそ、おもしろしと見え給ひしか。のどかに今居[5]給ふに、かかる所なし。年経たる岩の、色々の[4]苔《こけ》生ひやうもいとをかしうめづらかなるを立て置かれたりける、さらに取り動かし直すべきにもあらざりけりと見給ふ。

二「かの読みさす書」は、講書の途中だった書物。「蔵開・中」の巻【三】、「国譲・上」の巻【三八】注三参照。

一　京極殿。
二　俊蔭が。
三　「山中」は、築山の中の意。
四　「一年」は、「蔵開・上」の巻【二】～【三】の時のことをいう。
五　以下は、草子地。「治部卿」は、清原俊蔭。「うつほの巻」は、「俊蔭」の巻のことをいう。
六　底本「その、ちに」。「そのおほち」の誤りと見る説に従った。ただし、俊蔭の曽祖父にあたるか。
七　「修理大夫に」とある

[五]治部卿《ぢぶきやう》は、「うつほ」の巻に見えたり。[六]その[6]祖父《おほぢ》大弁滋野《しげの》の王[7]は皇女《みこ》の婿なりしかば、この家、もと名高き宮とて、今の世のおもしろき所には言ひ、すぐれたるなり。

この三月十余《よ》日頃造るべきよしを、[七]修理大夫《すりのかみ》、[八]宮の御乳母《めのと》[8]のはらからなり、仰せ給ふ。[九]北の対、西、東《ひんがし》の対、[9]いとうるはしくよかりけり。四面《しめん》に[一〇]垣[10]巡り、白き壁塗らすべかんめり。この西の対の南の端に、未申《ひつじさる》の方かけて、[一一]昔墓ありける跡のままに、[一二]念誦堂《ねんずだう》建てたり。南の山の花の木どもの中に、二つの楼、丈よきほどに、[11]こちたからぬほどに、たちまちに造るべし。西・東に並べて、楼の二つが[12]中に、いと高き反橋《そりはし》をして、北・南には、格子《かうし》構《か》くべし。それに、我は居給はむとす。これ造らむには、なべての工匠《たくみ》には[一三][13]寄せじ、修理職《すりづかさ》の中にすぐれたらむ者二十人を選《え》りて、[一四][14]方分《かたわ》きて、心殊に造ら[15]すべきなりとて、絵師《ゑし》召して、造るべきやう[一五]あら[16]せ給ふ。[一六]東《ひんがし》の対の南の端には、広き池流れ入りたり。その上に釣《つり》殿《どの》建てられたり。その水の[17]さま洲浜《すはま》のやうにて、御前《ごぜん》の南には中

べきところ。
八　挿入句。女一の宮の乳母の兄弟である。
九　これは、昔の京極殿の殿舎か。
一〇　「蔵開・上」の巻【四】に、「まづ、築地、二三百人の夫どもして、その年のうちに築きつ」とあった。
一一　この「墓」は、埋葬地ではなく、参り墓か。
一二　【一六】注三四に、「さるべき屋どもは、一年造らせて侍り」とあった。「念誦堂」は、この時に造られたものか。
一三　「寄す」は、まかせる、依頼するの意。
一四　「方分く」は、東と西の楼を別々に分担させての意。
一五　底本「あらす」。「あらせ」の誤りと見た。描かせるの意。
一六　以下「楼は建つべきなり」まで、絵師に描かせた絵の様子。

島あり。それに、楼は建つべきなり。「[18]御殿《ごてん》の丈の高きを、そよりは南なる[19]岸[一七]繁《しげ》ければ、透きてはつかに見ゆべし。西・東《ひんがし》のそば[一八]よりは見えたらむは、柳の木どもの中より、小高くおもしろからむこと限りなからむ」など、人々興《けう》じ申す。

楼の高欄など、[一九]あらはなる内造りなどには、かの開《あ》け給ひし[二〇]御《み》蔵に[20]置かれたりける蘇枋《すはう》・紫檀《したん》をもちて造らせ給ふ。[21]黒鉄《くろがね》には、白銀《しろかね》・黄金《こがね》に塗り返しをす。[二一]檽子《れんじ》すべき所には、[二二]白く、青く、黄なる木の沈《ぢん》をもちて、色々に造らせ給ふを、[22]さるべき所々には、白銀・黄金、[二三]筋遣りたり。まづ門鎖《かどさ》して、大将、[二四]おはし給ひて、御覧じて造らせ給ふ。中にすぐれたる上手《じやうず》、挑《いど》み交はして、ありがたうめでたう造る。

二一　京極殿建造の噂。藤壺、いぬ宮への秘琴伝授をうらやむ。

このことを、内裏《うち》・院にも聞かせ給ひて、殿ばら聞き給うて、

一七　木々が生い繁っているので。
一八　「そば」は、築地のそばの意か。
一九　外から見える内部のしつらいなどは。
二〇　京極殿の蔵。
二一　「檽子」は、「檽子格子」のこと。細い角材を一定間隔で並べた窓。
二二　白や青や黄色に塗った沈香をいうか。
二三　「筋遣る」は、象嵌するの意か。「あて宮」の巻【二】注三参照。
二四　底本「おはし給ひて」、敬語不審。「嵯峨の院」の巻【一五】注五参照。

一　「藤壺の方の孫王の君のはらからの四の君」と、「いぬ宮の御方に宮の君といふ」は、同格の表現。上野の宮の娘。ただし、「国

めづらかにをかしきことなりとて、[1]涼《すずし》の中納言、行正《ゆきまさ》の中将、これかれ行《い》き会ひ給ひて、「いかで見む。あやしう、絶えずめづらかなること出《い》で来る所にてこそあれ[2]。さだめて、あるやうあべからむ」とゆかしがり給ふ。

[一]藤壺《ふぢつぼ》の方の孫王《そんわう》の君のはらから[3]の四の君、いぬ宮の御方に宮の君といふ、物詣《ものまう》でに行《い》[二]き会ひて、〔宮の君〕[三]「殿の、いぬ宮に琴《きん》教へ奉り給ふべきこと嘆き給ひしありさま、ほのかに聞きしは、少々の琴《きん》の音《ね》聞かむよりもめでたかりしものかな。〔仲忠〕『今まで教へ奉らせ給はぬこと』とてぞ嘆かせ給ふや」など語りけるを聞こえ[四]ければ、上[五]渡[六]らせ給へる、〔藤壺〕「一の宮、何ごとを思《おぼ》すらむ。この造りののしる楼は、いみじうおもしろきことあるべかなり。尚侍《ないしのかみ》もろともに迎へて、いぬ宮に琴《きん》教へむを、一の宮聞き給はむに、世に、さることは、またあらじを。年[七]ごろ聞かまほしうし給へど、ここ[八]に聞かせずなりにき、惜しむ手を、か[九]の折にこそは、残りなく聞き給はめ。[一〇]うらやましうこそあれ。よろづのことよりは、おもしろきこ

譲・上」の巻【三四】には、「娘は三人」とあった。

二 藤壺づきの姉の孫王の君と出会って。

三 「殿」は、仲忠。

四 「聞こゆ」は、姉の孫王の君が藤壺に申しあげるの意。

五 「上」は、帝。

六 「渡らせ給へるに」の誤りか。

七 女一の宮が長年聞きたがっていらっしゃったのに。「国譲・上」の巻【三五】で、女一の宮は、藤壺に、「その人（仲忠）の（琴）をぞ、くはしう聞かぬ。いかで聞かむと思へど、さらに聞かせず」と言っていた。

八 挿入句。「ここ」は、一人称。

九 「かの折」は、仲忠がいぬ宮に琴を教える時の意。

一〇 女一の宮さまがうらやましい。

とを明け暮れ聞きてあらむことよりほかのことあらじ」とのたまふ御気色むつかしければ、上にも、げに、いみじうありがたきことならむかしと思せど、もののたまはで、《帝》「いぬ宮の移し伝へたらむは、春宮の御代《みよ》に、さりとも、飽くまで聞き給ひてむ。異《こと》ざまに、はたあらじ。心のどかにもの思ふこそよけれ。この大将のことにつきてこそ、度々《たび》気色悪《あ》しう、苦しけれ。いたう腹立ち給はぬ前《さき》に」とて渡らせ給ひぬ。

二二　仲忠、京極殿の楼を、心をこめて造らせる。

かくて、楼に上《のぼ》り給ふべきほどの呉橋《くれはし》は、色々の木を交ぜ交ぜに造りて、下より流るる水は透《す》かして見ゆべく造る。楼の天井《てんじやう》には、鏡形《かがみがた》・雲の形《かた》を織りたる高麗錦《こまにしき》を張りたり。板敷《いたじき》にも、錦を配せさせ給ふ。わが御座所《おましどころ》には、ただ、唐綾《からあや》の薄香《うすかう》なるを、天井にも、張りたる板にも敷かせ給ふ。西の楼には尚侍《かん》のおとどのお

一一　春宮が即位なさった時に。
一二　いぬ宮は、必ず春宮に入内するはずです。
一三　あるいは、「気色」は、「御気色」の誤りか。

一　「呉橋」は、欄干などをつけた、中国風の反橋をいうか。『日本書紀』推古天皇二十年にも、「是歳、自百済国有化来者。…仍令構須弥山形及呉橋於南庭」とある。
二　呉橋の下を通って流れる水は。
三　「鏡形」は、円形のまわりに花弁のような角が八つある模様。「雲の形」は、雲がたなびいている形の模様。

はし所、東《ひんがし》の楼にはいぬ宮のおはし所なり。[七]浜床《はまゆか》をのみぞ、いぬ宮の御料はささやかにせさせ給へる。その浜床には、紫檀《したん》・浅《せ》香《かう》・白檀《びやくだん》・[2]蘇枋《すはう》をさして、[八]螺鈿《らてん》磨り、玉入れたり。三尺の屏風《びやうぶ》四帖《でふ》、唐綾《からあや》に唐土《もろこし》の人の絵描《か》きたりけるを、ここにて大将の張らせ給ひて、一具《ひとよろひ》づつ、二つの楼の浜床の後ろに[3]立てたり。楼の天井に、三尺の[九]唐紙《からかみ》を、[一〇]尚侍《かん》のおとどの御《おん》にもこれにもかけ給へり。いといみじう、香《か》の匂ひはよに香《かう》ばしきよりも、このしつらひ、細かなるありさまに[4]造り果てたる、照り[5]輝《かかや》き、めづらかなるを、工匠《たくみ》・作物所《つくもどころ》の者ども、「また、かかることあらじ」と言ひ思ふ。

　大将は、しばしにても、思ふやうにて、めづらかなるさまにて、尚侍《かん》のおとどを渡し奉りて見奉るべきに、[6][一一]いぬ宮のし給ふと、いとどうつくしう、[一二]すずろにては、いかで見ましと思ひ奉り給ひて[一三]。

　このことを聞きつつ、人々、深き心を知らぬは、いかなることし給ふべきならむとゆかしがり給はぬなし。一二町を[一四]経て行く[7]人々、この楼の錦・綾《あや》の、こくばくの年月《としつき》さまざまの香《かう》どもの香《か》

四　反橋に設けた仲忠の御座所。
五　「薄香」は、薄い香色（黄味を帯びた薄赤色）。
六　「張りたる板」は、下に張った板。
七　「浜床」は、寝殿の母屋に設ける貴人の御座所。
八　「さす」は、組み合わせるなどの意か。
九　「唐紙」は、中国渡来の紙。または、それを模した紙。ここは、それを天蓋のようにかけたものか。
一〇　尚侍の御座所にもいぬ宮の御座所にも。
一一　いぬ宮がここで琴の伝授をなさるのだと思うと。
一二　反語表現。「すずろにては見ざらまし」の強調表現。
一三　接続助詞「て」でとめた表現。
一四　底本「へて」。「へた（隔）てて」の誤りとみる説もある。

に染みたる、風吹く度《たび》ごとに香《かう》ばしき、愛《め》であやしむ。

二三　仲忠、朱雀院に、いぬ宮への秘琴伝授を報告する。

大将、[一]院に参り給へるに、[朱雀院]「[二]古き所、めづらかなるさまに楼など造るべかなるは、いかなることとあるぞ。男《をのこ》ども、『いとをかし』[1]などこそ言ふめれ」とのたまはすれば、[仲忠]「なんでふことも侍《はべ》らず。いぬ宮の、静かなる所に侍れば、かしこにて琴《きん》習ひ給ふべきなり。尚侍《ないしのかみ》、『今は、やうやう身[三]篤《あつ》しく侍るに、この手伝へとどめむこと、今は[四]誰にかは』と侍るを、[五]昔のやうにも侍らざめれば、仲忠、朝廷《おほやけ》に暇《いとま》賜はりて、心静かにてものし侍らむ」と奏し給へば、いと御気色よろしくて、[朱雀院]「げに、さるべきことなり。[六]それこそは、いと便《び》なきことにはあなれ。[七]相撲《すまひ》にいとはつかに聞きて、[八]えまた聞かずなりにしこそ、いとくちをしけれ。[九]初めには、うたて、心慌たたしきやうならむ。必ず、かの末つ方に、行《い》きて

一　朱雀院。
二　「古き所」は、京極殿をいう。
三　【一七】注九参照。
四　「誰にかは」は、反語表現で、ここは、いぬ宮しかいないの意。
五　母は昔のように健康ではございませんので。
六　「それ」は、尚侍の健康がすぐれないことをいう。
七　「相撲」は、「相撲の節」の意。院（当時は、帝）は、相撲の節会の際に尚侍が弾く琴を聞いた。「内侍のかみ」の巻【三七】参照。
八　院は、「内侍のかみ」の巻【二五】で、尚侍に、「今よりだに、なほ、よろしからむ節会ごとに、すべて節会一つに手一手づつ遊ばせ。また、節会ならずとも、春秋の草木の盛りの見どころあらむ夕暮れなどに、なほ、おもしろからむ手遊ばして聞かせ給へ」と言ってい

聞かむ。思ひのやうに教へられたらむ喜びも、今は[一〇]かくなりたりとも、さりとも、[一一]ここにこそはせめ。いとうれしく、[一二]一の宮の御《み》もとにこの手のとまるこそ、本意《ほい》[2]かなふ心地すれ。さて、暇《いとま》は、心静かにて、御《み》許されがたくやものせられむ。いかに」とのたまはす。大将の、（仲忠）「そのことをなむ。[一三]ただ御気色になむ侍る」。（朱雀院[3]）「難かべうとも、さこそはあべかめれ」と仰せらるる。

[一四]かの書《ふみ》の残りゆかしく思ふやう[4]など仰せられてまかで給ふに、嵯峨《さが》の院の蔵人《くらひと》、御使にて、御車のもとに寄りて、「殿に参りて侍りつれど、院になむおはしますと侍りつれば。必ず参り給ふべき」と聞こゆれば、やがて参り給ふ。

二四　仲忠、嵯峨院に、いぬ宮への秘琴伝授を報告する。

[一]外《と》の方におはしましけり。（嵯峨の院）「月ごろ待ちかねてなむ。さるは、いとうれしき喜びも、いかでかくと思ふや。そのことは、[二]一条に

たが、それ以後聞いていない。
九　「初め」は、伝授の初めの頃の意。
一〇　「かくなる」は、退位したことをいう。
一一　「ここ」は、一人称。
一二　女一の宮が生んだ御子のもとに。
一三　「御気色」は、院のご意向の意。院のご意向次第です。院から帝に取りなすことを依頼する発言。
一四　「かの書の残り」は、講書の続きの意。「国譲・上」の巻【三六】注三参照。

一　嵯峨の院は、仲忠が来るのを待ちかねて外に出ていたのである。
二　「一条に心苦しうてものせられし宮」は、嵯峨の院の女三の宮。兼雅の妻の一人。「蔵開・下」の巻【二二】で、兼雅に三条殿の南のおとどに引き取られた。

心苦しうてものせられし宮《女三の宮》の、[三]『あはひ目見ゆるさまにてなむある』と[四]ものし給ひしかば、『そのこと、女三の宮[五]御もとに言ひ催されたるになむ。[六]事に触れて、いとあはれにうれし』と言ひ給へば、[七]行く末、今はいと短きに、いとうれしくなむ。かく、いと恐ろしげにて、人に厭《いと》はるる世に、[八]神《し》泉《せ》の[1]行幸《ぎやうがう》に[2]似たらむこともがなと、いま[3]一度《ひとたび》とのみぞ思ひ出《い》づる。あはれに心細き慰めにと思ふ、悲し。[九]まことに、ある人の言ふ、『古き跡改め造られて、楼などめづらかなるさまに造りて、いとおもしろきことあるべし』[4]とのみ聞くを、などか、いと心憂く、むげに思ひ捨てられたらむ。院の御幸《みゆき》も[5]行幸なども[6]あらむに、はた、[一〇][7]ここにも、対面《たいめ》の[8]難き人々には、さやうのついでにだに、いかでとなむ思ふ』。大将、仲忠[一一]『思ひかしこまりて承りぬ。しばしばも候《さぶら》ひぬべきを、公《おほやけ》私《わたくし》と、[9]え避《さ》らぬことども[10]に明け暮らし、暇《いとま》候はずしてなむ。宮の御ことは、[一二]なにがし[11]が取り申しつることにも侍《はべ》らず。事に触れて、かたじけなく、いかにとかしこまり給ふることをなむ』となむ[12]いらへ給へるを、

三「あはひ目」の「あはひ」は、間柄、仲の意で、「あはひ目見ゆ」は、夫婦の関係が戻ったの意か。

四「ものし給ひしかば」は、下の「言ひ給へば」と並列の表現か。

五 右大将殿が勧めてくださったのです。「御もと」は、嵯峨の院の立場からの、間接話法的な表現。

六「事に触れて」は、何かにつけての意。

七「行く末短し」は、寿命がないことをいう。

八「神泉の行幸」は、「吹上・下」の巻【九】～【一二】参照。

九「まことに」は、話題を変える時の言葉。

一〇「ここ」は、一人称。

一一「思ひかしこまりて承りぬ」、語法不審。

一二「なにがし」は、一人称。

「思《嵯峨の院》ふことものせむ」とのたまはせて、「かの所なむ、ゆかしとおぼゆるやうは、昔の一三滋野《しげの》の王布留《ふる》の朝臣《あそん》の一四内方《ないはう》は、わが一五伯母《をば》にいまそかりし宮なり。俊蔭《としかげ》の朝臣の母の源氏《ぐゑんじ》は、御息所《みやすどころ》腹の一六また姉《いもうと》なりしかば、我、まだ親王《みこ》なりし時、かの伯母宮の住み給ひし時、いとおもしろかりし所なりしかば、春秋、詩《ふみ》作りにものして見しに、今ほのかに思ひ出づるに、いとあはれにゆかしき所になむあるを、いかなるわざをせらるべきぞ。さるべきことあらば、一七こかむのこと多くて、交じらまほしくなむある」と仰せらるるを、常に、いにしへのこと思ふにも聞くにも、あはれにのみものをおぼえ給ふに、おぼつかなかりつることも明らかに[13]のたまはするに、おもしろうかたじけなうおぼえ給ひて、「仲忠《仲忠》あなかしこ。一八御念仏をも、などかは、必ず参り侍りて。一九昔方《むかしかた》は、歳深く入り侍らで、思ひ給へ憚《はばか》りしを、今は、心よく、何ごとの事の折にも、仰せ言《ごと》のままにこそ、背かずは侍らめ[14]と思ひ給ふるに、心は、仲忠こそは隔て改められめと思ひ給ふるうちに、尚侍《ないしのかみ》、本意《ほい》ありて、『いか

一三　「滋野の王布留の朝臣」は、俊蔭の曽祖父か。【三〇】注六参照。
一四　「内方」は、人の妻を敬っていう語。
一五　「伯母」は、嵯峨の院の父帝の姉だろう。
一六　「また姉」は、ここは、異腹の姉の意。
一七　「こかむのこと」、未詳。
一八　「御念仏」は、注三六の、嵯峨の院での毎月十五日の念仏の法会をいう。
一九　「昔方」は、「昔」に同じ。昔は、私も、歳が若く、こちらにうかがうことを遠慮しておりましたが。

で、かの所に、今は、[二〇]本意《ほい》ありて、かの所に侍らむ。ついでに、[二一]一の宮の若君の、今は、およすげて、琴《きん》弾かまほしうし給ふに、[二二]教へさせ侍らむ』となむ。おほかたにては静かならず侍れば、少し離れて、高きさまなる物建てさせ侍るを、しか、ことことしく、人の[15]奏するにや侍らむ」。

院、大きに驚き興《けう》ぜさせ給ひて、「行幸よりは、[二三]それこそ、天《てん》下《げ》におもしろきことはあなれ。朱雀院《すざくゐん》は、内裏《うち》にても、[二四]相撲《すまひ》の折も聞き給ひけり。俊蔭の朝臣の、[二五]唐土《もろこし》より上《のぼ》りて[二六]琴《きん》を奉りしに、その音《ね》、例の琴《こと》にも似ず、響きよく、おどろおどろしかりしかば、[二七]『弾きとどめて』とものせしにも聞かず、[二八]聞かまほしかりしことも聞かせず、かかる異《こと》なることを好みし間《あひだ》に、『書《ふみ》の道をばさる方にて、この方の師にせむ。[二九]女宮たちにも教へ奉らむ』と、度々《たび》言はせしにも聞かで、かの尚侍を、父母の愛《かな》しがる人にては、限りなくいたはしう、またなきものに[16]思ひ取りて、心もありしかば、[三〇]女方よりも、度々《たび》ものすることありしにも、いと心強う、心深か

二〇　尚侍は、【一七】で、仲忠に、「心のどかに、昔を思ひ出でて、さべき尊きことをもせさせ、行ひもかしこにてせむとなむ思ひ侍る」と言っていた。
二一　「一の宮の若君」は、いぬ宮をいう。この呼称は、ここにだけ見える。
二二　「させ」の使役の助動詞は、仲忠の立場からの表現か。
二三　「それ」は、いぬ宮への秘琴伝授をいう。
二四　「相撲」は、「相撲の節」の意。【三】注七参照。
二五　俊蔭は唐土から帰って来たと意識されていた。「俊蔭」の巻【五三】注六、「蔵開・中」の巻【一九】参照。
二六　「俊蔭」の巻【一九】参照。
二七　「弾きとどむ」は、嵯峨の院が春宮（朱雀院）に琴の伝授を頼んだことをいう。
二八　「聞かまほしかりしこと」

りし人にて、朝廷《おほやけ》を恨み、世の中を知らでなむ、身をも心づから沈めてし。その折の大臣《だいじん》どもの、『この国のための限りなき面目《めいぼく》を広めむ』と言ひ、三一出だし立てしことを、ここには惜しみ思ひし効《かひ》なく、我一人に恨みをとどめられにしになむ、今に、飽かずあはれに思ふ。『「この御世《みよ》にだに、かの勘事《かんじ》を、今は、かく三二残りなき身に、許されなばや、いかにうれしからむ」となむものしつる』と、必ず伝へられよ。それを、琴《きん》の声を、飽くまで弾きて聞かせ給はばこそは、三三げにと、心やすくおぼえめ」。大将、「昔のことは、くはしうも、え知り給へず。仰せ言《ごと》は、いかがものし侍らむ。今は惚《ほ》れ惚れしうなりて侍れども、そのうちにも三四参りて、いとよく聞こしめさせ侍りなむ」、院[17]、うち笑ませ給ひて、「否《いな》。それは、えあるまじきことなり、三五公私《おほやけわたくし》となく馴《な》らはれたれば。かの児《ちご》に教へ果てられむ末つ方なむ、いと聞かまほしき」など、さまざまに、いにしへのあはれなることも、いささか惚《ほ》け惚けしからず仰せらる。おはしまさむことのがれあるべきならずのたまは

は、学問に関することと解した。
二九　女宮たちへの琴の伝授のことは、「俊蔭」の巻には語られていない。
三〇　「女方より」は、女性の縁を通しての意か。俊蔭の北の方が一世の源氏であることと関係するか。
三一　「出だし立つ」は、遣唐使として派遣するの意。
三二　「残りなし」は、余命いくばくもないの意。
三三　ほんとうに許してもらえたのだと思って、ほっとすることだろう。
三四　「参りて」は、下の「聞こしめさせ侍りなむ」の使役の表現を共有して、「(母を)参らせて」の意。
三五　倒置法。尚侍も公私ともにお忙しいから。

す。

院内《ゐんうち》しつらひておはします。歳高うならせ給へるやうならず、いと清らにめでたし。月、十五日には、僧あまた召して、[三六]御念仏、殿上人・上達部《かんだちめ》あまたして、それに堪へたる人しては、[三七]唱号《さうごう》せしめ給ふ。院内、[三八]儀式、いとになし。

かくて、まかで給ひぬ。

二五　仲忠、いぬ宮に秘琴を伝授することを告げる。

いぬ宮の御方には、[一]同じ母屋《もや》の西に、げに小さき几帳《きちやう》立ててしつらひ給へり。小さき人々、ささやかなる碁盤《ごばん》に、碁打ち居たり。御手の、綾《あや》の単衣《ひとへ》の[二]黒きよりさし出《い》で給へる、いとうつくしげにおはす。[三]ちご宮・兵衛など、いぬ宮と、いかが打ち給へるとて[四]見給へば、恥ぢ給ひて打ち給はず。これら、[1]見つけて走れば、[仲忠]「いと言ふ効《かひ》なき御供人かな。裳《も》着たる[2]足音《あしおと》にはあらずや」とのたま

三六　月ごとの念仏。参考、『源氏物語』「松風」の巻「御寺に渡り給うて、月ごとの十四五日、つごもりの日行はるべき普賢講、阿弥陀、釈迦の念仏の三昧をばさるものにて、またまた加へ行はせ給ふべきことなど定め置かせ給ふ」。

三七　底本「さうかう」。「しやうがう（唱号）」の直音表記で、仏の名号を唱えるの意か。

三八　「儀式」は、ここは、法会の作法、しつらいなどの意。

一　「同じ母屋」は、仲忠と女一の宮が住む東の一の対の母屋をいうか。

二　「黒し」は、濃い紅色が黒みを帯びて見えることをいう。「菊の宴」の巻【三五】注三七参照。

三　「ちご宮」「兵衛」は、いぬ宮の若い侍女の名。

へば、大人ども、「げに」とて笑ふ。

大将、いぬ宮に聞こえ給ふ、「《仲忠》弾かまほしくし給ふ琴《きん》習[五]はい奉らむを」とのたまふより、いとうれしと思《おぼ》して笑み給へる、いとはなやかに、見まほしう、愛敬《あいぎやう》[3]こぼるばかりにておはするを、いとうつくしと見奉り給ふ。「《仲忠》琴《きん》習はせ給はば、宮[六]には聞かせ奉らでなむ習ひ給ふべき。いとおもしろうをかしき所に率《ゐ》て奉りてむ[4]。尚侍《かん》のおとどはおはしましなむや[七]」とのたまへば、「《いぬ宮》さりとも、宮おはせでは、いかでか」とのたまへば、「《仲忠》いとくちをしく。さては[5][八][6]不用に侍《はべ》なり。人に聞かせで、仲忠・尚侍《かん》のおとどなむ、人[九]に教へ侍る。しばし念[一〇][7]じ給ひておはしませ。さて、よく弾き取り給ひてむほどに、宮はおはしましなむ」と聞こえ給へば、「《いぬ宮》さらば、よかりなむ。[8]などて、宮には隠し給ふぞ」。「《仲忠》[一一]皆人の聞くにも弾き給ふは、この侍る琴《こと》をなむ、さは弾き給ふ。[一二]これは、異なり。人に聞かせつれば、声もせず、[9]え習はず侍る。宮も二の宮もおはせじ所なり。いとおもしろくなむ侍る」と聞こえ給へば、「《いぬ宮》さて、

四　「給ふ」は、いぬ宮に対する敬意の表現か。
五　「習はい」は、「習はし」のイ音便。
六　女一の宮。
七　「や」は、詠嘆の終助詞。
八　「不用なり」は、不可能だの意。
九　この「人」は、いぬ宮をいうか。
一〇　「念ず」は、我慢するの意。
一一　皆さんが聞く時にお弾きになる際には、こちらにある琴をお弾きになります。
一二　今回お弾きになるのは、それとは違う特別な琴です。「楼の上・下」の巻【一】に、「まづ、かの治部卿の習はし奉り給ひし龍角風をいぬ宮の、細緒風を大将のにて弾かせ奉り給はす」とある。

[一三]ちやはは」とのたまふは、中に思す御乳母《めのと》なりけり。[仲忠]「それは、近う候《さぶら》ひなむ」。[いぬ宮]「さは、宮、[女一の宮]『うらやまし』とのたまはむな」。[仲忠]「されど、声聞かぬほどにこそは侍りて、御[一四]乳《ち》欲しうおはしまさむほどは、[一五]ふと[一六]おはしまさせてむ」。[いぬ宮]「さて、なほ、久しくや、宮は見奉らざらむずる」。[仲忠]「などてか。ただしばしなり」と聞こえ給ふにも、[一七]いとあはれに纏《まつ》はし奉り給へるに、[一八]児《ちご》におはするはこしらへてもおはしなむ、宮、いかに思しのたまはすらむといとほしけれど、さるべきことならねばと思す。

[仲忠]「御前《ごぜん》に、乳母たち候ひ給ふや。いづらや。[一九]この駒競《こまくら》べの音しつる人々も参れ」とておはしぬ。

二六　涼、仲忠のもとを訪れ、親しく語る。

暮れ方になりにけり。[仲忠][一]「朱雀院《すざくゐん》に久しく候《さぶら》はで、まかりつるままに、[二]嵯峨《さが》の院に召しありつれば、参りて、今まで侍《はべ》りつるを。


一三「ちやは」は、乳母の呼び名。

一四 いぬ宮は、現在六歳。【三八】参照。当時は、かなり遅くまで乳を飲んでいた。仲忠は、三歳の時に乳を飲むことをやめている。「俊蔭」の巻【三五】注一参照。

一五「ふと」は、すぐにの意。

一六「おはしまさせ」の「せ」は、使役の助動詞。

一七 女一の宮は、いぬ宮をとてもかわいいと思って、いつもそばにいさせ申しあげていらっしゃるから。

一八 挿入句。子どものいぬ宮は、こうしてなだめて我慢していただけるだろう。

一九「この駒競べしつる人々」は、仲忠を見つけて走って逃げて行ったちご宮と兵衛をいう。

一 以下、女一の宮への発言。
二 嵯峨の院の年齢は、こ

いと恐ろしう、[二]御歳のほどよりはさかしう、[三]ものや仰せらるる君にこそおはしませ。この院の御前《まへ》に候ふは、恐ろしう、よろづにのたまふ言《こと》の、らうらうじく、愛敬《あいぎやう》づき、いかなるさまをか、かつ御覧じつけられむとこそ思ひ侍れ。[四]まことや、この楼造らせ侍ることを、今よりは、いとことことしう聞こしめしつつ尋ね問はせ給ふに、苦しくなむ。御幸《みゆき》あるべく仰せられつる、本意《ほんい》なく騒がしくやあらむ。[五]果て方になどは、おもしろきことならむかし」など聞こえ給ふほどに、涼《すずし》の中納言おはして、「久しく対面の侍らねば、参り来《きた》る。嵯峨の院に[1]参りてまかで侍りつるなり」と聞こえ給へば、仲忠「あな苦し。何ごとならむ。院の、事を興《けう》ぜさせ給へれば、来給へるなり[2]」とのたまひて、そのことのたうびにやあ[3]らむとて、仲忠[六][4]「そなたにこそ参り侍らめと思ひ給ふる[5]。[七]ただ今、かく侍り」とて、[八]直衣《なほし》[6]着替へ給ひて、[九]西の対と渡殿《わたどの》[7]の南の間《ま》にて対面し給へり。

涼[一〇][8]「一所《ひとところ》にてはおぼつかなからず承りなむとこそ思ひ給へしを、

の年の翌年に、「七十二」とある。「楼の上・下」の巻【三八】注四参照。また、【三四】にも、「さまざまに、いにしへのあはれなることも、いささか惚け惚けしからず仰せらる」とあった。

三「や」は、間投助詞か。

四「まことや」は、話題を変える時の言葉。

五「果て方」は、いぬ宮への伝授を終える頃の意。

六 私のほうからそちらにうかがおうと思っておりました。

七 今は、こちらでくつろいでおります。

八「直衣着替ふ」は、直衣に着替えるの意。

九「西の対と渡殿の南の間」は、寝殿と西の対を繋ぐ渡殿の南の間をいうか。

一〇 吹上にいた頃は、「同じ都に住むようになったら、あまり間を置かずに会ってお話がうかがえるだろう」

本意《ほい》も、皆違《たが》ひにけり。いにしへ契り聞こえ侍りしことどもは、皆ぞ思《おぼ》し忘れたりける。[9]遥かなるほどに住み侍りし折にも、取り分きていかで対面もがなと思ひ給へしに、たまたま[一一]対面のありがたくて侍りしかば、極まりなくこそうれしく思ひ給へてしか。いつしかも、一所にて、思ふやうに聞こえ承りて、心やすき遊びをもとこそ思ひ給へしか」など聞こえ給ひて、「まづは、いみじき大事のことを思すなるこそ。[10]涼には隠し給ふと[11]思ひ[12]給ふれば、いかが、つらしと思ひ聞こえぬ」。大将《仲忠》、「いとあやしく。げに。一所に、よくもあらず、[一二]思ひのほかの[13]住[14]まひにて[15]候はせ給ふ心慰めには、げに、明け暮れ聞こえさせ承らむを慰めにせむとなむ、かねて思ひ給へてしを、何の、言ふらむやうに、心静かにも侍らずなむ。[一三]昔の心ばへ、ただ思すらむ心のやうに。今は、いま少しむつましうなむ思ひ聞こえさする」。中納言、「いでや、かの京極殿を、世の中揺すりて、めづらかなるさまに楼など造らせ給ふと承るを、[一四]疎《うと》き人々だに、[一五]『さだめて、あるやうあらむ』とものし侍

と思っておりましたが。

一一「対面のありがたくて侍りき」は、仲忠が吹上を訪れて会ったことをいう。

一二「思ひのほかの住まひにて候はせ給ふ」は、涼が、あて宮に求婚しながらも、正頼の娘のさま宮に婿取られたことをいう。

一三 昔の約束の件は、ただ、中納言殿がお考えになっているようになさってくださいの意か。

一四「疎き人々」は、事情がよくわからない人々の意。

一五【三】には、涼や行正たちの発言として、「さだめて、あるやうあべからむ」とあった。

り。行正《ゆきまさ》[一六][16]の左近衛中将たちなどものせられしこと[17]侍《はべ》[一七]しもしるく、になくおもしろきこと[18]侍るめるを、などか、昔の御心ばへの名残あらば、気色ばかりも聞かせ給はざらむ」とて恨み聞こえ給へば、大将、

[一八]紀《き》伊国《のくに》の吹上が浜の浜辺にて契りしかひはなぎさなるかは

中納言、「いでや。

[一九]吹上の浜辺の契りなごりなくかひあることは見せじとぞ聞く

御物隠し、[二〇]なほあらじの御言葉などは、琴《きん》などの音《ね》よりすぐれてこそおはすれ。よろづのこと、いかで、かくしも、皆具し給ひけむ」と笑ひ給へば、大将も、いと心よくうち笑ひ給ひて、「何ごとをかは隠し聞こえたらむ[19]。ものおぼえずなりて侍るななり[20]。京極は、しか、御耳とまるべくも侍らぬものを。高き物おもしろくは、[二一]朱雀門《すざくもん》・[二二]幡幢《はたほこ》などを、いかに、[21]絶えず見る人侍らまし。静かなる所なれば[22]、時々もまかり移りて、心やすくと思ひ給ふるなり」など聞こえ給ふほどに、入り日のいと明かくさし入りたるに、

一六　行正が左近であることは、ここにだけ見える。
一七　「侍し」は、「侍りし」の促音便無表記の形か。
一八　「かひ」に「貝」と「効」を、「なぎさ」に「渚」と「無き」を掛ける。「浜辺」「貝」「渚」は、縁語。参考、『順集』「……我はなほ　かひもなぎさに　満つ潮の　世にはからくて……」。
一九　「なごり」に「余波」と「名残」、「かひ」に「貝」と「効」を掛ける。「浜辺」「余波」「貝」は、縁語。
二〇　「なほあらじの言葉」は、言いのがれる言葉のうまさの意。
二一　「朱雀門」は、大内裏の南の正門。高さは二〇メートルを超えるといわれる。
二二　「幡幢」は、長い矛の先に旗をつけたもの。『和名抄』調度部伽藍具「宝幢　訓波多保古」。

いぬ宮、白い薄物《うすもの》[二三]の細長《ほそなが》に二藍《ふたあゐ》の小袿《こうちき》を着給ひて[23]、丈は、[二四]三尺の几帳《きちやう》に足らぬほどなり。御髪《みぐし》は、糸を縒《よ》りかけたるやうにて、[二五]細《ほそ》脛《はぎ》にはづれたり。扇の小さき捧げ給ひて、児《ちご》・大人ども、三四人添ひてあれど、[いぬ宮][二六]「ころよころよ」とて、簾《す》のもとに何心なく立ち給へるに、風の、簾《す》を吹き上げたる、立てたる几帳《きちやう》のそばより、傍ら顔の透きて見え給へる様体《やうだい》・顔、いとはなやかにうつくしげに、あなめでたのものやと見え給ふを、[二七]え念じ給はで、笑みて見やり給ふに、大将、あやしと見[24]おこせ給ふ。

あらはなれば、[仲忠]「いと不便《ふびん》なりや」とて立ち給へば、[涼]「何の不便《ふびん》なるぞ。若き時は、[二八]うちはづれて、ほのかに人に見え給へるこそ、うつくしけれ。世の中に[二九]ののしり給ふ人も、むげに見ぬは、心地むつかしき時は、いでや、いかがありけむと見ゆるものなり。[三〇]いみじう、世にもの思ひは[25]出《い》で来ぬべき世なめり」とて、飽かずうつくしくおぼえ給ふ。

また[26]もぞ見え給ふとて、入り給うて、御[27]乳母《めのと》たちに、[仲忠]「いとあ

二三 この「細長」は、子どもの装束。

二四 「三尺の几帳」は、土居の上の脚の部分が三尺の几帳。

二五 「細脛」は、細い脛。いぬ宮の髪は、そこより長く、踝の上あたりまである。

二六 「ころよ」は、小さい物を呼ぶ幼児語か。ここは、蝶を呼んでいるのである。

二七 涼が。

二八 「うちはづる」は、姿を少し外に現すの意。

二九 「ののしる」は、評判になるの意。ここは、美しいと評判になることをいう。藤壺のことを念頭に置いての発言だろう。

三〇 いずれ、この姫君のことで、ずいぶんと悩むことが起こりそうですね。いぬ宮が成長すると、藤壺のように求婚者が多く現れることをいう。

三一 「この幼き人々」は、

【三五】注三の「ちご宮・兵衛」

さましう、しかしかなむありつる。いみじきわざなり。近うあら[28]ぬわざ、いと悪《あ》し」とのたまへば、[乳母]「蝶《てふ》の、御簾《みす》のもとに飛び侍りつるを、三一この幼き人々の、『我も取らむ。我も取らむ』と騒ぎ侍りつるを御覧じつるならむ」と申せば、[仲忠]「いと、三二この大人ども、いはけなしや」とて出で給ひぬ。

[仲忠]三三[29]「『片面《かたおもて》は』とこそ言ひ侍《はべ》なれ。くちをしきわざ」とのたまへば、[涼]「まめやかに、いといみじううつくしうおはしつるさまかな。何を思すらむ。三四かしこにおはする児《ちご》は、この御同じほどぞかし。いと醜くものし給ふに、思ひわづらひ侍りぬるものを」などのたまふ。[仲忠]「気色をかしげなるべし。三五[30]典侍《ないしのすけ》[31]、しか聞こゆめりき」とて、ゆかしう、いかならむとおぼえ給ふべし。

中納言、「三六院にのたまへる、三七[32]あが君あが君、三八かの御手の限りを尽くして教へ給はむは、さることはありなむや。人に、げに、なべて聞かせ給はじ。ただ片時のほど、いと聞き侍らまほしきを、必ず聞かせ給へ」と、ねんごろに聞こえ給へば、[仲忠]三九「あが君仏、隠

たちのことをいう。

三二「この大人ども」は、「この幼き人々」に同じ。いぬ宮と違って裳をつけているためにいうか。

三三「片面は」は、横顔は美しいが前から見るとそうでもないなどの意の当時の諺か。

三四「かしこにおはする児」は、いぬ宮と同じ年に生まれた、涼の女君をいう。涼の子は、「蔵開・中」の巻の【三七】には男君とあるが、「楼の上・上／下」の巻では、女君となっている。

三五 いぬ宮が生まれる際に世話をした典侍。

三六 嵯峨の院。

三七「あが君」は、仲忠をいう。

三八「かの御手」は、尚侍の琴の技法をいう。

三九「あが君仏」は、自分が大切に思っている人に呼びかける言葉。「祭の使」

し聞こえさせず。いとおもしろきことは、あるべきことにも侍らず。[四〇]二院《ふたゐん》、上も、あやしう聞こしめして仰せられつる。[四一]この侍る所は、いと騒がしう、[四二]宮たちも慌たたしうおはしまして、人繁《しげ》ければ、ただいぬ宮一人を[四三]かしこに渡して、仲忠が教へ奉るべきなり。尚侍《ないしのかみ》も、身も[四四]篤《あつ》しうものし給ふうちに、[四五]慌たたしき人の扱ひなどせられて、聞こゆとも、心静かにものし給はじ。[33]いぬ宮も、いと[四六]おほけなくおはすれば、はかばかしく、[四七]えやは習ひ給はざらむ。今は、昔のやうに、[34]聞かまほしきさまも、え弾きなされずや」。涼「さても、いつか渡り給ふべき」。仲忠[四八]「相撲《すまひ》のこと、[四九]国々険《さが》しきことありて、今年はあるまじとか聞き侍りつる。もし、さあらば、立たむ月の[35]間《あひだ》にやとなむ思う給ふる」。涼「近く侍《はべ》なるは。さは、必ず必ず」と聞こえ給ひて渡り給ひぬ。

二七　涼、さま宮に、いぬ宮への秘琴伝授のことを語る。

の巻【三五】注一九参照。
四〇「二院」は嵯峨の院と朱雀院、「上」は帝。
四一「この侍る所」は、今仲忠たちが住んでいる、正頼の三条の院をいう。
四二「宮たち」は、朱雀院の男宮たちをいう。
四三「かしこ」は、京極殿をいう。
四四「篤し」は、病気がちだの意。【一七】注九参照。
四五「慌たたしき人の扱ひ」は、頻繁に訪れる人の接待の意か。
四六「おほけなし」は、まだ幼いのに琴を弾きたがっていることをいうか。
四七 反語表現。きっと習い取ることがおできになるでしょうの意。
四八「相撲」は、「相撲の節」の意。
四九 この「険しきこと」の具体的な内容は、わからない。

中納言、[一][1]御方に、[涼]「いとうつくしきものをも見侍《はべ》るかな。大将の御方《みかた》にまうでたりつるに、いぬ宮、しかしかなむ。[二]天下《てんげ》のあて宮、さらに、今のほどよりは、かくはものし給はざりけむ。すべて、かばかりの容貌《かたち》は、この世にまたはあらじとなむ見えたる。いとをかしかりける君かな」。[さま宮]「あさましく、今に見せ給はぬこそ。いかがものし給ふ」。[涼]「いで。[三]さらに、めでたう、聞こえむ方もなしや。[四]大人の世には、用意などしてもてなしすれば、少しのことあり。これは、いとうつくしくこそおは[2]しけれ。髪のさまなど、まだいと幼[3]げなる顔の、気高くうつくしげなるに、髪の、艶《つや》々と、[五]縒《よ》りかけたるやうにてかかりたり。ただ、児《ちご》に[六]鬘《かづら》をうちかけたるやうにて。何心もなくて、[七]蝶《てふ》にやありつらむ、物の飛びつるを、扇捧げて、うちあふぎ給へるこそ。それに、恥づかしうなまめかしき顔・姿にぞものし給へる。[八]傍らより見るだにあり、向かひ居てあらむは。大将、いと疾《と》う見つけて、いみじと思ひて、[九]乳母《めのと》を言ひつるにやあらむ。今年は琴《きん》習はさむとて、尚侍《ないしのかみ》もろともに京

一「御方」は、さま宮。源涼の妻。
二 あの名だたるあて宮さまであっても。
三 ほんとうにかわいくて、どう申しあげたらいいのか、まったくわからないほどです。
四 成人した女性は、心遣いなどをして立ち振る舞うから、多少は美しく見えるものです。
五 いぬ宮の髪は、【三六】に、「糸を縒りかけたるやうにて」とあった。
六 「鬘」は、頭髪を補う添え髪。
七 挿入句。
八 横顔を見ただけでもかわいらしかったのですから、正面から見たらどれほどかわいらしいことでしょう。参考、『遊仙窟』「一眉猶叵ㇾ耐、双眼定傷ㇾ人」。

極に移るべきなめり。[一〇]この姫君、容貌は、いとこよなうは劣り給はじを。何ごともすぐれたる上手《じやうず》の御後《のち》[4]にて、今より何ごとも世の中を響かすこそ、いとねたけれ。小さき子ども[5]のいとほしげなるを、大人に作りてぞありける。よろづのこと[6]、あやしく、[一一]めづらかにものし給ふ人にこそあれ。[一二]女御《にようご》も、いかに、見る効《かひ》ありと思すらむ」などのたまふ。

二八　仲忠、女一の宮に、一年間の秘琴伝授の計画を語る。

大将、[一]宮に、「中納言《仲忠》の、この京極のことにて[1]ものし給へるに侍《はべ》り。かく、上下《かみしも》、かねてより、ことことしう、公私《おほやけわたくし》とものし給ふを、思ふやうに弾き伝へ給はずは、いかにくちをしからむ。生《む》まれ給ひし時よりだに、いかならむと、やすからず、人々はものし給ひしを。[二]殊なることなくは、公事《おほやけごと》をものせず侍らむとて、院に暇《いとま》申し侍りしを、[三]来む月よりとなむ思ひ侍る。いぬ宮は、い

九　乳母を叱りつけたのでしょうか。この部分には、仲忠に対する主体敬語がない。下に「いぬ宮さまの姿はすぐに見えなくなってしまいました」の内容を補い読む。

一〇「この姫君」は、涼とさま宮の女子。【二六】注一三参照。

一一「めづらかにものし給ふ人」は、仲忠をいう。

一二　仁寿殿の女御。

一　女一の宮。

二　特別な仕事がないなら、公務をせずに休暇をいただきたいと思って。

三「来む月」は、来月の意。八月である。

とよく、[四]『離れ奉り給ひてあらむ』とのたまふ。[五]御前《おまへ》は、見においはしまさば、院、宮たち、また、誰も騒がしう侍らむに、本意《ほい》なかるべし、おはしまさせで、『ただ一所《ひとところ》をなむ渡し奉りたる』とて、門《かど》も開《あ》け侍らじとす」[2]と聞こえ給へば、「《女一の宮》いく久しさかは」とのたまへば、「《仲忠》いかでかは。[六]いと疾《と》くは、[3]え習はせ給はじ。[七]物の心くはしく見させ給ひてこそ。尚侍《ないしのかみ》、[八]四つより、三年《みとせ》こそ、異《こと》遊びせられで習ひ給ひけれ。[4]六つになり[5]給ひぬ。いとよく。さりとも、いと疾《と》く弾き給ひてむ。今まで習ひ給はぬ、いと心もとなきことなり。[九]院・内裏《うち》の御書《ふみ》などのことより、いたづらに年月《としつき》を過ごし侍るに、世の中も、いくばく[6]はかなきものか。なほ、[一〇]一年《ひととせ》ばかりとなむ思ひ侍る。尚侍《ないしのかみ》、心細く、篤《あづ》しくものし給ふ。この御世にこれを[一一]おぼつかなからず習ひ給はむこそよからめ」。宮、「《女一の宮》いかで、いとさまで、恋しく見ではあらむ。時々は渡りてこそは見め」とのたまへば、「仲忠は、おぼつかなからず、夜《よる》などは参り来《き》なむ。それを御覧ぜば、慰ませ給ひてむ」など聞こえ給へ

四　母上と離れ申しあげて過ごしてもいい。「給ふ」は、仲忠の立場からの間接話法的な敬意の表現。
五　「御前」は、二人称。女一の宮。「御前は」は、「おはしまさせで」に係る。「見におはしまさば」以下は、挿入句。
六　とはいえ、母上も、そうすぐに伝授することはおできにならないでしょう。
七　「物の心」は、四季折々の自然の情趣をいう。【一六】の仲忠の発言参照。
八　【一六】注一〇参照。ただし、「俊蔭」の巻には、特に三年とは語られていない。
九　仲忠は、朱雀院や帝（当時は、帝と春宮）に講書をした。「蔵開・中」の巻【七】など参照。
一〇　「この御世」は、尚侍が生きている間の意。
一一　あまり間を置かずに。

ば、「《女一の宮》[一二]それは、やがて見ずともありなむ。いぬ宮のこと」と、いとまめやかにのたまへば、「《仲忠》いとまがまがしきことのたまはす。[7]かくのたまはせば、さらに、二三年も渡し奉らじ。いと心憂く、[一三]戯れにくく。[一四]かかることは仰せらるべしやは」とて怨《ゑ》じ聞こえ給へば、「《女一の宮》これこそまがまがしかめれ。琴《こと》弾く人は、思ふ人見ず、[8]離れてや習ふ。[一五]静かなる所は、さもありなむ。『《仲忠》一年《いちねん》ばかりは』とあれば、いとあさましく。幼ければ、何心なく、[一六]いつとも知らで、『《いぬ宮》離れてあらむ』とものしける[9]にこそあんなれ。[一七]しばし、人々のものせらるる時、あなたにあるをだに、心もとながり纏《まつ》はすものを、わびしともこそ思へ。いかなるべきことにかあらむ」と、いと心苦しげにのたまへば、大将、「ことわりなれど、何ごとも、心に入れて習ひ移すにのみこそ、人より殊に侍れ。[一八]幼くおはせむも心苦しとてやは。思ふやう侍るものを。さらば、聞こえさせじ。ともかくも、御心なり。[一九]ここには教へ奉らじ」と、まめやかに聞こえ給へば、[二〇]さてあべいことならねば、宮も、このこと

一二 「それ」は、二人称。あなたは、このまま会えなくなってもかまいません。
一三 「戯れにくく」を、気楽にものも言えないではありませんかの意と解した。
一四 反語表現。「かかることは仰せらるまじ」の強調表現。
一五 静かな所で習わせたいというのは、そのとおりでしょう。
一六 「いつとも知らで」は、いつまでともわからずにの意。
一七 「しばし、人々のものせらるる時、あなたにある」は、藤壺が退出した際、女一の宮が東南の町に行った時のことをいうか。「国譲・上」の巻【三五】参照。
一八 反語表現。いぬ宮が幼いことをもかわいそうだとお思いになることはありません。
一九 「ここ」は、一人称。私は、いぬ宮に琴をお教えいたしますまい。
二〇 「あべいこと」は、「ある

を、心殊に、いかでかと思《おぼ》すことなれば、[女一の宮]「さらば、念じてこそあらめ。いと[二一]忍びて、あからさまになどは、などかものせざらむ。なほ、[二二]ここには聞かせじとなめり。[仲忠][二三]『尚侍《かん》のおとど、いかでか心静かに聞かむ』と、常にものすることは、あらずや。そのほどだに、さらずは、いつ」とのたまへば、[仲忠]「いかがは。[二四]さこそは。それも、末つ方になむ。忍びても、渡らせ給はむを、この人々聞きつけ給はば[10]、むつかしう[11]、人々のものし給はむにこそ。[二五]御前《おまへ》をだにとて過ごし侍らむとなり」と聞こえ給ひて、今ぞ、思ふやうなる心地し給ふ。

二九　女一の宮、会えなくなるいぬ宮と、人形遊びをする。

[一]宮久しう見奉らざらむをとて、明けぬれば、暮るるまで、[二]いぬ宮雛《ひな》遊びし給ふ。[女一の宮][三]「ほかにては恋しく思ひ給ふべしや」とのたまへば、[いぬ宮][四]「いかがは。琴《こと》の弾かまほしければ。念じてやおはせむず

べきこと」に同じ。「べい」は「べき」のイ音便。「あ」は「ある」の撥音便「あん」の撥音無表記の形。
二一　いぬ宮に気づかれないように。
二二　「ここ」は、一人称。
二三　「尚侍のおとど」を、尚侍が弾く琴の意と解した。
二四　「この人々」は、三条の院の人々か。
二五　「御前」は、二人称。女一の宮。

一　女一の宮。
二　いぬ宮が女一の宮と人形遊びをなさる。
三　離れて暮らすことになったら、母のことを恋しくお思いになりますか。
四　恋しく思わないはずがありません。

る。みそかにはおはせかし。[1] [五]この雛《ひひな》にもや聞かせじとする」とのたまへば、いとあはれにをかしうおぼえ給ひて、[女一の宮]「などてか。[六]率《ゐ》ておはせ。大将をば、[七]聞きとぞ聞くのみに。雛《ひひな》遊びは、時々[八]をし給へ。琴《きん》を心に入れ給へ」とて、「いとおもしろく弾かむと思《おぼ》せ」など聞こえ給ふに、久しく見奉り給はざらむことの、いみじく恋しくおぼえ給ふべきを、[2]うちまもり奉り給ふに、涙のこぼれぬべければ、いま少しも、え聞こえ給はず、苦しと思すまじきことを語らひ給ふ。

三〇　仲忠、京極殿に移るための準備をする。

大将、[一]渡り給ふべき人々の装束《しやうずく》、[二][1]宮にも尚侍《ないしのかん》の殿にも分かたせ給ふ。御渡りの料とて、[三]人々にも奉りたり。[四]尚侍《ないしのかん》の殿に、絹百疋・綾《あや》二十疋、織物・薄物《うすもの》、[五]染め草などは、殊に奉り給ふ。[六]尾張《をはりの》守《かみ》に料を賜ひてせさせ給ふ。宮の、皆あり。綾、同じ数なり。同

五　このお人形にも聞かせてはいけないのかしら。
六　お人形は連れてお行きなさい。
七　「聞きとぞ聞くのみに」は、ただ聞き流していればいいのですよ。
八　「を」は、間投助詞。

一　「渡り給ふべき人々」は、京極殿にお移りになる予定の人々の意。
二　女一の宮。
三　「人々」は、京極へ同行する人々。
四　主体敬語がないこと、不審。
五　「染め草」は、染料とする植物。参考、『落窪物語』巻四「帥、被け物どもし給へば、人々の装束にとて、皆絹二百疋、染め草ども、皆預け給ひたれば」。
六　「尾張守」は、ここにだけ登場する人物。

じ日、宮も渡り給ひて、七三日過ぐして帰り給ふべし。大人、尚侍《かん》の殿に三十人、童《わらは》四人。宮の御方も、同じ数なり。八女御殿のみぞ、これは、数まさりたると言ふべきなり。宮の御方の大人は、皆帰り参るべければ、九この数《かず》への内には入らず。容貌《かたち》ども、すぐれてめでたし。尚侍《かん》の殿の御方に、少しねびたるが交じりたるしも、なほ、人にすぐれて、もてなし・ありさま、心憎くめでたし。一〇この御方の、一一宮初めの時に調へられたりし、なほ、心・ありさま、めやすくよしと、女御殿の御方に見給ふ人をば一二ここに賜へる[2]どもなれば、いと[3]になしと見えたり。

八月十三日なり。大将、かねてよりも、心殊にて渡し奉らむと思《おぼ》しければ、尚侍《ないしのかみ》の御車、新しく調[4]ぜさせ給へり。尚侍《かん》の殿のは、一三濃紫の糸毛に一四唐鳥鏈《からとりくさ》らせ縫[5]はせ給へり。宮の一五御《おほん》は、[6]二藍《ふたあゐ》に、一六雲襷《くもだすき》、秋の野の形《かた》を、騒[7]ぐ薄《すすき》、虫・鳥の形《かた》を、色々に縫はせ給へり。いとなまめかしう、さまざまにをかしう、一七鞦《しりがい》にも唐草《からくさ》の形《かた》を縫はせ給へり。下簾《したすだれ》も、一八香《かう》の地に薄物《うすもの》重ねて、小鳥・蝶《てふ》などを縫ひたり。

七　転居してから三日間はいろいろな儀式があった。「蔵開・下」の巻【三五】注二六参照。

八　「女御殿」は、仁寿殿の女御のお供の意。

九　京極殿に三日間滞在する人数の中には入らない。

一〇　「この御方の」は、女一の宮のお供の意。

一一　「宮初めの時」は、女一の宮が仲忠と結婚した時の意か。

一二　女一の宮の侍女としてお与えになった人たちだから。

一三　紫の糸毛車は、更衣・尚侍・典侍などの乗用の車。

一四　「唐鳥」は、外国の鳥。鸚鵡・孔雀や、鳳凰などをいう。「鏈る」は、綴り合わせるの意。ここは、簾に唐鳥の刺繡をしたことをいうか。

一五　「御」は、「御車」の略。

一六　「雲襷」を、雲の形を交差させるように斜めに配

[一九]右の大殿も、もろともにおはして、三日過ぐして帰り給ふべし。右大将殿も、御《ご》前《ぜん》厳《いか》めしう調へ給へり。[二〇]左の大殿の御方にも、人々の容貌《かたち》よきを仰せられ、院[二一]よりも、四位五位六位、容貌《かたち》よく、歳若き、内裏《うち》の蔵人《くらひと》経たるも選ひて、かの[8]三条京極なる所に渡り給ふなるに仕うまつるべきよし仰せ給ひつれば、我も我もと、[二二]賀《か》茂《も》の祭りはさるべき限りこそあれ、これは、左の、右の大殿、院調へさせ給ふに、世の中にものの[9]おぼえある人々、「この内に参らず、知らざらむは、いみじき恥なり」と申し、装束《さうずく》を調へ惑ひたり。[10]馬鞍《むまくら》より[11]はじめて、響きて急ぎたり。

大将《仲忠》、「尚侍《かん》の殿の御《ご》前《ぜん》どもは、若やかなる女郎花《をみなへし》色の下襲《したがさね》を着よ」とのたまふ。《仲忠》「宮の御方のは、薄き二藍《ふたあゐ》を着よ」とのたまふ。女房車ども、尚侍《かん》の殿の上臈《じやふらふ》三車《みくるま》は、紅《くれなゐ》の打ち[二三]袷《あはせ》に[二四]黄櫨《はじ》の織物、次々のは、[二五]朽葉《くちば》・香襲《かうがさね》、[二六]色[12]摺《ず》りの[二七]大海《おほうみ》の裳《も》なり。宮の御方のは、上臈四車《よくるま》、あるには、紫苑《しを》色の袿《うちき》に、赤色に二藍の唐衣《からぎぬ》、次々のは、薄《うす》二藍、女郎花色などのを着て、[13]青摺り、墨摺りのせ[二八]

した模様と解する説に従った。以下、簾に秋の自然の景物を刺繍したもの。
一七 「鞦」は、牛を車の轅に固定する紐。
一八 香色の下地に薄い絹織物を重ねて。
一九 「右の大殿」は、右大臣兼雅。
二〇 「左の大殿」は、左大臣正頼。
二一 朱雀院。
二二 挿入句。
二三 「打ち袷」は、砧で打って艶を出した打衣の袷。
二四 「黄櫨」は、黄櫨（山漆の古名）の樹皮の煎汁で染めた色。黄褐色。
二五 朽葉色の表着に香襲の袿の意か。「香襲」は、表裏ともに香色の織物か。
二六 「色摺り」は、さまざまな色で模様を摺り出すことをいう。
二七 「大海の裳」は、海辺の

みつの裳《も》なり。童《わらは》も、同じく着せたり。夏の料の上の袴《はかま》着たり。

［ここは、[二九]大将殿の御方。中のおとど。人々参り集まれり。］

三一　同日、人々、車を連ねて、京極殿に出発する。

酉《とり》の時なり。殿の内、宮たち・殿ばら、[一]出《い》だし車し給ふ。居集まれり。大将殿は出で居給へり。[二]院より、人々参り、また、『《朱雀院》出で給はむ見奉りて』と[三]仰せられつる」とて、左の馬頭《むまのかみ》[四]源宗良《むねよし》候《さぶら》ふ。

やがて、宮の御方の女房車の[五]次第立てて、寄すべきこと行ふ。同じ時に、尚侍《かん》の殿も出で給ひて、[六]車の次第定めにくければ、[七]大《おほ》路《ち》を別れて入り給はむと、[1]《仲忠》[八]「西の御門《みかど》より尚侍《ないしのかん》の殿、東《ひんがし》の御門より宮の御車は入るべきなり」[2]と。[3]その御前《ごぜん》[4]は、宮の御方に、院より、四位の殿上人十人、五位二十人、[5]容貌《かたち》・心よう清げなる六位二十人、殿上童《てんじやうわらは》二人、[九]日の装束《さうぞく》どもいとうるはしくしつつ参れり。これに、[6]左大臣殿など[7]加へて、いと厳《いか》めし。叔父《をぢ》の、[一〇]中納

景色を装飾した裳。「大海」は、「海賦」に同じ。「内侍のかみ」の巻【三】注二一参照。

二八「せみつ」、未詳。
二九　仲忠と女一の宮が住む、正頼の三条の院の東北の町。

一「出だし車」は、「国譲・上」の巻【七】注三四参照。
二　朱雀院。
三　朱雀院が。
四「源宗良」は、ここにだけ登場する人物。

五「次第立つ」は、序列を定めるの意。
六　尚侍と女一の宮のどちらの車が先に京極殿に入るのかを決めることができないために。
七「大路を別る」は、京極大路で別れるの意。

八【三】に、「西の楼には尚侍のおとどのおはし所、東の楼にはいぬ宮のおはし所なり」とあった。

言・宰相などにおはするは、車にて仕うまつり給ふ。中[一一]、少将の君達《きんだち》は、馬《むま》にて仕まつり給ふ。尚侍《かん》の殿、右の大殿に、四位八人、五位二十人、六位十五人、六位といふも、受領《ずりやう》の子どもの、雅楽《うたの》亮《すけ》・主殿亮《とのもりのすけ》・兵衛の左右《ひだりみぎ》の尉《ぞう》などいふなり。

大将、[一二]春宮大夫《とうぐうのかみ》し給へば、[一三]帯刀《たちはき》十二人を中より分けて仕うまつらせ給ふ。ただの四位五位[8]も、いと厳めし。[9]黄金《こがね》造り、ただの檳《び》[10]榔毛《らうげ》、[一四]こなたのも二十あるを、[一五][11]右の大殿、[兼雅]「これこそ、あらはなる移ろひなれ。[12]左大臣殿の、厳めしうて、[一六]二方《ふたかた》もてかしづき給ふに、おのれが劣るべきか[13]」とて、「子どもの数[14]こそ及ばざらめ。車は、いま五つ、こなたのは、また来む」とのたまへど、[仲忠]「便《び》なく侍《はべ》らじ。仲忠が、これは渡し奉るにこそ侍れ」とて制し聞こえ給へど、知りて、あいなしとて、かねてより、しか思ひ給へりければ、なほ二十五なり。

[一七]時なりて、[一八]殿は、御車寄せさせ給ふ。宮の乗り給ふ、[一九]御几帳《きちやう》、左の大殿、大将とさし給へり。乗り給ひぬるすなはち、大将、三[15]

九「日の装束」は、束帯をいう。
一〇 左大臣源正頼の長男忠澄と次男師澄か。
一一 正頼の三男祐澄と十男蔵人の少将近澄か。ただし、祐澄は、宰相の中将。
一二 仲忠が春宮大夫となったのは、「国譲・下」の巻。
【一二】 注一五参照。
一三 春宮坊の十二人の帯刀舎人を半分ずつに分けて、尚侍と女一の宮のお二人のお供をさせなさる。
一四 「こなた」は、尚侍方をいう。
一五 底本「左大殿」の「大」と「殿」の間の右に「将歟」と傍記があるが、「右の大殿」の誤りと見る説に従った。右大臣兼雅。
一六 「二方」は、女一の宮と仁寿殿の女御の二方の意。
一七 出発の時刻になって。
一八 「殿は」を、三条の院

条殿に馬を打ちておはして、[二〇]南の廂《ひさし》に出で居給へるを、「はやはや」とて乗せ給ふ。几帳も、[二一]殿二所《ふたところ》してさし給へり。[二二]宮の御方々の人々、見て、「[二三]殿をば聞こゆるに、限りもあらずや。かう、言ふばかりもなくめでたき大将の御《おん》[16]さまよ。帝《みかど》にて子を持たらむも、めでたくもあるまじからむ。子の、かうもてかしづき給ふは、いみじきものかな」と愛《め》で合へり。

次々の車ども乗り続きて出で給ふ儀式、げに、いとめでたう、あらまほしうめでたし。[二四]君、見出だし給ひて、「厳《いか》めしの人の御幸ひや。一人にても、かく、子を生みけむよ」などて、[二五]わが姉宮を思ひ比[17]ぶるに、かう、子・孫《むまご》[18]まで、わがままに広ごり満ちてののしる、かかる仲らひにて見るにも、よくものを言ひ思ふべくもあらず、[二六]仇《あた》[19]と見るぞ心憂きやと思《おぼ》せど、もとより、あやしきまで御心よくあてにおはすれば、さるべきにこそあらめ、梨壺《なしつぼ》の、皇《み》[20]子《こ》遅く生みてき、[二七]天下《てんげ》に言ふとも、まづ皇子《みこ》を生み給[21]へらましか[22]ば、いかにかはあらましとのみ、身の憂きのみ思す。[二八]殿、宮の御

ではの意と解した。
一九　女一の宮が車に乗る時のさし几帳。
二〇　南の廂の間に出ていらっしゃった尚侍を。
二一　「殿二所」は、兼雅と仲忠の二人をいう。
二二　嵯峨の院の女三の宮。
二三　「殿」は、兼雅。
二四　「君」は、嵯峨の院の女三の宮。
二五　「わが姉宮」は、嵯峨の院の女一の宮。正頼の妻。大宮。
二六　梨壺の母女三の宮と、藤壺の母大宮とは、立坊争いで敵対関係にあった。
二七　帝の藤壺への寵愛がどんなに深くても。
二八　「殿」は、兼雅。兼雅は、しばらく京極殿に滞在

方に入り給ひておはす。
[二九]大将、いと疾《と》う、宮の御車多く内に入りつるほどにおはして、宮の御車近う、院の御方どもうち交じり給ふを見れば[三〇]、夕[三一]映《ば》えして、いといみじく色うるはしう、はなやかに清げに見え給ふを、そこばく立てて見る車ども、「宮、何を思ひ給ふらむ。ただ人にはさらにも言はず、宮たちと聞こゆるも、さらに、いとかばかりおはするなければ、めでたしと見給ふらむかし」と、人々、やすからず言ふ。
[三二]宮の御叔父《をぢ》の、中納言と聞こゆる、御車に[三三]さし寄り給へれば、簾《すだれ》押し上げて、忠澄「さも[三四]幻のやうにも」と聞こえ給へば、うちほほ笑みて、仲忠「蓬莱《ほうらい》の山にまかりたりつるや」とのたまへば、忠澄[三五]「さても、あまりにこそ、今日は見ゆれ」とのたまふ。[三六]一つ車に乗り給へる殿ばら、「顕《あらは》れて[23]大いなる急ぎとし給ひし、[三七]女御殿の宮腹の、[三八]大将のめでたき幸ひの料なりけり。藤壺ののしり給ふも、[三九]かの春宮の御代に、このいぬ宮の[24]御《おほん》世の中とぞあらむ。我らが、かしづく

する旨の挨拶をしに行ったのだろう。
二九 仲忠は、尚侍を車に乗せるとすぐに女一の宮の車を追いかけたのである。
三〇 「見れば」を、主体敬語はないが、仲忠の動作と解した。
三一 「夕映え」は、夕暮れの薄明かりの中で映える美しさをいう。「内侍のかみ」の巻【三】注六参照。以下、仲忠の美しさをいう。
三二 女一の宮の叔父。正頼の長男忠澄。
三三 仲忠が。
三四 「幻」は、幻術士。仲忠が、女一の宮の車の世話をした後、しばらく姿を見せずに突然現れたことをいう。
三五 それにしても、今日は、あまりにもすばらしく見えます。
三六 「一つ車」は、忠澄と同じ車の意。

かしづくと思ふ子は、本意《ほい》もかなはで[25]、皆、その折の選り屑《えくづ》とぞあらむ」などのたまふ。車のありさまよりはじめて、世の中の人々愛《め》で騒ぐめり。

三二　京極殿に到着。饗宴が催され、人々、楼を見物する。

おはし着きて、まづ、あるじ方にて、尚侍《かん》のおとどの御車、西の御門《みかど》より入れて、西の対の南に寄するは、殿[一]を二方《ふたかた》[1]にしつらひ給へれば[2]、西の対におはす。次に[3]、宮の御車、東《ひんがし》の対の南に寄す。それより殿に渡り給ひて、一の宮[4]下《お》り給ひて、四尺《ししやく》の裾濃《すそご》の龍胆《りんだう》の御几帳《きちやう》さして下り給ひぬ。いぬ宮の下り給ふには、同じ色の三尺の几帳さして出《い》で給ふ。大将《仲忠》、「乳母《めのと》抱《いだ》きて下り給へ」[二]とのたまふに、「否《いぬ宮》。宮の御やうに下りむ」とのたまひて、小さき御扇[三]さし隠し給ひて、静かに居ざりおはするさま、いとうつくしくゆゆしくおぼえ給ふ。殿ばら、東《ひんがし》の対・釣殿《つりどの》に居並み給へり。

二七　「女御殿の宮」を、仁寿殿の女御腹の女一の宮の意と解した。

二八　「大将」は、「大将の姫君」の意か。あるいは、その誤りか。

二九　あの春宮が即位なさった時には。以下、暗に、いぬ宮が入内することをいう。

一　「殿」は、寝殿。寝殿を東西に分けて。

二　「給ふ」は、いぬ宮に対する敬意の表現。参考、『源氏物語』「薄雲」の巻「母君みづから抱きて（明石の姫君が）出で給へり」。

饗《かう》、いとなまめかしうせさせ給へり。[四]三日の饗《かう》[五][5]この日のは、[六]宮の御前《おまへ》の、殿上人までおしなべての、[6]左大臣、二日のは右大臣、三日のは大将。[七]宮の御前《おまへ》の、尚侍《ないしのかみ》、いぬ宮、浅香《せかう》の折敷《をしき》[7]ども十二、紫檀《した》の高坏《たかつき》、薄物《うすもの》の打敷《うちしき》なり。上達部《かんだちめ》の[8]御前《おまへ》の盃《さかづき》、度《たび》々になりぬ。尚侍《かん》の殿の御方より、心殊に設け給へる被《かづ》け物、[八]南の庭より取り続き歩みたる、色々に[九]し重ねたる、[9]いと清らにうるはしく、薫物《たきもの》の香《か》など、匂ひめでたし。六位の蔵人《くらひと》には織物の三重襲《みへがさね》の小袿《こうちき》・[10]三重襲の袴《はかま》、[一〇]帯刀《たちはき》には薄物の小袿・[11][12]一重襲《ひとへがさね》の袴なり。これより下《しも》[13]には、さらにも言はず。上達部・殿上人につける供人・[14][15]御随身《みずいじん》・

[一一]御前《ごぜ》の人々、皆被《かづ》け給ひて、楼へ、皆おはす。

[一二]宮も、見やり給ふに、聞き給ひしよりも、あなめでたと見ゆるに、近うて見給ふ人々の御目には、[16]照り輝《かかや》きて、この世にかかることあらじと、[17]またなければ、[一三]目もあやに見えたり。南の庭の、遥かなる水の洲浜《すはま》のあなた、[一四]山際に[18]立てる二つの楼の中[一五]三間《みま》ばかりを、いと高き反橋《そりはし》の高きにして、北・南には[19]沈《ぢう》の格子《かうし》構《か》きたり。

三 「扇さし隠す」は、扇をかざして顔を隠すの意。
四 「三日の饗」は、【三〇】注七参照。
五 「この日の」は、二日目の御膳の意。
六 女一の宮。
七 「宮の御前の、尚侍、いぬ宮」は、女一の宮、尚侍、いぬ宮の御膳の意か。
八 南の庭を通って。
九 「し重ぬ」は、仕立てて重ね着をするの意。参考、『源氏物語』「東屋」の巻「女の御装束など、(浮舟は)色々に清くと思ひてし重ねたれど」。
一〇 春宮坊の帯刀舎人。
一一 「御前の人々に」の誤りか。
一二 女一の宮。女一の宮は、楼へ行かずに寝殿から眺めているのである。
一三 このようなものはほかにないので。

白き所には、[一六]白物《しろもの》には[一七]夜具貝《やくがひ》を搗《つ》き交ぜて塗りたれば[20]、[21]きらきらとす。楼の上[22]に、檜皮《ひはだ》をば葺《ふ》かで、[一八]青瓷《あをじ》の濃き薄き、黄ばみたるを、[23]瓦《かはら》の形《かた》に焼かせて葺かせ給へり。楼の西より、西の対の南の端なる念誦堂《ねんずだう》に継[24]ぐほどは、[25]十五間《けん》なり。池の尻[26]、[一九]遣水《やりみづ》の上なるに、反橋を、左右には高欄にして瓦葺きしたり。東《ひんがし》の釣殿に継[27]ぐまでのほどは、同じ十五間なり。楼のそばにも、かかる反橋をしたり。[二〇]丈は、ただ、人の歩《あり》くばかりにて、長々と造られたり。水[28]は、長々と、下より[二一]流れ舞ひて、楼を巡りたり。[二二]立石《たていし》どもは、さまざまにて、反橋のこなたかなたにあり。

巡る巡る、人々見[29]給ひて、言はむ方なくおもしろきことと愛《め》で給ふこと限りなし。「見さして帰るべきことなくなむ。これを、朱雀院《すざくゐん》・嵯峨《さが》の院に御覧ぜさせばや。いかにいみじう興《けう》ぜさせ給はむ。[30]かうざまの所には、春は花、秋は紅葉盛りなどには、[二三]かの惜しませ給ふ手は、えとどめがたくこそあんべけれ」などのたまうて、夜《よ》に入るまで立ち尽[31]くし給ふ。月の、水に映りたるを、宮

一四　「山」は、中島の築山。
一五　「三間」は、一〇メートル程度か。
一六　「白物」は、白い漆喰か。
一七　『和名抄』亀貝部亀貝類「錦貝　夜久乃斑貝、今案俗説云紅螺杯出㆓西海益救島㆒、故俗呼為㆓益救貝㆒」。
一八　「青瓷」は、青い釉（うわぐすり）を表面にかけた磁器。「青磁（せいじ）」に同じ。
一九　この「遣水」は、水を流し出す遣水。
二〇　「丈」は、反橋の屋根の高さ。
二一　「流れ舞ふ」は、平安時代の仮名作品にほかに例が見えない語。舞うように流れるの意か。
二二　「立石」は、飾りとして立てる庭石。
二三　「かの惜しむ手」は、仲忠や尚侍がいつもは惜しんで弾こうとしない琴の奏

の叔父《をぢ》の右の衛門督《ゑもんのかみ》、二四

連澄二五　むべこそはすむとぞありしと思ほゆれ雲居の月もうつりける宿

大将、

仲忠二六　わが宿を過ぎずと思へど月影の水の上ぞと見れば効《かひ》なし

異人《ことひと》々も詠み給へれど、騒がしくて聞かず。

尚《かん》侍の殿の御方の御前《ごぜん》には、大将の御方より被《かづ》け物は賜ふ。

三三　翌日、尚侍、京極殿で、昔のことを思い出して泣く。

またの日、尚《かん》侍の殿、一いにしへ、かく見出《い》だし給ふに、[1]年《とし》々の草は、[2]八重葎《やへむぐら》の、板敷《いたじき》よりも高う生ひ凝《こ》り[3]、軒の端《つま》の草は、高う生ひ戯《たはぶ》れて、下《しも》ざまに生ひ凝りて、人影もせずありしを思ひ出で給ふに、大将の、二二方《ふたかた》に、引き続きて率《ゐ》て渡り給ひつつ[4]もてなし[5]給へるさま[6]、出で入りし給ふ勢ひ見奉り給ふに[7]、年ごろ思ひ忘れ

法の意。

二四「右の衛門督」は、正頼の四男連澄。「国譲・下」の巻【三】注一八参照。

二五「すむ」に「澄む」と「住む」を、「うつり」に「映り」と「移り」を掛ける。「澄む」「月」「映り」は、縁語。「住むとぞありし」は、俊蔭が住んでいたのだの意。

二六「月影」に、今回訪れた人々をたとえる。「水の上ぞと見れば効なし」は、せっかく来てくれたのに、すぐに帰るのだと思うと残念だなどの意。

一　以下「人影もせずありし」まで、尚侍の追憶。尚侍が、両親に先立たれて京極殿に住んでいた頃のこと。「俊蔭」の巻【三】参照。

二「二方」は、尚侍と女

給へりしいにしへの御ありさま、よろづに思ひ出で給ふ。え念じ給はず、涙のこぼれ給へば、忍び給ふ気色を、[三]「〔兼雅〕ゆゆしう。かかることと、え忌みあへ給はじとは思ひきかし。さりとも、念じ給へ。昨夜《よべ》、[四]御前《ごぜ》、まろが仕まつりしは、けしうはあらぬは」と、右の大殿聞こえ給へば、[五]「〔尚侍〕さらずは、[8]さあるまじくやは。大将も、[六]悪《わろ》くやは」といらへ給へば、[七]「〔兼雅〕さて、それは、誰《た》が子にかあらむ」など、戯《たはぶ》れに聞こえなし給ふ。大将、いと思ふやうなる心地し給ふ。

三四　八月十五日、朱雀院から女一の宮に手紙が贈られる。

三日、[一]院より、白銀《しろかね》の[二]鬚籠《ひげこ》二十、白銀・黄金《こがね》して、[三]若栗《わかぐり》・松の実・[四]榧《かへ》・棗《なつめ》など作り入れさせ給ひて、[五]宮の御もとに、

「〔朱雀院〕おぼつかなきほどになりにける。騒がしきほど過ぎて、いぬ宮の物習はれむ手つきのゆかしきに、いかでかとなむ。この鬚

一の宮の二人の意。
三　「ゆゆし」は、不吉だの意。転居に涙は不吉である。
四　「御前」は、御前駆の意。
五　こんな時でもなければ、前駆を務めてくれないのでしょうか。
六　反語表現。「悪くは（あらず）」の強調表現。
七　では、その右大将は、誰の子でしょうか。私の子ですよ。

一　朱雀院。
二　「鬚籠」は、細く削った竹などで編み、編み残した端が鬚のように見える籠。
三　「若栗」は、緑のいがに入った栗。
四　「榧」は、榧（かや）の実。『和名抄』果蓏部果蓏類「榧子　本草云、栢実、一名榧子　加閇」。
五　女一の宮。

籠は、[六]白髪《しらが》になりにけるほども、あはれになむ」
とのたまはせたり。
尚侍《かん》のおとどにも、同じ数にて、
朱雀院「あさましく。[七]忘れにてや。ここには、いつとなくのみ。
[八]うらやまし明け暮れ人と結ぶらむひげこのさまは影も離れず
末の世にこそなるべかりけれ。聞かまほしきことどもあらむかし」

と書かせ給へり。[1]
[九]御使、蔵人《くらひと》に[一〇]出《い》で会ひ給うて、[一一]東《ひんがし》の対にて、よきほどに酔《ゑ》はし給うて、御返り取らせ給ひて、前《さき》に押し立てて、[一二]西の対にて、いといみじく酔はし給ふ。蔵人「いかで、かかる御使を召し込めて、かう調《てう》ぜさせ給ふ。[2]いと不便《ふびん》に」と申せば、[3]いみじう笑ひ給ひて、仲忠「[一三]勘当は、仲忠こそはさいなまめ」[4]とて、ものもおぼえず酔はし給へり。宮の御方よりは、紫苑《しをん》色の綾《あや》の細長一襲《ひとかさね》・袴《はかま》なり。
また、[一四]女の方に、「御使の蔵人、こなたに」とて、[一五]戸口に[5]朽葉《くちば》

六「白髪」は、「白銀の鬚籠」の鬚を見立てたもの。

七 琴を聞かせてほしいと願ったことを。【三】注八参照。

八「結ぶ」は、夫婦で契りを交わすの意か。「鬚籠」の「こ」に「子」を掛け、「子」にいぬ宮をたとえる。

九「御使」と「蔵人」は、同格。「蔵人」は、院の蔵人。

一〇 仲忠が。

一一「東の対」は、いぬ宮、女一の宮の御座所。

一二「西の対」は、尚侍の御座所。

一三 院は、私をお叱りになるから大丈夫です。

一四「女の方」は、尚侍に仕える侍女たちの所をいう。

一五 西の対の妻戸の戸口か。

一六「黒む」は、濃い紅色が黒みを帯びて見えるの意。

一七「張り袷」は、表と裏を張り合わせた衣か。「国譲・上」の巻【三五】にも、「薄鈍

の裾濃《すそご》の几帳《きちやう》の縫ひ物したる立てて、いとおとなしう宿徳《しうとく》なる声にて、「なほ、ここにこそ」とて、褥《しとね》さし出でて、赤色に、[6]蘇枋《すはう》襲《がさね》の織物の唐衣《からぎぬ》、[一六]黒むまで濃く[7]清らなるに、紅《くれなゐ》の[一七]張り袷《あはせ》一襲着て、[一八]色摺《ず》りの裳《も》、いとあざやかに見ゆ。袖口長やかにさし出で、かはらけさし出でたる見るに、[一九]いよいよ、いとわびしう、心地悪《あ》しうなりて、[蔵人二〇]「いかに仕まつらむ」とて苦《にが》みて、とみにも取らねば、大将、[仲忠]「例なきことなりや。早う」とのたまへば、立つに、ただ[二一]よろぼひに倒《たふ》れぬ。内に、人々笑ふなり。取るとて、[蔵人]「ただ今は、御返しは賜はるまじく侍《はべ》り」。[侍女]「いかなれば」と[8]いらふれば、[蔵人二二]「今日は、乱り足も踏み立てられ侍らねば」と言ふ声も、[二三]片言《かたこと》のやうなり。飲む真似《まね》にてうちこぼしつれど、いとほしくて、えまたも強《し》ひず。[二四][9]唐綾《からあや》の撫子襲《なでしこがさね》の細長・二藍《ふたあゐ》の織物の[10]唐衣《からぎぬ》・薄物《うすもの》の[二五]地《ぢ》摺《ず》り[11]の裳《も》・袴一具《はかまひとぐ》、大将の[二六]御返し取りて出で給へり。[12]唐《から》の紫の色紙に、立て文にて、[二七]きほどにつけ給へり。蔵人《くらひと》、「乱れ足は動かれず侍り。左右《ひだりみぎ》に被《かづ》き[13]賜はる物は、蓑虫《みのむし》のやうにてや、[二八]むくめき参らむ」

の張り袷の御衣」とあった。
一八 「色摺り」は、【三〇】注二六参照。
一九 使の蔵人は、盃を見て、もっと飲まされるのかと、うんざりしたのである。
二〇 もうこれ以上は飲めません。
二一 名詞の「よろぼひ」は、平安時代の仮名作品にほかに例が見えない。
二二 今日は、酔って、足もとがおぼつかなくて立ち上がれそうもありませんので。
二三 「片言」は、呂律がまわらない状態をいう。
二四 以下は、尚侍からの被け物。
二五 「地摺りの裳」は、「内侍のかみ」の巻【二四】注三五参照。
二六 尚侍のお返事。
二七 底本「き程」。未詳。
二八 「むくめく」は、虫などがうごめくの意。『和名抄』虫豸部虫体「蠢動　音

と言ふほどに、内より、ふと、
二九 雨の脚《あし》は叢雨《むらさめ》なるを蓑虫と何むつかしくかけて言ふらむ
蔵人《くらひと》、「ものもおぼえ侍らずや」とて、
「朝夕日照りて14輝《かかや》く大殿に鳴くべきものかげにや蓑虫
ことわり、ことわり」とて逃げて、15倒れも三〇ごよひつつ行《い》けば、内にもをかしがり、大将も笑ひ給ひぬ。庭のままに、16被《かづ》け物を落とし行《い》けば、三一大将、人召して、車に入れさせ給ふにや。
尚侍《かん》の殿の御返し、
「かしこまりて17賜はりつる。
三二 老いの世に流れて清き呉竹《くれたけ》の末の世にこそ結ぶ名も立て」
とぞありける。

三五　八月十六日、夜中ごろに、一女一の宮帰る。

四日の夜《よ》、夜中ばかりに、二宮帰り給ふ。忍びやかにて、さるべ

准、訓二牟久米久一 虫動揺貌也」。

二九「雨の脚」の「脚」に「足」を掛ける。「雨の脚」は、漢語「雨脚」の訓読語。「叢雨」は、蓑が必要のないにわか雨をいう。「雨」「蓑」は、縁語。

三〇「もごよふ」は、立てずに這うの意。

三一 語り手の見えない所で行われたことを推測する草子地。

三二「呉竹の」は、「よ（世）」の枕詞。

一 女一の宮。
二 女一の宮が。

き四位六人ばかり[1]、五位十人ばかりして、大将、いとおぼつかな[二]くおぼえ給ひけれど、よろづ[2]に聞こえ慰め奉り給ひて[3]、暁に帰り給ひぬ[4]。

[三]二の宮は、「いとつれづれに侍《はべ》るに」とて喜び聞こえ給ふ。大将《仲忠》、「召しなくは参るまじ」とて、さるべき、歳老いたる大舎人《おほとねり》[四]の神輪大古《かみわおほふる》といふ、かやうの者ども五六人、番[五]を下《お》りて候《さぶら》はせ給ふ。[六]御門守《みかどもり》、夜中だに確かに候はせ給ふべきよし[七]、確かにのたまふ。御門《みかど》も、殊なることなければ、開《あ》けず。

三六　兼雅、尚侍に、離れて暮らすことのつらさを訴える。

大殿《兼雅》[1]、「いとうたて。おぼつかなからむこと[一]、いと苦しからむ。昼ぞあらぬ。夜々《よるよる》は、なほまうで来む[2]」と聞こえ給へど、《尚侍》「もの狂ほしく。若々しきこと、なし給ひそ。夜《よる》こそ、まして、心静かに習ひ給はめ。宮の[二]御[三]、かたじけなく。心やすくは[四]思《おぼ》すべしや[3]。

三　「二の宮」は、女一の宮の妹の女二の宮。女二の宮は、三条の院に残っていた。
四　「大舎人」は、中務省の大舎人寮の官人。宮中で宿直をして、雑事を務めた。
五　「番」は、宮中での宿直の当番の意。
六　「御門守」は、門の警固をする人、門番。『和名抄』人倫部男女類「閽人　和名三加止毛利、守門者也」。「御門守」は、「御門守に」の誤りか。
七　「給ふ」は、間接話法的な敬意の表現か。

一　「おぼつかなし」は、いつ帰って来るかもわからずに待つことをいう。
二　女一の宮。
三　「御」を、「御心」の略と解した。
四　反語表現。「心やすくは思すまじ」の強調表現。

[五]さて渡し奉り給ふめる、おぼろけには。[4]対[六]などにも、つれづれに、人々思すらむに、[七][5]今めかしくものし給へ」と聞こえ給へば、[兼雅]「めでたからむ[八][6]愛子《まなご》にも離れ居給ひて、つひに何ごとどもし果て給うてむ」と、[九]「いかが、今、さあらむものぞ」[7]。年ごろさまざまに集[一〇]めたりけるをとて、いと[8]愛敬《あいぎやう》づき、恥づかしげにうちほほ笑み給へば、[兼雅]「今聞かむ。琴《きん》聞かせ給ひて、[一一]院の上たち、[一二]所も御覧ぜむ[一三][9]とて許しおはしまさざりける。大将ぞ、子ながらも、まろがためにも御ためにも、事は引き出《い》でむ」とのたまへば、[尚侍]「かかる耳[一四]、いかで聞かじ。このほどは、すべて門鎖《かどさ》して、公私事《おほやけわたくしごと》も聞か[10]じと、異《こと》こともなく[一五]思ひ惑ふ人を、かの聞かれむに、かかること、なし給ひそ。明けぬ前《さき》に、早くおはしね。宮の君・[一六]若君、いかに恋しうおぼえ給ふらむ。[仲忠]『それをだに、このほどは渡し奉らじ』とあるぞ、わりなきや」。大殿、[一七]「紛らはし言《ごと》、なし給ひそ。ここに琴《こと》教へ[11]むからに、親とある人の仲をも皆取り放つ、あやし」とて居給へれば、[尚侍][12]「いと、片時も見奉らで、[13]えあらぬ[一八]宮を、急ぎ

五 女一の宮さまをお帰し申しあげなさった右大将のお気持ちも、さぞかしつらかったことでしょう。
六 「対」は、東の一の対。宰相の上と小君が住む。【六】参照。
七 「今めかしくものす」は、昔のように通うことをいう。
八 「愛子」は、宮の君をいうか。仲忠の長男。
九 今さら、宰相の上たちを訪れることもできまい。
一〇 「集む」は、女性たちを集めることをいう。
一一 「院の上」は、朱雀院。
一二 「所」は、京極殿をいう。
一三 私がここにいることをお許しにならなかったのですね。
一四 「耳を聞く」は、話を聞くの意。
一五 「思ひ惑ふ人」は、仲忠をいう。
一六 「若君」は、小君。

渡し給ふ。『[仲忠]夜《よる》も、ただ、ここに』とこそあんめれ」。殿、[兼雅]「よし。聞かむ、[一九]いでや、[二〇]しばしぞ念ぜむ、げにやまうでられぬと。今、おのれも、[二一]天下《てんげ》に言ふとも、忍び忍びは、時々まうで来むとす」とて、もの憂くて出で給ひぬ。

三七　八月十七日、夜が明けて、兼雅も帰る。

明かくなりにけり。[一]大将、疾《と》う疾う見歩《ある》き給ふ。[二]方々言ひ奉れば、[三]ただ兄弟《このかみおとと》のやうにて、[四]これも、いとよげに、若うなまめかしき御容貌《かたち》なり。殿、[兼雅]「これは、もとの[1][五]礎《いしずゑ》のままか」。[仲忠]「しか侍《はべ》り」。[兼雅]「いとおもしろくこそ造られたりけれ」。

[六]昔、[七]屋どもなく倒《たふ》れ、所々に、[2]柱などの、高き草の中に朽ち倒れて、[八][3]念誦堂《ねんずだう》の[4]柱のみ所々立てわたし、寝殿の高欄《かうらん》は、ある間《ま》なき間《ま》交じりて、いといみじかりし、丈よりも高かりし草も、蓬《よもぎ》が中を分けて入りおはして見えたりし[5]に、[九]屋の空、所々朽ち空《あ》きた

一七　私の話をはぐらかさないでください。
一八　女一の宮。
一九　倒置法。
二〇　挿入句。
二一　「天下に言ふとも」は、誰がなんと言ってもの意。

一　「大将」は、仲忠。仲忠は、女一の宮を送って三条の院に行って、夜が明ける前に帰って来ていたのである。
二　いろいろな方が申しあげているがの意か。
三　「内侍のかみ」の巻【三三】注一にも、「ただ一つ二つの弟兄に見えたり」とあった。
四　「これ」は、兼雅をいう。
五　『和名抄』居処部屋宅具「柱礎　礩　都美以之　一云以之須恵　柱礎也　礎　柱下石也」。
六　「昔」は、兼雅が京極殿を訪れた時のことをいう。「俊蔭」の巻【三五】参照。

りしから、[6]月の光に染《し》[7]みて居給へりしほどを見つけ給へりしこと、わりなく出《い》で給うし折[8]の心地の思ひ出でられ給ふに、いといみじう胸塞《ふた》がる心地し給ひて、涙のつぶつぶと落ち給ふを、大将、昔思《おぼ》し出で給ふなめりと見給ふにつけては、何ごとも、片時忘られ給ふ世なくもののおぼえ給へば、我も涙のこぼれ給ひぬべけれど、候《さぶら》ふ人々の見奉れば、よくよく念じ給へど、「[兼雅][一〇]いとおぼつかなかるべき。忍びて時々はものせむ、いかが」とのたまへば、「[仲忠]よく侍なり。[一一]ありさまに従ひて取り申させ侍らむ。暇《いとま》[9]の賜《た》びがたきに、院に切《せち》に申し賜[10]はりたる。[一二]今はおよすげ給はねば、夜《よる》も、さるべくは。かかる折はいかがとなむ思う給ふる」と申し給へば、「[兼雅]なほ難かるべきなり。[一三]この思ひには劣りたりける。[11]からしや」とのたまひておはしぬ。[一四]十七日なりし。

以下、兼雅の心情に添った回想として表現されたもの。

七 「屋」は、屋根の意。

八 「念誦堂」は、【三〇】注三参照。念誦堂のことは、「俊蔭」の巻には語られていなかった。

九 「屋の空」は、天井の意。

一〇 尚侍と離れて暮らすのは、心配でならない。時々はこっそりとこちらへうかがおうと思うが、どうだろう。

一一 その時の状況によって、こちらからご連絡させましょう。

一二 いぬ宮はまだ幼いので、夜も琴を習わなければなりません。

一三 私の思いは、いぬ宮への琴の伝授の思いには及ばなかったのだな。

一四 八月十七日。

楼の上・上

一　兼雅、仲忠に、一条殿にいた宰相の上を捜させる。

あの一条殿のそれぞれの対に住んでいらっしゃった、三条の右大臣（兼雅《かねまさ》）の女君たちは、女三の宮が三条殿に迎えられなさったことで、もうこれで右大臣殿は通っていらっしゃらないようだと思って、思い思いにお移りになった。その中で、宰相の上は、西の一の対に、

私は、この屋敷で、長い年月つらい思いで暮らしてきました。でも、今日、この屋敷を出ることにします。あなたは、私が三途《さんず》の川を渡る時には訪ねて来てくださらないおつもりなのですか。

と書きつけてお移りになった。

右大臣が、一条殿においでになった時に、この歌を見つけて、「思慮深く魅力的な人で、顔もとても美しい人でしたから、この人だけは、もしどこにいるのかわかったとしたら、ぜひ捜し出したい」とおっしゃったので、尚侍《ないしのかみ》は、「とてもすばらしいお考えです。女三の宮さまが以前おいでになった屋敷には大勢の方々が集まっていらっしゃったと聞いていますのに、ここには女の子もいなくて寂しく思っています。この屋敷は広く風情があってすばらし

い所なのですから、昔と同じように大勢の方々がお住みになったら、私も言葉を交わしたりしておつきあいしたいと思います」とおっしゃっていた。

そこで、尚侍は、右大将（仲忠《なかただ》）が参上なさった時に、「父上がこんなふうにおっしゃっているのですから、やはり、心をとめてお捜しください」と申しあげなさる。右大将は、「父上は、ほんとうに、若い時のお気持ちのままお変わりにならないことだ」とお思いになる。

二　兼雅、仲忠に、承香殿の女御腹の斎宮のことを語る。

この頃、承香殿《しようきようでん》の女御と申しあげた方がお生みになった、朱雀《すざく》院の妹宮で、斎宮《さいぐう》として伊《い》勢《せ》に下向していらっしゃった方が、母女御がお亡くなりになったために、斎宮を退いて、都にお戻りになることになったので、右大臣（兼雅）が、「この斎宮の母女御も同じ藤氏《とうし》として近い血縁の方だったので、昔、この方とも、近しく、時々お目にかかったことがあった。お顔が美しく魅力的な方だったので、折節に手紙の遣《や》り取りもしていたが、この方のほうでも、私の気持ちを受けて将来の約束もしてくださっていたのに、斎宮になって、急に伊勢に下ろうとなさったので、結局、そのままになってしまった。ふたたび、こうして親しくお会いすることになって、どう振る舞っていいのかわからなくて」とおっしゃる。おそばにいた右大将（仲忠）が、「おっしゃるとおりです。その方が斎宮になって下向なさらなかったら、こっそりと、稀《まれ》であっても、お二人の関係はきっと続いていたでしょうに。まだ、歳もお若くていらっしゃるでしょうね。遠慮なさることはありません。今からでも、おつき合いなさればいいと思います」とおっしゃると、右大臣が、「でも、斎宮は、どのようにお思いになるだろうか。畏れ多いけれども、私は、あなたの年齢を見ると、今のように女一の宮と結婚していなければ、斎宮は、あなたにどうかと思う」と申しあげなさるので、右大将は、「さあ、どうでしょう。やはり、思いつきの言葉としてお聞きしておきます。それはともかく、これから、あの一条殿の西の対にいらっしゃった方をお捜しいたしましょう」と申しあげなさる。

三　仲忠、石作寺で、宰相の上と小君と出会う。

石作寺《いしつくりでら》の薬師仏《やくしぼとけ》がお姿を現しなさるということで、多くの人が石作寺に参詣《さんけい》なさる。右大将（仲忠）も、物忌みのために参籠しようと思って、人目を忍んでこっそりと、お一人だけで、お供も多くも連れずに参詣なさった。聞いていたとおり、とても騒がしいほど、多くの人々が参詣している。参詣の人々は、夜が明ける前には、皆帰って行った。

右大将の局の隣の局《つぼね》に残って籠もった人は、とても気品があって優美な声で、そのおそばには、人が二人ほど、下仕えなのだろう、さほど人目を避けるでもなく、几帳《きちょう》の綻《ほころ》びから見えているのも、見た目に感じがいい。大徳《だいとく》が御堂の内からやって来るのが見えると、乳母《めのと》なのだろう、いかにも乳母らしい落ち着いた感じの声で、大徳に、「この君がお幸せになれるように お祈りください。仏さまに、『この君がお父上に知っていただきなさるように』とお願い申しあげてください。母上がとても心を痛めて嘆いていらっしゃるのを見て、私もつらい気持ちでおります」などと言う。右大将が、「参詣している母と子がいるのだろうか。気の毒なことだなあ。その子は、父親と会ったこともなく父親に知ってももらえずにいるのだろうな。誰なのだろう」と思って聞いていらっしゃると、髪も膝のあたりほどの長さで、濃い赤色の掻練《かいねり》の袿一襲《うちきひとかさね》にひどく着古して縫い目がほどけた桜の直衣《のうし》を着て、色が白く、気品があってかわいらしい、八歳か九歳ほどの男の子が、そんな身なりを気にする様子もなく、ちょっと外を見に現れて、外のほうを見て立っている。右大将が、じっと御覧になると、宮の君の顔に似ている。声はとても気品があって若々しくかわいらしくて、いかにも幼い感じで、何か話をしている。

右大将が、とてもかわいらしい子だなと思って御覧になっていると、この子と目が合ったので、扇で手招きなさると、にっこりと笑って、さっと右大将のもとにおいでになった。隣の局の中から、とても気品のある声で、「あの子をお呼びください。あの子は、どこですか。お外に出るなんて、まあみっともない」と言うので、乳母が、「こちらにおいでくださいいでください」と言うけれども、この子は、言うことを聞かない。右大将が、この子を膝の上にすわらせて、「母上は、こちらにいらっしゃるのですか」とお尋ねになると、「おいでになります」とお答えになる。右大将が、「お父上はどなたですか」。この子が、「わかりません」。右大将が、「人は、お父上は誰だと申しあげているのですか」。この子は、「人は、右大将とか言っていますが、私はまだお会いしたことはありません。私のことを呼んでいる声が聞こえます。あちらへ参ります」と言ってお立ちになる。

右大将は、「思いがけないことだなあ。隣の局にいるのは、一条殿の西の対にいらっしゃった方なのだろう。父上が、『幼子《おさなご》がいたのだが、たった一度も見ることなく、祖母君が、かわいく思って引き取ってしまった』とおっしゃっていた子なのだろうか」と思い、また、「感慨深いことだなあ。でも、ほんとうにその子なのだろうか。もっと事情を確かめてみよう」とお思いになって、硯《すずり》を取り寄せて、

「『三途《さんず》の川』と詠んで出て行った人は、どこの川の瀬に流れて行ってしまったのかと思って捜しあぐねていましたが、今ようやくその人を見つけることができました。おぼえていらっしゃいますか。真面目な話、ぜひ会ってお話をうかがいたいと思います。道案内をする人は、うまい具合に、ここにいらっしゃいます」

と書いて、おそば近くでお使いになっている童《わらわ》に命じてお手紙をさしあげなさる時に、「このお返事をくださってから、若君（小君）をお返しいたします」と伝言を申しあげなさる。

宰相の上は、この手紙を取り入れさせて御覧になって、「右大将殿の筆跡のようだ。なんともきまりの悪いことだ。右大将殿は、どんな思いで見ていらっしゃるのだろうか」とお思

いになられるけれど、「石作寺の薬師仏の霊験があるのだろう」と、うれしくお思いになる。

宰相の上は、白い色紙に、お返事を、

「お人違いではないかと疑わしく思いますが、お返事だけはさしあげます。

『三途の川』と詠んで出て行った人のことなど、誰も捜したりはなさらないでしょう。

たとえ、浮いたり沈んだりしながら消えて、すっかり泡となってしまったとしても。

でも、私には、まったく身におぼえはありません」

ともお書きになった。

一条殿で御覧になった筆跡よりはとても若々しく気品がある感じで書いてあるけれど、右大将は、見て、「宰相の上の筆跡のようだ。まことに、人違いをしたと思わせるようにしているのだな」と思いつきなさる。

右大将は、折り返しすぐに、

「悲しいことです。他人のようには思っていただきたくはありませんのに。これからは、母親のようにお頼り申しあげたいと思っております。ほんとうに真面目な話、父上は、長年、『どうしていらっしゃるのだろう』と嘆いて、『あの方のことだから、きっと結婚なさっているだろう。もしそうだったら、お迎えすることができなくて残念だ』などと申しあげなさっています。私は、ほかに男の兄弟もなく、心細い思いをしておりますので、若君のことを拝見してとてもうれしく、ほんとうに頼もしく思われます。『今さらこんなことを申しあげるのも恐縮ですが、父上のことを夫だとお思い申しあげて、私のことも何気がねなく思ってくださったら、私も、父上のほかの妻妾《さいしょう》方よりも、特に大切にお思い申しあげます』と、あなたさまにはお話しする次第です」

とお返事を申しあげなさる。

小君には、「私の弟でいらっしゃったのですね。でも、私は、わが子のようにお思いいたしましょう」などと、とても親しみをこめてお話し申しあげなさる。右大将が、このうえもなく立派な様子で、こうして言葉をかけてくださるので、このような方を見馴《な》れていない小君は、とてもうれしく思って、「私も、兄上を、父上のようにお思いいたします」などと申しあげなさる。そんな時に、「こちらにおいでください」という声が聞こえるので、小君は隣の局の中にお入りになった。乳母などは、こうして右大将と出会えたことを、とても喜ばしく思う。

四　仲忠、宰相の上に対面する。

日が暮れて、右大将（仲忠）は、宰相の上と、屏風《びょうぶ》を隔ててお会いになった。宰相の上は、とても気品があり、雰囲気なども、故式部卿《しきぶきょう》の宮の中の君よりも心惹《ひ》かれる様子で、気後れするほどすばらしくていらっしゃる。声は、仁寿殿《じじゅうでん》の女御の声に似ていらっしゃる。小君のことも、おっとりとした感じでお話しになるが、その様子は、見ているほうが気後れするほどすばらしい。右大将が、「近いうちに、父上が必ずお迎えなさるでしょう。父上は、いつも、そうしたいと申しあげていらっしゃいます」とおっしゃると、宰相の上は、「私は、お迎えいただくわけにはまいりません。迎えられて、常に人々が噂《うわさ》して馬鹿にする身になるのも、みっともないと思います。心を痛めてくださった子のことは、お父上のお心は頼りになりそうもないと思われますが、今のお言葉のように、右大将殿が気にかけてくださるなら、心強く思います」とおっしゃる。右大将は、「そういうわけにはまいりません」などと申しあげて、「この寺からお帰りの際に、そのままお連れ申しあげましょう」とおっしゃるけれど、宰相の上は、「今日はお帰りになって、何はともあれ、お父上に、『このような者がいた』とお話し申しあげなさった時に、ほんとうにそうだと思い出してくださったら、迎えていただくことにしましょう」とお答えになる。

翌日も、右大将は、小君をお呼びして、果物《くだもの》などをさしあげなさるけれど、小君は管絃《かんげん》の遊びばかりをなさる。右大将が詩を吟じなさると、小君が、それに合わせて、一緒に琵琶《びわ》を美しい音色でお弾きになるので、右大将は、「とてもかわいいね。どなたがお教えしたのですか」とお尋ねになる。小君が、「母君です」とお答えになるので、右大将は、「あの母君から習ったから、こんなに上手だったのだな」とお思いになる。

三日間の参籠が終わったので、右大将はお帰りになろうとする。「お迎えにうかがうには、どのように参ればよろしいのでしょうか」とお尋ね申しあげなさると、宰相の上は、「どう言ったらいいのかわからない山里のようになった所があります。見ていただこうにも、とても見苦しい所でございます」とお答え申しあげなさる。

右大将は、宰相の上と同じ頃に、石作寺《いしつくりでら》をお出になる。お忍びでいらっしゃったので、右大将には、殊に、お供の者もいない。お迎えに参上なさった人の中から、しかるべき親しい人を、「お供をせよ」と言って、宰相の上の供にお加え申しあげなさる。

宰相の上の屋敷があるのは、西の大宮大路であった。広さは一町であるけれど、ひどく荒れ果てて、とてもひっそりとしていて寂しい。宰相の上が今回のことをお話し申しあげなさったので、祖母君もこのうえなくお喜びになる。供をしてくれた人たちに、果物《くだもの》や肴《さかな》などを、見た目にも美しく調えてお出しになった。

五　仲忠、寺から帰り、兼雅に宰相の上母子のことを報告する。

右大将（仲忠）が、そのまま三条殿に参上して、「物忌みの参籠をするために、石作寺《いしつくりでら》に籠もっていたのですが、捜していらっしゃった宰相の上の小君と出会いました。小君は、とてもかわいらしい方でした。早く、今日明日にでもお迎え申しあげなさってください。東の一の対から南にかけて住んでいただくのがいいでしょう」などと申しあげなさると、右大臣（兼雅）は、「さあ、どうでしょう。その子の性格などが期待したほどよくもなかったら、私ばかりではなく、あなたのためにも、不名誉なことになるでしょう。左大臣殿（正頼《まさより》）は、悠然と、男君たちをまるでお供の者のように引き連れて歩きまわっていらっしゃるのに、私は、あなた一人だけです。それなのに、あなたはその男君たちを圧倒するほどでいらっしゃる。そのことで、世間の人も、かえって子は一人のほうがいいと思っているのです。ですから、異腹の弟などがいるのはあまりいいことではないでしょう」とおっしゃる。それを聞いて、右大将は、「父上は、何に対しても、お心狭くお考えになるから、そんなふうにおっしゃるのです。たとえ、異腹の弟のできがあまりよくなくても、そんな弟がいるからといって、それを理由にして世間の信望が劣るものではありません」。尚侍《ないしのかみ》も、「期待どおりでいらっしゃらなくても、そのことで、この子がすぐれていることは、ますます評価をお受けなさるようになるにちがいありません。なんとも情けないおっしゃりようですね。早くお二人をお迎え申しあげなさってください」とお勧め申しあげなさるので、右大臣は、「さあ、そのように、早く、すべて取りはからってください」と申しあげなさる。

六　兼雅、仲忠に勧められて、宰相の上に手紙を書く。

右大将（仲忠）は、父右大臣（兼雅）に、決然とした感じで、「今朝お帰りになる際のお見送りに、私の供の者をさし向けたのですが、その者たちの報告によれば、宰相の上が住んでいらっしゃるとおっしゃった所は、ひどく荒れ果てて、寂しい所だということです。何をおいても、すぐに、お手紙なりともお贈りになるのがいいでしょう」とおっしゃる。右大臣が、

「ああ、昔、源宰相殿が、『将来、身分の高い方が北の方におなりになっても、この子のことを、変わることなく、お気にかけてください。やむをえずに、心細く頼るものもない状態で捨てられてしまうことになるかもしれませんが、そうなったら、とても悲しいことでしょう』とも、また、『この子と同じような顔だちの人は、この世に、とても大勢おりましょう。でも、心持ちに関しては、不快に思うことはおできにならないでしょう』とも言っていたのに。手紙と一緒に何かお贈りしたいが、どんな物を贈ったらいいだろうか」とおっしゃるので、右大将は、「父上がこんなにも誠実に思っていらっしゃったのだと知ったら、どんなにお喜びになるでしょうか。贈り物をなさったら、将来に期待がもてますね。さて、贈り物はどういたしましょう」と言い、「尾張国《おわりのくに》から献上した唐櫃《からびつ》がまだ残っているのなら、中に入っている物ごとお贈りするのがいいでしょう」と言ってお取り寄せになった。ほかに、一揃《そろ》いの唐櫃のうちの一つに、右大将が絹二十疋《にじっぴき》と綾《あや》十疋をお入れになり、もう一つには、尚《ないし》侍《のかみ》が、「こちらには、私のほうで何か入れましょう」と言って、掻練《かいねり》の綾《あや》の衣一襲《ひとかさね》に薄色《うすいろ》の織物の細長と、山吹の綾の三重襲袴《みえがさねはかま》一具《ひとぐ》を、にそき（未詳）なさろうと言って、斑絹《まだらぎぬ》と一緒にお入れになる。

　お手紙には、

「思いもかけず、長い年月がたってしまいました。どうなさっているのかと思いながら心ならずもご無沙汰してしまいました。どこに住んでいるとも知らせてくださらなかったのも当然のことですが、つらい気持ちでいっぱいです。事情は、右大将がお話し申しあげなさったということなので、こうしてお手紙をさしあげました。いとしい小君のことも、どういうわけか、生まれた後、二度と会わせてもくださらず、様子を知らせてもくださらなかったので、とても気にかけていました。これからは、絶対にそんな気持ちになることはありません。ちょうどうまい具合に、気がねなくお移りいただくことができる所がございます。いずれお迎えするつもりですが、いま少しお待ちください。どうしているのかと心を痛めていた小君のことも恋しく思っています。

住み馴《な》れた屋敷を出て垣根を見ることもないまま長い年月がたちますが、その垣根に私が植えた常夏のことは忘れたことはありません（あなたのもとを離れて長い年月がたちますが、私たちの間に生まれた子のことは忘れたことはありません）。

『さりとも』とかいう歌の一節もありますね。ところで、この唐櫃《からびつ》の中の物は、たった今、こちらの人が入れてくださったようです。入っているのは何でしょうか」

と書いて、昔から宰相の上に好意を寄せていた大和介《やまとのすけ》を呼び出して、宰相の上にお贈り申しあげなさる。

大和介が宰相の上の屋敷に行くと、屋敷の者が出て来て、久しぶりに会ったことを喜ぶ。

宰相の上は、

「珍しくお手紙をいただいて驚いております。ほんとうに、ずいぶんとご無沙汰してしまいました。

唐《とう》の国のように遠いものになってしまった私たちの仲ですが、二人の間に生まれた子のことは、私が、寝ても覚めても忘れることなく育ててきました。

私のことはともかく、どうしているのかと心を痛めていてくださっていたという小君は、どのようにもお心のままにお迎えください。ところで、お贈りくださった衣は、またも私たちの仲を隔てることになるのだろうかと思って見るにつけても、今となっても、不本意なことになるのではと案ぜられます」

とお返事をお書きになった。

右大臣が、尚侍に、この返事を、「これを御覧ください。筆跡は、私が親しくしてきた人たちよりは、上手です。見る価値がある様子で、美しく書いてありますね」。尚侍が、「ほんとうに、とても美しくお書きになっています」と言って、「私には、特に、心許せる姉妹などという親しい人もいません。この方はご性格なども思いどおりの方だとうかがっています。私は、心細い思いをしていたので、この方のことを特別に親しくお思い申しあげることができたら、うれしく思います。右大将のことも、家族のように思ってくださるでしょう。右大将は、どういうわけか、一人前の大人におなりになったのに、ささいなことでも、真っ先に私に相談するので、私が死んだ後で、寂しくて途方にくれるのではないかと思うと、それもとても心配です」と申しあげなさると、右大臣は、「死ぬなどという、縁起でもない話はやめてください。この方は、右大将が、信頼し合い、おたがいに頼もしくお思いになる相手としては、とてもすばらしい心の持ち主です。ああ、それにひきかえ、故式部卿の宮の中の君は、ほうっておけない大切な方だとお思い申しあげていましたのに、その効《かい》もなく、どことなく頼りなくて情けない方です」などとおっしゃる。

三条殿の東の一の対を、宰相の上と小君が住むのにふさわしく調えさせて、屏風《びょうぶ》などをいくつも立てさせなさる。そこは、右大将が時々物忌みなどで籠もるためにお移りになる所である。

七　仲忠、宰相の上の屋敷を訪れる。

右大将（仲忠）は、お迎えする前日の夜に、宰相の上の屋敷においでになった。庭の木々や前栽《せんざい》などは、昔は数多くあったというが、今では、宰相の上が言ったとおり、山里のようになってしまっていた。対や廊などは傾き、みすぼらしい様子である。人が住んでいるけはいもない。寝殿の東方に寄った格子《こうし》を二間《ふたま》ほど上げてあるのが見える。西南の方角の外から中を御覧になると、部屋を仕切っている襖障子《ふすましようじ》も破れている。南の簀子《すのこ》から上ってお覗《のぞ》きになると、東の妻戸《つまど》の簾《すだれ》を巻き上げて、人もなしめし（未詳）ている。母屋《もや》のほうの柱の所に、真っ黒で光沢のある袿一襲《うちきひとかさね》に、薄い縹色《はなだいろ》の綾《あや》の綿入れの衣を重ねて着てすわっている人がいる。髪は糸を縒《よ》ってかけたように光沢があって長そうだ。髪が額にかかっているあたりの様子は、とても美しい感じである。その人のすらっとしていて上品で美しい容姿は、尚侍《ないしのかみ》の姿や顔だちに似ている。この前の小君が、搔練《かいねり》の小袿《こうちき》だけを着て、裾から脛《すね》を長く出して、とても小さくてかわいらしい琵琶《びわ》を抱《かか》えて、前にすわっていらっしゃるので、宰相の上は、とてもかわいいと思って、髪を手で搔き上げなさる。その手つきは、とても美しい感じである。小君は、琵琶を、見事に洗練された感じで不意にお弾きになる。宰相の上が、「こんなに大きくなってまで、この小さい琵琶をお弾きになるのは、とてもみっともないですよ」とおっしゃると、小君は、「それでは、母上のお膝《ひざ》にすわって弾きましょう。そうでないと、すぐに倒れてしまいます」と言って、宰相の上の膝の上で大きな琵琶をお弾きになる。とても上手だ。右大将は、琵琶を弾いていらっしゃるこの小君の姿を、父の右大臣（兼雅）にお見せしたいとお思いになる。

右大将が咳《せき》払いをなさると、宰相の上は、驚いて、几帳《きちょう》を引き寄せて、小君に命じて、褥《しとね》をお出しになる。右大将が、「この子に命じて褥を出してくださったのですね。恐縮です」と言って、小君を抱きながら、「さあ、あの琵琶を持っていらっしゃい」と言って、侍女を介して、宰相の上に、「たった今やって来たばかりです。もう、恥ずかしくお思いにならないでください」とおっしゃると、宰相の上は、「このままうかがうことになるのでしょうか」とお尋ねになる。右大将は、「お迎えは明日になるだろうと聞いております」などとお答え申しあげなさる。宰相の上は、「とても恥ずかしく、とんでもないことになってしまったなあ。これほどすぐれた方が、私のことをどんなふうに見ていらっしゃるのだろうか」とお考えになる。宰相の上は、「お話をうかがいました。今すぐに、私自身の口からお話しいたします」とお返事して、あらためて、母屋《もや》の襖障子《ふすましょうじ》のもとで、右大将とお会いになった。

宰相の上が、「今は、この世で生きているとも、お父上に思っていただけずにいたのに、どんなふうにお話ししてくださったことで、『近い所に迎えたい』などとまで言ってくださったのだろうかと思うと、どのようにお礼を申しあげていいのかわかりません。今でもまだ、私自身は、どうしたらいいのか決められずにいます。でも、歳老いて耄碌《もうろく》してしまって、余命も少なく思われる母が、右大臣殿が小君のことをこれまで特に心にかけてくださらなかったことを、明けても暮れても、私以上にとても嘆いていらっしゃいましたが、もうこれで安心です」と申しあげなさるので、右大将は、「今回のことは、至極当然なことだと思います。私は、父上に特にお話し申しあげておりません。ほんとうに、父上は、長年、ご心配申しあげていらっしゃったのです。私の母も、たった一人、とても心細い思いをなさっているので、あなたのほうでは何ともお思いにならなくても、大勢いらっしゃる女君たちの中で、母は、特別にお慕い申しあげることでしょう。親しく思っていただける人です。いずれ、近くでお会いになることでしょう。古風で、気がねもいらず、ご姉妹などのように思っていただくのに、これ以上の人はいないだろうと思います」などと申しあげなさる。宰相の上は、「とてもうれしいお話ですが、おそば近くにうかがうと、私を御覧になってがっかりなさるのではないかと思いますし、こちらにも、一人では置いておくのが心配な母がいらっしゃいますので、お父上には、『小君には、つき添う人もおりましょう。でも、母には、私以外に世話をする者はおりません。ですから、私は、こちらにいたまま、お頼り申しあげることにいたします』とお伝え申しあげてください」などとおっしゃる。その様子は、とても上品で美しく、このうえなくお慕いしている人の雰囲気にも似ているので、とても真面目な右大将も、少し心得違いの懸想じみたことをも申しあげてしまいそうだったけれども、あってはならない不都合なことだと思い返して、それを口になさることもなく、「なんとも具合が悪いことです。母上のことがご心配なら、時々はこちらへお戻りになるにしても、今回は、ぜひお移りください」とお願い申しあげなさる。宰相の上が、「いずれ、母のことが一段落してから参ることにいたします」とお答え申しあげなさるので、右大将は、「とんでもないことです。父が不本意にお思いになるでしょう」などと申しあげてお帰りになった。

八　夕方、仲忠から宰相の上に装束が贈られる。

夕方になって、右大将（仲忠）は、衣箱一具《ころもばこひとよろい》をお贈りになる。一つには、宰相の上のために、唐綾《からあや》の撫子襲《なでしこがさね》の袿《うちき》、濃い縹色《はなだいろ》の袿、濃い紫色の織物の細長、三重襲《みえがさね》の袴《はかま》、もう一つには、小君のために、とても濃い袿一襲《ひとかさね》、薄い蘇枋《すおう》の綾の袿、桜襲の織物の直衣《のうし》、躑躅襲《つつじがさね》の織物の指貫《さしぬき》などをお入れになっている。女の袴の腰紐《こしひも》に、赤い薄様《うすよう》に、歌だけ、心に秘めた思いをかなえてくれる産霊《むすぶ》の神を道案内にしながら、下紐《したひも》ならぬ私は、どうしたらいいのか思い悩んでいるところです。

と書いてあって、手紙もない。

とても小さい小舎人童《こどねりわらわ》が、「お返事をいただきたい」と言う。宰相の上は、「困窮しているのではないかと配慮して装束を贈ってくださったのだと思うと、とても恥ずかしい」とおっしゃっている時に、この歌を見つけて、とんでもないことだと思われたので、お返事も申しあげなさらない。祖母君が、「とてもうれしく、ありがたいことです。何も気になさることはありますまい。何もかも、右大将殿がこんなふうに配慮してくださったのです。やはり、ほんの少しだけのお返事でもいいからしなさい」と、強くお勧めになるので、宰相の上は、ただ、

「すっかり気をゆるして、下心などないものと思って信頼していました。それなのに、思いがけずに、下紐が解けるのが見えるとは。

複雑な思いでおります」

などとお返事を申しあげなさって、小舎人童に、躑躅《つつじ》色の小袿《こうちき》を、小君のための今様《いまよう》色の袿一襲を添えて被《かず》けなさると、小舎人童は、「お返事だけをいただきます」と言って、被け物を返そうとするが、受け取ってもらえないので、歩いてその場を立ち去って、群がって生えている庭の薄《すすき》の上に被け物をかけて走って出て行ってしまった。人々は、「とても気が利《き》い

てこしゃくな童だなあ」と言う。

小舎人童が、宰相の上のお返事を右大将にお渡しする時に、「被け物はこんなふうにお返しして逃げ帰って参りました」と申しあげさせると、右大将は、「とても見事に使の役を果たした」と言って褒めて、ご自分の衵《あこめ》を一襲お与えになる。宰相の上からのお返事を見て、「思ったとおりだ。悔やまれることだ。どうして懸想心をほのめかしてしまったのだろう。私のことを世間並の男とお思いになったことだろう」と、きまりが悪く思われなさる。

九　翌日、仲忠、兼雅のもとを訪れる。

翌日、右大将（仲忠）が、三条殿に参上して、「昨日、宰相の上の屋敷に行ってまいりました。どのようにお暮らしになっているのか見てみようと思って出かけて行って、お話し申しあげたところ、ご本人はお移りになるつもりはなさそうなお話しぶりでした。それでは具合が悪いと、何度も説得いたしましたところ、いずれ移ることにするとおっしゃいました。ですから、父上ご自身でお迎えにいらっしゃるのがいいと思います」と申しあげなさると、右大臣（兼雅）は、「信じられないことだな。どうして迎えになど行けよう。宰相の上は、髪も恐ろしそうになっているだろう。昔は、顔も上品で美しかったあの方が、ああ、今まで健在でいらっしゃったのだな。琵琶《びわ》は、今の世に、あれほど上手に弾く人はいないだろうね」とおっしゃる。右大将が、「そうそう。小君は、琵琶をとても上手にお弾きになりました。上手なのも当然だったのですね」。右大臣は、「おもしろいことだね。かわいく思ってお教えなさったのだろう。祖母君も、琵琶をとても上手にお弾きになる方だった」とおっしゃる。

尚侍《ないしのかみ》が、「日が暮れたら、早くお迎えに行って、宰相の上のお考えはお考えとして、小君と一緒に宰相の上もお連れ申しあげなさってください。それはそうと、昔はすばらしい方々をいろいろと集めて住んでいらっしゃったのに、今では色めかしくもおもしろくもない暮らしをなさっているのはどうしてなのでしょう。それに比べて、左大臣殿（正頼）は、とても魅力があって、おもしろい暮らしをなさっているように思われます」。右大臣が、「いやはや。左大臣殿のことを見て好ましく思っていらっしゃるのですね。左大臣殿の身の上がすばらしくはなやかでいらっしゃるのを見申しあげなさってからは、私のことまで軽く見て、こうして私を辱めることばかり口になさる」とおっしゃるので、尚侍は、「また、いつもの愚痴ですね。でも、自分のほうが劣っているのではないかと気に病むことは誰にもあるのですから、だまってください」と言って、薫物《たきもの》などをたくさん集めてお贈り申しあげなさる。

一〇　兼雅、仲忠の勧めで、宰相の上母子を迎える。

お車二輌《にりよう》でお迎えにお出かけになった。宰相の上の屋敷は、昔御覧になった時よりも、ひどく荒れ果ててしまっていた。でも、几帳《きちよう》などは、とても美しい感じである。

右大臣（兼雅）が案内も請わずに入っていらっしゃると、宰相の上は、灯《ひ》を明るく灯《とも》して、母屋《もや》に、とても柔らかな感じの袿《うちき》に、柳の薄い織物の表着を重ねて着ておすわりになっている。小君は、宰相の上がとても美しい装束を着せて、直衣《のうし》だけを着ていらっしゃる。髪は、膝のあたりよりも伸びていらっしゃる。切り揃《そろ》えられた額髪《ひたいがみ》の端が、とても美しい。右大臣が、灯のもとに近寄って、明るい所を御覧になると、そこに見えたのは、四人か五人ほどの侍女と、小さくてかわいらしい女童《おんなわらわ》などである。見た目にとても感じがいい。昔、とてもはなやかで時めいていた源宰相が、屋敷をとても美しく飾りたてて、婿としてお迎えになったことを思い出しなさるにつけても、右大臣はとても悲しいお気持ちになられる。

右大臣が、「小君は、どこにいるのか」とお尋ねになると、小君は、慌てることなく落ち着いた感じで、膝をついておすわりになる。右大臣が、「そこにいる女童よ、その灯をこっちに持って来い」とおっしゃるので、女童が持って参上した。その灯《あか》りで見申しあげなさると、「右大将（仲忠）が子どもだった時も、こんなふうだったのだろうか」と思われるほど、かわいらしくすばらしい。その顔は、ほほ笑んでいらっしゃるわけでもないのに、魅力があって、ほんとうに若々しく美しい。右大臣が、宰相の上に、「生まれた時以来、二度と見せてくださらずに、この子を連れていなくなってしまいになったのは、どうしてだったのですか。その後、何年も話してくださる機会があったのに、なぜ小君のことを聞かせてくださらなかったのですか」などと申しあげなさるけれど、宰相の上が、ほかの方のように恨み言を申しあげなさることもなく、ただただ、とてもおっとりとして、聞いたほうが気恥ずかしくなるようなお返事を申しあげなさるので、右大臣は、かえって何も言うことがおできにならない。昔のことを、とても懐かしく思い出していらっしゃる。

右大臣が、しばらく横になって、「もう夜が更けた頃でしょう。さあ、一緒においでください」と申しあげなさると、宰相の上が、「私もでしょうか。それはできません」。右大臣が、「あなたにも来ていただくつもりでお迎えに来たのですよ」とおっしゃると、宰相の上は、「それはできません。私は後でゆっくりと参ります。さしあたって、それでは、小君だけでも早くお連れください」と申しあげなさる。右大臣が、「何をおっしゃるのですか。あなたが一緒でなかったら、どうして帰れましょう。また、幼い小君一人を連れて行くわけにはいきません」とおっしゃると、宰相の上は、「それならば、小君がもう少し成長した頃にお迎えにいらしてください。心細そうにしていらっしゃる母を残して行くのはとても気がかりですから、やはり、私は後ほど参ります」などと申しあげなさる。右大臣が、「それなら、そちらの母上も、このまま、一緒に来るようにおさせください。ほかに住む人もいなくて、なんの気遣いもせずにいられる所ですよ」。宰相の上が、「ぜひ小君だけをお連れください」。右大臣が、「昔とは違って、ほんとうにかわいげがないお心になっておしまいになったのですね」と、本気になってお恨み申しあげなさると、宰相の上が、笑って、「おっしゃるとおり、昔の心のままでいることなどできません」と申しあげなさる。右大臣が、「あなたの筋を通してのご辞退には、なんの申し開きもできません。でも、早く早く」とおっしゃるので、宰相の上は、「お断りしたのは、母がこのような所に一人で離れてお暮らしになることになるのがとてもいたわしく思われたからなのです。それでは、母にお話ししてみましょう」と言って、奥に入って、祖母君に、「右大臣殿が、『やはり、母上も、今回ご一緒に』とおっしゃっていますが、母上が一緒にお移りにならないなら、私も行くつもりはまったくありません」と申しあげなさると、祖母君は、「ああ見ていられませんね。そういうことなら」と言って、一緒に出発なさる。

右大臣が、右大将のもとに、「あなたのお車を、今すぐにお貸しください」と申しあげなさったので、右大将はお届け申しあげなさった。その車に、宰相の上と小君、その乳母《めのと》をお乗せして、右大臣の車に、祖母君や、親族でいらっしゃる大輔《たいふ》の君と少将の君などという侍女たちが乗った。次の車に、三人の侍女と二人の女童が乗った。しかるべき十人あまりのお供の者たちを従えて、堂々とした行列でお移りになった。

三条殿では、待っていた右大将が、「どうしてこんなに遅くなられたのですか。もう夜が明けてしまいますよ」と申しあげなさると、右大臣は、「なんとも困ったことがあってね。宰相の上が、『移りたくない』とおっしゃったから、遅くなったのだ。『小君も一緒に』と説得して、強引にお連れしたのだ」と言って、尚侍《ないしのかみ》のもとに行こうとなさるので、右大将は、「もう寝静まっていて、侍女たちも眠り込んでいることでしょう」と言って、宰相の上の一行を車から下ろして、前もって考えていた所にそれぞれの人をお入れしてからお帰りになった。

右大将が、三条の院の東北の町に帰って、女一の宮に、「思いもかけず、すっかり夜が更けてしまいました。三条の院に行っておりました。父上が、昔の女性との仲をあらためて復活させようとなさるということで、三条殿に行っておりました」。女一の宮が、「何があったのですか」。右大将は、「こういう事情の人です」などとお答えしておやすみになった。

その後、右大将が三条殿に参上なさると、小君が、右大将のことを、「父上」と言って慕って、いつもそばにいさせ申しあげなさる。右大将がすわっていらっしゃると、そのすぐそばに一緒におすわりになる。父の右大臣のことは、「殿」と呼んで、特になつき申しあげなさらない。

一一　兼雅邸の小弓の日、小君、琵琶を弾く。

小弓の遊びをなさる日に、右大将（仲忠《なかただ》）と、左大臣（正頼《まさより》）の男君たちが、三条殿に大勢参上した。梨壺《なしつぼ》がお生みになった三の御子《みこ》、宮の君、小君が、とても美しく装束を調えていらっしゃったところ、人々が、小君を見て、「とてもかわいらしい方は、どなたですか」とお尋ね申しあげると、右大将が、『『子どもが少なくて寂しい』と言って引き取られたようです」とお答え申しあげなさる。人々が、「右大臣殿（兼雅）のお子さまなのですか。見ると、右大将殿にほんとうによく似ていらっしゃいますね。宮の君は才気があって、この君は子どもらしくてかわいい感じでいらっしゃいますね」などと言うので、右大将がお呼び申しあげなさると、小君は出ていらっしゃった。髪も、三人のお子さまたちの中で、長くて美しい。宰相の上が、「右大将殿や梨壺さまの御子のもとにお出になる時には、指貫《さしぬき》を穿《は》いて行きなさい」とおっしゃったが、小君が、「梨壺さまの御子も宮の君も、私のように指貫を穿いていらっしゃいません」と言ったために、小君に指貫を穿かせ申しあげなさらなかったのだった。事情もわからない人は、「右大将殿と同じく、尚侍《ないしのかみ》さまがお生みになったお子さまのようだ」と申しあげる。

梨壺の御子は笙《しょう》の笛、宮の君は横笛を、お二人とも、まことに見事にお吹きになる。人々が、「もうお一人のこちらの君は、何を演奏なさるのですか」とお尋ねになると、右大将が、「琵琶《びわ》をお弾きになります」とお答えになるので、「とても興味深いことですね」と言って、左大臣の侍従（宮あこ君）、中納言（忠澄《ただずみ》）の太郎、頭の中将、その弟の四位の少将（近澄《ちかずみ》）が、三条の院の大宮のもとに琵琶を持って届けてくれるようにお願い申しあげて、「この琵琶を」と言ってお弾かせ申しあげなさる。すると、小君が、「誰かに抱いてもらわないと弾けません」とおっしゃるので、右大将が、「こちらにおいで」と言って、膝の上にすわらせてお弾かせ申しあげなさると、このうえなくとても上手にお弾きになる。琵琶を笛に合わせて弾いて、三人で演奏なさると、人々は、「このお三人のご様子は、今まで見たことがないほどとてもすばらしくてかわいらしい。帝などにお目にかけたいものですね。これほどの音楽の名手たちが、右大将殿のほかにもお生まれになる所だったようです」と、感動して賞賛なさる。右大臣も、どの子もそれぞれにかわいいと思って、「小君は、御子の遊び相手にふさわしい。右大将は、子どもが少なくていらっしゃるから、この三人の子どもたちがたがいに将来のことを考えて、後ろ盾となるのもすばらしいことだったのだ」とお思いになる。

右大臣が、奥に入って、「小君のことを、人々が、『かわいい』と言っていました。不思議だったのは、小君が右大将を見つけていつもそばにいさせたことで、梨壺の御子などとは仲よく遊んでいらっしゃるようです。私のことは、何とも思っていません。子どもは、誰にでもなつくからかわいいのです」とおっしゃるので、尚侍は、「当然のことだと思います。小さい子は、自分のことをかわいく思ってくれる人にだけなつくものなのです。先日、見ておりましたところ、対の簀子《すのこ》で、梨壺さまの御子をお抱き申しあげなさっていた時に、『僕も僕も』とおっしゃった宮の君を抱いてさしあげなさいましたね。その時、小君が見上げて立っていらっしゃったのに、御覧にならずにいたから、幼心に何かを感じて、一人で、高欄でぼんやりとなさっていました。小君のことも、時々は抱いてさしあげなさってください。何かにつけて、このような冷たいお心があるから、何年たっても、私たちのことを思い出してくださることもなく、私たちはこのうえなくつらい思いをしたのです。涙が落ちてしまいそうなほど、つれない態度をおとりになりましたね。右大将は、梨壺の御子でも誰でも分け隔てすることなく、どの子もそれぞれにかわいくお思い申しあげていらっしゃいます。あちらの祖母君などが御覧になったら、きっと、嘆かわしくつらいとお思いになるでしょう。人の嘆きを身にお受けになることなく、誰に対しても思いやりがあって、長生きをなさったら、たとえ私が死んだとしても、右大将のためにも将来への不安がなくてすばらしいでしょう。顔かたちを見て、かわいくないとお思いになったとしても、そのことで不本意だと思っているのだと見られるのは、恥ずかしいことです。誰かを特別にかわいくお思いになると、それを見て、人は、不愉快にお思い申しあげることでしょう」などと、内々に申しあげなさる。尚侍に仕える侍従の君が、そのことを聞いて、宰相の上に仕える、いとこの少将の君と出会った時に話したので、祖母君も宰相の上も、うれしく思ってお喜びになる。「右大将殿が、お心もお姿もお顔もすばらしくていらっしゃるのは、尚侍さまのご性格が、こんなふうにすばらしくていらっしゃるからだったのですね。それにひきかえ、右大臣殿のお心は、さあどうでしょう。思いやりがない方は、人が口に出さずに心で思っている気持ちなどはおわかりにならないものです。なるほど、だから、小君は右大将殿ばかりをお慕い申しあげているのですね」などとおっしゃる。

一二　兼雅、梅壺の更衣を東の二の対に引き取る。

この後、梅壺《うめつぼ》の更衣と申しあげた方が、右大臣（兼雅）のことをお恨み申しあげて、山菅《やますげ》

を一包みに包み、香染《こうぞ》めの扇を薄様《うすよう》の中に入れて、

「うらやましいことです。同じ麓に生えていた山菅なのに、あちらの山菅（宰相の上）は、特別にふたたび寵愛《ちょうあい》を受けることになったのですね。

私のほうでも思い出すことが多くて」

などとお書きになったので、右大臣は、

「もう一つの山菅（梅壺の更衣）を、離れていてもずっと大切に思っていたのに、ひたすらつらいものの例となさるのですか。

私は、今はもう、目もはっきり見えなくなっているのですが、それでも、昔と同じように、近い所にお住まいになりませんか」

とお返事を書いて、その後にお迎え申しあげなさって、更衣は、三条殿の東の二の対に、北の廊にかけてお住みになる。

こうして、右大臣の女君たちが幸せを取り戻してゆく中で、かえって、女三の宮に仕える侍女たちからは、「不愉快ですね。世の中はきなよりのを（未詳）。昔のことを思い返すと、女三の宮さまがこのようなお暮らしをなさるだろうとは思いませんでした。身分には関わらないものなのですね」などと言う言葉が聞こえてくるので、尚侍《ないしのかみ》に仕える侍女たちが、それを聞いて、お耳に入れるが、尚侍は、「畏れ多いことです。聞いても、けっして気にしてはいけません。下人《しもびと》は口さがないものだと言います」と言って、どの方のことも何不自由なく

大切に扱いなさった。

一三　尚侍、兼雅に、ほかの妻妾たちも愛するように語る。

右大臣（兼雅）は、一月《ひとつき》を、二十五日は尚侍《ないしのかみ》のもとに、残りの五日は女三の宮と宰相の上の所などに通って、昼も尚侍のもとにばかりいらっしゃるので、尚侍が、右大将（仲忠）に、「父上がこんなふうになさるのは、やはり、とても見苦しいと思います。今は、落ち着いて、時々は勤行《ごんぎょう》もして過ごしたいのです。女三の宮さまのお気持ちも気になります。このことを、父上によろしくお伝え申しあげてください」と申しあげなさると、右大将は、「ほんとうによくぞおっしゃいました。母上は、ここで、こうして、思いのままの暮らしをなさっています。また、私もおります。今は、人が、あれやこれやと申しあげることはできません。申しあげにくいことですが、父上が何かおっしゃった機会に、私からお話ししてみましょう」とおっしゃっている時に、右大臣が入っていらっしゃった。

右大将が、「父上が、申しわけないとお思い申しあげて気にかけていらっしゃった方々は、出家なさった方もいたものの、それぞれに心細い思いでひっそりとお住まいでしたが、私がお勧め申しあげたことで、こうして安心できる暮らしをなさっています。そのことは、とてももうれしく思っているのですが、父上が母上の所にばかりいらっしゃることは、とても不本意なことでございます。こちらに十日、女三の宮さまの所に十日、残りの十日を故式部卿の宮の中の君と宰相の上と梅壺《うめつぼ》の更衣のお三方の所に通っていただきたいのです」と申しあげなさると、右大臣は、笑って、「何を言うのかと思ったら、とうとう、私ができそうもないことまでおっしゃる。昔、若かった時は、いろいろな女性のもとを渡り歩いても見苦しくはなく、そんな私を見たいとお思いになる人もいたでしょう。でも、今は、世間からかんばしい評判を得ているわけでもないし、腰も痛いので、歩きまわることはできそうにありません。女三の宮お一人の所にふたたび通うようになったのは、『気の毒だし、尚侍も気にしているだろう』と思ったからです。とてもできない相談だ」とおっしゃる。それを聞いて、尚侍が、「それはいけません。ほかの方々の所に通うお気持ちになっても、私は不快に思ったりなどいたしません。皆さまも、ずっとぼんやりと過ごしていらっしゃることでしょう。右大将が言うように、皆さまのもとにお通いになったらいいでしょう。左大臣殿（正頼）は、大宮《おおい》と殿《との》の上との間を、きちんと分けて、十五夜ずつ通って、お子さまたちも、どのお子さまも分け隔てなくかわいく思って大切になさっています。こうして私の所ばかりにいらっしゃるからといって、すばらしいことなど何もありません。中でも、女三の宮さまのことは、嵯峨《さが》の院が特にかわいくお思い申しあげて、折々も聞いて心を痛めていらっしゃることでしょう。まことに畏れ多いことです。宰相の上などは、ご性格などもすばらしい方だとお見えになります。このお二人だけは、やはり、私が申しあげるとおりに、ほかの人よりは特別にお扱いください。右大将のことも、祖母君が、涙を流して感謝していらっしゃるそうです。私一人であなたのことを心配し申しあげるのも、私が死んだ後のことを考えると、不吉に思われていたので、宰相の上のような思慮深い方に気にかけていただくことはうれしいのです。長年案じていた後にこのような方と出会うこともあるものです」などと、強く申しあげなさるので、右大臣が、「二十八夜はこちらにいて、そのほかの日は、女三の宮のもとなどには」などとおっしゃると、尚侍は、「それなら、女三の宮さまのもとにお通いになる以外の日は、私の所ではなく、気が向くままにほかの方々のもとにお通いください」とおっしゃる。右大臣は、「でも、梅壺の更衣は、才気はあるが、性格が悪くていらっしゃる。故式部卿の宮の中の君は、本人は思慮が浅くて、乳母《めのと》は無礼なもの言いをします。それにひきかえ、宰相の上は、おっとりとしているけれど、思慮深いので、子どもや孫たちのためにも安心できる方です。この方の所だけは、なるほど、おっしゃるとおりにしましょう」などとおっしゃる。

一四　仲忠、小君を連れて参内し、帝・春宮、藤壺に見せる。

帝《みかど》と春宮《とうぐう》も、小君を見たいと思って、何度も催促なさるので、右大臣（兼雅《かねまさ》）が、右大将（仲忠《なかただ》）に、「私は連れて行けないから、あなたが連れて参内せよ」と言って参内させ申しあげなさる。小君は、尚侍《ないしのかみ》のもとで、装束を調えなさる。小君が鬢頰《びんづら》をお結いになった姿は、これまでよりも少しかわいらしく美しくていらっしゃる。

右大将が小君を連れて参内なさったところ、帝と春宮が、一緒にいて、「ほんとうにかわいい人だったのですね」とおっしゃる。小君の様子は、かわいらしくて愛らしい。帝と春宮が、琵琶《びわ》を取り寄せて、「弾いてごらん」とおっしゃる。小君が、しばらくの間お返事もなさらないので、右大将は、小君に、「そんなふうにしていないで、弾いてお聞かせしなさい」と言って、帝と春宮に、「この子は、まだとても幼《おさの》うございます。大きな琵琶は、人の膝の上に載せてもらって弾くのです」と申しあげなさる。侍女たちが、大勢、御簾《みす》から顔を出して見る。源中納言（涼《すずし》）が、右大将に、「私が噂《うわさ》に聞いていたのは、この子なのですか。こんなにかわいい子を、今まで見申しあげることがなかったとは」と言って、小君に、「私の膝にいらっしゃい」と言って、膝にすわらせて弾かせなさると、小君は、少しだけだがこのうえなく見事に弾いて、琵琶をお置きになる。

帝も春宮も、「この子をこのまま宮中に残しておきたい」とおっしゃるけれど、右大将は、「まだとても幼いので」と申しあげなさる。それを聞いていた源中納言が、小さな声で、「ところで、その小君は、こんなことを言ってはなんですが、畏れ多いけれども、女一の宮さまのもとにいる宮の君よりもすぐれてはいらっしゃらないでしょう。どうお思いになりますか」とお尋ねになるので、右大将は、「そんなことは、まったくありません。宮の君は、とても見苦しく、女一の宮の真似《まね》をして、性格が悪くて強情で、子どもらしいかわいらしさはありません。ですから、女一の宮も、宮の君を連れてほんのちょっと参上しただけでも、その顔を見ることもなく、『この子のことは、生まれた時から、恐ろしい性格の子だと思っていた。いぬ宮の弟だとは思えない。どこかに連れて行ってほしい』と思っていらっしゃいます。祖父の右大臣は、宮の君が勝手気ままに振る舞うのにまかせて見ていらっしゃいます。こんな子は要《い》りません。それに比べて、小君は、字などもとても美しく書き、声もとてもかわいらしいのです。私が教えることも聞いて理解してくれるにちがいありません」。春宮が、「さあ、一緒に、藤壺《ふじつぼ》さまの所に行きましょう」と言って、小君をお連れになる。右大将も、一緒に参上なさる。

春宮は、藤壺の下局《しもつぼね》の中に、ためらうことなく小君をお呼び入れなさった。藤壺は几帳《きちょう》だけを引き寄せておすわりになっている。小君のことをとてもかわいくお思いになる。右大将が、「とても幼い子が中にお入りになりました。私もお呼び入れください」。孫王《そんおう》の君が、「藤壺さまも、『こんなにかわいい女の子は、誰にさしあげるおつもりなのだろうか』と言って、几帳の奥に隠れていられずに出て来ておいでですから、お入れするわけにはまいりません」。右大将が、「女の子ではありませんよ。ほら、御覧ください」と言って、小君の着物の前をめくってお見せになると、人々が笑う声が聞こえる。右大将が、「ほんとうに男の子なのですよ。見参のたとえもあるということですから、最初のお目見えに縁起が悪いので、このまま長居はできません」と言って、「退出させたいと思います」とおっしゃると、藤壺が、「おかしなことをおっしゃいますね」と言って、ひそかにお笑いになるのも聞こえる。右大将が、「早く早く」と言ってしきりに急《せ》きたてなさるので、藤壺が、「そんなにお急ぎになることはないでしょう。ほんとうのところ、とてもかわいいご様子ですから、いつもこちらに参上させなさってください」とおっしゃっていると、春宮が小君と一緒に出ていらっしゃった。春宮を小君と比べて見申しあげなさると、かわいらしくて優美な感じで気品がある小君の様子は、春宮にそれほど特に見劣りもしないので、右大将は、自分の子として引き連れて見ることになるのは、晴れがましくお感じになる。小君は、白銀《しろがね》の童と黄金《こがね》の童が相撲を取っている置物をおもらいになって退出なさった。

右大将が、三条殿においでになって、尚侍に、小君を宮中に連れて行った時のことをご報告申しあげなさると、尚侍は、とてもうれしいとお思いになる。

宮の君は、祖父の右大臣を、「父上」と言ってなつき申しあげなさる。父の右大将のことは、他人のようにお思い申しあげて、右大将がおいでになっても、「右大将が参上なさったようだね」などと申しあげて、まったく関心をお持ちにならない。梨壺がお生みになった三の御子は、右大将を、「母こそ」と名づけて、とてもなつき申しあげていらっしゃるので、右大将もいとしく思ってかわいがり申しあげなさる。

一五　尚侍、女三の宮や宰相の上などに贈り物をする。

大宰大弐《だざいのだいに》が上京して、右大臣（兼雅《かねまさ》）に、白銀《しろがね》の透箱《すきばこ》二十、中に、唐綾《からあや》、峰に螺鈿《らでん》を施した沈香《じんこう》の櫛《くし》などが入ったものを献上したので、尚侍《ないしのかみ》は、透箱を、女三の宮のもとに七つ、ご自分のもとにも二つか三つ残し、ほかの女君たちのもとにも二つか三つずつお配り申しあげなさる。右大臣が、女君たちのご身分によって差をつけるようにおっしゃるけれど、尚侍は、「それも当然ですが、身分はともかく、どの方も心は立派な方々です」と言って、お考えどおりにお配りになった。

それらの透箱の中で、一つには唐綾が五疋《ごひき》、もう一つには沈香と紫檀《したん》の櫛が入っているものを、宰相の上にお贈り申しあげさせなさる時に、尚侍が、

この櫛が、あなたのことを案じていた私の気持ちを告げてくれるという黄楊《つげ》の櫛だった

・ら、どうしていらっしゃるか気にかかって嘆くことはなかったでしょうに。

と書いてお贈り申しあげなさったので、宰相の上は、

「昔のうちに終わっていた仲ですのに、右大臣殿と復縁させてくださったことで、この櫛を、あなたの心を私に告げてくださった黄楊の小櫛だと思って見ています。

私は、すっかり忘れられた姨捨山《おばすてやま》のように見捨てられたものだと思っておりました」

とお返事をさしあげなさった。こんなふうに、さまざまにすばらしい手紙の遣《や》り取りをなさる。しかるべき折には、人目を忍んでこっそりと、宰相の上とは会って、おたがいに、心をこめて親しくお約束し申しあげなさる。

一六　仲忠、女一の宮に、いぬ宮に秘琴伝授の計画を語る。

右大将（仲忠《なかただ》）は、朱雀院《すざくいん》、帝《みかど》、春宮《とうぐう》、右大臣（兼雅《かねまさ》）のもとへと、あまり間を置かない程度に参上なさる。また、何か機会があると、お召しをお受けになる。忙しいばかりか、気持ちまでまことに落ち着いてのんびりする時がない思いをなさる。

右大将が、女一の宮に、「私がこの世をはかなく思っていた時、あなたとこうして結婚して穏やかな気持ちになりましたが、いぬ宮がお生まれになってからは、ますます、命も惜しく、もうこれで悩むことなどないだろうと思っておりました。でも、よくよく考えてみますと、私は、この世に思い悩む身として生まれてきたのでした。私に限っては、人よりもの思いが多いような気がいたします」。女一の宮が、「どうしてですか」とお尋ねになるので、右大将が、「私のこの気持ちがおわかりにならないのは、いぬ宮のことを真剣に思っていらっしゃらないからだと思います。いぬ宮は、まだ這《は》い這いをなさっていた時でさえ、私の琴《きん》を御覧になって、とても弾きたそうになさっていました。ここ何年かは、『月日もあっという間《ま》に過ぎてしまうだろう。物心がおつきになったら、伝授するのにふさわしい所を造って、そこにお連れして、落ち着いて琴《きん》を習わせ申しあげたい』と、夜は目を覚まして思い、昼はこのことで思いを巡らしているのですが、望みどおりに落ち着いて伝授することは難かしそうなので、どうしたらいいのだろうかと悩んでいるのです。いぬ宮も、来年は七歳におなりになります。今まで、琴《きん》を教えてさしあげずにいたことと悔やんでおります。母上は、四歳から琴《きん》をお弾きになったそうです。これまでいぬ宮の袴着《はかまぎ》の準備を進めてきましたが、琴《きん》の伝授に比べたら、たいしたことではありませんでした」とお嘆き申しあげなさると、女一の宮は、「おっしゃるとおりです。私もそのことを案じていました。琴《きん》の家ではない人々でさえ子に琴《こと》を教えることに腐心するものです。いぬ宮が世間の人々と同じように習うのでは、琴《きん》の家に生まれた効《かい》がまったくないでしょう。あなたは、落ち着いて琴《きん》を教えることは難しいでしょう。でも、尚侍《ないしのかみ》さまなら教えてくださるのではありませんか」とおっしゃる。右大将が、「父上を残して、母上にお一人で来ていただくことはできないでしょう。また、初めのうちは、劣った弟子からお習いになるものなのです。昔の俊蔭《としかげ》の朝臣《あそん》は、七人の山人の中の一番劣った人の奏法から順に、最もすぐれた人の奏法を習い取りなさったということです。私が弾く奏法を、朱雀院などは、『すばらしい』と言ってくださいますけれど、母上が同じ奏法をお弾きになっても、とても私と同じものだとは思われません。母上が琴《きん》をお弾きになる時には、亡くなった治部卿《じぶきょう》殿（俊蔭）はどれほど上手にお弾きになったのだろうかと、昔のことが恋しく思われます。ですから、最初から母上に教えていただくわけにはいかないでしょう。母上には一緒にいていただいて、まずは、私が身につけた奏法をすべて、いぬ宮に習わせ申しあげましょう。春は、霞《かすみ》、ほのかに聞こえる鶯《うぐいす》の声、美しく咲く花に思いを馳《は》せ、夏の初めは、深夜に鳴く時鳥《ほととぎす》の声、夜が明ける前ごろの空の雰囲気、涼しい林の中に思いを馳せ、秋は、時雨《しぐれ》、夜に明るく照る月、思い思いに鳴く虫の声、風の音、色とりどりに紅葉した葉が枝から離れて散る時の風情に思いを馳せ、冬は、空に漂う雲、冬を迎えた鳥や獣《けだもの》の様子、雪が降った朝の庭を眺めながら雪を頂く高い山を思い、凍った池の下の水に思いを馳せたりして、季節季節に応じた深い情趣や、心の及ばぬ思いをはじめ、多くのことを思い合わせて、この世の、すべて、心にかかるありとあらゆるもの、また、時節に従って、美しい盛りを過ぎたまま長い年月がたったり、衰えていったりするものを心に思い続け、その思いを弾く琴《こと》の音《ね》に加えようと思って、同じ思いになって弾くから、琴《こと》の音が、それぞれの思いに従って響き、どんな季節にも合うのです。あなたがお弾きになるように、ただ心にまかせて弾くものではないでしょう」と申しあげなさると、女一の宮は、それを聞いて、心の底から感動して、「琴《こと》は、いいかげんな気持ちで弾いていいわけではなかったのだ」と、恥ずかしくお思いになる。

女一の宮が、「琴《きん》の伝授を受けるのは、こんなにもたいへんなことだったのですね。それにしても、どうして、私は一曲だけでも教えてもらえないのですか。どうしてなのですか。でも、いぬ宮が伝授を受ける時には、私も聞いて習うことができそうですね」とおっしゃると、右大将が、笑って、「いずれ、ちゃんとお聞きになる機会があるでしょう。真面目な話、いぬ宮に琴《きん》を伝授することを考えますと、独り寝をさせていただきたいのですが、どうしてそんなことができましょうか。いぬ宮に琴《きん》を伝授するのにふさわしい所をあれこれ思いをめぐらせているのですが、ここは、とても騒がしくて、ふさわしい所でもありません。出かけて行って、母上が伝領した京極《きょうごく》殿を、琴《きん》の伝授をするのにふさわしい屋敷に造り替えさせましょう。最近、伊賀守《いがのかみ》が辞職したので、仁寿殿《じじゅうでん》の女御さまに、『朱雀院の来年の年官を、今年のうちに申請していただきたい』とお願い申しあげなさってください。しかるべき建物は、先年造らせてあります。対などは、これから造らせなければなりません」と言い、「みはしにやあらむ（未詳）」と言って、尚侍のもとに参上なさった。

一七　仲忠、尚侍に、いぬ宮への秘琴伝授を依頼する。

右大将（仲忠《なかただ》）と尚侍《ないしのかみ》が、いろいろとお話を申しあげなさる。尚侍が、「小君は、先日、父上（兼雅《かねまさ》）が千字《せんじ》文《もん》を習わせ申しあげなさったところ、一日ですぐに聞いておぼえておしまいになりました。詩などを吟詠なさる声は、とてもおもしろく心に染《し》みます。あなたの声よりはすばらしいようですよ」。右大将が、「とても興味深いことですね。私は、いぬ宮のことを、どんなことでも、真っ先に考えていますのに、父上は、小君に教えて、もう一人前にお育てになったとは、うらやましいことです」。尚侍が、「そんなふうにお考えになるとは、情けないことです。よくぞ、小君をご自分の子のように思っていらっしゃるのですね。ところで、どうして、今までいぬ宮への琴《きん》の伝授はなさらずにいるのですか」と申しあげなさると、右大将が、「いぬ宮が琴《きん》をとても弾きたそうになさっているのですが、どうしたらいいのかと悩んでおります。帝《みかど》にも朱雀《すざく》院にも、ご意向をうかがって、お暇《いとま》がいただけるようにお願いし、何もかも放《ほう》り出して、静かに籠もりたいと思っています。その際には、恐縮ですが、母上にも一緒に来ていただいて、私にはよくわからないところも、母上におうかがいしながら伝授することができたらと、夜も昼も嘆いているのです」。尚侍が、「ほんとうにそうですね。私も、いぬ宮への伝授のことを案じていました。私はとても病気がちになっているので、そういうことなら、早くそのことを心にお決めください。いぬ宮は、ほんとうに驚くほど、物事の情趣をしっかりと理解なさっているご様子ですから、あなたなら、ちゃんと伝授してさしあげることがおできになるでしょう」とおっしゃる。それを聞いて、右大将が、声をひそめて、「いぬ宮への伝授のことを考えますと、あれやこれやと悩むことがございます。三条の院の東北の町は、人が大勢いてとても騒がしく、琴《きん》の伝授をすることはできません。この屋敷も、琴の伝授をするのにふさわしくありません。京極殿を、伝授するのにふさわしく造って調えたいと思っております。ほかのどこよりも、あの京極殿を伝授の場に改めるのは、願いがかなう思いがします。父上は、母上に来ていただくことを、『困る』とおっしゃるでしょうか。でも、私は、このことを、生涯の重大事だと思っております」。尚侍が、「おっしゃるまでもありません。父上が、『困る』とおっしゃっても、そのことで遠慮なさる必要はありません。ただあなたがおっしゃるとおりになさればいい。京極殿は、この世のものとは思われないほど、ほんとうにすばらしい所です。長年、ずっと、あちらに移り住みたいとばかり思っていました。京極殿で、のんびりと、昔のことを思い出しながら、亡き父と母の追善供養もさせ、仏道修行もしたいと思っております」などとおっしゃるうちに、涙もとめることができずにお泣きになる。右大将も、昔のつらく悲しかった出来事を思い出していらっしゃるのだろうか、お泣きになる。右大将が、「私の気持ちをちゃんと受けとめてお話しくださって、うれしく思います。この世は、無常なものです。私も、時々は静かに籠もって読みたいと思っている経典や漢籍もございます。亡き祖父や祖母たちのためにしなければならない追善供養も、ぜひともしたいと思っているのですが、これからは、公私にわたって、心身ともにきっと暇《ひま》がなくなることでしょう。母上も、落ち着いて仏前でのお勤めをなさりたくても、父上が生きていらっしゃる間はお許しくださらないと思います。追善供養の件に関しては、私に考えがございます。いぬ宮が、期待どおりに伝授を終えなさったら、その折にでも、このまま、出家などなさらなくてもおわかりになるでしょう。その際には、ぜひとも、ほんとうに理想的で今まで見たことがないほどすばらしいことをお目にかけたいと思っております」などと、心に染みることをいろいろと申しあげなさる。

その時、右大臣（兼雅）がやって来て、「先払いをする声が聞こえてからずいぶんと時間がたったが、右大将はここにいらっしゃったのですね」と言って、梨壺《なしつぼ》がお生みになった御子をお抱き申しあげていらっしゃる。宮の君が、「僕も抱っこして」とせがみ申しあげなさるので、御子を背負い申しあげて、宮の君を普通にお抱きになる。小君も来ていらっしゃる。

どの子も、それぞれに美しくかわいらしくていらっしゃる。右大将は、子どもたちを、かわいいと思って見申しあげていらっしゃる。

右大臣は、尚侍も右大将も泣いていらっしゃった様子なので、「どうしていつもと違う悲しそうな様子をしていらっしゃるのですか。ひょっとして、女三の宮や東の一の対にいる方(宰相の上)などに仕える人々の中に、けしからんことを言う人がいるのでしょうか」と、右大将がどうお思いになっているのだろうかと気にしながらおっしゃる。尚侍が、にっこりと笑って、「まあばからしい。右大将が、京極殿を改築したいと言ったので、昔のつらかったことを思い出していたのです」。右大臣が、「昔の京極殿でのことは、思い出しなさると、とても心が痛みます」と、真面目くさった顔をしておっしゃるので、尚侍は、「なんのことをおっしゃっているのでしょう。あなたとのことがあった以前にも、とてもつらいことがたくさんあったのです」と申しあげなさる。右大臣が、「そうですね。でも、私のことが原因でつらい思いをおさせしたのだろうと思うと、とても心が痛むのです。どうにかして、昔のことは口にしないようにしましょう」とおっしゃると、尚侍は、「今はもう、昔のことは忘れて、幸せな今のことばかりをお考えになるということなのですね」と言って、歌を、

昔の、数限りなく体験したつらいもの思いを、私は、今でも、悲しいと思って堪え忍んでいるのです。

と書きつけなさる。その際にも、涙がお落ちになるのを見て、右大臣も、いたわしく思われ

て、すぐに、そこに、

「昔は、つらい思いをして涙をたくさん流すこともあったでしょう。でも、これからは、このように幸せな夫婦仲ですから、そのつらい思いも消えてほしいと思います。私は、あなたをお守りする人として不充分ですか」

と書きつけてお見せ申しあげなさる。

一八　仲忠、東の一の対に立ち寄り、宰相の上と対面する。

右大将（仲忠）は、お二人の歌が書きつけられたものを持ってお出になるとすぐに、東の一の対を訪れて、「ご無沙汰いたしました」と申しあげなさる。宰相の上が、褥《しとね》を敷いてさしあげて、いざって出ていらっしゃる。宰相の上が、「ほんとうに、ずいぶんと長い間お会いしませんでしたね。右大臣殿（兼雅）にお話しくださったことを感謝しております。そのおかげで、私は、何もかも、すっかり心が慰められて、日々暮らしております」と申しあげなさると、右大将は、「母と父が、荒れ果てた昔の屋敷でのことを思い出して、その機会に新婚夫婦のように詠み交わしなさった歌です」と言って、お二人の歌が書きつけられたものを懐から取り出してお見せ申しあげなさる。宰相の上は、心の底から感動して、その傍らに、
昔の屋敷というものはどこも同じで、忍ぶ草が生い繁る中でしきりに落ちる露のように涙がこぼれるものなのです。

と書いて、御簾《みす》の内からさし出しなさる。右大将は、この前御覧になったあの荒れ果てた屋敷でも、宰相の上は、ほんとうに、どれほどつらい思いをなさったのだろうかと、いたわしくお感じになられたので、「お使いになった筆をお貸しください」と言って、

昔お住みになっていたお屋敷も、その後の、私が拝見したお屋敷も、どちらもいたわしいものでしたが、それを玉の台《うてな》にしようとお思いになったら、きっとなることでしょう。

などとお書き申しあげてお帰りになった。

一九　いぬ宮、日々に光りまさるように成長する。

右大将（仲忠《なかただ》）はたいへん人徳がおありになるので、右大将のことを、この世の人は誰でも、左大臣（正頼《まさより》）に次いで、とても頼りにお思い申しあげて、右大将のもとに参上して集まり、どんなことでもお言葉に従おうなどと思っている。

女一の宮は、いぬ宮と人形遊びをなさる。いぬ宮の顔は、日に日にますます光り輝くようでいらっしゃる。見る人からは、「すぐにひどく腹を立てる人も、恐ろしい者も、いぬ宮さまを見申しあげると、何もかも忘れて、思わずほほ笑《え》んでしまうにちがいない。あて宮さまも、同じ歳ごろは、ここまでお美しくはなかっただろう」と、あて宮とは比べようもなく思われていらっしゃる。

いぬ宮のもとには、五人の乳母《めのと》、宮の君・源氏の君という侍女たち、それに、乳主《ちぬし》と乳母

子が六人お仕えしている。乳主と乳母子はいぬ宮と同じくらいの齢で、五尺の長さの裳《も》の端を折り込んで結んで短くした物をつけさせて、いぬ宮の遊び相手としてお仕えさせなさる。これ以外の人々には、いぬ宮をお見せ申しあげなさらない。ただ女二の宮だけは、仁寿殿《じじゅうでん》の女御と一緒に見申しあげなさる。祖父の左大臣が見たいとお思い申しあげなさるけれど、けっしてお見せ申しあげなさらない。帝《みかど》も、途中まででおやめになった講書の続きを聞きたいとお思いになるけれど、右大将は、あれやこれやと口実を作ってお断り申しあげて、よほどのことがないと参内せずにいらっしゃる。

二〇　仲忠、修理大夫に京極殿に楼を造ることを命じる。

右大将（仲忠）が、京極殿に出かけて、静かに、歩いてあちらこちらを見てまわりなさると、この世のありとあらゆる木や花や紅葉が、数えきれないほどある。唐の国にもあったというもので、治部卿《じぶきょう》（俊蔭）が、趣がある実が生《な》ったり、見たことがないような花が咲いたり、色とりどりに紅葉したりする木や草の種まで植えておきになったものもあって、築山《つきやま》の中には、所々に、人がその名も知らぬ、とても風情がある木や草が生えている。先年訪れた時は、ごくざっと見て、おもしろい所だとお思いになった。でも、今回ここでのんびりと見ていらっしゃるうちに、このようなすばらしい所はほかにないとお思いになる。何年もたった、色とりどりの苔《こけ》の今まで見たことがないほどとても趣深く生えた岩が立てて置かれていたが、動かして別の所に置き換える必要など少しもなかったのだと思って御覧になる。

治部卿のことは、「うつほ」の巻に見える。その曽祖父の大弁滋野《しげの》の王は皇女の婿だったので、この京極殿は、もとは名高い宮として、今の世で風情がある所と言われている、すばらしい屋敷である。

右大将は、この三月の十日過ぎごろから改築を始めたいと、修理大夫《しゅりのかみ》にお命じになる。この人は、女一の宮の乳母《めのと》の兄弟である。昔の京極殿は、北の対も、東西の対も、きちんと調っていて立派だったという。屋敷の四面に垣を巡らし、壁は白く塗らせることにする。西の対の南の端には、西南の方角に、昔は墓があったのだが、今でも、その跡にそのまま、念誦《ねんじゅ》堂《どう》が建ててある。南の築山の花の木々の中に、二つの楼を、高さは充分あっても仰々しくならない程度に、すぐに建てることにする。この楼は東西に並べて、その間には、とても高い反橋《そりはし》を架《か》けて、その北と南には、格子《こうし》を設けることにする。右大将は、その反橋をご自分の居場所にするおつもりである。右大将は、「京極殿を造営するためには、世間並みの職人にはまかせたくない。修理《しゅり》職《しき》の中のすぐれた者を二十人選んで、二つの楼をそれぞれに分担させて、格別に立派に造らせたい」と思って、絵師を召して、どのように造るのかを描かせなさる。それによると、東の対の南の端には、水が流れ込んで、広い池となっている。その池の上に、釣殿《つりどの》が建てられている。水辺の様子は洲浜《すはま》のようになっていて、庭の南には中島がある。その中島に、二つの楼が建つことになる。人々は、「建物の高さは高いけれど、それより南にある岸は木々が生い繁っているので、楼も透けて少しは見えることだろう。東西の築地のそばから、柳の木々の間を通して見える楼の姿は、なかなか高くて、言葉に尽くせないほど風情があることだろう」などと、興味をそそられて申しあげる。

楼の高欄などと、外から見える内部のしつらいなどは、昔お開けになった京極殿の蔵に納められていた蘇枋《すおう》や紫檀《したん》で造らせなさる。黒鉄《くろがね》の部分には、白銀《しろがね》や黄金《こがね》で表面を覆う。欞子《れんじ》格子を設ける所には、白や青や黄色に塗った沈香《じんこう》で、色とりどりに造らせなさるが、しかるべき所には、白銀と黄金で象嵌《ぞうがん》する。まず最初に門を閉ざして、その後に、右大将が、やって来て、様子を見て造らせなさる。特にすぐれた名工が、競い合って、これまでに例がないほど見事に造る。

二一　京極殿建造の噂。藤壺、いぬ宮への秘琴伝授をうらやむ。

右大将（仲忠）が京極殿《きようごく》を改築なさっていることを、帝《みかど》と朱雀院《すざく》もお聞きになる。また、殿方もお聞きになって、今までにないおもしろいことだと思って、源中納言（涼《すずし》）や頭の中将（行正《ゆきまさ》）をはじめ、方々が出会った時に、「ぜひとも見てみたい。どういうわけか、右大将殿の所は、これまでにないすばらしいことが絶えず起こる所だ。きっと何か理由があるのだろう」と興味をお持ちになる。

藤壺《ふじつぼ》に仕える孫王《そんおう》の君の妹の四の君で、いぬ宮に仕える宮の君が、物詣《ものもう》でをした際に、藤壺づきの姉の孫王の君と出会って、「右大将殿が、いぬ宮さまに琴をお教え申しあげなさらなければならないということで嘆いていらっしゃいましたが、そのことをほのかに聞いた時には、普通の琴《きん》の音《ね》を聞くよりもすばらしいことだと思いました。右大将殿は、『今まで琴《きん》を教えてさしあげずにいたこと』と言って嘆いていらっしゃいますよ」などと語ったので、孫王の君がそれを藤壺にお聞かせ申しあげたところ、藤壺は、帝がおいでになった時に、「女一の宮さまは、どんなお気持ちでいらっしゃるのでしょう。今大騒ぎをして造っている京極殿の楼では、とてもおもしろいことがあるはずだと聞いています。尚侍《ないしのかみ》さまも一緒に迎えて、いぬ宮さまに琴《きん》を教えるのを、女一の宮さまがお聞きになるのですから、それほどすばらしいことは、この世にまたとないでしょう。私には聞かせてくれないままでしたが、女一の宮さまは、長年聞きたがっていらっしゃったのに、右大将殿がそれを惜しんでいた琴《きん》の奏法を、いぬ宮さまに教える時には、残らずお聞きになることでしょう。女一の宮さまがうらやましい。ほかのどんなことよりも、おもしろい琴《きん》の音《ね》を一日中聞いていることほどすばらしいことはないでしょう」とおっしゃる。その様子が不愉快そうなので、帝も、「ほんとうに、これまでに例がないほどとてもすばらしいことだろう」とお思いになるけれど、それを口にはなさらずに、「いぬ宮が伝授を受けることになる琴《きん》の奏法は、今まで聞かせてくれなかったとしても、春宮《とうぐう》が即位なさった時に、心行くまでお聞きになれるでしょう。いぬ宮は、必ず春宮に入内《じゅだい》するはずです。それまでのんびりと構えて待っていらっしゃればいい。

右大将のこととなると、度々機嫌が悪くなるので、つらい。あまり腹をお立てにならないうちに」と言ってお帰りになった。

二二　仲忠、京極殿の楼を、心をこめて造らせる。

楼にお上りになる所の呉橋《くれはし》は、色とりどりの木を組み合わせて、呉橋の下を通って流れる水が透かして見えるように造る。楼の天井《てんじょう》には、鏡形《かがみがた》や雲形《くもがた》を織り出した高麗錦《こまにしき》を張ってある。板敷《いたじき》の床《ゆか》にも、錦を張ってお飾りなさる。右大将（仲忠《なかただ》）の御座所《おましどころ》には、一面に、薄香《うすこう》色《いろ》の唐綾《からあや》を、天井にも、下に張った板にも敷かせなさる。西の楼には尚侍《ないしのかみ》の御座所、東の楼にはいぬ宮の御座所を設ける。浜床《はまゆか》だけは、いぬ宮のためのものは小さく作らせなさる。その浜床には、紫檀《したん》・浅香《せんこう》・白檀《びやくだん》・蘇枋《すおう》を組み合わせ、螺鈿《らでん》を施して、宝石を嵌《は》め込んでいる。唐綾に唐の国の人の絵を描いた三尺の屏風《びょうぶ》四帖《しじょう》を、この場で右大将が張らせなさって、一双ずつ、東西二つの楼の浜床の後ろに立ててある。楼の天井に、三尺の唐紙《からかみ》を、尚侍の御座所にもいぬ宮の御座所にもおかけになった。香《こう》の香りは、なんとも言えないほど、ほんとうにいい香りがするが、それ以上に、きめ細やかで美しい様子に造り終えた、この楼の調度類は、光り輝き、今まで見たことがないほどすばらしい。それを見て、この楼を造った職人や作物《つくもど》所《ころ》の者たちが、「ほかに、このようなすばらしいことはないだろう」と言葉にしたり、心で思ったりする。

右大将は、「しばらくの間であっても、考えていたとおりに、これまでにないしつらいにして、母上に来ていただいて見申しあげたいし、いぬ宮がここで琴《きん》の伝授をなさるのだと思うと、なおさら立派なものにしたい。いいかげんな気持ちで、伝授に関わるわけにはいかないだろう」とお思い申しあげなさって。

このことを聞いて、ほんとうの事情を知らない方々は、何をなさるのだろうかと思って、どなたも興味をお持ちになる。楼から、一二町離れた所を通って行く人々も、この楼の錦や綾が、何年も薫《た》き染《し》めたさまざまな香《こう》の香りに染み込んでいて、風が吹く度《たび》ごとにいい香りをたてるのを、不思議に思いながら感動する。

二三　仲忠、朱雀院に、いぬ宮への秘琴伝授を報告する。

右大将（仲忠《なかただ》）が朱雀《すざく》院に参上なさると、院が、「昔の京極殿に、今まで見たことがないようなすばらしい楼などを造っていると聞いたが、何があるのか。殿上人たちが、『ほんとうにおもしろい』などと噂《うわさ》しているようだ」とおっしゃるので、右大将が、「特にこれといったこともございません。京極殿は静かな所ですから、いぬ宮がそこで琴《きん》をお習いになるのがいいと思っているのです。母が、『今は、次第に病気がちになってきているのですが、私の琴《きん》の奏法を伝授するのは、もう、いぬ宮しかいない』と言っています。でも、母は昔のように健康ではございませんので、帝《みかど》から休暇をいただいて、私が、のんびりと落ち着いて、琴《きん》を教えたいと思います」と申しあげなさると、院は、とてもご機嫌がよくなって、「なるほど、それはいい考えだ。尚侍さまの健康がすぐれないことは、まことに気の毒なことだ。尚侍さまの琴《きん》を、相撲《すまい》の節《せち》の際にほんの少しだけ聞いて、ふたたび聞くことができないままになってしまったことが、とても心残りだ。伝授の初めの頃は、残念なことだが、気ぜわしいことだろう。だから、伝授を終える頃に、京極殿に行って、ぜひとも聞きたい。念願どおりにいぬ宮に琴《きん》を教えてくださったら、今は退位した身で充分なことはできないが、私がそのお礼をしよう。女一の宮が生んだ御子のもとに、俊蔭《としかげ》一族の琴《きん》の奏法が伝授されることは、とてもうれしくて、願いがかなう気持ちがする。ところで、休暇の件は、のんびりと落ち着いた状態で、帝の許可をいただくことは難しいだろう。どうするつもりだ」とおっしゃる。右大将が、「そのことで悩んでおります。とにもかくにも、院から帝にお取りなしいただきたいと思います」。院は、「難しいだろうが、そうしなければならないようだね」とおっしゃる。

院がかつての講書の続きを聞きたいと思っていることなどをおっしゃって、右大将が退出なさると、嵯峨《さが》の院の蔵人《くろうど》が、院の使として、右大将の車のそばに近寄って、「お屋敷に参上したのですが、『朱雀院においでになった』とうかがいましたので、お迎えに参りました。是非とも参上なさってください」と申しあげなさるので、そのまま嵯峨の院に参上なさる。

二四　仲忠、嵯峨院に、いぬ宮への秘琴伝授を報告する。

嵯峨《さが》の院は、外のほうに出て待っていらっしゃった。院が、右大将（仲忠《なかただ》）に、「何か月も待ちかねていたぞ。というのは、とてもうれしいことがあったので、そのお礼も、ぜひ直接会って言いたいと思っていたからだ。それは、一条殿で心を痛めて暮らしていらっしゃった女三の宮が、『夫婦の仲がもとに戻った』と連絡をくださって、『そのことは、右大将殿が勧めてくださったのです。その後も、何かにつけてよくしてくださって、ほんとうに心の底かられしい』とおっしゃったことで、私も、もうそう寿命がないので、とてもうれしい。今では、こんなふうに、人からいかにも恐ろしそうに疎ましがられているが、もう一度神泉《しんせん》苑《えん》の行幸《ぎょうこう》に似た催しをしたいと、昔のことを思い出してばかりいる。つらく心細い気持ちを慰めるためにと思うと、悲しい。それはそうと、ある人が、『京極《きょうごく》の故地を改築して、楼などを今まで見たことがないようなすばらしい様子にお造りになっているから、さぞかしおもしろいことがあるにちがいない』と、しきりに噂《うわさ》しているのを聞いたが、どうして私にはまったく知らせてくれないのか。ほんとうに情けない。その際には、朱雀《すざく》院も帝《みかど》もおいでになるだろうから、私も、せめてその機会に、なかなか会えない人々と、ぜひ会いたいと思う」。

右大将が、「お言葉をいただいて恐縮しております。しばしばおうかがいしなければならないのですが、公私にわたって、どうしても抜けられないことに日々取り紛れて、暇《ひま》がなくてうかがえませんでした。女三の宮さまの件は、私が父上にお勧めしたことでもございません。私が、何かにつけて、『面目ない。どうなさっているのだろう』と、申しわけなく思っておりましたことをしただけです」とお答えになると、院は、「私が考えていることを話そう」と言って、「私も京極殿に行ってみたい。そう思うには、理由があるのだ。昔の滋野《しげの》の王布《ふ》留《る》の朝臣《あそん》の奥方は、私の伯母《おば》宮でいらっしゃった。俊蔭《としかげ》の朝臣の母の源氏は、私とは母が違って、御息所《みやすどころ》がお生みになった妹だった。京極殿は、伯母宮が住んでいらっしゃった時に、とても風情がある所だったので、私は、まだ春宮《とうぐう》になる前に、春にも秋にも、詩を作るために出かけたことがある。今かすかに記憶をたどってみると、とても懐かしく心惹《ひ》かれる所だ。そんな京極殿で、どんなことをなさるつもりなのか。何かすばらしいことがあるなら、こかむのこと（未詳）が多いので、私も参加したい」とおっしゃる。右大将は、昔のことを思うにつけ聞くにつけ、いつも感慨深い思いをなさっていたが、よくわからなかったこともはっきりと話してくださるので、おもしろくもありがたくも思われて、「畏れ多いことです。これからは、月ごとの念仏の法会の際には、必ずおうかがいして、念仏をいたします。昔は、私も、歳が若く、こちらにうかがうことを遠慮しておりましたが、これからは、気がねなく、どのような時でも、お言葉に従って、ご意向に背かぬようにしたいと思っておりますし、私のほうで持っていた心の隔てはもうなくなるだろうと思っております。それはそうと、母は、かねてからの願いがあって、『今は、願いどおりに、ぜひ京極殿に籠もりたい。いぬ宮が、今は、成長して、琴《きん》を弾きたいと望んでいらっしゃるので、その機会に、琴《きん》を教えましょう』と言っております。ただ普通に京極殿に籠もるだけでは落ち着いて教えることができませんから、少し離れて、高い楼を建てさせました。それを、そのように、おおげさに、人が申しあげたのでございましょう」とおっしゃる。

院が、とても驚いて興味をそそられて、「帝が行幸なさるよりは、そのほうが、絶対におもしろいことだろう。朱雀院は、在位中に、宮中でも、尚侍さまの琴《きん》を、相撲《すまい》の節《せち》の折にお聞きになったと聞いた。俊蔭の朝臣が、唐の国から帰朝して琴《きん》を献上した時に、その音《ね》は、普通の琴《こと》にも似ても似つかず、響きがすばらしく、恐ろしいほどだったので、『その琴《きん》の奏法を伝えてくれ』と頼んだのだが、俊蔭の朝臣は聞き入れず、もともと聞きたかった学問に関することも聞かせてくれずに、学問以外の、このような音楽のことを心に入れていたので、『学問に関してはともかく、音楽の方面の師としよう。女宮たちにも教えてさしあげたい』と、何度も言わせたのに、聞き入れてくれなかった。また、あなたの母上の尚侍さまを、両親ともにかわいがって、このうえなく大切で、かけがえのない子だと心に決めて、尚侍さまは、思慮分別もある人だったので、女性の縁を通しても、何度も求婚したことがあった。その時も、俊蔭の朝臣は、とても強情で、自分の考えを強く持った人だったので、朝廷を恨み、世間との関係を断って、みずから不遇な身を選んでしまったのだ。その当時の大臣たちが、『わが国がどんなにすぐれた国なのかを、唐の国の人たちに知らしめよう』と言って、遣唐《けんとう》使《し》として派遣しようとしたので、私は行かせたくないと思ったのだが、その効《かい》もなく派遣したために、私一人に恨みの気持ちを残しておしまいになったのだ。私は、そのことを、今でも、心残りでつらく思っている。だから、『私が、「せめて尚侍さまが生きていらっしゃる間に、俊蔭の朝臣の怒りを、今はもう、私もこうして余命いくばくもないから、許してもらえたら、どんなにうれしいことだろうか」と言っていた』と、尚侍さまに必ずお伝えください。だから、琴《きん》の音《ね》を、心行くまで弾いてお聞かせくださったら、ほんとうに許してもらえたのだと思って、ほっとすることだろう」。右大将が、「昔のことは、くわしく存じておりません。院のお言葉は、どのようにしたらいいのでしょうか。母も今は耄碌《もうろく》しておりますが、そのうちにこちらに参上させて、琴《きん》を心行くまで聞いていただきましょう」。院は、ほほ笑んで、「だめだ。尚侍さまは公私ともにいつもお忙しいから、それはできないだろう。いぬ宮に伝授を終えられる最後の時に、ぜひとも聞きたい」などと言って、さまざまに、昔の感慨深い出来事も、まったくぼけた様子もなくお話しになる。秘琴《ひきん》の伝授を終える頃には必ず京極殿に御幸なさるという約束を違《たが》えてはならないとおっしゃる。

嵯峨の院の内を美しく飾りたててお住まいになっている。院は、ご高齢になっているご様子もなく、とても気品があって美しい。毎月十五日には、僧を大勢お召しになって、月ごとの念仏会《ねんぶつえ》を催し、殿上人や上達部《かんだちめ》を大勢招いて、声がいい人々に、仏の名号《みょうごう》を唱えさせなさる。院の内は、諸作法が、ほかにないほどすばらしく調っている。

右大将は退出なさった。

二五　仲忠、いぬ宮に秘琴を伝授することを告げる。

いぬ宮のお住まいは、右大将（仲忠）と女一の宮がお住みになっている同じ東の一の対の母屋《もや》の西で、ほんとうに小さい几帳《きちょう》を立ててしつらえていらっしゃる。小さい女童《おんなわらわ》たちが、小さな碁盤で、碁を打っている。黒みを帯びた紅色の綾《あや》の単衣《ひとえ》から出していらっしゃるいぬ宮の手は、とてもかわいらしい。右大将が、「いぬ宮と、ちご宮と兵衛《ひょうえ》などは、どのように碁を打っていらっしゃるのか」と思って御覧になると、いぬ宮は恥ずかしがってお打ちにならない。ちご宮と兵衛の二人が、右大将を見つけて走って逃げて行くので、右大将が、「なんとも頼りない供人たちですね。裳《も》をつけて走っている足音が聞こえるではないか」とおっしゃると、侍女たちが、「ほんとうにそうですね」と言って笑う。

右大将が、いぬ宮に、「弾きたいと望んでいらっしゃる琴《きん》を習わせてさしあげましょう」とおっしゃると、いぬ宮は、すぐに、とてもうれしいと思って、にっこりとお笑いになる。その顔が、ほんとうにはなやかで美しくて、ずっと見ていたいほどで、こぼれるほどの魅力がおありになるので、右大将は、とてもかわいいと思って見申しあげなさる。右大将が、「琴《きん》をお習いになるなら、母上にはお聞かせすることなくお習いにならなければなりません。とてもおもしろくて風情がある所にお連れいたしましょう。お祖母《ばあ》さまはきっと来てくださいますよ」とおっしゃると、いぬ宮が、「でも、母上が一緒に来てくださらないなら、私は行くわけにはいきません」とおっしゃるので、右大将は、「なんとも情けないことをおっしゃいますね。そんなことでは、琴《きん》を習うことはおできにならないと思いますよ。ほかの人には聞かせずに、私とお祖母《ばあ》さまが教えます。しばらくの間は、母上と会うことは我慢しなさい。そうして、しっかりと習い取りなさった時に、母上はきっと来てくださるでしょう」と申しあげなさる。いぬ宮が、「そういうことなら、いいです。でも、どうして母上にはお隠しになるのですか」。右大将が、「皆さんが聞く時にお弾きになる際には、こちらにある琴《こと》をお弾きになります。でも、今回お弾きになるのは、それとは違う特別な琴《こと》です。ほかの人に聞かせたら、音も鳴らず、習うことができません。お習いになる所は、母上も女二の宮さまもおいでになれない所です。とても風情がある所ですよ」と申しあげなさると、いぬ宮は、「それでは、ちやははどうなのですか」とおっしゃる。このちやはというのは、中でも一番お気に入りの乳母《めのと》だった。右大将が、「ちやはは、お近くにいることになるでしょうね」。いぬ宮が、「それでは、母上が、ちやはのことを、『うらやましい』とおっしゃるでしょう」。右大将が、「お近くにいるけれど、声が聞こえない所に控えていて、お乳をお飲みになりたくなったら、すぐにあなたをお連れいたしますよ」。いぬ宮が、「それはそれとして、母上とは、やはり、長い間お会いできないのでしょうか」。右大将は、「そんなことはありません。ほんのしばらくの間です」と申しあげなさりながらも、「子どものいぬ宮は、こうしてなだめて我慢していただけるだろう。でも、女一の宮は、いぬ宮をとてもかわいいと思って、いつもそばにいさせ申しあげていらっしゃるから、どのように思ったり言ったりなさっているのだろうか」と思うと気の毒だけれど、女一の宮に来ていただくわけにはいかないのだからとお思いになる。

右大将は、「乳母たちは、いぬ宮のおそばにいらっしゃいますか。今走って逃げて行った者たちは、どこにいるのですか。その者たちも参りなさい」と言って出てお行きになった。

二六　涼、仲忠のもとを訪れ、親しく語る。

夕暮れ時になった。右大将（仲忠）が、女一の宮に、「朱雀院《すざく》に長い間参上していなかったので、うかがったのですが、その後、退出するとすぐにお召しがあったので、嵯峨《さが》の院に参上して、今までそちらにおりました。院は、お歳のわりに、ほんとうに驚くほどしっかりとしていて、はっきりとものを言う方でいらっしゃいます。この院の前にいると、恐ろしくて、おっしゃったことは何もかも、洗練されて、魅力が感じられますが、その一方、院のお目に私のことがどんなふうに映っているのだろうかと思うと心配です。ところで、京極殿の楼を造らせていることを、今のうちから、とてもおおげさなことをしているように聞いて問い質《ただ》しなさったので、困りました。京極殿においでになりたいとおっしゃっていましたが、そうなると、願いとは違って騒がしいことになるでしょうか。でも、いぬ宮への伝授を終える頃などにおいでいただいたら、おもしろいことでしょうね」などと申しあげなさっている時に、源中納言（涼）がやって来て、「長い間お会いしていなかったので、うかがいました。嵯峨の院に参上して、今退出して来たところです」と申しあげなさる。右大将は、「ああ困ったことになった。何をしにいらっしゃったのだろう。嵯峨の院が、今回のことをおもしろがっていらっしゃったから、中納言殿はそのことでおいでになったのだな」とおっしゃって、そのことを話しにいらっしゃったのだろうと思って、「私のほうからそちらにうかがおうと思っておりました。今は、こちらでくつろいでおります」と言って、直衣《のうし》に着替えて、寝殿と西の対を繋《つな》ぐ渡殿《わたどの》の南の間《ま》でお会いになった。

源中納言が、「吹上《ふきあげ》にいた頃は、『同じ都に住むようになったら、あまり間を置かずに会ってお話をうかがえるだろう』と思っておりましたが、そんな期待も、皆裏切られてしまいました。昔お約束申しあげたことは、すっかりお忘れになってしまったのですね。遥かに遠い吹上に住んでいた時にも、特に右大将殿にはぜひ会いたいと思っていたのですが、思いもかけず、たまたまお会いすることができたので、ほんとうにうれしく思いました。『早く、同じ都に住んで、願いどおりにお話し申しあげたりうかがったりして、なんの気がねもせずに管絃《かんげん》の遊びもしたい』と思っていたのです」などと申しあげなさって、「何はともあれ、とても重大なことを計画なさっていると聞いて、興味深く思いました。でも、そのことを、私には隠していらっしゃったのだと思うと、薄情だとお思い申しあげないわけにはまいりません」。右大将が、「いったいなんのことをおっしゃっているのでしょう。おっしゃるとおりです。『同じ都で、不本意ながら、思いもかけなかった方に婿取られてこちらで暮らしていらっしゃるお気持ちを、おっしゃるとおり、一日中お話し申しあげたりうかがったりして慰めたい』と、以前から思っておりましたが、私のほうも、とてもとても、世間の人が言うように、のんびりと落ち着いて暮らしてはおりません。昔の約束の件は、ただ、中納言殿がお考えになっているようになさってください。これからは、もう少し親しくしたいと思っております」。源中納言が、「それはそうと、あの京極殿に関して、世間を騒がして、これまで見たことがないようなすばらしい楼などを造らせていらっしゃるとうかがいましたが、事情がよくわからない人々でさえ、『きっと何か理由があるのだろう』と噂《うわさ》しております。左近中将殿（行正）たちなどがおっしゃっていることがありましたが、その言葉どおりに、このうえなくおもしろいことが催されるようですのに、昔の親しいお気持ちが残っているのなら、どうしてほんの少しも私にお聞かせくださらないのでしょうか」と言ってお恨み申しあげなさるので、右大将が、

　紀伊国《きのくに》の吹上の浜の浜辺には貝がたくさんあるのですから、その渚《なぎさ》で約束した効果は必ずあるはずです。

とお詠みになると、源中納言は、「さあ、どうでしょう。

　吹上の浜は余波《なごり》もないので、たとえ貝があったとしても、そこでの約束は果たすおつも

りはまったくないと聞いています。

隠しごとや、言いのがれる言葉のうまさは、琴などの音より上手でいらっしゃいますね。いろいろな才能が、どうしてこんなふうに何もかも備わっていらっしゃるのでしょう」と言ってお笑いになる。右大将も、とても機嫌よく笑って、「何もお隠し申しあげたりしていません。記憶が不確かになっているのだと思います。京極殿の楼の件は、そんなふうに、中納言殿のお耳がとまるほどのものではありませんのに。高い物がおもしろいなら、朱雀門や幡《はた》幢《ほこ》などを、さぞかし、いつも見物する人がいることでしょう。京極殿は、静かな所ですから、時々移って、のんびりと過ごしたいと思っているのです」などと申しあげなさる。

その時、夕日がとても明るくさし込んできた。いぬ宮は、白い薄い絹織物の細長に二藍《ふたあい》の小袿《こうちき》を着ていて、背丈は、三尺の几帳《きちょう》よりも少し低いくらいである。髪は、糸を縒《よ》ってかけたようで、細脛《ほそはぎ》よりも長く伸びている。いぬ宮が、小さな扇を高くさし上げて、児《ちご》や侍女たちが、三、四人、そばにいるのに、「蝶《ちょう》よ蝶よ」と言いながら、御簾《みす》のもとで無邪気に立っていらっしゃる。その時、風が御簾を吹き上げたために、立ててあった几帳《きちょう》の傍らから、いぬ宮の横顔が透けて見える。その姿や顔がとてもはなやかでかわいらしいので、なんて上品で美しいのかとお見えになるので、源中納言が、我慢できずに、ほほ笑んで御覧になると、何を見ているのかと思って、右大将もそちらに目をお向けになる。

御簾の内があらわに見えるので、右大将が、「なんとも不都合なことですね」と言ってお立ちになるので、源中納言は、「不都合なことなど何もありません。小さい頃は、姿を少し外に現して、かすかに人に見られなさるのが、かわいいのです。世間で美しいと評判でいらっしゃる人であっても、まったく見たことがない人のことは、気分がむしゃくしゃする時には、『さあ、どうだろう。ほんとうに美しい人だったのだろうか』と思われるものです。いずれ、この姫君のことで、ずいぶんと悩むことが起こりそうですね」と言って、もっと見ていたいほどかわいいとお感じになる。

右大将が、いぬ宮のお姿がまた見られるとまずいと思って、御簾の内に入って、乳母《めのと》たちに、「なんとも驚いたことに、源中納言殿がいぬ宮の姿を見ておしまいになった。とんでもないことだ。おまえたちがそばについていないのが、ほんとうに悪いのだ」とお叱《しか》りになると、乳母たちが、「こちらにいる幼い人たちが、御簾のそばで飛んでいた蝶を、『私も捕まえたい。私も捕まえたい』と言って騒いでいたのを、いぬ宮さまは御覧になったのでございましょう」と申しあげたので、右大将は、「まったく、この女童たちは、裳《も》をつけて大人の恰《かっ》好《こう》をしているのに、幼いことだな」と言って、御簾の内からお出になった。

右大将が、「『横顔だけは』と言う諺《ことわざ》もあります。残念なことをなさいましたね」とおっしゃるので、源中納言は、「真面目な話、なんともほんとうにかわいらしいご様子ですね。何も心配なさることはないでしょうね。あちらにおいでになる私の娘は、いぬ宮さまと同じ歳です。でも、とても醜くていらっしゃるので、私は思い悩んでおりますのに」などとおっし

ない。

典侍《ないしのすけ》が、そう申しあげていたようです」と言って、「見たいな。どんなご様子なのだろう」と想像なさっているにちがいない。

源中納言が、「嵯峨の院がおっしゃっていましたが、大将殿、尚侍《ないしのかみ》さまがご自分の琴《きん》の奏法のすべてを残ることなくお教えになることほどすばらしいことが、ほかにあるでしょうか。なるほど、ほかの人には、誰にもお聞かせにならないでしょう。でも、私には、とても聞きたいので、ほんの短い時間でもいいですから、必ずお聞かせください」と、熱心にお願い申しあげなさるので、右大将が、「中納言殿、私は秘密にいたしているわけではありません。ほんとうにおもしろいことなど、あるはずもありません。お二人の院や帝までも、変に聞き違いをなさっておっしゃったのです。私どもの所は、とても騒がしく、男宮たちもひっきりなしにおいでになって、人が大勢いるので、いぬ宮一人だけを京極殿に連れて行って、私がお教え申しあげるつもりです。母も、病気がちでいらっしゃるうえに、頻繁に訪れる人の接待などをなさっているので、お願いしても、のんびりと落ち着いて来ていただけないでしょう。いぬ宮も、まだ幼いのに琴《きん》をとても弾きたがっていらっしゃるので、きっと習い取ることがおできになるでしょう。私は、今では、昔のように、人が聞きたいと思うように弾くこともできなくなりましたよ」。源中納言が、「ところで、いつお移りになるおつもりですか」。右大将が、「相撲《すまい》の節《せち》は、諸国で不穏なことがあって、今年は催されないだろうとか聞いております。もし、相撲の節が催されないのなら、来月のうちに、京極殿へ移ろうかと考えております」。源中納言は、「もう近くに迫っているのですね。それでは、伝授を終える時には、必ず必ずお聞かせください」と申しあげてお帰りになった。

二七　涼、さま宮に、いぬ宮への秘琴伝授のことを語る。

源中納言（涼《すずし》）が、北の方（さま宮）に、「とてもかわいいものも見ましたよ。右大将殿（仲忠《なかただ》）の所にうかがった時に、いぬ宮さまをちらっと拝見いたしました。あの名だたるあて宮さま（藤壺《ふじつぼ》）であっても、今のいぬ宮さまと同じ歳ごろから、けっして、これほどおかわいくはなかったでしょう。絶対に、これほどかわいい方は、この世にほかにはいないだろうと思われました。ほんとうにかわいらしい方でした」。北の方が、「どういうわけか、いぬ宮さまを、今でも見せてくださらないのです。どんなふうでいらっしゃいましたか」。源中納言が、「いいえ。ほんとうにかわいくて、どう申しあげたらいいのか、まったくわからないほどです。成人した女性は、心遣いなどをして立ち振る舞うから、多少は美しく見えるものです。でも、いぬ宮さまは、今から、ほんとうに美しくていらっしゃいました。まだとても幼い感じの、気品があってかわいらしい顔に、髪が、光沢があって、糸を縒《よ》ったような様子でかかっていました。まるで、子どもに添え髪をかけたようなお姿でした。あれは蝶《ちょう》だったのでしょうか、何かが飛んでいたのを、無邪気に、扇を高くさし上げて、あおいでいらっしゃいましたが、ほんとうにかわいく見えました。そのうえ、気後れするほど上品で美しいお顔だち、お姿でいらっしゃいました。横顔を見ただけでもかわいらしかったのですから、正面から見たらどれほどかわいらしいことでしょう。右大将殿が、すぐに見て気づいて、たいへんなことになったと思って、乳母《めのと》を叱《しか》りつけたのでしょうか。いぬ宮さまの姿はすぐに見えなくなってしまいました。今年は琴《きん》を教えたいと言って、尚侍《ないしのかみ》さまと一緒に京極殿に移ることになるようです。こちらの姫君も、容姿は、それほどひどく劣っていらっしゃらないでしょうに。いぬ宮さまは、何ごとにもすぐれた名手のご子孫で、今から何をするにつけても世間を騒がせていて、ほんとうにうらやましい。いぬ宮さまは、小さくてかわいらしい女の子を、そのまま大人にしたようでしたよ。右大将殿は、どういうわけか、ほかの誰にもできないことを何もかもなさる方です。仁寿殿《じじゆうでん》の女御も、さぞかし、見る効《かい》があると思っていらっしゃるでしょう」などとおっしゃる。

二八　仲忠、女一の宮に、一年間の秘琴伝授の計画を語る。

右大将（仲忠《なかただ》）は、女一の宮に、「中納言殿（涼《すずし》）は、京極殿の件でおいでになったのです。こうして、身分が高い人も低い人も、今のうちから、帝《みかど》をはじめ誰もがおおげさに騒いでいらっしゃるのに、願いどおりに琴《きん》の奏法を習い取ることがおできにならなかったら、どれほど不本意なことでしょう。いぬ宮がお生まれになった時からでさえ、人々は、秘琴《ひきん》の伝授はどうなるのだろうと、心配なさっていたのですから。特別な仕事がないなら、公務をせずに休暇をいただきたいと思って、朱雀院《すざく》にお願いいたしましたので、来月からと思っております。いぬ宮は、ほんとうにしっかりとしていて、『母上と離れ申しあげて過ごしてもいい』とおっしゃっています。あなたが見においでになったら、院や宮たちも、また、ほかの方々も、皆騒ぎたてるでしょうから、伝授の願いがかなわなくなるでしょう。ですから、あなたには来ていただかずに、『いぬ宮さま一人だけをお移ししたのだ』と言って、門も開けずにいるつもりです」と申しあげなさると、女一の宮が、「どれほど長い間ですか」とお尋ねになるので、「そう長い間ではありません。とはいえ、母上も、そうすぐに伝授することはおできにならないでしょう。四季折々の自然の情趣を細やかに体験させて伝授するものなのです。母上は、四歳の時から、三年間、ほかの琴《こと》を弾かずに、琴《きん》の伝授をお受けになったそうです。いぬ宮は、もう六歳におなりになりました。充分に習い取ることができると思います。琴《きん》の伝授には時間がかかるとはいえ、いぬ宮なら、すぐにお弾きになることでしょう。今まで習わずにいらっしゃったことが、とても気にかかっていました。朱雀院や帝への講書などのために、何もしないまま年月を過ごしてまいりましたが、この世も、どれほどはかないものか。やはり、一年間ほどかけて教えたいと思っています。母上は、心配なことに、病気がちでいらっしゃいます。母上が生きていらっしゃる間に琴《きん》をしっかりとお習いになるのがいいのです」。女一の宮が、「どうして、そんなに長い間、恋しく思いながら会えないのでしょうか。時々は出かけて行って会いたいと思います」とおっしゃるので、右大将が、「私は、あまり間を置かずに、夜などは帰って参ります。そんな私を御覧になったら、お心が慰められるでしょう」などと申しあげなさると、女一の宮が、「あなたは、このまま会えなくなってもかまいません。会いたいのは、いぬ宮です」と、とても真剣におっしゃる。右大将が、「ずいぶんと憎らしいことをおっしゃいますね。そんなふうにおっしゃるなら、二年でも三年でも、絶対に京極殿にお連れしませんよ。なんとも情けなく、気楽にものも言えないではありませんか。そんなことはおっしゃらないでください」と言ってお恨み申しあげなさると、女一の宮が、「あなたがおっしゃることのほうが憎らしい。琴《こと》を弾く人は、愛する人と会わずに離れて習うものなのですか。静かな所で習わせたいというのは、そのとおりでしょう。でも、『一年間ほどかけて』とおっしゃるので、ほんとうに驚いてしまいました。いぬ宮は、幼いので、深く考えることなく、いつまでともわからずに、『離れて暮らしてもかまわない』とおっしゃったのでしょう。人々がおいでになっている時に、私がしばらくあちらに出かけているのをさえ不安に思って、私をそばから放さないのですから、一年間もとなると、つらく悲しく思うでしょう。どうなることでしょう」と、とてもかわいそうだと思っておっしゃるので、右大将が、「心配なさるのももっともですが、何ごとも、心に入れて伝授してはじめて、人より上達するのです。いぬ宮が幼いことをもかわいそうだとお思いになることはありません。私には考えていることがあるのですよ。でも、そういうことなら、もうご相談いたしません。どのようにでも、あなたのお気持ち次第です。私は、いぬ宮に琴《きん》をお教えいたしますまい」と、真剣に申しあげなさる。いぬ宮への伝授をやめるわけにはいかないし、女一の宮も、このことを、格別に、ぜひにと考えていらっしゃることなので、「そういうことなら、我慢していましょう。でも、いぬ宮に気づかれないように、ほんのちょっとの間だけでも、どうして行くことができないのですか。やはり、私には聞かせたくないということなのですね。あなたは、いつも、『尚侍《ないしのかみ》さまがお弾きになる琴《きん》を、ぜひ、のんびりと落ち着いて聞きたい』と話していたのに、それもできないのですか。いぬ宮にお教えしていらっしゃる時でさえ聞かせてくれないなら、いつ聞けるのですか」とおっしゃるので、右大将は、「そんなことはありません。ちゃんと聞けますよ。でも、伝授を終える時になります。いぬ宮に気づかれないようになさっても、おいでになったことを、こちらの方々が聞きつけなさったら、人々もおいでになるでしょう。それがやっかいです。母親のあなたでさえお連れしないのだと言ってやり過ごそうと思ってなのです」と申しあげなさって、ようやく、思いがかなう気持ちがなさる。

二九　女一の宮、会えなくなるいぬ宮と、人形遊びをする。

いぬ宮は、母上と長い間お会いできないのだろうと思って、夜が明けると、日が暮れるまで、女一の宮と人形遊びをなさる。女一の宮が、「離れて暮らすことになったら、母のことを恋しくお思いになりますか」とお尋ねになると、いぬ宮が、「恋しく思わないはずがありません。でも、琴《こと》が弾きたいので。母上は、私と離れて暮らすことを我慢していらっしゃるのですか。こっそりとおいでになればいい。このお人形にも聞かせてはいけないのかしら」とおっしゃるので、女一の宮は、とてもいたわしくもかわいらしくも思われて、「そんなことはありません。お人形は連れてお行きなさい。父上の言うことなど、ただ聞き流していればいいのですよ。人形遊びは、時々になさい。琴《きん》を心にお入れなさい」と言って、「とても上手に弾きたいとお思いなさい」などと申しあげなさる。いぬ宮と長い間お会い申しあげることがおできにならなくなると、とても恋しく思われなさるだろうと思って、見つめ申しあげなさっているうちに、涙がこぼれてしまいそうなので、女一の宮は、これ以上少しもお話しすることがおできにならずに、つらいとお思いにならずにすみそうなことをお話しなさる。

三〇　仲忠、京極殿に移るための準備をする。

右大将（仲忠《なかただ》）は、京極殿にお移りになる予定の人々の装束を、女一の宮にも尚侍《ないしのかみ》にもお配りになる。お出かけの際の装束として、同行する人々にもお贈り申しあげる。尚侍に、絹百疋と綾《あや》二十疋、そのほかに、織物と薄い絹織物、染め草などは、特に選《え》りすぐってお贈り申しあげなさる。尾張守《おわりのかみ》に材料を与えて用意させなさる。女一の宮に贈る物も、すべて揃《そろ》っている。綾も同じ数である。女一の宮も、同じ日にお出かけになって、転居の儀式が行われる三日間を過ごしてからお帰りになることになっている。尚侍のお供は、侍女が三十人、女童《おんなわらわ》が四人。女一の宮のお供も、同じ数である。仁寿殿《じじゅうでん》の女御のお供の数だけは、当然のことだが、それ以上の人数である。女一の宮のお供の侍女は、皆、お見送りをした後に三条の院に戻ることになっているので、京極殿に滞在する人数の中には入らない。どの人の顔も、ほんとうに美しい。尚侍のお供の侍女に、少し歳をとった人が交じっているが、その人たちは特に、やはり、ほかの者たちよりもすぐれていて、立ち居振る舞いも、見た目の様子も、すばらしく優美である。女一の宮のお供は、右大将と結婚なさった時に揃《そろ》えられた侍女たちで、仁寿殿の女御が見て、ご自分の侍女たちの中でも、やはり、気だても見た目の様子も感じがよくて申し分がないとお思いになって、女一の宮の侍女としてお与えになった人たちだから、ほんとうにこのうえなくすばらしいと見える。

この日は、八月十三日である。右大将は、前もって、格別にはなやかにお移し申しあげようとお考えになっていたので、尚侍の車を、新しく作らせなさった。尚侍の車は、濃い紫色の糸毛の車で、簾《すだれ》に外国の鳥を刺繡《ししゆう》させて縫わせなさる。女一の宮の車は、二藍《ふたあい》色の糸毛の車で、雲の形を交差させるように斜めに配した模様の上に、簾に、秋の野の様子を描いて、風に靡《なび》く薄《すすき》や、虫と鳥の形を、色とりどりに刺繡させなさった。とても上品で美しく、さまざまに趣向を凝らして、鞦《しりがい》にも唐草《からくさ》の形を刺繡させなさった。下簾も、香色《こういろ》の下地に薄い絹織物を重ねて、小鳥や蝶《ちょう》などを刺繡してあった。

右大臣（兼雅《かねまさ》）も、尚侍と一緒においでになって、転居の儀式が行われる三日間を過ごしてからお帰りになる予定である。右大将も、御前駆《ごぜんく》をものものしく調えなさった。左大臣（正頼《まさより》）の御前駆にも、顔が美しい者たちがお供するようにお命じになり、朱雀院《すざく》からも、顔が美しく、歳も若い、四位、五位、六位の官人たちに加えて、帝位に即《つ》いていた時に蔵人《くろうど》を経験した者の中からも選んで、「尚侍さまが京極殿にお移りになるそうだからお供をするように」とお命じになったので、賀茂《かも》の祭りのお供は、その身分や人数などが決まっているが、今回は、左大臣と右大臣と朱雀院が調えなさるのだから、今の世でみずからに恃《たの》むところがある人々は、我も我もと、「今回のお供に加わらず、関わることができないのは、たいへんに恥ずかしいことだ」と申しあげて、装束を慌てて用意する。馬の鞍《くら》をはじめとして、大騒ぎで準備する。

右大将は、「尚侍の御前駆たちは、若々しい女郎花《おみなえし》色の下襲《したがさね》をつけよ。女一の宮の御前駆は、薄い二藍色の下襲をつけよ」とおっしゃる。侍女たちの車は、尚侍の上臈《じょうろう》の車三輛《りょう》には、紅《くれない》の打ち袷《あわせ》の表着《うわぎ》に黄褐色の織物の袿《うちき》を着た侍女、それより身分が低い侍女たちの車には、朽葉色の表着に香襲《こうがさね》の袿を着て、色摺《いろず》りの大海《おおうみ》の裳《も》を着けた侍女が乗る。女一の宮の所のは、上臈の車が四輛で、ある車には、赤色の表着に紫苑《しおん》色の袿を着て、二藍襲《ふたあいがさね》の唐衣《からぎぬ》を着けた侍女、それより身分が低い侍女たちの車には、薄い二藍色の表着に女郎花色などの袿を着て、青摺りと墨摺りのせみつ（未詳）の裳を着けた侍女が乗る。女童《おんなわらわ》にも、同じような装束を着せる。夏用の上の袴《はかま》を穿《は》いている。

［ここは、右大将が住む三条の院の東北の町。寝殿。人々が、参上して集まっている。］

三一　同日、人々、車を連ねて、京極殿に出発する。

三条の院から京極殿《きようごく》に出発なさるのは、酉《とり》の時（午後六時）である。屋敷の中では、宮さま方や殿方が、出《い》だし衣《ぎぬ》をした車を仕立てていらっしゃる。人々が集まって来ている。右大将（仲忠《なかただ》）も出て来ていらっしゃる。朱雀院《すざく》から、人々が参上し、また、左の馬頭《うまのかみ》源宗良《むねよし》が、「院が、『出発なさる様子を見申しあげて報告せよ』とおっしゃいました」と言って参上している。

そうしているうちに、すぐに、女一の宮方の侍女たちの車の序列を定めて、車を寄せるようにと指図する。同じ時に、尚侍《ないしのかみ》も三条殿をお出になるので、尚侍と女一の宮のどちらの車が先に京極殿に入るのかを決めることができないために、京極大路で別れてお入りになることにして、右大将は、「京極殿の西の門から尚侍の、東の門から女一の宮の車を入れることにしよう」とお決めになる。その御前駆《ごぜんく》は、女一の宮方に、朱雀院から、四位の殿上人十人、五位の官人二十人と、顔も気だてもよくて美しい六位の官人二十人、殿上童二人が、束帯を着てきちんと正装して参上した。この者たちに、左大臣（正頼）などが御前駆を加えたので、とても盛大だ。中納言や宰相などでいらっしゃる叔父たちは、車でお供をなさる。中将と少将である男君たちは、馬でお供をなさる。尚侍の御前駆は、右大臣（兼雅）によって用意された、四位の官人八人、五位の官人二十人、六位の官人十五人で、六位の者たちも、受領の子どもたちで、雅楽亮《うたのすけ》・主殿亮《とのもりのすけ》・左兵衛尉《さひょうえのじょう》・右兵衛尉などという者たちである。

右大将は、春宮大夫《とうぐうのだいぶ》を兼任なさっているので、春宮坊の十二人の帯刀舎人《たちわきとねり》を半分ずつに分けて、尚侍と女一の宮のお二人のお供をさせなさる。普通の四位と五位の官人も、とても威厳があって立派である。尚侍方も、黄金《こがね》造りの車や普通の檳榔毛《びろうげ》の車が二十輛《りょう》あるが、右大臣が、「今回の転居は、世間の注目を受けている催しだ。左大臣殿は、女一の宮と仁寿殿《じじゅうでん》の女御のお二人のお世話を盛大になさっているのだから、尚侍一人のお世話をする私が劣るわけにはいかない」と言い、「子どもの数はかなわないだろう。でも、こちらの車は、この後に、さらに五輛来ることになっている」とおっしゃるけれど、右大将が、「車の数は今のままでも不都合はないと思います。母上は、父上ではなく、私がお移しするのです」と言ってお諫《いさ》め申しあげなさるけれど、右大臣は、こういうことになるだろうとわかって、困ったことになったと思って、以前から、そのつもりでいらっしゃったので、尚侍方の車は、右大臣のお考えどおりに二十五輛になった。

三条の院では、出発の時刻になって、車を寄せさせなさる。女一の宮がお乗りになる時には、左大臣が右大将と一緒にさし几帳《きちょう》をなさった。女一の宮が車にお乗りになる。

すると、すぐに、右大将は、馬に鞭《むち》を当てて三条殿においでになって、南の廂《ひさし》の間《ま》に出ていらっしゃった尚侍を、「早く早く」と急きたてて車にお乗せ《せ》になる。さし几帳も、右大臣とお二人でなさった。女三の宮の所の人々が、それを見て、「右大臣殿のことは、いくら賞賛してもし尽くせませんね。子の右大将殿が、こんなに、言葉にできないほどすばらしいご様子だとは。帝《みかど》として子を持ったとしても、その子がこれほどすばらしいことはないでしょう。その右大将殿がこうしてお世話をなさっている尚侍さまは、ほんとうにお幸せですね」と、皆で感心する。

次々の車に侍女たちが乗って続いて屋敷をお出になる儀式は、ほんとうに、これ以上のものはないと思われるほどすばらしい。女三の宮が、外を見て、「たいへんに幸せな方だ。一人だけでも、こうして、すばらしい子を生んだことよ」などと言って、「私の姉宮と自分を比べると、あちらは、今のように、子や孫まで、一族が思うがままに繁栄して羽振りがいい。今では、姉妹ではあっても、親しく話をしたり心にかけたりすることもできない。そんな姉宮を、敵だと思うのはつらい」とお思いになるけれど、もともと、不思議なほど気立てがよく気品がある方なので、「これも、しかるべき前世の宿縁なのだろう。梨壺《なしつぼ》が、御子を生むのが遅かったのだ。帝の藤壺への寵愛《ちようあい》がどんなに深くても、梨壺が最初に御子をお生みになったとしたら、どうなっていただろうか」と、わが身のつたなさばかりお考えになる。そこに、右大臣が、女三の宮の所に入っていらっしゃる。

右大将が、急いで、女一の宮の車が、京極殿の中に多く入った頃に追いついて、女一の宮の車の近くに、朱雀院から派遣された人々が交じっていらっしゃるのを見ていると、その右大将の姿が、夕暮れの薄明かりに引き立てられて、なんとも言えないほど美しく、はなやかにすっきりとしてお見えになる。たくさん車を立てて見ている人々は、それを見て、「女一の宮さまは、どんな思いでいらっしゃるのでしょう。臣下の者は言うまでもなく、宮たちと申しあげても、これほどの方はほかにおいでにならないから、右大将殿をすばらしいと思って見ていらっしゃることでしょうね」と、うらやましそうに言う。

女一の宮の叔父の中納言（忠澄）が、右大将が車に近寄っていらっしゃったので、下簾《したすだれ》を押し上げて、「ほんとうに幻術士のようですね」と申しあげなさると、右大将は、ほほ笑んで、「蓬萊《ほうらい》の山に行って来たのですよ」とおっしゃるので、中納言は、「それにしても、今日は、あまりにもすばらしく見えます」とおっしゃる。中納言と同じ車に乗っていらっしゃる方々は、「準備として人目に立つように盛大なことをなさったのは、仁寿殿の女御腹の女一の宮さまがお生みになった、右大将殿の姫君のすばらしい幸いのためだったのだ。藤壺さまが、帝の寵愛を受けていると評判が高くていらっしゃっても、あの春宮が即位なさった時には、このいぬ宮さまの世の中となるだろう。私たちが、大切に育てていると思っている娘は、願いもかなわずに、皆、その時の残り滓《かす》になるだろう」などとおっしゃる。車の様子をはじめとして、世間の人々は感動して大騒ぎするようだ。

三二　京極殿に到着。饗宴が催され、人々、楼を見物する。

京極殿《きょうごく》に到着なさって、まず、この京極殿のあるじ方として、尚侍《ないしのかみ》の車を西の門から入れて、西の対の南の簀子《すのこ》に寄せる。寝殿を東西に分けてしつらえなさったので、尚侍は、西の対を御座所《おましどころ》になさる。次に、女一の宮の車を東の対の南の簀子に寄せる。そこから寝殿にお移りになることになって、女一の宮が、四尺の裾濃《すそご》の龍胆《りんどう》色の几帳《きちょう》でさし几帳《ぎちょう》をして車からお下りになった。いぬ宮がお下りになる際には、同じ色の三尺の几帳でさし几帳をして車からお出になる。右大将（仲忠《なかただ》）が、いぬ宮に、「乳母《めのと》に抱かれてお下りなさい」とおっしゃると、いぬ宮は、「嫌です。母上と同じように下りたいのです」とおっしゃって、小さい扇をかざして顔を隠して、静かにいざってお進みになる。その様子は、ほんとうに不吉なほどかわいらしく思われなさる。身分の高い方々が、東の対と釣殿《つりどの》に並んですわっていらっしゃる。

饗宴《きょうえん》を、とても優雅に催させなさる。移ってから三日間の饗宴は、一日目の御膳《ごぜん》は、女一の宮のも、殿上人たちまでのも、すべて、左大臣（正頼《まさより》）が、二日目のは右大臣（兼雅《かねまさ》）が、三日目のは右大将が用意なさる。女一の宮、尚侍、いぬ宮の御膳は、浅香《せんこう》の折《お》敷《しき》が十二、紫《し》檀《たん》の高坏《たかつき》で、打敷《うちしき》は薄い絹織物である。上達部《かんだちめ》の前の盃《さかずき》が、何度も巡らされた。従者たちが、尚侍のもとから、格別に用意なさった被《かず》け物を受け取って、南の庭を通って、次々と歩いて来る。その被け物は、色とりどりに仕立てて重ねた装束で、贅《ぜい》を尽くしてとても美しく、薫《たき》物《もの》の香りなど、匂いがすばらしい。被け物は、六位の蔵人《くろうど》には織物の三重襲《みえがさね》の小袿《こうちき》と三重襲の袴《はかま》、帯刀舎人《たちわきとねり》には薄い絹織物の小袿と一重襲《ひとえがさね》の袴である。これ以下の者たちにも贈られたことは言うまでもない。上達部と殿上人につき従った供人や随身《ずいじん》、御前駆《ごぜんく》の人々にも、皆被け物をお与えになった後、方々は、皆、楼にお向かいになる。

　女一の宮も、寝殿から楼を眺めて、お聞きになっていた以上に、ああすばらしいとお思いになる。だから、近くで御覧になる方々の目には、楼が光り輝いて見えて、このようなものはほかにないので、この世にこれほどすばらしいことはないだろうと、目もくらむような思いをなさる。南の庭の、遥かに遠い池の洲浜《すはま》の向こうの、中島の築山《つきやま》のほとりに、東西二つの楼が立っている。その二つの楼の間の三間ほどの所に、とても高い反橋《そりはし》を架《か》けて、反橋の南と北には沈香《じんこう》の格子《こうし》が設けてある。白い所には、白い漆喰《しっくい》に夜具貝《やくがい》を搗《つ》き交ぜて塗ってあったので、きらきらと輝いている。楼の屋根には、檜皮《ひわだ》は葺《ふ》かずに、黄みを帯びた、色の濃い青磁《せいじ》と色の薄い青磁を瓦《かわら》の形に焼かせて葺かせていらっしゃる。楼の西から、西の対の南の端にある念誦堂《ねんじゅどう》までの距離は、十五間である。池の端で、遣水《やりみず》の上の所には、反橋を架け、反橋の左右は高欄にして、屋根は瓦で葺いてある。楼の東から、東の釣殿《つりどの》までの距離は、同じく十五間である。楼のそばにも、同じような反橋を架けてある。反橋は、ただ、人がかがまずに歩ける程度の高さで、長々と造られている。水は、反橋の下を通って、楼の周囲を、長々と、舞うように流れている。さまざまな形の立石が、反橋のあちらにもこちらにも置かれている。

方々は、楼の周囲を見てまわって、言葉で言いあらわせないほどすばらしいことと、このうえなく感動なさる。どなたも、「隅々まで見ずに帰る気持ちにはなれない。この京極殿を、朱雀《すざく》院と嵯峨《さが》の院にお見せしたい。どんなに強く興味をお持ちになるだろう。このような所なら、春は花の、秋は紅葉の盛りの頃などには、右大将殿や尚侍さまも、いつもは惜しんで弾こうとなさらない琴《きん》の奏法も、弾かずにはいられないだろう」などと言って、夜になるまで立ち続けていらっしゃる。女一の宮の叔父の右衛門督《うえもんのかみ》（連澄《つらずみ》）が、池の水に映った月を見て、

なるほど、昔、亡くなった治部卿《じぶきょう》殿（俊蔭《としかげ》）が住んでいらっしゃったのだと納得させられます。空に浮かぶ月が池の水に映っていたこの屋敷では。

とお詠みになると、右大将は、

私の家を通り過ぎることなく来てくださったのだと、うれしく思いますが、月が池の水に映るだけのように、皆さまがいずれお帰りになるのだと思うと残念でなりません。

ほかの方々もお詠みになったけれど、騒がしくて聞いていない。

尚侍の御前駆には、右大将の所から被け物はお与えになる。

三三　翌日、尚侍、京極殿で、昔のことを思い出して泣く。

翌日、尚侍《ないしのかみ》が、昔、今と同じように外を見ていらっしゃった時には、毎年、庭の草は、八《や》重葎《えむぐら》が、板敷《いたじき》の床《ゆか》よりも高く生い繁り、軒先の草は、高く伸び放題に伸び、下を向いて生い繁っていて、人の姿も見えなかったことを思い出していらっしゃると、右大将（仲忠《なかただ》）は、尚侍と女一の宮のお二人を、引き続いて連れてお移りになっていろいろとお世話したり、忙しく何度も出たり入ったりしていらっしゃる。尚侍は、その様子を見申しあげなさっているうちに、長年お忘れになっていた昔の京極殿のことを、あれやこれやと思い出しなさる。我慢することができずに、涙がこぼれるので、それを隠していらっしゃる様子を見て、右大臣（兼雅《かねまさ》）が、「涙は不吉ですよ。『京極殿においでになると、このように涙を慎むことがおできにならないだろう』とは思っていました。でも、悲しくても、我慢なさってください。昨夜、こちらにお移りになる時の御前駆《ごぜんく》を、私が務めましたが、満更ではなかったでしょう」と申しあげなさると、尚侍が、「こんな時でもなければ、前駆を務めてくれないのでしょうか。右大将も、前駆として悪くありませんね」とお答えになるので、右大臣は、「では、その右大将は、誰の子でしょうか。私の子ですよ」などと言って、冗談ごとのようにお話し申しあげなさる。右大将は、その様子を見ていて、ほんとうに思いがかなった気持ちがなさる。

三四　八月十五日、朱雀院から女一の宮に手紙が贈られる。

三日目の日に、朱雀院《すざくいん》から、白銀《しろがね》の鬚籠《ひげこ》を二十、中には、白銀と黄金《こがね》で、若栗《わかぐり》・松の実・榧《かや》の実・棗《なつめ》などを作って入れて、女一の宮のもとに、

「ずいぶんとご無沙汰してしまいました。騒がしい時期が過ぎてから、いぬ宮が習っていらっしゃる琴の上達ぶりが知りたいので、ぜひそちらにうかがいたいと思います。この鬚籠は、私が白髪になってしまったことも思い合わせられて、悲しい気持ちになります」

とお手紙を書いてお贈りになる。

尚侍にも、同じ数の鬚籠を贈って、

「どういうことなのでしょう。琴を聞かせてほしいとお願いしたことはお忘れになったのですか。私は、いつまでも待っています。

うらやましいことです。明けても暮れても、あなたは、夫婦で契りを交わしていらっしゃるのでしょうね。私は、いぬ宮の様子が心から離れることはありません。いぬ宮への伝授が終わるのは、まだ先のことになりそうですね。その時には、私が聞きたいと思っている尚侍さまの琴《きん》の演奏もあるのでしょうね」

とお手紙をお書きになる。

右大将（仲忠）が、使の蔵人《くろうど》に出会って、東の対で、充分に酔わせて、女一の宮のお返事

を持たせた後で、蔵人を前に立てて、西の対に行って、さらにひどく酔わせなさる。蔵人が、「どうして、私のような使をつかまえて帰さずに、こうして懲らしめなさるのですか。ほんとうに困ります」と申しあげると、右大将は、大声で笑って、「院は、私をお叱《しか》りになるから大丈夫です」と言って、正体がなくなるまで酔わせなさった。女一の宮の所からの被《かず》け物は、紫苑《しおん》色の綾《あや》の細長一襲《ひとかさね》と袴《はかま》である。

また、尚侍に仕える侍女たちの所では、「使の蔵人は、こちらに」と言って、刺繡《ししゅう》がしてある朽葉《くちば》色の裾濃《すそご》の几帳《きちょう》を戸口に立てて、とても穏やかで落ち着いた声で、「もっと、こちらに」と言って、御簾《みす》の内から褥《しとね》をさし出す。その侍女は、赤色の表着に、濃くて黒みを帯びて見える、贅《ぜい》を尽くした蘇枋襲《すおうがさね》の織物の唐衣《からぎぬ》と、紅《くれない》の張り給《あわせ》の御衣一襲を着て、色摺《ず》りの裳《も》をつけて、とても美しく着飾っている。御簾の内から袖口を長々と出して、盃《さかずき》をさし出したのを見ると、蔵人は、とてもつらくて、ますます気持ちが悪くなって、「もうこれ以上は飲めません」と言って顔をしかめて、盃をすぐにも受け取ろうとしないので、右大将が、「盃を断るとは、例がないことだ。早く飲め」とおっしゃると、蔵人は、立とうとして、すぐによろめいて倒れた。人々が御簾の内で笑うのが聞こえる。蔵人が、侍女から盃を受け取って、「今回は、お返事をいただけそうにありません」。侍女が、「どうしてなのですか」と返事をすると、蔵人は、「今日は、酔って、足もとがおぼつかなくて立ち上がれそうもありませんので」と言う。その声も、呂律《ろれつ》がまわっていない。蔵人が酒を飲む真似《まね》をしてこぼしたけれど、侍女は、気の毒に思って、これ以上無理に飲ませることができない。右大将が、唐綾《からあや》の撫子襲《なでしこがさね》の細長・二藍《ふたあい》の織物の唐衣《からぎぬ》・薄い絹織物の地摺《じず》りの裳・袴一具《ひとぐ》と、尚侍のお返事を持って出ていらっしゃった。お返事は、紫色の唐の色紙に書かれた立て文で、きほど（未詳）につけていらっしゃる。蔵人が、「足がふらついて動くことができません。女一の宮さまと尚侍さまのお二方から左の肩と右の肩に被け物としてかけていただいた物で、蓑虫《みのむし》のようになって、うごめきながら参りましょうか」と言っている時に、御簾の内から、急に、

　降る雨と言っても、蓑が必要のないにわか雨なのに、どうして、気味悪いことに、蓑虫
　などと口になさるのでしょうか。

と詠みかける。蔵人は、「朦朧《もうろう》として、何がなんだかわかりません」と言って、
「朝日も夕日も光り輝くこのお屋敷には、おっしゃるとおり、蓑虫などが鳴くはずはあり
　ませんね。

ほんとうにもっともなことです」と言って、その場から逃げて、倒れて立てないまま這《は》って行くので、御簾の内の侍女たちもおかしがり、右大将もお笑いになった。庭を行く途中で、被け物を落として行くので、右大将は、人を呼んで、車に入れさせなさったのだろうか。

尚侍からのお返事は、

「お手紙をいただいて恐縮しております。

この歳まで生きてきましたが、命が残り少なくなった今になって、願いがかなうことで

しょう」
と書かれていた。

三五　八月十六日、夜中ごろに、女一の宮帰る。

四日目の夜、夜中ごろに、女一の宮がお帰りになる。右大将（仲忠）は、女一の宮が一人で帰ることを、とても気がかりにお思いになるけれど、女一の宮をいろいろとお慰め申しあげなさって、しかるべき四位の官人六人ほど、五位の官人十人ほどにお供をさせて、夜が明ける前に、女一の宮は、三条の院にひっそりとお着きになった。

女二の宮は、「とても寂しい思いをしていましたので」と言ってお喜び申しあげなさる。右大将は、女一の宮に、「お召しがなければ、こちらへは参らないつもりです」と言って、信頼できる、歳をとった神輪《かみわ》大古《おおふる》という大舎人《おおとねり》とともに、同じような者たち五六人を、宮中での宿直《とのい》の当番をはずしてお仕えさせなさる。右大将は、門番に対して、その者たちにせめて夜中だけでもしっかり番をさせるようにと、厳重にお命じになる。門も、特別なことがなければ、開けない。

三六　兼雅、尚侍に、離れて暮らすことのつらさを訴える。

右大臣（兼雅《かねまさ》）が、「ああ嫌だ。あなたがいつ帰って来るかもわからずに待つのは、とてもつらいでしょう。昼間は来ません。でも、夜は、やはり、毎晩参るつもりです」と申しあげなさるけれど、尚侍《ないしのかみ》は、「ばかばかしい。おとなげないことをなさらないでください。いぬ宮は、昼間にもまして、夜は、落ち着いて琴《きん》を練習なさることでしょう。おとなしくお帰りになった女一の宮さまのお気持ちには、頭が下がる思いです。女一の宮さまだって、何もかも納得してお帰りになったわけではないでしょう。女一の宮さまをお帰し申しあげなさった右大将（仲忠《なかただ》）のお気持ちも、さぞかしつらかったことでしょう。東の一の対などでも、宰相の上たちが、寂しい思いをしていらっしゃるでしょうから、昔のようにお通いください」と申しあげなさる。右大臣が、「右大将は、ほんとうにかわいい大切な御子《みこ》（宮の君）とも離れて暮らして、最後には何をなさるおつもりなのだろう」と言って、「今さら、宰相の上たちを訪れることもできまい」。尚侍が、「長年、女性たちをさまざまに集めていたのに」と思って、とても魅力的で、見ているほうが気後れするように苦笑なさるので、右大臣は、「いずれまたお話はうかがいます。あなたは、『琴《きん》を聞かせなさることになって、朱雀院《すざく》たちが、この京極殿も御覧になるだろう』と思って、私がここにいることをお許しにならなかったのですね。右大将は、わが子ながら、私のためにもあなたのためにも、面倒な事件を引き起こすことだろう」とおっしゃる。尚侍が、「そんな話は聞きたくありません。右大将が、いぬ宮に琴《きん》を教えている間は、門をすべて閉ざして、公務であっても私的なことであっても関わりたくないと思って、一心不乱に心を砕いているのですから、右大将に聞かれるかもしれないのに、こんなことをおっしゃらないでください。夜が明ける前に、早くお帰りください。宮の君と小君が、どんなに恋しく思っていらっしゃることでしょう。右大将が、『あの子たちであっても、いぬ宮に琴《きん》を教えている間は来させ申しあげないつもりだ』と言っていますが、わけがわかりません」。右大臣が、「私の話をはぐらかさないでください。ここでいぬ宮に琴《きん》を教えるからといって、親である私たち夫婦の仲をもすっかり引き離そうとすることが、けしからんのです」と言ってすわっていらっしゃるので、尚侍が、「右大将は、一時《いっとき》たりとも離れてはいられない女一の宮さまも、急いでお帰しになりました。『夜も、帰らずに、ずっとこちらにいるつもりだ』と言っているようです」。右大臣は、「わかりました。さあどうだか、しばらくの間は我慢していようが、ほんとうに女一の宮さまのもとに帰らずにいられるかどうかと聞いていよう。いずれ、私も、誰がなんと言っても、時々、こっそりと人目にたたないようにやって参ります」と言って、気が進まないまま、尚侍のもとをお出になった。

三七　八月十七日、夜が明けて、兼雅も帰る。

夜が明けた。右大将（仲忠《なかただ》）は、夜が明けるとすぐに、京極殿を見てお歩きになる。いろいろな方が申しあげているが、この親子はまるで兄弟のようで、右大臣（兼雅《かねまさ》）も、ほんとうにいかにもすばらしく、若々しくて美しいお顔である。右大臣が、「この屋敷は、もとの礎のままなのか」。右大将が、「そのとおりです」。右大臣が、「ほんとうに風情豊かに造られた屋敷だね」とおっしゃる。

昔、右大臣が京極殿を訪れた時には、建物は屋根もなくなって倒れ、高く生い繁った草の中に、所々に柱などが腐って倒れて、念誦堂《ねんじゅどう》の柱だけが所々に立て並べてあり、寝殿の高欄は、桁《けた》が残った部分となくなった部分が交じって、ひどく荒れ果てていたし、蓬《よもぎ》の中を分け入ってお入りになった時には、背丈よりも高かった草も見えた。その寝殿で、所々壊れて穴が空いた天井からさし込んだ月の光に照らされてすわっていらっしゃった人(尚侍《ないしのかみ》)を見つけなさった時の気持ちも、やむをえず後ろ髪を引かれる思いでお帰りになった時の気持ちも思い出されて、右大臣は、とても悲しくなって胸がいっぱいになる気持ちがして、涙をぽろぽろと落としなさる。右大将は、それを見て、昔のことを思い出していらっしゃるようだとお思いになるにつけて、昔のことを、何もかも、片時も忘れることができずおぼえていらっしゃるので、ご自身も涙がこぼれてしまいそうになるが、おそばにいる人々が見申しあげているので、懸命にこらえていらっしゃるけれど、右大臣が、「尚侍と離れて暮らすのは、心配でならない。時々はこっそりとこちらへうかがおうと思うが、どうだろう」とおっしゃるので、「結構です。その時の状況によって、こちらからご連絡させましょう。でも、休暇をいただくことが難しいので、朱雀院《すざくいん》に強くお願いして、帝《みかど》から休暇をいただいたのです。いぬ宮はまだ幼いので、夜も、琴《きん》を習わなければなりません。その間は難しいと思っております」とお答え申しあげなさる。右大臣は、「やはり難しいということだね。私の思いは、いぬ宮への琴《きん》の伝授の思いには及ばなかったのだな。つらいなあ」と言ってお帰りになった。

八月十七日のことだった。

楼の上・下

この巻の梗概

いぬ宮への秘琴《ひきん》伝授は、一年をかけて、四季の移ろいと交感しながら行われた。いぬ宮は、琴《きん》を一心に習い、十一月から翌年の二月までは楼を下りて寝殿で習う。年が返り、季節が移り変わるうちに、いぬ宮は美しく成長する。七月七日の夜、尚侍《ないしのかみ》・仲忠・いぬ宮の三人が琴を七夕に奉納して奇瑞《きずい》を起こした。このことは、源涼《すずし》の口から都の人々に伝えられ、いぬ宮の秘琴伝授への期待が高まる。八月十五日にいぬ宮が楼を下りて琴を披露することが決まった。その日は、嵯峨《さが》の院と朱雀《すざく》院の二人の院をはじめ、多くの人々が、京極殿《きようごく》に集まる。藤壺《ふじつぼ》も、帝《みかど》に願って退出して、京極殿を訪れた。その夜、尚侍は二人の院の要請で琴を弾き、奇瑞を起こす。尚侍が弾く琴は、遠く、内裏にいた帝のもとにも届く。尚侍は、さらに、清原俊蔭《としかげ》の遺言にあった波斯風《はしふ》の琴を弾く。いぬ宮の琴も披露され、人々を感動させた。この日の禄として、尚侍には正二位が加階され、故俊

主要登場人物および系図（楼の上・下）

◇は系図の中に重複して出ている人

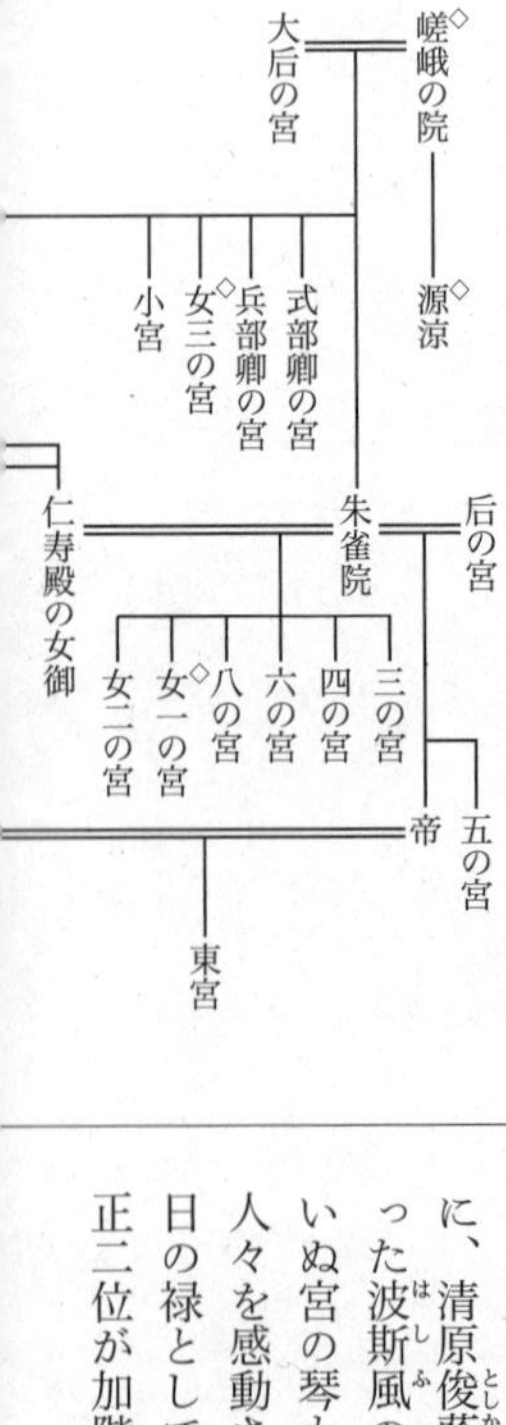

蔭には中納言が追贈され、京極殿にも五位の位が贈られた。

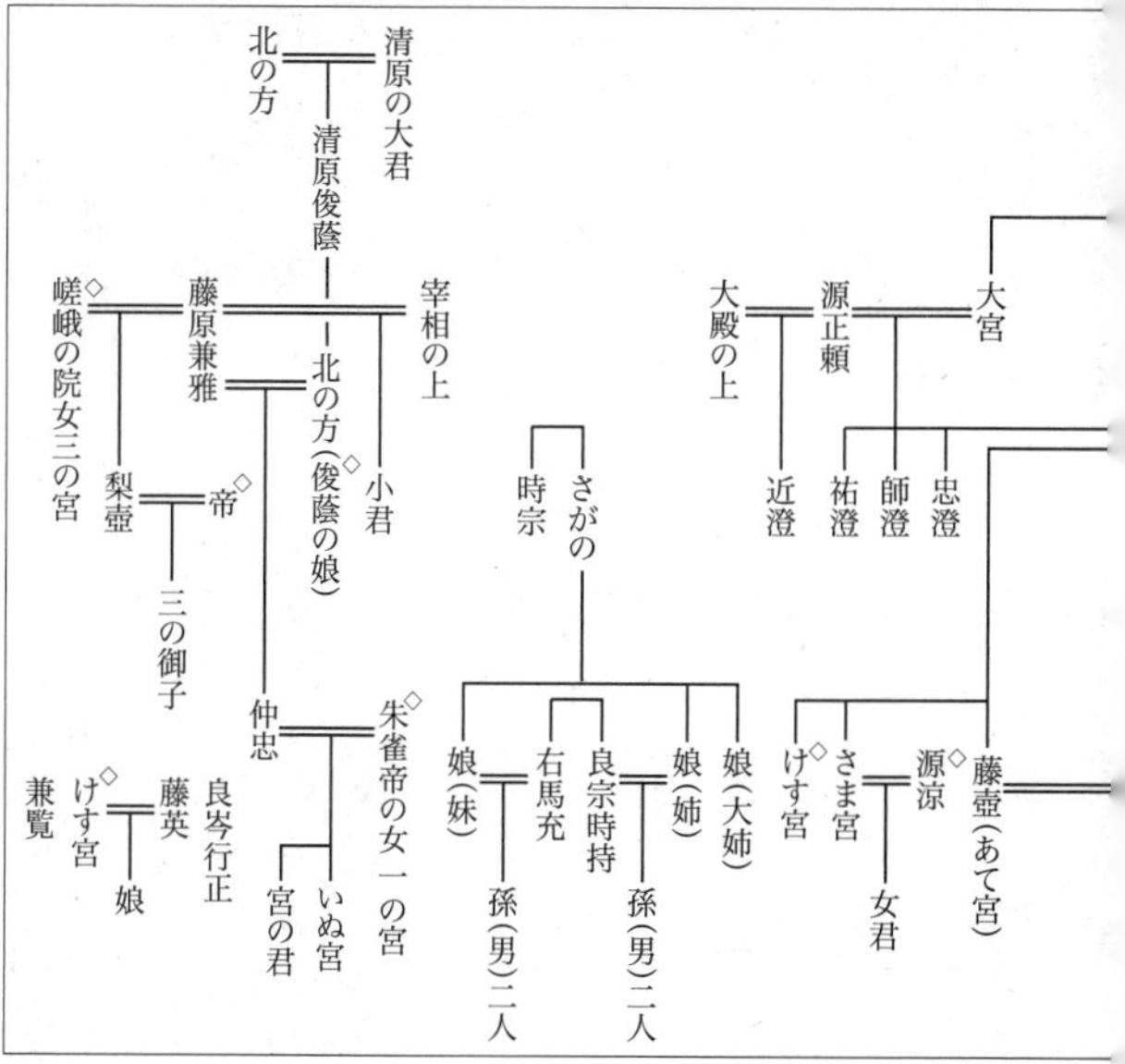

「楼の上・上」「楼の上・下」巻では、これまで描かれてきた政治的な葛藤《かっとう》とは無関係であるかのように物語が展開される。しかし、京極殿の外では、新春宮《とうぐう》への入内《じゅだい》をめぐって、早くも人々の思惑が渦巻いていた。だが、それらの人々の思いをよそに、物語は「俊蔭」の巻との照応をはかりながら、秘琴伝授の物語を語り終えた。

一　八月十八日、いぬ宮、楼に上って、尚侍から琴を習い始める。

かくて、[一]つとめての御台、[二]ここにて参らせ給ひて、とばかりありて、楼へ二所《ふたところ》渡し奉り給へり。尚侍《かん》の殿のも、[1]いぬ宮の御方のも、[2]大人十二人、[三]几帳《きちやう》さし続きたり。白銀《しろかね》の透き餌袋《ゑぶくろ》に、御果物《くだもの》入れたり。

まづ、尚侍の殿上《のぼ》り給ふ。階《きざはし》は、御手を取りて[四]上《のぼ》せ奉り給ふ。[五]着給へる、唐綾《からあや》の御衣《ぞ》一襲《ひとかさね》、紫苑《しをん》色の夏の織物の袿《うちき》、紅《くれなゐ》の三重襲《みへがさね》の御袴《はかま》。大将、白き綾《あや》の単衣《ひとへ》、[六]紅の打ち袷《あはせ》[七]脱ぎ垂れ給へり。几帳《きちやう》のさしはづれたるより、[3]はつかに、[八]几帳より、御様体《やうだい》、七尺余《よ》の御髪《みぐし》の[九]瑩《やう》じかけたるやうなる、いみじうめでたう見ゆ。

[一〇]中納言の君といふをば、「[仲忠]しばし候《さぶら》ひ給へ」とて、東《ひんがし》の楼に、いぬ宮抱《いだ》き奉りて、「几帳を、高う、女房させ」とのたまひて、これも、同じごと、長々と、人歩み続きたり。[4][一一]御衣《ぞ》、[一二]端色《はしたいろ》の小さ

一　八月十八日の朝の食事。
二　「ここ」は、寝殿をいう。
三　さし几帳をして続いている。
四　仲忠が。
五　尚侍が。
六　「打ち袷」は、砧で打って艶を出した打衣の袷。
七　「脱ぎ垂る」は、肩脱ぎにして片袖を垂らすことをいう。
八　「几帳より」は、几帳越しにの意か。
九　「瑩じかく」は、「あて宮」の巻【五】注八参照。
一〇　底本「中納言きみ」。いぬ宮づきの侍女か。
一一　以下は、いぬ宮の装束。
一二　「端色」は、襲の色目の名。表裏ともに、薄紫色。
一三　「尾花色」は、白に薄

き裳《も》、綾の打ち給一襲《あはせひとかさね》、[一三]尾花色の細長、御袴いと長し。

率《ゐ》て上《のぼ》り給ひて、琴《きん》取り寄せて奉り給へば、《いぬ宮》[一四]「雛《ひな》に聞かせむ。いづら」とのたまへば、笑ひ給ひて、《仲忠》「ここに侍《はべ》り」とて、御前《まへ》にさし据ゑ給へり。尚侍《ないしのかみ》見奉り給ふに、[一五]おはせしよりも、いとこよなくうつくしげになりまさり給ひけり、気高うけうらにおはするさま、[一六][5]ほどよりは、いとこよなうおはしけりと、あはれに見奉り給ふに、静かに、児《ちご》の御ありさまともなくおほどかなり。

まづ、かの[一七]治部卿《ぢぶきやう》の習はし奉り給ひし[一八]龍角風《りうかくふ》をいぬ宮の、[6]細緒《ほそを》風《ふ》を大将のにて弾かせ奉り[一九]給はす。まづ、尚侍《かん》のおとど、二つながら取り寄せて、「調べよ」とのたまふ音の、限りなくおもしろし。大将、いぬ宮に[7]龍角奉りて、弾き始めさせ[8]奉り給ふに、御手はいと小さきに、弾き鳴らし給へる音、さらに心もとなからず、いとかしこく心得給ひて弾き給ふ。片時に、[二〇]調べは弾き給ひつ。

次に、また、[二一]曲《ごく》の物一つ教へ奉り給ふに、いと[二二]同じく弾き取り給ふに、尚侍《かん》のおとど、[二三]さべきにてかくおはすると見奉り[9]給ひて、

い黒が混じった、枯れた尾花のような色。

一四　いぬ宮の「雛」については、「楼の上・上」の巻【三九】参照。

一五　「おはせしより」は、「ありしより」の主体敬語。

一六　「ほど」は、年齢の意。

一七　「治部卿」は、清原俊蔭。

一八　「龍角風」「細緒風」は、「俊蔭」の巻【三】注七、「沖つ白波」の巻【四】注二、「蔵開・上」の巻【九】注一参照。

一九　底本「給はす」、不審。補助動詞「給はす」の例か。

二〇　「調べ」は、前奏曲のようなものか。

二一　「曲の物」は、琴曲をいう。「俊蔭」の巻【五九】注二参照。

二二　「同じ」は、仲忠が弾くのと同じの意。

二三　いぬ宮は秘琴の伝授を受けるためにこうしてお生

二四ゆかしくなむとて、弾き立て給ひ、二五搔《か》き合はせ給へるほどに、涙の落ちつつのたまふ、尚侍「昔、二六四つにて習はし給ひしに、心には入れながら、二七ほどもなくて、乳母《めのと》の膝《ひざ》に居ながら、手どもは弾き取りて、音《ね》をよく弾き伝へたることは、[10]七つよりなむ、俊蔭『大人の琴《こと》の音《ね》になりぬ』とのたまひし。二八これは、大人だに、琴《こと》の音《ね》を、かくうるはしうは弾き立つることは、えせぬものを」と聞こえ給ふ。

大将、かくおはするを、本意《ほい》はかなひぬべかめりと、[11]うれしうおぼえ給ふこと限りなし。尚侍二九「まだ弾き給ふべけれど、苦しくもぞおはする。三〇今日は、これを」と聞こえ給ふ。三一三度《みたび》と問ひ給はず。年《とし》月《つき》を経て上手《じゃうず》に弾き置きたりける人の、今、人の弾くを聞きて心得るやうなり。年ごろも、三二宮の弾き給ふを、添ひ居て、弾かまほしうし給ひしものなれば、いささか苦しくもおぼえ給はず、御心に入れ給へるさま限りなし。

まれになったのだ。

二四 「ゆかし」は、どれほど上達するのか知りたいの意。

二五 尚侍がいぬ宮に合わせて弾いていらっしゃるうちに。

二六 「俊蔭」の巻【一九】、「楼の上・上」の巻【一六】注一〇参照。

二七 まだ幼くて。

二八 「これ」は、いぬ宮が弾いた龍角風の琴をいう。

二九 底本「又」。

三〇 今日は、これでおしまいにしましょう。

三一 仲忠の場合は、「俊蔭」の巻【五二】に、「何ごとも、師に二度問ひ給はず」とあった。

三二 女一の宮。いぬ宮の母。

二　伝授二日目。女一の宮からいぬ宮を案じる手紙が届く。

またの日、宮より、一侍従の乳母《めのと》のもとに、

女一の宮「いとおぼつかなく、夜の間《ま》は、いかがあらむと。習ひ給へらむや。え聞かぬも、あやしうなむありけるを。夜《よる》や弾き給へらむ。いと恋しうなむ。ありさまのたまへ」

とあり。二楼におはするほどなりけり。

仲忠三「さるべきことあらむには、四釣殿《つりどの》にて、手を叩《たた》け」とのたまひ置きければ、五中納言といふ、六よき若人《わかうど》なり、七みやきといふ童《わらは》に御文持たせて、釣殿へ行《い》かむとて、八おもとたちに、中納言の君九「さても、我らが[1]おぼえよ。人に異なりかし。かばかりのことを、一〇手叩きて呼び奉らむずるよ」など笑ふ。釣殿の南の端《はし》なる一一帽額《もかう》の簾《す》の中に、長押《なげし》の下《しも》に居て、童は高欄に至りて叩けば、大将おはしたり。

見給ひて、仲忠「硯《すずり》、ここにありや」。みやき「候《さぶら》ふ」とて参らすれば、御《おほん》

一「侍従の乳母」は、いぬ宮の乳母。
二 手紙が贈られてきたのは、右大将たちが楼に上っていらっしゃる時だった。
三 何か用事がある時には。
四 東の釣殿。
五「中納言」を、【一】注一〇の「中納言の君」と同一人物と解した。
六 挿入句。
七「みやき」は、いぬ宮づきの女童。
八「おもと」は、いぬ宮づきの侍女をいう。
九 それにしても、私たちの信頼が厚いこと。
一〇 手を叩いて右大将殿をお呼びするのですよ。侍女である自分たちが、手を叩いて主人の仲忠を呼びつけることを戯れて言ったもの。
一一「帽額」は、簾の上部や外部に、装飾のために横

返り、

仲忠「かしこまりてなむ。御気色のいと恐ろしう[一二]おぼえ[一三]給へりしかば、[一四]え聞こえさせで。おぼつかなさは、さらに聞こえさせむ方なくこそ。女一の宮『いかが』とものせさせ給へるは、身にまさりてなむ。これに、おぼつかなきことは慰め侍りぬべかめるを、まことに、いとあはれにこそ見奉れ。[一五]なをことそとも思ひながらに、秋の夜を眺め明かさむとも、女一の宮[一六]『とかなむへむや』とのたまはせためるは、恋しと侍《はべ》める。[一七]身をこそ抓《つ》み侍れ」

と聞こえさせ給[2]ひつ。

やがて、人の居たる所までおはして、さし覗《のぞ》き給ひて、仲忠[一八]「大弐《だいに》の君や。人々の御中に、果物《くだもの》召させて、[一九]引き散らさせ給へ。碁・双六《すぐろく》、例の打たむかし」。[二〇]後ろめたうおぼえてのたまひたりける、ただ今のやうには、思ふやうに[3]よく弾き給ふべく見ゆとて、げに御心地よげに思《おぼ》しておはしぬ。

侍従の乳母といふは、嵯峨《さが》の院の親王《みこ》の、[二一]兵部卿にておはせし

に張った絹。「帽額の簾」は、帽額がついた簾。
一二 「おぼえ」は、底本「思」。
一三 「給ふ」は、女一の宮に対する敬意の表現。
一四 お手紙をさしあげられずにいました。
一五 底本「なをゝことそ」、未詳。
一六 底本「とかなんへむや」、未詳。
一七 『元良親王集』「身を抓みて思ひ知りにき薫物のひとり寝いかにわびしかるらむ」による表現か。「身を抓む」は、わが身を抓って人の痛さを知るの意の慣用表現。
一八 「大弐の君」は、いぬ宮づきの侍女。
一九 「引き散らす」は、ここは、人々に配るの意。「せ」は、使役の助動詞。
二〇 以下「見ゆ」までを、仲忠の心内と解した。

が御娘なり。[二二][4]故源侍従《こぐゑん》の、童《わらは》にて[二三]忍び相手《がたき》なりし、[二四]一の宮の御は[5]らからの宮の、いと忍びて、容貌《かたち》いみじくうつくしげなれば、通ひ給ひしに、乳《ち》をただしばし参りけれど、乳母《めのと》とすべきさまならずとて、[二五]名はつきたれど、[二六]宮のいとらうたきものにし給へりける[6]なり。

（侍従の乳母）「御返り聞こえ給ふめれば[二七]。御琴《こと》は、いとよく習はせ給ふにこそ侍れ。殿の御気色も、いとよげにこそ見奉れ。あさましく、[二八]雲居遥かにてこそ、え承り侍らね。[二九][7]帥《そち》の君、聞こえさせ給へ」と聞こえつ。

宮、見給ひて、いとうれしと思さる。（女一の宮）「あやしの心ときめきや」とてうち置き給ひつ。

三　いぬ宮たち、楼で、夜の食事をする。

[一]例の、夜《よ》さりの御台は、楼に参らす。大将、（仲忠）「苦しくやおぼえ

二二　この「兵部卿」は、正頼の十二の君の婿の兵部卿の宮とは別人。故人だろう。
二三　「故源侍従」は、仲澄。
二三　「忍び相手」は、内密の恋人の意。
二四　女一の宮の兄弟の宮。どの宮のことか未詳。
二五　乳母という名はついているけれど。
二六　女一の宮。
二七　右大将殿がお返事をさしあげたようですから、私のほうからは簡単にご報告いたします。
二八　いぬ宮さまに会えない遥かに遠い楼で習っていらっしゃるので、私はお聞きすることができません。
二九　帥の君に代読することを求めた発言。「帥の君」は、女一の宮づきの侍女。

一　「例の」は、伝授を始めた前日と同じようにの意か。

給ふ。さは、[1]ここに、[二]侍従ばかりは召さむよ」と聞こえ給へば、「《いぬ宮》否。[三]遊びをこそあらめ。なほ、[四]これを、[五]宮の弾き給ふやうに、月の見ゆるまでこそ弾かめ」とのたまへば、いとうれしと思《おぼ》さる。[六]上臈《じやうらふ》二人、御台、下仕《しもづか》へ四人、取り続きて、裳《も》・唐衣《からぎぬ》着て参る。[七]前《さき》に三尺の几帳《きちやう》さして、楼に上《のぼ》りて参らす。[八]御賄ひは、[九]例の、大将仕うまつり給へば、「《尚侍》あな見苦し。[一〇][2]中納言・侍従を」とのたまへば、「《仲忠》何か」とて、賄ひ賄ひ参り給ふ。中納言は、御衣《ぞ》[一一]搔《か》い取りて参りて、下《お》りぬ。いぬ宮の御方にも、[一二]同じき、うるはしく、裳・唐衣着たり。御乳母《めのと》二人あり。大将、取り次ぎて参り給ふ。[一三]御果物《くだもの》ばかりを参りて、殊に参らず。[3]次に、大将の居給へる御所[4]に、容貌《かたち》よく、髪長くて、[一四]髪一本《ひともと》に結ひたる[5]男童《をのこわらは》の、よきほどなる四人、[一五][6]掛籠《かけご》にして、南の方の山の木の根に造りかけたる反橋《そりはし》の方より参らす。少し下《くだ》りたる高欄に出《い》でて参る。絵に描《か》きたるご[7]とおもしろし。

二「侍従」は、侍従の乳母。
三 遊びをするわけではありませんから。侍従の乳母に来てもらわなくてもいいの意。
四「これ」は、龍角風。
【二】注二八参照。
五 女一の宮。
六「上臈二人」は、中納言の君と侍従の乳母をいう。
七 さし几帳は、通例、左右に几帳をさす。ここは、前にさした例である。
八 食事をお渡しする。
九 尚侍の食事のお世話は。
一〇 中納言の君と侍従の乳母をお使いください。
一一「搔き取る」は、(仲忠の御衣を)手で取る、手で持つの意か。
一二「同じき」は、同じように食膳を持って参上した下仕えたちの意か。
一三 いぬ宮は、果物だけを召しあがって、ほかには特に召しあがらない。

四　いぬ宮、琴の伝授に励み、上達する。

かくて、多くも弾き習ひ給ひぬべけれど、ことさらに、ただ、[一]日に二つ三つを教へ奉り給ひつつ過ぐし給ふ。

庭の山、前栽《せんざい》、いとおもしろくなりゆく。いぬ宮、南の山の方を見出《い》だし給ひて、独り言《ごと》に、（いぬ宮）[二]「宮もろともに、え見せ奉らぬよ」とのたまふを、大将聞き給ひて、いとあはれと思して、（仲忠）「『（女一の宮）今、この琴《きん》、いとよく習はせ給ひてむ時に、[三]渡り給ひて、もろともに御覧ぜむ』とぞのたまひし」とのたまへば、[四]恥づかしうてものものたまはず。

夕暮れ、昼間などに、尚侍《ないしのかみ》も大将もうち休み給ひて聞き給へば、琴《きん》を習ひ給へる、いとになく、いささか誤り違《たが》へるところもなく弾き給へり。二所《ふたところ》ながら、いと愛《かな》しくゆゆしくおぼえ給ふ。

[五]いかなる時にかあらむ、尚侍《かん》のおとどに、（いぬ宮）[六]「しもつはへおもし。

一四 「髪一本に結ふ」は、童がうない髪を束ねたさまをいうか。

一五 「掛籠」は、箱の縁に掛けて中に入れられるように作った内側の箱。ここは、持ち運びしやすいようにしたもの。

一 尚侍の場合は、「俊蔭」の巻【三〇】に、「一日に大曲五つ六つを習ひ取りつ」とあった。

二 女一の宮。いぬ宮の母。

三 「給ふ」「御覧ず」は、仲忠の立場からの間接話法的な敬意の表現。

四 いぬ宮は独り言を聞かれて恥ずかしいのである。

五 挿入句。

六 底本「しもつはへおもし」、未詳。

[七]ちやを呼ばばや」[1]と聞こえ給へば、召したり。去年《こぞ》よりは、殊に[八]参らず。されど、うつくしがり奉りて、なほ参り馴《な》らはしたりければ、あはれと[2]思し、参らせて[3]しなりけり。琴《きん》弾き居給へる御ほどの、またかかるを、大将、あはれに見聞こえ給ふ。[九]侍従、[4]来て、「御琴《こと》は弾かせ給へるべしや」と申し給へば、「《いぬ宮》弾きつべし。宮などのやうに、傍らに置きて、常に、今は弾きてむ」など語らひ給ふなり。

夜いたう更けたる月夜の、遥かに澄みたるに、二所《ふたところ》弾き合はせ給ひて、いぬ宮に同じ[5]手を弾かせ奉り給ふ。ただ同じ調べを弾かせ奉らせ給ふ。ただ同じごとなるを、うれしう、大将おぼえ給ふ。

五　藤壺、正頼と、春宮のことなど噂する。

[一]あて宮、いみじうねたううらやましう思《おぼ》したるに、一の宮おはせぬをぞ、[二]少しうれしう思す。藤壺《ふぢつぼ》に、[三]大殿参り給へる、あて宮、

七「ちや」は、乳母の呼び名。いぬ宮の乳母。「楼の上・上」の巻【三五】注三には、「ちやは」とあった。
八 乳をお飲みにならない。
九 この「侍従」を、「ちや」のことと解した。

一「あて宮」の呼称、不審。

二 藤壺は、「楼の上・上」の巻【三】注一〇では、帝に、女一の宮がうらやましいと言っていた。

三「大殿」は、父の正頼。

四 反語表現。「うらやましきこと思すまじ」の強調表現。

五「さら返る」は、昔に戻るの意。ここは、昔の妻妾たちとよりを戻すことをいう。「楼の上・上」の巻【三六】で、尚侍は、兼雅に、「対などにも、つれづれに、人々

「一の宮、何ごとを思すらむ。女御子《みこ》おはせましかば、うらやましからまし」と聞こえ給へば、うち笑ひ給ひて、正頼「春宮《とうぐう》のおはしますよりほかに四うらやましきことや思すべき。宮、大将をば、物とも見給はで、かのいぬ宮と、明け暮れ、雛《ひな》遊び、起き臥《ふ》しし給ふを、ここばくの日ごろ、いとさしもあら[1]でありぬべきを。尚侍《ないしのかみ》をも引き放ちてものせらるれば、ここにもかしこにも怨《ゑん》じ恨みて、右のおとどは、五[2]さら返りたる文をぞ書き通はし給ふなる。一日《ひとひ》、院の仰せられし、『わが、六書読《ふみ》ますとてありしほどは、一夜《いちや》も千《せん》年《ねん》を暮らすやうに思ひたりしを、おぼろけにはあらじ。人々しう、いかにや』など仰せられし。あやしき心に」など聞こえ給へば、藤壺「さて、ありがたくて、今より、しか教へ奉りたらむこそ、いとになき伝へならめ。七この宮たちの、遊びにのみ心を入れたる、八さておはすること。かの梨壺の宮は、[3]いとなつかしううつくしげに、[4]手も書き給ひ、書《ふみ》も読み給ふなれば、九春宮、教へ奉らば、いとよく、さやうにおはしぬべきを、皆人々、一〇引き引きに思ひ挑まれて

思すらむに、今めかしくものし給へ」と言っていた。

六「蔵開・中」の巻【四】で、講書の際、朱雀院（当時は、帝）は、女一の宮のもとに手紙を贈る仲忠を、「疎かには思はぬなめり、つとめて文遣るは」と思って見ていた。

七「この宮たち」は、藤壺腹の御子たちをいう。

八「さておはすること」は、今でも遊びに熱中していらっしゃいますの意か。

九春宮も、お教え申しあげたら、同じように、ほんとうに立派におできになるはずですのに。

一〇「引き」は、引き立て、縁故の意。「引き引きに」は、それぞれの縁故によっての意。参考、『落窪物語』巻二「これかれにつきつつ、引き引きに参れば、二十余人ばかり候ふ」。

ある身なれば、宮たち、心に入れず、物習はし奉る人もなかめり」。「《正頼》たいだいしう。誰か、さは思ひ奉らむ。[一一]学士こそは、明け暮れ参りて仕うまつらめ」。あて宮、「《藤壺》いさや。まづ、いとあやしきは、『《春宮》学士には読まじ。[一二]大将・源中納言にこそ、書《ふみ》も読み、何ごとも習はめ。顔醜き人には向かはじ。憎し』とあめる」。「《正頼》などふことぞ」。「《藤壺》手ばかりは、[5]大将の[一三]本[6]あめりし、『《仲忠》いとよう書き似せ給へるめり』とぞ、[一四]御《み》[7]ぬしのたまふめる[8]。書《ふみ》も何も、行正《ゆきまさ》の中将のをぞし給ふ[9]。[一五]いと心強《こは》く、今めかしき人々のをのみふさひ給ふ、心づきなし。源中納言はしも、内々に聞けば、今よりあはれにのたまふとあめり」など聞こえ給ふ。殿は、うつくしうもおはしますなど聞き給ひて、「《正頼》この人たちは、皆、[一六]宮をば、限りなきものにこそ思ひ聞こえさせ給ふめれ。中納言も、このいぬ宮と同[10]じほど[11]の幼き[一七]御子《みこ》[12]を生み給ひたるを、いみじうかしづきものにし給ふなるが[13]、『《涼》いかで宮の御遊びに参らせむと思ふに、[一八]目に近きわたりの、後に参り給へらむに、さだめてこよなく思し落とさむ

一一 東宮の学士。「国譲・下」の巻【三】注三参照。
一二 藤原仲忠と源涼。
一三 「大将の本」は、仲忠から贈られた手本。「国譲・上」の巻【三】参照。
一四 底本「みいし」。「御ぬし」と解する説に従った。贈ったご本人の意。仲忠。
一五 春宮がとても頑なに。
一六 春宮。
一七 「御子」は、涼の女君。「楼の上・上」の巻【三六】注三四参照。
一八 「目に近きわたり」は、いぬ宮をいう。
一九 「財の王」は、涼の祖父神南備種松をいう。
二〇 「言ふ」の動作主体、未詳。
二一 「思ふやうあり」は、暗に、涼が将来女君を春宮に入内させることをいう。

こと』などのたまひながら、さる[一九]財《たから》の王の伝へにてこそは、[14]よにありがたき笛の御遊びの具など、めでたきを持[15]給《たう》びては、『いとうつくしげなる。賜《た》べ、まろに』と言ふにも、[二〇]『[涼16]えせじ。[二一]思ふやうあり』とぞものし給ふなる」など聞こえ給ひて出《い》で給ひぬ。

六　涼、祓えの帰路、京極殿の仲忠と歌を贈答する。

源中納言、[1]祓《はら》へして帰り給ふとて、よそながら、車とどめて見給ふに、げに、この楼、いといみじき見物《みもの》にぞあるかしと、[涼]「いとらうらうじく[二]叩《たた》きて、かく聞こえて、ふと来ね」とて、

[涼][三]「からもりが宿を見むとて玉桙《たまほこ》に目をつけむこそ片端《かたは》人なれ
と思ひ給ふれば、まかり過ぎぬる、[四]川原よりなむ」

とぞ、[五]おどろおどろしう叩かせてのたまへる。[2]

いといたくねたがり給ひて、

[仲忠][六]「九重《ここのへ》をいかで分けけむしほつつのからき袂《たもと》のくちをしき身は

一　賀茂川での祓えである。

二　「らうらうじ」は、失礼にならないように配慮するさまをいうか。

三　「からもり」は、散佚物語の登場人物。「国譲・上」の巻【三】注三参照。「玉桙」は、道の意。「目をつく」は、注目して見るの意。参考、『伊勢集』〈からもりが、道尋ねわびて臥せる男〉「八重求（と）むる道は夢にも惑ふらし寝る魂（たま）にさへ逢ふと見えねば」。

四　賀茂川の川原。

五　門を「おどろおどろしく叩かす」のは、散佚物語『からもり』の物語内容と関係があるか。

六　「九重」は、『伊勢集』の歌の「八重」に対して言うか。「しほつつの」は、「からし」の枕詞か。「からき袂」は、涙で濡れて塩からくなった袂の意か。

よう過ぎさせ給へり。着かせ給ふべき所もなくなむ。まめやかには、今、みづから参りてなむ」

とて、七移しに乗せ給ひて走らせ給へれば、御門《みかど》3入り給はぬに聞こえける。

「4ここは、尚侍《ないしのかみ》の御方に、八右の大殿より、白き色紙に、言《こと》多く恨み聞こえ給へり。大人・童《わらは》、居並みたり。あざやかなる装束《しやうぞく》ども、色々縫ひたり。

いぬ宮の御方には、九御匣殿《みくしげどの》より、縫ひ重ねて、一〇九日の御節供《せく》に持て来たり。大人・童、几帳側《きちやうそば》めつつ、物語読み、遊びしためり。

一一仏の御日、尚侍《ないしのかみ》、一二御堂に詣で給ひて、念誦《ねんず》し給ふ。御前《おまへ》にて、歳老いたる人、一三名香《みやうがう》取り散らしてつき居たり。」

七　仲忠、参内後、朱雀院、女一の宮、兼雅のもとを訪れる。

大将、内裏《うち》よりも、一度々《どど》召しあれば、参り給ふ。


七「移し」は、「移し馬」の略。「移し馬」は、「移し鞍（上達部・殿上人たちの公用の鞍）」を載せた馬。

八「右の大殿」は、右大臣藤原兼雅。

九「御匣殿」は、貴族の家で装束を裁縫したり調えたりする所。兼雅の御匣殿か。

一〇九月九日の重陽の宴。

一一「仏の日」は、勤行をする日の意。

一二「御堂」は、念誦堂。

一三「名香」は、仏に奉るための香。


一「度々（どど）」は、たびたびの意。『今昔物語集』に用例が多く見える。

二「国々のなるべき書」は、来年の県召の除目の際

まづ、院に参り給へり。[朱雀院]「いとおぼつかなしや。[二]国々のなるべき書《ふみ》どもあなるものを、さなる大事あらむ日は参らるべきものなり」。[仲忠][三]「いかが。走り参るべく侍《はべ》り」。[朱雀院]「いかに。[四]習ひつべからむや」。[仲忠][1]「しか。いと疾《と》く心得つべく侍り」と[五]啓し給へれば、いとよう笑ませ給ひて、[朱雀院]「うつくしきことかな。尚侍《ないしのかみ》のとどめらるる手なめるを、皆弾き移したらむは、いと思ふやうなるべきかな。さても、いつばかり習ひ給ひてむ」。[仲忠][六][2]「弾くにつけてものし侍らば、疾《と》くも侍りぬべけれど、幼くものし給へば、心静かに、ものを心得させつつ侍るべければなむ」と、[七]「時の移りに従ひて、[八]曲《ごく》の物などは、習ふやう侍れば、また、さる節会《せちゑ》などに参るべく侍りければ、[九]するするとも、え」。[朱雀院]「めづらし。げに、さもあらむ。いとおもしろかんなる、いかで見む」とのたまはす。[一〇][3]女御は、[一一]里にぞおはしける。

夜《よう》さり、[一二]宮におはしたりけるに、二の宮と遊び給ひて聞き入れ給はず。[仲忠]「院の内に久しう候ひて苦しう侍るを。いぬ宮の御こと

に諸国の国司に任じられる者を申請する文書。
三 「いかが参らざるべき」の省略表現。
四 いぬ宮は琴を習い取ることができそうか。
五 「楼の上・下」の巻には、院に「啓す」の例が多く見られる。
六 弾くにまかせて練習したら、すぐにでも習得できるでしょうが。
七 「時の移りに従ふ」は、季節の推移に従うの意。
八 「曲の物」は、琴曲をいう。【二】注三参照。
九 「するすると」は、すらすらと、時間をかけずに容易にの意。
一〇 仁寿殿の女御。
一一 「里」は、三条の院の東北の町をいう。
一二 「宮」は、三条の院の東北の町。「国譲・下」の巻【四九】注二六参照。

も聞こえむ」とのたまへば、二の宮、かたはらいたがりて入り給ひぬ。むつかるむつかる出《い》で給へり。大将、恨み[4]聞こえ給へば、「《女一の宮》[一三]逆さまなりや。人の見聞かむことぞ恥[5]づかしき。いと恋しきに、見でや無期《むご》にあらむ」。大将、「《仲忠》今、[一四]御物忌《ものい》みなどのついでに。いとむつかし。[一五]人々ものし侍り。それに、暇《いとま》の要《い》るべく[6]侍りてなむ」。「《女一の宮》[一六]さて、いかが」。「《仲忠》いとうつくしう弾き給ふべかめり」など聞こえ給ふ。

暁に、[一七]右の大殿《おほとの》に。[一八]宮の君も若君も、めづらしがり喜び給ふ。[一九]右の大殿の、「《兼雅》あさましく、おぼつかなく。果ては御返り[二〇]もなかめり。いとおぼつかなきをば、[二一]九日《ここのか》の物忌みしに、いと忍びてものせむ」と。「《仲忠》よう侍《はべ》なり。[二二]菊の宴《え》なれば、参るべく侍り」など聞こえ給ひて、[二三]対ども[7]に、立ちながら、「《仲忠》いかに」など聞こえ給ふ。つれづれに見え給ふさまなれば、殿の[8]家司《けいし》ども[9]召して、果物《くだもの》、さるべき物など、御方々に参らせ給ひて、急ぎおはしぬ。

一三 「逆さまなりや」は、恨み言を言いたいのは私の方ですの意。
一四 「物忌み」は、九月九日の重陽の宴のための物忌みか。
一五 「人々」を侍女たちと解した。
一六 ところで、いぬ宮はどうしていますか。
一七 底本「右大殿」。兼雅の三条殿をいう。
一八 宮の君（仲忠の長男）も宰相の上腹の小君も。
一九 底本「右おほとの」。兼雅。
二〇 「御返り」は、【六】の「絵解き」にあった、兼雅から尚侍への手紙に対する返事をいう。
二一 「九日の物忌み」は、注一四参照。
二二 この「菊の宴」は、宮中での重陽の宴をいう。
二三 「対ども」は、宰相の

上が住む東の一の対と梅壺の更衣が住む東の二の対。

八　いぬ宮、母女一の宮を恋しく思いながらも、琴を習う。

かくて、檀《まゆみ》の、色々、いとをかしくなりゆくを見給うて、いぬ宮「宮[一]のも、かくやあらむ。[二]宮見奉り給へるか。女一の宮『恋しうとも念ぜよ』とのたまひしを、今は忘れやし給ひぬらむ。[三]御文も賜へかし」とのたまふままに泣き給ひぬべければ、仲忠「な泣き給ひそ。[四]御文侍《はべ》り。それには、女一の宮『よく習ひ給ふや。今は、さらば、[五]渡り給ひて見奉らむ』となむ侍りつる」と聞こえ給へば、いとうれしと思ひ給ひて、いとよう弾き給へり。いと心苦しう、[六]ことわりなりとて、おもしろき絵など取りて見せ奉り給へど、殊に、例のやうにも見給はで、心に染《し》みて、琴《きん》を弾き給ふ。

月のいと明らかに、空澄みわたりて静かなるに、[七]山の木陰、水の波、やうやう風涼しくうち吹き立てたるに、いとおとなおとなしう[八]弾き合はせ給へるを、大将、尚侍《かん》のおとども、折も心細くな

一　「宮のも」は、「宮の檀も」の意。「宮」は、三条の院の東北の町。
二　母上とお会い申しあげなさったのですか。
三　母上もお手紙もくだされればいいのに。
四　「御文」は、【三】の、女一の宮から侍従の乳母のもとに贈られた手紙をいうか。
五　「給ふ」は、仲忠の立場からの、女一の宮に対する間接話法的な敬意の表現。
六　母上のことを恋しく思うのももっともだ。
七　「山」は、中島の築山。
八　「弾き合はす」は、仲忠と尚侍が弾く琴に合わせて弾くことをいう。

りゆくに、涙落ちて、事の[九]心教へ奉り給ふ。泣き給ふ気色を、いぬ宮、「[一〇]まろをのたまへど、宮恋しくおぼえ給ふべかめり。[一一]婆君《ははぎみ》も泣き給ふか」と、尚侍《ないしのかみ》[1]に聞こえ給へば、皆、いとをかしくなり給ひぬ。苦しう思ひ給ふらむとて、[仲忠][一二]「下《しも》へ」と聞こえ給へば、[いぬ宮]「月明かきには、なほ、寝で、久しう弾かむ」とて、夜中までおはす。

下《お》り給ふにも、いぬ宮を、楼の端《はし》まで[一三]抱《だ》き奉り給ひて、乳母《めのと》・人々参るに[2][一四]抱《いだ》き移させ給ひて、尚侍《かん》のおとどの御手かけさせ給ひつつ下《お》ろし奉り給ふ。[尚侍]「人々あるものを」とのたまへば、[仲忠]「かくおはしますことだに、いとかしこきを。異人《ことひと》の児《ちご》ならば、かくもおはしますまじけれど、[一五]院の御心ばへのいとかたじけなく、よろづにおはしますに、効《かひ》ありて、心殊に思ひ給ふるほどに、[一六]いと不便《ふびん》に侍り」と申し給ひて、例の御送りし給ひて、[一七]「聞こしめさざめる、いといと悪《あ》しきこと」とて、手づからさるべきさまに調じて参り給ふとて[一八]おはしぬ。

九 「事の心」は、曲の趣旨の意。
一〇 私には、「泣かないように」とおっしゃるのに。
一一 上は仲忠、下は尚侍への発言。「婆君」は、尚侍のこと。観智院本『類聚名義抄』「婆　ハ、」。参考、『源氏物語』「御法」の巻「まろ（匂宮）は、内裏の上（今上帝）よりも宮（明石の中宮）よりも、婆（紫の上）をこそまさりて思ひ聞こゆれば」。
一二 「下へ」は、楼を下りることをいう。
一三 仲忠が。
一四 「抱き移す」は、抱き取るの意。参考、『紫式部日記』「上（帝）抱き移し奉らせ給ふほど、（敦成親王が）いささか泣かせ給ふ御声、いと若し」。「せ」は、使役の助動詞。
一五 朱雀院。

九　仲忠と尚侍、京極殿に住んだ昔を思い出して歌を詠む。

かく心得給ふままに、いとかしこく、いささか、苦しと思《おぼ》したらで、よろづの折々に[一]しるから曲《ごく》の物弾き給ふさま、いと愛《かな》し。前栽《せんざい》も山の木どももももみぢ、[二]黄櫨《はじ》の紅葉、今色づく。さまざまにおもしろく、[三]風やうやう荒々し、山の中より落つる滝も、静かなる所にて聞き給へば、よろづ、物の音《ね》に合ひてあはれなり。尚侍《かん》の殿、昔思ひ出《い》で給ふこと多くて、[四]「いづ方ぞや、『（仲忠）木《こ》の葉高くてあるに憂し』とのたまひしは」とのたまふままに、涙こぼれ給ふ。（仲忠）大将、「かの[五]未申《ひつじさる》の山よりこそまかり歩《あり》きしか」と聞こえ給ひ、御硯《すずり》引き寄せて、

（仲忠）山颪《やまおろし》の風もつらくぞ思ほえし木《こ》の葉も道を塞《せ》[1]くと見しかば

と書きつけて置き給ふ心地も、ふと悲し。

（尚侍）[六]引きあてて峰だに分けし心には紅葉の堰《せき》を事とやはせし

一六　母上にはほんとうに申しわけなく思っておりますなどの意か。
一七　「聞こしめす」は、「食ふ」の主体敬語。【三】注一三参照。
一八　台盤所においでになった。

一　「しるから」、未詳。
二　「黄櫨」は、ウルシ科の落葉高木。
三　挿入句。
四　以下、「俊蔭」の巻【三九】で、仲忠が尚侍に北山に行くことを勧めた時のことをいう。
五　「未申の山」は、築山。
六　「引きあつ」は、思いもかけない運命に巡り合うなどの意か。「紅葉の堰」は、紅葉を堰きとめる所。参考、『重之女集』「落ち積もる紅葉の堰は多かれどとまらざりけり山川の水」。

かたみにあはれに思《おぼ》すこと限りなし。いぬ宮も、楓《かへで》の、琴《こと》の上に散り覆ひたるを、

いぬ宮　まろが弾くうらやましとや琴《こと》[2]の上に楓も

とばかり、いぬ宮「恥づかしと思ふ」とのたまひて、末ものたまはぬを、尚侍《かん》の殿、「いかにか。なほのたまはせよ、のたまはせよ」とて、七

いぬ宮八「かかる音《ね》を弾かむ」

九とのたまはす。この一〇浜つ風の荒き音に、いとかしこく合はせて弾き給へるを、大将、愛《かな》しう聞きおはす。

一〇　尚侍、父俊蔭のことを思う。

十月、時雨《しぐれ》に紅葉掻《か》き崩し、一とどまる東、二枯れ枯れなり。[1]大将、三尚侍《かん》のおとどうち休み給へるやうなる折なり、折に合ひたる節《ふし》のいとあはれなるを、遥《はる》かにうち誦《ずん》じ給ひつつ、

仲忠四　唐土《もろこし》の山の山彦聞き[2]つけてそよやと言ふまで響き伝へむ

七「とて」で動作主体が切り替わる表現か。

八 上のいぬ宮の歌に続く。「楓も」に続く。「かかる音を弾かむとか」「かかる音を弾かむとて」の誤りか。

九「のたまはす」の最高敬語不審。

一〇「浜つ風」は、賀茂川の岸に吹く風。

一「掻き崩す」は、次々に散るの意か。
二 残った東側の（葉）。
三 挿入句。
四「唐土の山」は、俊蔭が訪れた山をいう。「楼の上・上」の巻【二四】注二五参照。「そよや」は、俊蔭が弾いた琴と同じだとうなずく気持ちである。
五「調べ置きし人」は、俊蔭をいう。
六 以下「心憂く悲しくもあれ」まで、尚侍の心内。

[3]となむ。臥《ふ》し給へれど、いとどしう、聞きつけ給ひて、涙こぼれ給ふこと限りなし。臥しながら、琴《きん》に、忍びやかに、

尚侍五　山彦はそよやと言ふとも調べ置きし人なき宿を見る効《かひ》もなし

心に思ひ臥し給へるは、[六]世の中を見れば、[七]言ひ知らぬ人も、[4]しかあれば、才《ざえ》も、時にあひ、人々しければこそ、めでたう効《かひ》あれ、人より殊に才ものし給ひけれど、[八]ここにして効あることもなく、知らぬ世界に、歳若うして[九]行《い》き伝はり給ひつつ、悲しき目の限りを見給ひて、多くの年を経給ひて帰り給ひて、[一〇]うち阻《はば》め、世の中のこと飽かぬことを嘆きて、年月を明かし給ひけるほどに、また、頼もしく[一一]言ひ伝へ置き給はむ人もなく、[5]何ごとも、[一二]わが身を人並み並みになすべきことも及ばず、歳高うなり、心細く[一三]思《おぼ》し給ひけるままに、これを、また、嘆きとし給ひて、[一四]十六年の間《あひだ》、多くの涙を落とさせ奉りて生ひ立ちける報いにや、また知らず、悲しくいみじき目を見せけむ、[一五]昔より、我生《む》まれける日より亡くなり給ふまで、思しけるやう、ありけることどもを記《しる》し置き給へる[一六][6]日記《にき》

七　「言ひ知らぬ人」は、言葉で言いあらわせないほど音楽の才能がある人の意。
八　この国ではその学問に見合った待遇を受けることもなく。俊蔭のことをいう。
九　「行き伝はる」は、渡って行くの意。
一〇　「うち阻む」は、官職に恵まれないことをいうか。
一一　「言ひ伝へ置く」は、ここは、自分の死後に娘のことを頼んでおくの意。
一二　「わが身」は、尚侍の身をいう。
一三　「思し給ふ」は、過剰な敬意の表現。
一四　俊蔭が亡くなったのは、尚侍が十五歳の年だった。「俊蔭」の巻【三】参照。
一五　「昔より」は、「記し置き給へる」に係る。
一六　この「日記」は、俊蔭の日記をいう。「蔵開・中」の巻【一九】参照。

は、[一七]肝絶えて悲しきこと数知らず、大将の御ありさま、公私《おほやけわたくし》の、天下《てんげ》[7]に一の才《ざえ》・容貌《かたち》・心・ありさまを見聞く、少し思ひ慰む心地すれど、これをえ見せ聞かせ奉らぬ、悲しう効《かひ》なきこと、[一八]いかなる人か、帝《みかど》と申すとも、さらぬ人も、八、九十余《よ》までの命ありて、めでたき末の世をも、飽くまで見給ふ、あらむ、心憂く悲しくもあれと[一九]思し続けて悲し。[二〇]いかなる身とかなり給[8]ひつらむ、一生の間《あひだ》、[二一][9]身にも読み給ふ、わづかに請《しやう》じ寄せ給ひし法師しても読み講ぜさせ給ひし[二二]提婆品《だいばぼん》・[二三]最勝王経《さいしやうわうきやう》、ここにして、日々に、かの御ために読ませむ、[二四]施餓鬼《せがい》は欠かず[10]せさせむ、やうやう歳もねびゆく身に限りては、思ふこともなし、心静かにて、我も、絶えず念じ奉ることとせむ、すべて、よろづに尊からむこと、いかでここにてせむなど、来《き》し方行く末まで、あはれによろづ思ひ臥《ふ》し給ふ。

一一　仲忠・兼雅、妻に逢えずに嘆く。

一七「肝絶ゆ」は、心を痛めるの意。漢語「断腸」「絶腸」を和訳したものか。

一八 反語表現。「いかなる人も、……飽くまで、あらじ」の強調表現。

一九 底本「思っ丶けて」。尚侍に対する敬意の表現が必要だと判断して、「思し続けて」と本文を立てた。

二〇 以下「ここにてせむ」まで、尚侍の心内。

二一「身にも」は、俊蔭自身でもの意。

二二「提婆品」は、『法華経』の「提婆達多品」。悪人成仏と女人成仏を説く。

二三「最勝王経」は、『金光明最勝王経』の略。

二四 底本「せかいはか丶せさせむ」。「せかいはか丶すせさせむ」の誤りと解した。「施餓鬼」は、「施餓鬼会」の略。

かくて、[一]宮に、大将、おぼつかなくあはれにおぼえ給へど、限りなき大事を、夜昼思ひ給ひて過ぐし[二]給ひ、月に、[三]四五日交ぜになど、夜《よる》おはすれど、宮、《女一の宮》[四]「恋しき人をだに見ぬに。見まほしのさまや」とて、格子《かうし》も上げさせ給はねば、《仲忠》「あやしき勘当《かんだう》かな」とて、高欄に居明かしつつ帰り給ふ。

[五]右の大殿《おほとの》、さるべき折やとて、[六]ともあればおはすれど、尚侍《かん》の殿、[七]「若き人だに、子を思ひて、うちはへ独り臥しをせらるるに、いと見苦しからむ」とて、さらに出《い》で給はず。《尚侍》「対面し給うては、あぢきなく。大事と思ふ[1]ことあらむ」と、[2]そのままに御帰し奉り給へば、いとまめやかにむつかり給へど、《尚侍》「大将の思はれむほどもむつかし」とて、いらへも果てさせ給はねば、腹立たしうおぼえ給へど、[八]大将の御こと、かかりたることなれば、むつかるむつかる帰り給ひぬ。[九]こなたかなたの人々、見聞きつつも、「いとをかしき[一〇]御仲らひかな」と言ふ。

一　女一の宮。「宮に」は、「おはすれど」に係る。
二　「給ひ」は、底本「給」。
三　「四五日交ぜに」は、四五日置きにの意。
四　恋しいいぬ宮にさえ会わないのだから、あなたと会うわけにはいきません。いぬ宮と会いたい。
五　「右の大殿」は、尚侍の夫兼雅をいう。
六　「ともあれば」は、平安時代の仮名作品にほかに例が見えない表現。「ともすれば」の誤りか。
七　「若き人」は、仲忠をいう。
八　右大将のことは尚侍がおっしゃるとおりなのでの意か。
九　尚侍方の人々もいぬ宮方の人々も。
一〇　「仲らひ」は、尚侍と兼雅の夫婦仲の意。

一二　十一月、寝殿に移る。いぬ宮の琴上達し、仲忠を驚かせる。

[一]十一月一日《ついたち》より、[兼雅][二]「いと遥《はる》かにて見参《げざん》」とて渡らせ給ふほども、[尚侍]「便《びん》なし」とて、寝殿にて、[三]人気《ひとけ》も遥かなれば、さて習はし奉り給ふ。風限りなう激しく、日荒れ、空の気色苦しげなり。尚侍《かん》のおとど、かかる折に[四]あひしらひ弾かせ奉り給ふに、いささか誤らず、いま少し、[五]もとの御琴《こと》の音《ね》よりはすぐれたりと聞こゆ。大将も驚き給ふ手あり。大将に聞こえ給ふ、[尚侍]「大人だに、心には得ながら、え、かうは掻《か》き鳴[1]らさず」。[仲忠][六]「院の上、これを、いかに限りなくあはれに見奉り聞こしめさむ。異人《ことひと》は、[七]源中納言ばかりぞ聞き知り給はむ」と聞こえ給ふ。

［ここは、[2][八][3]新嘗《しんじやう》の日、大将殿も内裏《うち》へ参り給ふとて、世におぼえあり、見目《みめ》きらぎらしき四位五位、数を尽くして参り集ひたり。[九]寝殿と西の対と、渡殿《わたどの》・北の廊かけて居並みたり。］

一　「十一月一日より」は、「習はし奉り給ふ」に係る。いぬ宮は、十一月から二月の下旬まで、楼を下りて寝殿で琴を習う。【一七】注一参照。

二　たとえ遠くからでもお目にかかりたい。

三　侍女たちがいる所とも遠いので。侍女たちは、東西の対にいる。

四　「あひしらふ」は、合わせるの意。

五　「もとの琴の音」は、尚侍が教えた琴の音の意。

六　「院の上」は、朱雀院。

七　「源中納言」は、源涼。

八　底本「しんふみの日」。「新嘗の日」の誤りと見る説に従った。

九　京極殿の寝殿か。二条の院の寝殿と解する説もある。仲忠が二条の院に戻ったことは語られていない。

一三　雪の日、尚侍、昔を思い出して泣く。

雪、夜より、いと高う降りて、御前《まへ》、池・遣水《やりみづ》・植木[1]ども、いとおもしろし。二尺ばかり、いと高う降り積みたり。人々、「この年ごろ、いとかかる雪は降らずかし。[一]これに歩《あり》きたるをば、おぼろけならずかし」と言ふを、尚侍《かん》の殿、[二]あはれ、昔、[三]かかる年ありきかし、「いとさるには、いかでか」と言ふをも聞かで、[仲忠]「山へこそ行かざらめ。川面《かはつら》[2]は」とて、しひて歩み出《い》でておはせしを思ひ出で給ふに、雨の脚《あし》よりもけに[四]おこしひに涙の落ち給ふも、ゆゆしうおぼえ給へど、え念じ給はで、

　[尚侍]山は冴《さ》え川辺の氷雪凍《し》みて涙の雨と降りし宿[3]かな

とおぼえ給ふを、いぬ宮、「な泣き給ひそ。まろも念じてこそあれ」と聞こえ給へば、[五]おとど、[尚侍六]「宮をば、いと恋しうや思ひ聞こえ給ふ」。[いぬ宮七]「いかがは[4]降りし。雪の降るまで見奉らねば、いとわび

一　こんな雪の中を歩きまわるのは、たいへんですね。雪の中を兼雅が訪れたことをいうと解する説もあるが、敬語など不審。
二　以下、尚侍の心内。「しひて歩み出でておはせしを」の部分で地の文に流れている。
三　尚侍は、仲忠が五歳の時の冬のことを思い出したのである。「俊蔭」の巻【三六】参照。
四　「おこしひに」未詳。「繁く」などの意か。参考、『源氏物語』「夕顔」の巻「内裏より、御使、雨の脚よりもけに繁し」。「雨の脚」は、漢語「雨脚」の訓読語。
五　「尚侍のおとど」の意。
六　女一の宮。いぬ宮の母。
七　前の侍女たちの発言に応じたもの。

しけれど、八父《てて》の、『な泣きそ』とのたまへば。宮は雪をぞ山に作らせ給ひて、まろと二九の宮とは並びて見侍りしか」とのたまふままに泣き給ひぬべければ、異《こと》ことに紛らはし給へば、一〇いと黒う艶《つや》やかなる御衣《ぞ》に、薄蘇枋《うすすはう》の唐綾《からあや》の御細長に映えて、清らに、いよいようつくしげになりまさり給ふ、雪山作らせ給ひて、雛《ひひな》遊びなど、もろともにして見せ奉り給ふ。

一四　仲忠、涼のもとを訪れて語り、涼の娘を垣間見る。

大将、人よりも疾《と》く、一宮にまかで給へるに、二例の入れ奉り給はず。

わびて、三源中納言の方におはして、「身もすくみにて侍《はべ》りや」とて、四ただ入り給ふに、「げに、いみじう侍り。五輝《かかや》くやうにぞしつらひたりける」。笑ひ給ひて、「まづ、御衣《ぞ》脱がせ給へ」とて取りつつ、屏風《びやうぶ》にかけさせ給へば、「いとあやしう」。「女房になし

八 底本「きゝ」。「てゝ」の誤りと解した。【八】で、仲忠はいぬ宮に「な泣き給ひそ」と言っていた。
九 朱雀院の女二の宮。
一〇 以下「なりまさり給ふ」まで挿入句。「黒し」は、濃い紅色が黒みを帯びて見えることをいう。

一 「宮」は、三条の院の東北の町。【七】注三参照。
二 「例の」は、この前と同じようにの意。【二】参照。
三 「源中納言」は、源涼。涼夫婦は、女一の宮がいる正頼の三条の院を訪れている。注兲参照。
四 仲忠は、涼の侍女に、「かたみに、『内許さむ』とぞ言ひたる」と言っていた。「蔵開・下」の巻【三】注三参照。

給はむや」とて、中納言、[涼]「身にあまりたることしたらむ人ぞ、さはあらむ。[六]選《え》り屑《くづ》の人は」などて、笑ふ笑ふ、御前《まへ》の長炭櫃《ながすびつ》の火多く熾《おこ》させ給ひて、御衣架《みそかけ》にかけたる袿《うちき》ども五つ引き重ねて、[涼]「これは汚《けが》れず」とて[2]着せ給へれば、[仲忠七]「例のもの[3]狂ほしさ。今、おとなおとなしうおはせむや。さても、いみじき宮[八]の御心かな」。[涼]「さはれ、いとうれしき夜《よ》なり。もろともに明かさむ」。[仲忠九]「など。疎《うと》くもぞ思《おぼ》す。例のままにてあらむかし」。[涼]「いづら、女房。[一〇][4]涼も、まだ物も食《は》まずや。[一一]帥《そち》の君、[一二]灯《ひ》暗かめり、御賄ひせられよ。[一三]中納言の君、[一四]遅し、いづらいづら」とのたまへば、[帥の君]「いとわりなき世かな。さは、いかがはせむ」とて、色・打ち目ども、[5]えならぬ、めでたき、装束《さうぞ》きて、帥の君、三尺の几帳《きちやう》引き添へて居《い》ざり出でたり。よき童部《わらはべ》の、袴《はかま》いと艶《つや》やかにて、灯よきほどに取りなさせて、御台参らせ給ふ。大将は、恥づかしと思ふらむとて、うち側《そば》みて居給へり。[一五]帥の君をば、[涼]「いとやむごとなく、大納言の御娘にて、[一六]心殊にして、我だに賄ひもせさせず」とのたまひしものを

五　右大将殿がおいでになるかと思って、光り輝くように飾りたてたのでした。
六　「選り屑」は、残り滓の意。「選り屑の人」は、涼自身をいう。残り滓のような私は、あなたの侍女になるのがふさわしいのです。
七　いつものようにばかげた悪ふざけをなさいますね。
八　女一の宮。
九　反語表現。そんなことはできませんの意。
一〇　「涼も、まだ物も食まずや」は、仲忠への発言。
一一　「帥の君」は、涼づきの侍女。
一二　挿入句。
一三　「中納言の君」は、涼づきの侍女。
一四　挿入句。
一五　以下「のたまひしものを」まで、仲忠の心内。
一六　「心殊にして」は、特別な侍女だと思っての意。

と、[6]いとほしう思す。中納言の君といふは、奥の方より、一七あるじ殿の御台参る。童部も、これは、また、殊なり。いづれとなく清げに、目とまりぬばかりなり。大将、後ろ向きながら、帥の君に、仲忠「いとかたじけなしや。行《い》き所もなくてからき[7]不用人《ふようにん》には、一八空強《からし》ひの役はし給ふや」とのたまへば、涼一九「帝よりや」と、忍びやかに聞こえ給へば、仲忠二〇「さて、何ぞ。殿上も許し聞こえむかし」とのたまへば、中納言、「いとからきこと」とて、皆笑ひ給ひぬ。

御台参り、御果物《くだもの》など参りてまかで二一給ひて、二所臥《ふ》し給ひて、中納言、「子持ち臭からぬ衾《ふすま》持て来《こ》」とて、二二香《かう》の唐櫃《からひつ》より、染み返りたる持て参りたれば、二所《ふたところ》うち着給ひて、さまざまに、をかしうあやしき御物語し給ひて、中納言、「いで、その、尚《かん》侍の殿の、手の限り弾き給ふらむ、聞かせ[8]給へ。物習ひ給はむほども聞かまほしきものかな。夜習《よる》[9]ひ給はむほども」。仲忠「やすきこと。さて、御姫君には何をかは教二三ふる」。涼二四「琴《きん》の端《はし》[10]を知らせむかしと思ひしかど、なかなかなることは知らせじとて。腹立たしくて、異《こと》ことは、

一七「あるじ殿」は、涼。

一八「空強ひの役」は、無理に酒を飲ませるふりをする役目の意。

一九 帝のご意向なのですよ。

二〇 仲忠の発言の内容、未詳。殿上させて、帝から聞いてみようという内容だと解した。

二一「まかづ」は、涼の私室に行くことをいうか。

二二「香の唐櫃」は、香を入れて衣服に香を移す唐櫃。

二三「教ふる」に主体敬語がないこと、不審。

二四 琴の初歩でも教えようと思ったのですが、娘に才能がないので、かえって教えないほうがいいことはしないほうがいいだろうと思ってやめてしまいました。

二五 いいかげんなことを言ったら、雷に打たれて殺さ

教ふともとてなむ」。仲忠「あいなの御言《こと》や。よろづのこと[11]よりも、かの琴《きん》弾かざらむをば、何にかせむ。いで、まろ、いかで見奉らむ。さらずとも、いぬ宮と等しく教へ奉らむ」。涼「な弄《ろう》じ給うそ」。仲忠[二五]「[12]雷神《いかづちかみ》にも打ち殺され奉らむ。まことぞとよ」。中納言の、涼[二六]「御伝へはしも、げに、必ずさるべきことならむ。これは、わざとならずともあへなむ。まづまづ、顔、いと醜し。心劣りし給ひなむ」とは聞こえ給ひながら、いみじう[13]悪《わろ》くのみは[14]なきものをと思ひ給ふに、[二七]我も、物を見知らずやはある、[二八]典侍《ないしのすけ》の言ひしやうに、げにあなめでたと、はなやかなることの、少しも劣らめ、なべては、このわたりにも、また、かばかりの容貌《かたち》はあらじ、これもけしうはあらざりけりともや見せ奉らむと思ひ給ひて、いかにせましと思ひ給ふに、仲忠[二九]「まろが、いと明らかに見給ひてしを、[三〇][15]よかなり、あが仏、なほ見せ給へ。典侍の聞こえしは、見苦しう、[三一]まだあやめも見えざりしをだに、[三二]『かのいぬ宮見ては、この姫君ゆかしく、これ見奉り[16]ては、また、いぬ宮並べてゆかしうなむある。

れ申しあげるでしょう。「雷に打ち殺さる」は、当時の諺か。「奉る」は、雷神に対する敬意の表現。

二六　「御伝へ」は、仲忠が伝授を受けた琴の意。

二七　以下「見せ奉らむ」まで、涼の心内。

二八　典侍は、涼の姫君の産養の世話をした。「蔵開・中」の巻【三七】注三参照。涼は、その時に聞いたのだろう。

二九　「まろが」は、「まろが娘」の意。涼は、「楼の上・上」の巻【三六】で、いぬ宮を垣間見ていた。

三〇　挿入句。美しいと聞いていますよ。

三一　いぬ宮が、生まれたばかりで、見苦しくて、まだ美しくなるのか判断もつかなかった頃でさえ。

三二　以下は、仲忠の立場からの間接話法的な表現。「この姫君」は、涼の姫君。

[三三]行く末の人も、今、さにぞ聞こえむ』と言ひし。かたみにも、むつましう見奉らむかし」とて、[17]返す返すのたまへば、[涼]「いぬ宮は、不意にこそ、ただ[三四]傍らの御姿を見奉りしか。典侍は、人に心[18]おごりせさせてもの言ふさがな者なり[19]。さても、[三五]母君と、絵描《か》き給ふめりつるを」とのたまへば、大将、「それこそよかなれ。忍びて率《ゐ》ておはして、覗《のぞ》かせ給へ」。

中納言、うち笑ひて、「をかしのことや。[三六]痴《し》れ者とこそ見給へれ。さはれ、賺《すか》され奉らむかし。[三七]伯父《をぢ》ぬしたちにだに、夢にも見せぬものを」とて、起きて、にはかに入りおはして、絵描《か》くとて居給へるを、傍らよりふと掻《か》き抱《いだ》きて、灯のほど、[三八]間中《まなか》ばかり離《さか》りてつい据ゑ奉り給へる様体《やうだい》・頭《かしら》つき、げに、いみじうあてに細《ほそ》やかなり。[仲忠]「いでいで」とておはすれば、いとあさましき心地し給ひて、立ちて、中納言の御方に帰り給ふほど、いぬ宮の御丈にて、髪は、[三九]いま少しぞ丈にはづれ給へる。これは、様体小さながら、大人にて、いみじううつくしう、[四〇]なかなか飽かずおぼえ給ふ。

三三 「行く末の人」は、将来いぬ宮たちが成長した時に見る人の意か。

三四 涼は、「楼の上・上」の巻【三六】で、几帳の傍らから透けて見える、いぬ宮の「傍ら顔」を見ている。

三五 「母君」は、さま宮。

三六 私のことを、おだてに乗る愚か者だと思っていらっしゃるのですね。

三七 「伯父ぬしたち」は、さま宮の兄たち。

三八 「間中」は、一間の半分の距離の意。

三九 いぬ宮の髪は、「楼の上・上」の巻【三六】注三五に、「細脛にはづれたり」とあった。

四〇 ちょっと見ただけにかえって。

四一 灯台の明るい灯で、もっとよく見せてください。

四二 「尾花の末のやうなり」は、ふさふさと広がった髪

[涼]「をし」とて抱《いだ》きて立ち給へば、[仲忠][四一]「灯台の灯《ひ》の明かきに。その御顔よ」とのたまへば、[涼]「いかでか、さまでは」とて抱《いだ》きながら立ち給へる、艶《つや》々として、縹《はなだ》のいと薄き唐綾《からあや》の袿《うちき》にかかりたる御髪《みぐし》、[四二]尾花の末のやうなり。いとなまめかしき容貌《かたち》なり。灯《ひ》の明かき方に、絵描《か》くとて、[四三]人居給へりける、[四四]事もなげなり、急ぎて入り給ひぬ。いぬ宮、いと幼げに、児《ちご》の顔し給ひて、気高うすぐれ給へる、げにこよなしかしとおぼえ給ふ。

さま宮、「いとあさましくめづらかなること[20]」とて腹立ち給へば、つい据ゑて逃げて出で給へば、[さま宮]「物に狂ひ給ふなめり。よろづの人を集めて見せむよりも、この大将には、かかるわざはし給はましや。[四五]目見合はせ奉るや」とてのたまふを、[涼][四六]「しかしかなむ侮《あなづ》りつる。いみじう騒がれなむ。いとうたて。[21]執念《しふね》く、[四七]空口《そらくち》も持給へる御[22]わたりにこそあめれ」とて怖《お》ぢ嘆き給へば、[仲忠][四八]「あが仏、なほおはせよ。けしうはあらじ。さても、[23]うつくしげなる御さまかな。[四九][24]宮のも、同じ年にこそ生《む》まれ給ひしか[25]。御髪《みぐし》、長さまさり

の毛の形容。参考、『枕草子』「野分のまたの日こそ」の段「薄色の宿直物を着て、髪、色に、細々とうるはしう、末も尾花のやうにて、丈ばかりなりければ、衣の裾にはづれて、袴のそばそばより見ゆるに」。

四三　この「人」は、さま宮である。

四四　挿入句。

四五　私も右大将殿と目を合わせ申しあげてしまいましたよ。

四六　以下、仲忠のもとに戻って来た場面。

四七　「空口を持つ」は、あることないことを口にするなどの意か。

四八　「あが仏」は、自分が大切に思っている人に呼びかける言葉。「俊蔭」の巻【三七】注六参照。

四九　「宮」は女一の宮、「宮の」は、いぬ宮をいう。

つ」。涼「空言《そらごと》。[五〇]同じほどを」。仲忠「いま少しばかりまさり給へりと、まろは思ふ。事なきを、誰にかは、[五一]かくなしちき。[26]かばかりの娘持給へる、多からじかし」。涼[五二]「左衛門督《さゑもんのかみ》、いとよしと」。大将、「いで。さりとも、え、人知らじ」なんど物語り明かし給ひて、明けぬ。

仲忠「この禄《ろく》に、何ごとを、まことは仕うまつらむ」。涼「異《こと》こともなし。[五三]何《な》せに。尚侍《ないしのかみ》の殿の、手の限り弾き尽くし給へらむ、いぬ宮の習ひ果て給へらむぞ、[27]いと聞き合はせまほしき」。仲忠「いとやすきこと」と[五四]のたまうて、涼[五五]「しばし」と聞こえ給へど、急ぎ起き給ひて、[五六]宮の御方におはして、寝給へる間《ま》にあたりたる格子をうち叩《たた》きて、

仲忠[五七]「巣守《すも》り子《ご》のか[28]へらぬほどは冬の夜《よ》の鴨《かも》[29]のうき寝ぞわびしかり
ける

さも、あやにくき目を見るかな」と、をかしき声して詠みかけておはしぬ。聞き給へど、憎しとて、返しものたまはず。まめやかに、月日に添へて、[五八]いにしへ恋しう、宮も思す。

五〇 髪は同じくらいの長さですよ。
五一 「かくなしちき」、未詳。
五二 「左衛門督」は、正頼の長男忠澄。左衛門督殿の姫君がとてもかわいいという噂です。
五三 「なせに」は、「なにせむに」に同じ。どうしてお礼など望みましょう。
五四 「のたまうて」は、「急ぎ起き給ひて」に係る。
五五 しばらくこちらでお休みください。
五六 「宮の御方」は、女一の宮の所の意。注三参照。
五七 「かへら」に「孵ら」と「帰ら」、「うき」に「浮き」と「憂き」を掛ける。「巣守り子」にいぬ宮、「鴨」に仲忠自身をたとえる。「巣守り子の帰らぬほど」は、いぬ宮が伝授を終えて帰って来るまでの間の意。
五八 「いにしへ」は、いぬ

中納言[五九]、いかが、あさましとて、ものも聞こえ給はず。

一五　年末。仲忠、節料を人々に配る。

十二月、少し明らかになる折[一]ありて、籠もりがたきに[1]、大将、「[仲忠二]渡らせ給へ。年の初めに、一人侍《はべ》りて悪《あ》しかべし。そなたにと思ひ給へるは、後ろめたなく聞こえ侍るべし」と聞こえ給へれど、「[女一の宮三]院の女御殿、からうしてまかで給ひて、年返し[四]給ふべ[2]ければなむ。いぬ宮、御車ながら見む。こなたに」とのたまへれど、「[仲忠五]御子たちのおはするに、便《びん》なし」とて聞き給はず。

国々の御荘《みしやう》より節料《せちれう》に人の奉る絹・綿などを[3]、尚《かん》侍の君たち、おもと人、下《しも》に候ふ人々に、例の御節料よりほかに、いと厳《いか》めしう分かち給ふ。女御殿の御方に、いとうるはしうて、さまざまに奉らせ給ふ。[六]三条殿の対におはする御方々、[七][4]宮の君の御もとにも、色々に奉り給ふ。尚侍《ないしのかみ》[5]に、[八]対の宰相殿の御方、なまめかしきさま

宮と一緒に過ごした昔の意。

五九 「中納言」は、ここは、さま宮をいう。

一 底本「あきらかになる」、未詳。

二 京極殿においでください。女一の宮への発言。

三 「院の女御殿」は、仁寿殿の女御。女一の宮の母。【七】注一〇・一一に、「女御は、里にぞおはしける」とあった。

四 「年を返す」は、年を越すの意。

五 「御子たち」は、藤壺腹の御子たち。

六 「三条殿」は、兼雅の屋敷。

七 「宮の君」は、故式部卿の宮の中の君。

八 「対の宰相殿の御方」は、東の一の対に住む宰相の上。

にて、物奉り給ふ。御使の[6]人々[7]召して、縹《はなだ》の綾《あや》の細長被《かづ》け給へり。さまざまに持て出《い》づれども、また、同じごと、御前《まへ》の庭の遥々と広きに、三百ばかり、さまざまにをかしき鳥ども添へて置き集めたる、例のありさまならず。[九][8]雁《かり》の子など、色々見どころありて調[9]じたる、尚侍《かん》の殿見給[10]ふに、大臣《だいじん》の所にだに、いとかくはあらず、厳《いか》めしと見給ふ。院・春宮《とうぐう》方より得給ふ物、いときらぎらし。[一〇]入道の君の御《お》もと、忠君僧都《ただぎみそうづ》の御もとに奉り給ふ。

一六　一月、仲忠、参賀の後、三条の院を訪れる。

正月[一][1]一日《ついたち》には、内裏《うち》・院・春宮《とうぐう》・大后《おほきさい》の宮などに参りたまふ。御前《ぜん》いと厳《いか》めしう、御方々の人々、ものしう見奉る。[二]宮におはしまして、大宮の御方、次に、[三]女御の君拝し奉り給ふ。女御、《仁寿殿》「若うより、[四]帝《みかど》を見奉る、[五]などかはする。この大将見るこそ、あはれならねど、あやしう、恥づかしう、命延ぶる心地す

九「雁の子」は、雁や鴨などの水鳥の総称か。
一〇「入道の君」は、仲頼をいう。この呼称は、ここにだけ見える。

一 底本「三日」。注二に、「一日はなほ渡らせ給ふべく」とあるので、「一日」の誤りと見る説に従った。「嵯峨の院」の巻【三六】では、正頼の男君たちが一日に正頼を拝している。
二「宮」は、三条の院の東北の町をいう。
三 底本「女御君」。仁寿殿の女御。
四「帝」は、「院の帝」の意

れ」。

　宮の御方に入り[2]給へば、逃げて、女御の御方におはすれば、（仁寿殿）「こは、なぞ」と見苦しがり聞こえ給はすれば[六]、二の宮、（女一の宮）『いぬ宮おはするまでは見えじ』とて、去年《こぞ》[七]の秋より、かくなむ。（女一の宮）『藤壺にのたまふらむも恥づかし』とて、一向《いかう》[八]に怨《ゑ》じ聞こえ給へば」と聞こえ給ふ。（仁寿殿）「げに、あまりあやにくくあやしきわざなり」とて、かく聞こえ給ふ[九]。（仁寿殿）「身を抓《つ》み[一〇]給はばとこそ。身には、思ひ聞こえむほどは思《おぼ》すまじくや、『侍《はべ》らじ』とあめるも、ことわりとなむ」。大将、うち笑ひ給ひて、「仲忠こそ、愁《うれ》へ聞こえさせむと思う給ふること侍れ。いかに聞こえさせ給へればか、年の初めに、よろしからぬさま[3]にのたまはすらむ。ゆゆしう侍るを、二日は[一一]なほ渡らせ給ふべく聞こえさせ給へ」とあれば、宮に、（仁寿殿）「世の常ならず。心ある人ならば、さりとも[一二]、皆思う給ふやうあらむ、なほ、はや渡り給へ」と聞こえ給へど、寄り臥《ふ》し給ひぬ。女御、大将の[4]君に、御果物《くだもの》、沈《ぢう》[5]の折敷《をしき》三枚して参らせ給ふめれど、参らず出《い》で

で、朱雀院をいうと解した。

五「などかはする」は、仲忠とは比べようもないの意か。

六 底本「給はすれは」、不審。補助動詞「給はす」の例か。

七「去年の秋」のことは、【七】参照。

八 底本「いかに」。「一向に」は、ひたすらの意。

九「かく聞こえ給ふ」は、仁寿殿の女御が仲忠にこう申しあげなさるの意。「かく」の内容は、次の女御の発言。

一〇「身を抓む」は、わが身を抓って人の痛さを知るの意の慣用表現。【三】注一七参照。

一一 やはり二日の日は京極殿に来てくださるように、女一の宮さまにお伝えください。注一参照。

一二「さりとも、皆思う給ふやうあらむ」は、挿入句。

給ひぬ。

一三中納言、立ちながら対面し給へり。（涼）「女御の君おはすれば、一四いかに、一五さりとも、御対面はありつらむな」。（仲忠）「さも侍らず。腹立たしければ、急ぎまかづるも」。中納言、（涼）「一六悔しきことをして、そのままに、また、目も見合はせられで、方異《かたこと》に取り放たれにたり」。（仲忠）「あやしかりけることを。うたてこそ、憎き一七御心なれ」。中納言、（涼）「かの国譲りのことおぼえ給はずや[6]。帝《みかど》をだに事ともせられぬ、かのわたりは」とのたまへば、（仲忠）「いでや。一八かの御心に似給へるこそは、いと憎きことなれ。あなかまや。まろらは、かからむやうに、なほあるばかりぞ」などて出で給ひぬ。[7]

一九左の大殿の二〇厄年《やくね》におはするとて、大饗《だいかう》せられねば、いま二一二所《ふたところ》も、何かはとてあれば、「さうざうしかるべい年かな」と、人言ふ。

つごもり方に、「子《ね》の日せよ」とて、二二二方《ふたかた》の人々、二三あまたあり、山に歩《あり》かせ給ふ。日のどかにて、楼より見下《お》ろしたれば、色々に、若き人々・童《わらは》・下仕《しもづか》ひ、装束《しやうぞ》き、二四壺よりもありて、こなたかなた

一三 涼夫婦は、三条の院を訪れている。【二四】注三参照。
一四 「いかに」は、挿入句。
一五 涼は、女一の宮が仲忠に会おうとしないことを知っている。【二四】参照。
一六 「悔しきことをす」は、仲忠に姫君を見せたことをいう。【二四】参照。
一七 「御心」は、さま宮の心。
一八 「かの御心」は、藤壺の心。国譲りの際に、藤壺は、帝の要請にもかかわらず、なかなか参内しなかった。
一九 底本「左大との」。左大臣源正頼。
二〇 六十一歳の厄年か。正頼の年齢は、「蔵開・上」の巻【二八】に、「御歳五十四」とあった。参考、『拾芥抄』八卦部「厄年　十三、二十五、三十七、四十九、六十一、八十五、九十九」。

の人々、歌詠みたらむかし。

一七　二月からふたたび楼での伝授が始まり、五月まで続く。

[一]二月つごもり方よりは、なほ、楼にて習はし奉り給ふ、山の気色、色づく見るも、いとをかしとて。

三月、節供《せく》、例の、いと清らにて参り給ふ。桜の花・樺桜《かばざくら》の花、いとおもしろし。楼は、ただ、桜の花の中に包まれたり。いぬ宮、一所《ひとところ》[二]、まめやかにておはすればにやあらむ、いとこよなくおとなおとなしうなりまさり給ふ。鶯《うぐひす》の、声いと近う、[三]花に居て鳴くを、琴《きん》を、いとのどやかに、その声に合はせて弾き給ひつつ、

いぬ宮[四]　鶯の花にむつるる声聞けば恋しき人ぞ思ひやらるる

と弾き給ふを、大将、いとあはれに聞き給へど、[五]かしづき子は、人に、いと恥づかしう、いと物恥をし給へば、ただにおはす。

四月、祭りの日、[六]葵《あふひ》・桂《かつら》、いと厳《いつく》しううるはしきさまにて、[七]禰《ね》

二一「いま二所」は、太政大臣忠雅と右大臣兼雅。
二二「二方」は、尚侍方といぬ宮方。
二三　挿入句。
二四「壺」は、中庭の意。

一　いぬ宮は、二月の下旬から、再び、楼で琴を習う。
【三】注一参照。
二　挿入句。
三　桜の花に鳴く鶯の例。
四「恋しき人」は、母女一の宮。参考、『能宣集』「時鳥夜半の音聞けど鶯の花にむつれし声ぞ恋しき」。
五「かしづき子」は、大切に育ててきた子の意で、いぬ宮をいう。
六　賀茂の祭りの日は、葵と桂を御簾や御帳などにかけた。
七「禰宜の大夫」は、五位に任じられた禰宜。「禰宜」は、神主の次の神官。

宜《ぎ》の大夫《たいふ》、尚侍《かん》の殿の御方に持て参りたり。被《かづ》け物し給ふ。大将、清げなる四位五位して、尚侍《かん》の殿の御簾《みす》につけさせ給ふ。青き[八]薄《うす》様《やう》にかけて奉り給ふ。

尚侍　[九]玉簾《たますだれ》かかる葵の影添[1]へば心の闇もなかりける世を

大将、御返り、

仲忠[一〇]「雲居なる桂にかかる葵にも向かはぬほどぞ暗れ惑ひける

かけさせ給ふにつけて、尽きせず思ひ給ふる。あなかしこ」と聞こえ給ふ。かたみに、あはれにおぼえ給ふ。

五月、節《せ》供《く》、[一一]右の大殿よりあり。宮の御方の女御に遣り給ふ。[一二]この殿も、心殊に、[2]になくて参らせ給へり。[一三][3]君たち・下仕《しもづか》へまでも、衝重《ついがさね》いと清げなり。例も、尚侍《かん》の殿の御節《せ》供《く》は、[一四][4]蔵人《くらひと》ぞ参り[一五]給ひける。

今は、長雨がちなり。静やかに降りて暮らす日、時鳥《ほととぎす》かすかに鳴き渡り、月ほのかに見えたり。[一六]三所《みところ》ながら、静かに弾き合はせ給へる、いとおもしろし。こなたかなたの人は、[一七]泉殿《いづみどの》に出《い》でて聞

八　「青き薄様」は、簾に見立てたものか。
九　「かかるあふひ」に、「掛かる葵」と「かかる会ふ日」を掛ける。「簾」に尚侍、「葵の影」に仲忠をたとえるか。参考、『後拾遺集』雑五「光出づる葵の影を見てしかば年経にけるもうれしかりけり」（選子内親王）。引歌、『後撰集』雑一「人の親の心は闇にあらねども子を思ふ道に惑ひぬるかな」（藤原兼輔）。
一〇　「かかるあふひ」に「掛かる葵」と「かかる会ふ日」を掛ける。「惑ふ」は、『後撰集』の兼輔の歌による表現。
一一　底本「右大との」。右大臣兼雅。
一二　「この殿」は、仲忠。
一三　「君たち」は、尚侍の上﨟の侍女たちをいうか。
一四　女蔵人。
一五　「給ふ」の敬語不審。

く。殿の人々の中に、もとよく琴習《きん》ひたる、あまたあり。いづれと聞き分き奉らず。今、手の限りを尽くして弾きとどめたる、折につけつつ、琴《きん》を替へて弾き給ふ。静かなる音《ね》、高う響き出で、土の下まで響く音す。あはれに心すごきこと限りなし。

一八　六月晦日、川原に出て、祓えを行う。

六月、暑けれど、楼の上は、山高き木どもの風、いみじう涼し。いぬ宮、白き薄物《うすもの》の一重襲《ひとへがさね》着給へり。

つごもりに、一御祓《はら》へし給ひに、二二所《ふたところ》ながら、御前《ごぜん》厳《いか》めしうて、三川原に出《い》で給へり。四右の大殿の梨壺《なしつぼ》の御子《みこ》も率《ゐ》て出で奉り給へり。五大殿の御前に[1]まうで給へるほどに、六平張《ひらばり》いと近し、御子の君、[2]七若君と遊び給ひて、「いざ《三の御子》、かの平張に行かむ」とのたまひて、御子、ふと掲げて入りおはします。いぬ宮、尚侍《かん》の殿の御傍らに、三尺の几帳《きちやう》立てて居給へるに、さし覗《のぞ》き給へる、うち見合はせ給

一六 尚侍方の人もいぬ宮方の人も。
一七 「泉殿」は、東の釣殿に対して、西の廊の端にあるか。「楼の上・上」の巻【三〇】注一六参照。

一 「祓へ」は、六月祓え。夏越の祓え。
二 「二所ながら」は、尚侍といぬ宮が二人揃っての意。
三 賀茂川の川原。
四 底本「右大との」。
五 仲忠が兼雅の御前に参上なさっている間にの意。
六 挿入句。「平張」は、天井を平らに張った幄舎。中に、いぬ宮がいる。
七 「若君」は、宰相の上腹の小君。

ひつ。[八]ふと後ろ向き給ふに、尚侍《ないしのかみ》、うち驚き給ひて、胸塞《ふた》がりて、いみじきわざかな、大将のたまふと思ひ給ひて、遠く、我居ざり出でて、（尚侍）[九]「言ふ効《かひ》なきわざかな」とて、[3]え荒く聞こえ給ふべき方もなし、（尚侍）「おはしませ」とて、御座《おまし》うち置き敷きて据ゑ奉り給ひて、「何か御覧じつる」と聞こえ給へば、いと静かに、（三の御子）[一〇]「物やは見つる」と聞こえ給ふ。いみじう[一一][4]有《う》心《しん》に、心深く、大人のやうにおはすれば、[一二]ありありしうは、よに[一三]のたまはじと思《おぼ》す。幼き心地に、小さき人々を見るに、まだかかる人は見ず、いみじううつくしう、また見まほしきかな、もろともに遊ばばやと、心に染みておぼえ給へど、もののたまはず。いぬ宮は、[一四]宮の君にだに見えぬものを、あさましきわざかなと、恐ろしきまでおぼえ給ふ。

御子に、[一五]我、取り据ゑて、御果物《くだもの》参り給へど、殊に参らず。宮の君・若君、いとうつくしうて、[一六]「宮こそ。おはしませ。馬の水に下《お》るる見給へ」と聞こえ給ふに、[一七]またや見つべきと、気色見給へど、さるべくもあらず。大将おはすれば、おはしましぬ。（仲忠）「あ

八 いぬ宮は、御子と顔を合わせないように、さっと後ろを向いた。
九 以下「方もなし」まで挿入句。
一〇 反語表現。「物は見えざりつ」の強調表現。御子は、実際にはいぬ宮を見た。
一一 「有心」は、思慮分別があるの意。
一二 「ありありし」は、平安時代の仮名作品にほかに例が見えない語。
一三 「のたまふ」は、間接話法的な敬意の表現。
一四 「宮の君」は、いぬ宮の弟君。仲忠の長男。
一五 「我」は、尚侍をいう。
一六 「宮こそ」は、御子に呼びかけた言葉。
一七 いぬ宮をもう一度見ることができるだろうかの意。

一 七夕の日に洗髪する風習があった。

なかしこ。騒がしう。宮や入りおはしたりつらむと思ひ給へつる」とのたまふも、いとほし。

夜《よ》さりまで鵜飼《うかひ》などして帰り給ふ。大将は、殿の御送りしておはしぬ。

一九　七夕の日、尚侍・仲忠・いぬ宮の琴で奇瑞が起こる。

七月七日、いぬ宮、一御髪《みぐし》洗《す》まさせ奉り給ふとて、楼の南なる二山《やま》井《ゐ》の尻引きたるに、三浜床《はまゆか》、水の上に立てて、尚侍《ないしのかみ》もろともにおはす。四それも洗ましためり。人も見えぬ方なれど、五歩障《ほしやう》引かせ給へり。乳母《めのと》の君も二人して、衵《あこめ》ばかり着て、童部《わらはべ》取り次ぎたり。六御髪、心もとなしとのたまひし、七丈になり給ひにけり。御容貌《かたち》も、八変化《へんげ》の者のやうになりまさり給ふ。七夕祭《たなばたまつ》り、かなたこなたとせさせ給へり。尚侍《ないしのかみ》、織女《たなばた》に、今宵の九御供《く》の物、少し弾きて奉らむ、静かなる所なりと思《おぼ》すに、二方《ふたかた》に、一〇君たち・人々、一一反橋《そりはし》に几《き》

二「山井」は、山の中に自然に水が湧き出た所。

三「浜床」は、貴人の御座所。御帳台の中に台座として置かれるが、ここは、それを外に立てた例か。

四「それ」は、尚侍を指すか。ただし、敬語不審。

五「歩障」は、女性が外出する際に姿を隠すためのもの。参考、『和名抄』調度部葬送具「歩障　喪礼図云、白布帷以障二婦人一」。

六【一四】の仲忠の発言参照。

七「楼の上・上」の巻【三六】に、「御髪は、糸を縒りかけたるやうにて、細脛にはづれたり」とあった。

八「変化の者」は、「俊蔭」の巻【三七】注二参照。

九 七夕の日に、織女に供物として琴を弾いて奉納する。

一〇「君たち」は、【一七】注一三参照。

一一 この「反橋」は、東西

帳《ちやう》ばかりを立てて出《い》で居したり。

宵少し過ぐるほどに、[一二]源中納言、狩の装《よそ》ひにて、馬《むま》にておはして、南の山、[一三]ひさかきとにおはして、[3]御座《おまし》敷かせて、[一四]からかさ、[一五]かの木のうつほに置き給うし[一六]南風《なんふ》・波斯風《はしふ》を[一七]我弾き給ひ、細緒《ほそを》をいぬ宮、龍角《りうかく》を大将に奉り給ひて、[一八]曲《ごく》の物ただ一つを、同じ声にて弾き給ふ。世に知らぬまで、空に高う響く。よろづの、鼓《つづみ》、楽《がく》の物の笛、異《こと》弾き物、一人して搔《か》き合はせたる音して響き上《のぼ》る。おもしろきに、聞く人、空に浮かむやうなり。星ども騒ぎて、神鳴らむずるやうにて、閃《ひらめ》き騒ぐ。かつは、[一九]いかにせむとおぼえ給へど、聞きさし給ふべく、はたあらず。御供《おほんとも》なる[二〇]左衛門尉《さゑもんのぜう》なる者に[二一]太刀《たち》を抜かせて聞き給ふ。さまざまにおもしろき声々のあはれなる音、[二二]同じ声にて、命延び、世の栄えを見給ふやうなり。わりなくても、かくて聞かざらましかば、いかにくちをしからましとおぼえ給ふ。左衛門尉は、天を仰ぎて聞き居たり。

夜いたう更けぬれば、七日の月、今は入るべきに、光、たちま

の楼に続く反橋。
一二 「源中納言」は、源涼。
一三 「ひさかきと」、未詳。
一四 以下、文脈が調わない。接続助詞「て」でとめた表現か。下に「おはす」を補う説もある。涼は、仲忠たちに知られないように琴を聞くのである。
一五 「からかさ」、未詳。「尚侍の殿」の誤りと見る説もある。
一六 「俊蔭」の巻【四九】注二九参照。南風の琴は、「吹上・下」の巻【一〇】の神泉苑の紅葉の賀で、仲忠が弾いた。
一七 「我」は、尚侍をいう。
一八 「曲の物」は、琴曲をいう。【七】注八参照。
一九 涼は。
二〇 この「左衛門尉」は、ここにだけ登場する人物。
二一 太刀を抜くのは、魔除けのまじない。参考、『源氏物語』「夕顔」の巻「物に

ちに明らかになりて、かの楼の上とおぼしきにあたりて輝《かかや》く。神遥かに鳴り行きて、月の巡りに、星集まるめり。世になう香《かう》ばしき風、吹き匂はしたり。少し寝入りたる人々、目覚めて、異《こと》ことおぼえず、空に向かひて見聞く。楼の巡りは、まして、さまざまに、めづらしう香ばしき香《か》満ちたり。二三三所《みところ》ながら、大将おはする二四渡殿《わたどの》にて弾き給ふなり。下《しも》を見下《お》ろし給へば、月の光に、前栽《せんざい》の露、玉を敷きたるやうなり。響き澄み、音《ね》高きことすぐれたる琴《きん》なれば、尚侍《かん》のおとど、忍びて、音《ね》の限りも、え掻《か》き鳴らし給はず。色々の雲、月の巡りに立ち舞ひて、琴《きん》の声高く鳴る時は、月・星・雲も騒がしくて、静かに鳴る折はのどかなり。二五聞き給ふに、飽くべき世なう、暁までも聞かむと思すに、夜中多く過ぐるほどに弾きやみ給ひぬ。

　大将、次に、横笛を、声の出づる限り吹き給ふ。二六おもしろき折に合ひて、あはれにすごう、これも、世になく聞こゆ。聞き驚き給ひて、二七笛は、昔、我と等しうこそありしか、殊に好み給はずと

襲はるる心地して驚き給へれば、灯も消えにけり。うたて思さるれば、太刀を引き抜きてうち置き給ひて、右近を起こし給ふ」。

二二 「同じ声にて」は三人が弾く琴の音が一つに聞こえることをいう。

二三 「三所」は、尚侍・仲忠・いぬ宮の三人。

二四 この「渡殿」は、「楼の上・上」の巻【三〇】に、「それに、我は居給はむとす」とあった反橋のことか。

二五 涼が。

二六 風情がある秋の季節に合って。

二七 涼の心内。右大将殿は、笛は、昔、私と同じ腕前だった。特に好んでお吹きにならないと聞いていたのに、こんなにも格段に上手におなりになっていたとは。

聞くに、いとこよなうまさり給ひにけりと、あさましうおぼえ給ふ。

暁になりゆく空静まり、のどかなるに、二八治部卿《ちぶきやう》の集の詩《ふみ》の中に、唐土《もろこし》より、知らぬ国に至りて、二九下《お》りて道を行き給ひけるに、いみじうあはれにおもしろき所々に、三〇四季の花咲き乱れ、ある所には、三一恐ろしくいみじき容貌《かたち》したる者集まりてあるわたりを過ぎ給ふとて、道のままに長く思ひ続けて、三二あはれなる、三三声を出だして誦《ず》じ給へる、また、三四帰りて後、三五家の寂しきを眺めて、時につけつつ作り集め給へる詩を、誦じ給へる、聞き知らぬ人だに、涙落とさぬはなきに、まして、大将のこの所にて誦じ給へるは、声よりはじめておもしろうあはれなるに、三六御直衣《なほし》の袖、まして、絞るばかりになる。琴《きん》の声、楽の声、もろ声に染みたり。三七尽きておぼえ給へど、音せずなりぬれば、飽かで帰り給ふ。

道のまま、世の中いとはかなくもあはれにて、紀伊国《きのくに》に年経給ひしなど、よろづ思ひ続けられ給ふ。

二八 「治部卿の集」は、俊蔭の詩集。ただし、ここは、俊蔭の日記をいうか。「蔵開・中」の巻【一九】参照。
二九 馬から下りて。「俊蔭」の巻【三】注三の「青き馬」のこと。
三〇 「俊蔭」の巻【三】に、「花を見れば、匂ひ殊に、紅葉を見れば、色殊に誇りかに」とあった。
三一 「恐ろしくいみじき容貌したる者」は、阿修羅のこと。順序は前後するが、「俊蔭」の巻【六】～【八】で阿修羅に会った時のことをいう。
三二 このあたり文脈が調わない。「あはれなる」は、「あはれなる（詩）」の意か。
三三 仲忠が。
三四 俊蔭が帰朝した後の意。
三五 「俊蔭」の巻【一九】に、「父母滅びて、むなしき宿をのみ見る」とあった。

二〇　翌朝、尚侍、父俊蔭の夢を見る。

大将もうち臥《ふ》し給ひ、尚侍《かん》の殿も、琴《きん》に手をうちかけて、いささか寝入り給ふともなきほどに見給ふやう、「（俊蔭）昔の物の声の、さも、あはれにめづらしく聞き侍《はべ》りつるかな。[一]大将も、御楽《おほんがく》の声も、あはれに愛《かな》しうなむ。さて、今日、門《かど》に参らむ人、必ず召し入れて見給ふべき人なり」と、[二]治部卿《ぢぶきやう》の御声なり。いらへ聞こえ給はむとするほどに覚めて、いみじう泣き給ふ。大将、まだ寝給はねば、あやしと驚き申し給へば、「（尚侍）いとあはれなることをなむ見つる。[三]隠れ給ひて後、夢にだに見え給へと、心細うわびしかりしままに思ひしかど、絶えてなむ見え給はざりしに、ただ今、かくなむ見え給へる。この南風《なんふ》・波斯風《はしふ》は、中にすぐれておもしろきものにし給ひしを、[四]木のうつほより出《い》でむとせしと、さては、[五]昨夜《よべ》こそ、いささか掻《か》き鳴らしつるを聞き給ひけるか。あはれなる詩

三六　涼が着ている直衣の袖。ただし、前に、涼は「狩の装ひ」を着ているとあった。
三七　「尽きて」は、感極まっての意か。

一　「大将の楽の声も」の意。
二　「治部卿」は、俊蔭。
三　「隠る」は、死ぬの意。
四　尚侍が南風の琴を弾き、それを兼雅が聞きつけたことが、尚侍・仲忠母子が北山のうつほを出て都に戻るきっかけとなった。「俊蔭」の巻【四三】以下参照。
五　実際には、「吹上・下」の巻【一〇】の神泉苑の紅葉の賀で、仲忠が南風の琴を弾いている。【一九】注二六参照。「昨夜こそ」の結びは、「掻き鳴らしつる」の所で流れている。

を誦《ずん》じ給ひしも聞き給ひけるよ。いみじう悲しうなむおぼゆる」とて泣き給ふ。大将も、聞き給ひけることと、悲しくて泣き給ふ、ことわりなり。「人のこと、いかなることならむ。かかるを見給ひけると思ふなむ、効《かひ》はなけれど、いとあはれにうれしう」など聞こえ給ふ。

二一　酉の時頃、俊蔭の夢のとおりに、時宗と四人の童が訪れる。

御門《みかど》には、つとめてより、さべき人々にのたまひて、「いかにもあれ、人の来む、かくなむと申せ」とのたまひて、今日は寝殿におはす。

酉《とり》の時ばかりに、東《ひんがし》の門《かど》に、馬《むま》に乗りたる男、童《わらは》四人、枲垂《むし》れたる人来て、下《お》りて、向かひなる御廏《みまや》にて、御門《みかど》に居たる人に問はす。「この殿をば、何とか申す」と言へば、「大将殿となむ申す」と言ふに、「この殿に昔より住み給ふ人や聞き給ふ」と問は

六　今日来るという人のことは、どういうことなのでしょう。

一　楼の反橋の御座所ではなく、寝殿に。
二　この「男」は、後に、時宗という名であることがわかる。
三　「枲垂れたる人」は、「枲の垂れ衣」をした人。つき添いの女性か。『今鏡』第一〇打聞（敷島の打聞）「枲垂れたる、狭間よりや見えけむ、文を書きて」。
四　「枲垂れたる人」の発言と解した。
五　このお屋敷に昔から住んでいらっしゃった方のことはお聞きになっていますか。

す。[門番]「治部卿《ぢぶきやう》の殿となむ申し侍《はべ》りし」と言へば、[時宗]「こなたにものし給へ」とて、みづから会ひて、[時宗][六]「あが仏、いとうれしういらへ給ひける」とて、「かの御末の後か」と言へば、[門番]「しか。この御条《をち》[七]のおはします」と[1]言ふ。[時宗]「『さるべき古き家司《けいし》、[八]御厨子所《みづしどころ》に、切《せち》に愁《うれ》へ申すべきこと侍りとて[九]なむ、昔この殿に候《さぶら》ひし下人《しもびと》なむ参りたる』と、これ[一〇]申し通し給へ。一生の君と仕うまつり、喜び申さむ」と言ふ。

かくなむと申せば、大将、呼び給ひて、あるやうあらむとて、まづ、寝殿なる人、対に下《お》ろさせ給ひて、我出《い》で給ひて、[仲忠]「ただ、『ここに参れ』と言へ」と召し入る。喜びて、いとをかしげなる童の、丈四尺《ししやく》に足らぬほど、髪[一一]よほろばかりにて、いと等[2]しう調ひたる、いと清げに装束《しやうぞ》かせて、四人、後《しり》に立てて参りたり。[一二]これもいと清げに装束《しやうぞ》きて、扇さし隠して具したるさま、いとゆゑゆゑし。歳四十ばかりなり。

[一三]北の廂《ひさし》に、尚侍《かん》のおとど、大将の君もおはす。大将を見奉るに、

六　「あが仏」は、自分が大切に思っている人に呼びかける言葉。「俊蔭」の巻【三七】注六参照。

七　底本「御おち」。「御条」と解する説に従った。「条」は、血筋・血縁の意という。

八　「御厨子所」は、「御台盤所」などと同じく貴人の妻の意で、尚侍をいうか。

九　係助詞「なむ」が、下の「下人なむ」と重複している。

一〇　「言ひ通す」は、取り次いで言うの意か。平安時代の仮名作品にほかに例が見えない語。

一一　「よほろ」は、膝の後ろの窪んだ部分。「楼の上・上」の巻【三】注八参照。

一二　「これ」は、この男をいう。

一三　仲忠は、寝殿の北側に男を呼び寄せて、北の廂の間で尚侍とともに男に会ったのである。

げに、恐ろしきまで清げに気高うおぼえて上《のぼ》らず。いと気《け》なつかしう、「《仲忠》こちや」とのたまへば、上《のぼ》り参りたり。一四「《仲忠》いづこよりものせられたるぞ。誰に会はむとものせられつるぞ」とのたまへば、「《時宗》まづ、仰せられむこと承りてなむ、くはしくは申し侍るべき。かく申し侍るは、故治部卿のおとどのおはしましし世に、一五さがのとて候ひしが一六兄人《せうと》に候ふ」と申す。尚侍《かん》の殿、几帳《きちやう》の綻《ほころ》びより見給ふに、十ばかりにて、げに、見給ひし者なり。「《尚侍》あはれに、げに、そのかみおぼゆる人なり。さがのといひしぞ。末の世に、歳いたく老いて、あはれに、ただ一人、一七大将の生《む》まれ給ふべきこと急ぎ歩《あり》きしなりけり。いとあはれと思ひし人の一八具なりける。一九この年ごろ、この人の歳若くてあらましかばと思はぬ時なくなむ。二〇娘などのあると聞きしは、ありや」。「《時宗》三人侍りしは、二一大姉は亡くなり候ひにき。いま二人候ふ、はた、近江掾良宗時持《あふみのぜうよしむねのときもち》といひ侍りし、そのはらからの右馬允《むまのぜう》にて侍りし、姉妹《あねおとと》、年ごろ住み侍りしを、一昨年《をととし》、いとあやしく、二二二人ながら亡くなり侍りし。男子《をのこご》二人づ

一四 仲忠は、初対面でもあり、俊蔭が夢の中で言っていた人だから、敬語を用いて話しかけている。
一五 「さがの」は、幼い尚侍の世話をした嫗。「俊蔭」の巻【三】注三参照。
一六 「兄人」は、弟の意。
一七 「俊蔭」の巻【三】参照。
一八 「具」は、縁者の意か。
一九 上は尚侍の心内、ここから時宗への発言に移る。
二〇 「俊蔭」の巻【三四】で、さがのは尚侍に丹波にいる娘を生んだ時に見た夢の話をしていた。
二一 「大姉」は、長女の意。
二二 夫が二人とも亡くなってしまいました。
二三 「男」は、時宗自身をいう。
二四 「長門」は、長門掾か。
二五 夫に死なれてしまった

つなむ生ませて侍りし。この参りて侍るぞ、かう」と申す。[時宗二三]「男は、嵯峨《さが》の院の御廄《みまや》の、[二四]長門《ながと》かけて侍りし者の弟《おとと》の、[4]時宗《ときむね》といひ侍る、摂津国《つのくに》にぞ侍る。かの近江に侍りし姪《めひ》ども、いと[二五]かう侍れば、去年《こぞ》より、子ども引き連れて住み侍り。その子どもの童部《わらはべ》四人、いと汚げには侍らぬ、[二六]そこに侍りし者ども、『[二七]身のほどのさまなどおとなおとなしく、ほどにつけては、京の殿ばらに奉らむ』と申すを、去年までは親の服《ぶく》に侍りしかば、込め据ゑて侍りし。国にて、[二八]見は本にも本にあきたれとさふらふなどいふ、[二九]京の童部を[三〇]要《え》じ欲しがり侍りつるに、『親あり、俗になさむ』と、母にて侍る者どもの[5]申せば、[三一]これら、国の守《かみ》に、言ひ威《おど》し、何かとむつかしう申して、僧の方よりも公方《おほやけがた》につけて責め調《てう》じ、[三二]家を滅ぼし侍り。これらが母の申すは、『[三三]おのづから、何かし侍らむ。[三四]この母、若くより宮仕へを仕うまつりし、身のほどあやしきをも知らず、[三五]故殿の御果ての世まで候ひて、子どもの顔をもつひにはかばかしく見侍らで、身まかり過ぎ侍りにき。我らのみ、殿をも、

ので。

二六「そこに侍りし者ども」は、摂津国に残して来た者たちの意で、二人の姪たちをいうと解した。

二七「身のほどのさま」は、近江掾と右馬允の子どもたちであることをいう。

二八「見は本にも本にあきたれとさふらふ」、未詳。

二九「京の童部」は、近江掾と右馬允の子どもたちだからいうか。

三〇「要じ欲しがる」は、摂津国の僧が子どもたちを寺の童としてさし出すように要求したことをいうか。

三一「これら」は、寺の僧たちをいうか。

三二「家」は、時宗の家。

三三 自分たちでは、どうすることもできません。

三四「この母」は、さがのをいう。

三五「故殿」は、俊蔭をいう。

え知り奉らず、かくわびしく憂はしきこと』。[三六]『いともいともかしこくて、[三七]あまたの世の御栄えおはしましてなむ』と申す者の侍りしかば、泣く泣く思ひ給へ喜びてなむ、かく候ひつる」と申す。

かの、さがのといふ[三八]嫗《おんな》、いとあはれに、病づきにけるに、子のもとに行《い》かまほしけれども、[三九]この殿の、ただ一所《ひとところ》、幼き子を持給うておはしける、え見捨て奉らで、心地今ややむと思ひをりけるほどに、[四〇]京にてぞ亡くなりにける。申しけることども、今日聞き給ふにつけても、思ひ出でられ、胸塞《ふた》がり、悲しくおぼえ給ふままに、[四一]つくづくと涙のみこぼれ給ふ。大将にも[四二]昔聞こえ知らせ給へりければ、さなりと思《おぼ》すに、いとうれしと思す。

しばしためらひ給ひて、《尚侍》「尽きせずあはれなる[四三]昔の人のことをものし給へば、いと悲しくなむ。[四四]何かは。昔の人のことおぼつかなからずものし給へばなむ。くはしきことは、人にも、なのたまひそ。ただ、かの人の代はりとは、[四五]とかく尋ねものしたる人をこそ、同じことに思はめ。[四六]ここをも、など、もの心苦しう扱ひ立て

三六　下に「と申すに」を補う説もある。
三七　仲忠が時めいていることをいう。
三八　「嫗」は、底本「女」。
三九　「この殿」は、尚侍。「俊蔭」の巻【三】注八参照。
四〇　「俊蔭」の巻【三六】に「この子（仲忠）五つになる年、秋つ方、嫗死ぬ」とあった。
四一　「つくづくと」は、長く続くさまをいう。
四二　「昔」は、昔あった出来事の意。
四三　「昔の人」は、さがのをいう。
四四　もうなんの心配もありません。
四五　「とかく尋ねものしたる人」は、主体敬語がないので、四人の子どもたちのことをいうと解した。

給ひし。四七あは、大将にぞおはすめる。愁へ嘆きたることども、い四八とあやしきことなり、たちまちに、かの摂津守のもとにも言ひやらせ給ひてむ。四九疾《と》くものし給はで、今まで、さりけること。五〇かの人々いづこにとも、はかばかしう聞き置かずなりにしかばなむ、今に、心には思ひながら、え尋ねざりつる。いとこそうれしけれ、五一7今、かくてものしたる」とのたまはす。五二時宗「五三歳若く、いと容貌《かたち》ある下仕《しもづか》へにてぞ仕うまつりける。今も、田舎びず、よしよししくか五四わらかなる顔つきして、髪、五五細脛《ほそはぎ》ばかりにて。かのあらぬ五六若き人々も、8醜しと見る見る、怖《お》ぢで率《ゐ》て参りたり」。尚侍「いとよきことなり。さやうの人々のいとよう仕うまつりつべき君たちものし給ふ」とのたまふ。大将、「かのありつるか」9。時宗10「しか候ふ」と申せば、仲忠「なほ、五七よし、ここにまうで来《こ》」とて召し出でて御覧ずるに、いとをかしげにて、白くらうらうじき顔したり。仲忠「いと思ふやうなる者どもかな。遊びはすや」とのたまへば、時宗「二人は、笛をなむ吹かまほしうし11侍る。いま二人は、舞をぞ好み侍る。さやうの

四六「ここ」は、一人称。どうして私に対して気がねなさったのですか。

四七「あ」は、代名詞。あそこにいるのは。

四八挿入句。

四九「給ふ」は、仲忠に対する敬意の表現。

五〇「かの人々」は、さがの娘たちをいう。

五一以下、倒置法。

五二この巻には、尚侍や仲忠に対する最高敬語が多く見える。

五三娙(さがのの娘)たちは。

五四「かわらかなり」は、「乾く」と同語源の形容動詞で、さわやかだ、こざっぱりしているの意。

五五「細脛」は、「楼の上・上」の巻【三六】注三五参照。

五六「あらぬ」は、このような所に来るのにふさわしくないなどの意か。

五七「よし」は、挿入句。

こともし侍りぬべしとて、[五八]かく、いとあやにくにいみじき目をも、さまざまに見侍りつるなり」。〔仲忠〕「いとをかしきことかな。皆、一所《ひとところ》に置きて、さまざま、好むらむ舞もせさせむ」とのたまふ。

[五九]かの近江掾《あふみのぞう》に侍りし時持が妻は、朱雀《すざく》院の御時、[六〇]采女《うねべ》をなむし侍りし、そが妻《め》は、上人《うへびと》と、官《つかさ》なり侍りて、[六一]冠《かうぶり》賜はすべかりしほど、あさましく、後の人に横さまに越えられ侍りて賜はらずなりにしことども申せば、〔仲忠〕「いとやすきことなり。今の御代《みよ》にも、出で立ちて申さば、ものしつべきを、[六二]今はあぢきなし、異《こと》ざまにて、いとよく顧みむ。子ども、京にあらば、家をも顧みさせむ。誰も誰も、時々は通ひて住めかし。このわたりにも、さべき所ものせさせむ」とのたまへば、〔時宗〕「限りなくかしこきこと」と申す。〔仲忠〕「苦しからむ。物など、まづ食へ」とのたまひて賜はす。〔仲忠〕[六三]「守《かみ》のもとに、家、もとよりよく造りて取らせ、[六四]内の物、数によりて取らすべきよし言ひに遣らむ。また、[12]かの国に、[六五]院方より領《りやう》ずる所あり。今よりは、時宗に預け領《し》らせせむ」とのたまふ。尚侍《かん》の殿の、

五八　今申しあげたように、さまざまに、思いがけないつらい目にもあったのです。僧が、子どもたちの才能を見込んで、さし出すように要求したことをいう。
五九　以下、時宗の発言。「賜はらずなりにしことども」の部分で地の文に流れている。
六〇　「采女」は、天皇の御膳や御手水などに奉仕する女官。元来、諸国の郡の次官以上の娘で容姿端麗な者が選ばれた。
六一　采女の中には、叙爵され、従三位に上った例もあった。
六二　挿入句。
六三　「守」は、摂津守。
六四　家の中にあった家具調度も、もとの数どおりに与えよと。
六五　「院方」は、朱雀院からの意。
六六　「かの国にあらむ人々」

搔練《かいねり》の綾《あや》の一重襲《ひとへがさね》、織物の袿《うちき》、袴《はかま》[13]一具《ひとぐ》賜はす。また、絹十疋《じつぴき》、[仲忠]「これは、[六六]かの国にあらむ人々にものせよ。『必ず必ず、京に上《のぼ》れ。さてのみなむ、思ふやうにあるべき』となむ」[14]とのたまはす。限りなく、返す返す喜び聞こえさす。

[六七]大将殿ものし給ひなどする所に、いぬ宮の楼より下《お》り給ふべきありさま、次の巻に見えたり。

大将殿より、[六八]紅《くれなゐ》の袿一襲《ひとかさね》、織物の御指貫《さしぬき》、「これは、かかる御歩《あり》きに要《い》るべきものなめり」とのたまはす。絹二十疋《ぴき》、[仲忠]「これは、国にあらむ人にものせよ」とて、「[六九]馬につきたらむ者に」とて、[七〇]手作り三十賜はす。

守《かみ》のもとに、やがて、殿の下家司《しもけいし》添へて下《くだ》し遣はす。[仲忠][七一]「人を遣りて、しばしもあれ」とのたまはすれど、[時宗][七二]「かく限りなきことを、疾《と》くまかりて聞かせ侍らむ」と申す。[時宗]「年ごろ、田舎に、むつかしき目どもを見、また、かくいみじう言ひ調《てう》ぜられて、泣き嘆きてわびしかりつるに、[七三]おぼえぬ物どもを賜はりたるよりも、まだ

は、さがのの二人の娘たちをいう。

六七　以下は一種の草子地だろうが、いぬ宮が楼から下りる場面は【三九】にあり、「次の巻」とあること不審。「楼の上」の巻も、「蔵開」「国譲」の巻と同様に、かつて三巻だった可能性を指摘する説もある。

六八　この袿と指貫は、時宗への被け物。

六九　「馬につきたらむ者」は、馬副をいう。

七〇　「手作り」は、「手作りの布」の略。

七一　ほかの人を行かせて、おまえはしばらく都にいよ。

七二　私は、すぐに国に戻って、このようにこのうえないご厚遇を受けたことを姪たちに聞かせたいと思います。

七三　「おぼえぬ物ども」は、思いがけないたくさんの贈り物の意。

知らず清らに光り給ふやうなる殿[七四]の御容貌《かたち》を、気近く、今はわがものと見奉らむとするは、いみじきわが幸ひかな。[七五][15]災ひはたちまちに変[16]はるものなりけり」。殿の内のめでたきを見るに、ものおぼえぬまでうれしくて、惑[17]ひまかでぬ。

童《わらは》、さるべき人に仰せ給ひて、（仲忠）「よく労《いたは》りものせよ」とて、やがて殿[七六]にとどめさせ給ふ。顔の清げに、[七七]愛敬《あいぎやう》らうらうじきこと、殿上童とも言ひつべし。夜《よう》さり、召し出でて、笛賜はせて吹かせ給へる、田舎びず、いとになく吹く。四人ながら、皆、さまざまに、いとよく吹きたり。いとうれしきものかなと思す。舞せさせ給ふ、まして、これは、明け暮れ、心に入りたりければ、になし。人々、「いとをかしく候ひける者かな」と興《けう》じ申す。

二二　仲忠、八月十五日を伝授完了の日と定める。

[一]八月つごもり、九月上《かみ》[1]の十日のほどに帰り給ふべきに、楽人《がくにん》召

七四 「殿」は、仲忠をいう。
七五 「災ひはたちまちに変はるものなり」は、「禍福は糾える縄のごとし」の類の当時の諺か。参考、『史記』南越尉佗列伝「因㆑禍為㆑福、成敗之転、譬若㆓糾纆㆒」。
七六 「殿」は、京極殿。
七七 「愛敬づき」とある本もある。

一 八月の下旬か九月の上旬に京極殿から三条の院の東北の町にお帰りになるご予定で。
二 西と東に分けて。【三九】に、「西の方の錦の平張より、大鼓打ちて、静かに、やう

して、[二]西・東《ひんがし》にて遊びせさせむと思《おぼ》して、今より被《かづ》け物のことなどせさせ給ふに、この童部《わらはべ》[2]の、容貌《かたち》調ひて、いと思ふやうに舞するを得給へるにつけても、[三]見給ひける夢、愛《かな》しう思す。今、[四]四人の人々にあててせさせむと思す。厳《いか》めしき[五]御荘《みしやう》どもに、絹ども召し集め、綾《あや》・織物・薄物《うすもの》など、殿の内のしつらひ・儀式、忍びて、いと厳めしう、さべき人々に仰せ給ふ。[六]左の大殿の所々にも聞かせ奉り給はず。[七]童部《わらべ》は、今よりは[八]四人加へ[3]調へさせ給ひて、[4]ことことしく調へさせ給ふ[5]。

八月十五日と、[九]この御急ぎ思す。[一〇]宮渡り給ふべし。尚侍《ないしのかみ》・いぬ宮の御方々の人々、合はせて四十人、童《わらは》・下仕《しもづか》へ、例の、扇、裳《も》・唐衣《からぎぬ》、心殊にせさせ給ふ。いぬ宮、いよいよ、引き替へたるやうにおとなしくおはす。琴《きん》は、ただ尚侍《かん》の殿と同じさまに、[一一]これはいま少し音《ね》はまさりざまに弾き給ふに、今は、限りなく、この世に思ふことなくなりぬと思す。[一二]ほどは、八月十日ばかりなり。

やう楽し出づ」とある。
三　尚侍が御覧になった夢。
四　「四人の人々」は、子どもたちに舞や笛を教える四人の師たち。
五　仲忠が所有している荘園。
六　左大臣（正頼）の屋敷の方々にもお聞かせ申しあげなさらない。
七　底本「わらへ」。「わらべ」は、ここだけ。「わらはべ」の誤りか。
八　【三九】注三に、「八人の童、四人は、孔雀の装束す。四人は、胡蝶」とある。
九　「この御急ぎ」は、いぬ宮の秘琴伝授完了の儀式のための準備の意。
一〇　女一の宮。
一一　「これ」は、いぬ宮をいう。
一二　「思す」の主体を、尚侍と解した。仲忠と解する説もある。

二三　涼、嵯峨の院に、十五日の伝授完了のことを語る。

源中納言、嵯峨《さが》の院に参り給ひて、涼「乱り脚病《かくびやう》[一]労《いたは》り侍《はべ》りとて、[二]石山などに詣で侍りとてなむ」と御物語申し給ひて、「しかしかして、いみじう世になき物の音《ね》を聞[三]き給へし。めづらかなるまで、あはれに愛《かな》しく侍りし。初めよりは、いま少し心すごく、まだ聞き給[1]へぬ音《ね》どもの侍りしは、なほ秘したることやあまた侍らむ。いかで、これ聞こしめさせ侍らむ。いま少し高く響き上[2]がり侍らましかば、いといみじうなむ侍るべかりし。官位《つかさくらゐ》のこよなく侍る[3]より、かく、世の中の、天下《てんげ》にすぐれたる物の上手《じやうず》にものし侍るなむ、めでたきことに侍る。朝廷《おほやけ》の御前《まへ》などにてうち解けて誦《ずん》じたる折侍らぬを、おほかたの声、[四]書《ふみ》講じ侍りしよりも、声の出《い》づる限り、[五]昔の詩ども誦《ずん》じて侍りしなどは、すべて涙とどめられずこそ侍りしか」。院、「いとおもしろく、あはれなることかな。い

一 「乱り脚病」は、脚気のこと。参考、『源氏物語』「若菜下」の巻「春の頃ほひより、例もわづらひ侍る乱り脚病といふもの所狭く起こりわづらひ侍りて、はかばかしく踏み立つることも侍らず」。

二 滋賀県大津市石山寺。観音本尊は、如意輪観音。観音信仰の霊場であった。

三 底本「き丶給し」。七月七日の日のことである。【一九】参照。

四 「蔵開・中」の巻の講書の際のことをいうか。涼も、その折に聞いていた。「蔵開・中」の巻【三】の涼の発言参照。

五 【一九】で、仲忠が弾琴の後に俊蔭の詩集の詩を誦

かで、これを、思ふやうに聞くべからむ」と。中納言、「いぬ宮に、手の限り、[六]この二年《ふたとせ》教へ調へて、この十五日になむ、楽人《がくにん》[4]ども集めて、左右と、楽して、楼より下《お》ろすべく[5]侍る。[七]かの日、けなることども侍りなむ」。院の上も、「《嵯峨の院》かの日こそ、かしこに、にはかに御幸《みゆき》せめ。いかに」とのたまはすれば、「《涼》ある者の申すは、『[八]院の、かの日ぞ、かしこにおはしますべし』など申すなりし。さやうに侍らば、さる御心せしめ給ひてこそよく侍らめ」。「《嵯峨の院》いかがは。[九]九月九日、[一〇]左大弁に、さりぬべく詩《ふみ》作らせてみむとてなむ、『女の装《よそ》ひなんど少しものせよ』[一一]と仰せたるを、『二十具《にじふぐ》ばかりは、少しよくせさせよ』と仰せたるを、まづ、さは、かの家の琴《きん》聞かむ。[一二]尚侍《ないしのかみ》の、いと聞かまほし。右大将、いみじき人なり。天下におもしろくあはれに[6]ありがたきことどものとまりたる家よ」などのたまはせて、[一三]中納言まかで給ひぬ。

じたことをいう。
六 「この二年」は、足かけ二年の意。
七 その日（いぬ宮が楼から下りる日）は、普通とは違ういろいろな趣向がございましょう。
八 この「院」は、朱雀院。
九 九月九日の重陽の宴。宮中では、天皇が紫宸殿に出御し、文人に詩を賦させた。院のもとでも、同様の宴が行われるのだろう。
一〇 「左大弁」は、源師澄。「吹上・下」の巻【五】参照。正頼の次男。あるいは、「右大弁」の誤りで、藤英のことと解すべきか。
一一 「と仰せたるを」は、下の「と仰せたるを」と並列の表現。
一二 「尚侍の」は、「尚侍の琴」の意。
一三 接続助詞「て」の前後で動作主体が切り替わる。

二四　朱雀院をはじめ、人々、伝授完了の琴を聞きたいと願う。

朱雀院《しゆじやく》は、大将に、「必ず、かの日行《い》かむ。ことことしからず、なかなか、知らぬやうにてものせられよ。騒がしきやうなり。右のおとどの、迎へにもぞとてあると思ふなり」と仰せられけるに、一また、二嵯峨《さが》の院、返す返す、かたじけなく仰せられしを、しかなど三啓し申さむに、1人、2ただ、便《びん》なく言ひなしてむ、おのづから四聞こえ申して、さらばさりと思はむ、おはしまさむさまの用意せむとて、五治部卿《ぢぶきやう》3の集の中にある、唐土《もろこし》よりあなた、天竺《てんぢく》よりはこなた、国々の詩《ふみ》4を、その年ごろのありさまを、かの大将描《か》かせ給へる屏風《びやうぶ》、例に似ず清らにうるはし、皆ながら唐綾《からあや》に描《か》きて、縁《へり》の錦《にしき》、裏よりはじめて清らなり、寝殿に二所《ふたところ》おはしますべくして、御簾《みす》の六帽額《もかう》には、大紋《だいもん》の錦をせさせ給ふ。高く巻き上げて、御浜《はま》床《ゆか》に蒔絵《まきゑ》して、5倚子《いし》にも、紫檀《したん》のを作らせ給ひて、黄金《こがね》の七筋遣り、

一　以下「用意せむ」まで、仲忠の心内。
二　「楼の上・上」の巻【三四】の嵯峨の院と仲忠の会話参照。
三　「啓し申す」は、「啓す」に同じで、朱雀院に対する敬意の表現か。参考、「嵯峨の院」の巻【七】注三〇参照。
四　「聞こえ申す」は、「聞こゆ」に同じで、嵯峨の院に対する敬意の表現か。
五　以下、「うるはし」まで、および、「皆ながら……清らなり」は挿入句。
六　「帽額」は、簾の上部や外部に、装飾のために横に張った絹。
七　「筋遣る」は、象嵌するの意か。「あて宮」の巻【二】注三参照。
八　嵯峨の院の大后の宮は、

螺鈿《らてん》[6]磨《す》りたる、[7]玉入れたる、おほかたの所のおもしろきよりも、御しつらひ、いとめでたし。

嵯峨の院に、大后《おほきさい》の宮、「七十[八]にあまりぬるに、よろづのこと聞き見るに、琴《きん》の音《ね》よきなむ飽かぬ。大将の、いつか[九]ありけむ、[一〇]早う[8]聞きしを、いといみじく、世になくおぼえし。まして、かの尚侍《ないしのかみ》の弾きたらむ、いかで[一一]聞かではあるべきにもあらず。御供にて聞かむ」と聞こえ給へば、[嵯峨の院]「いかなるべきことにかはあらむ」とはのたまへど、とまり給ふべきならず。[一二]内裏《うち》の女御《にょうご》にておはする、この大后《おほきさい》の宮[9]の御腹の若宮、[小宮]「いとよきことなり。ここ[10]にも聞き侍らむ。必ずおはしませ」と聞こえ給ふ。

女一の宮は、[一三]女御、[一四]男宮の限り七所《ななところ》、[一五]二の宮とおはすべし。

源中納言、かの七月七日のことをさへ、むつましき御仲らひに聞こえものし給へば、我も我もと、とまり給ふべきなくおはすべし。御供の人までは居るべき所なし。

寝殿の西の廂《ひさし》に大后《おほきさき》[11]の宮、北の廂には、[一六]大殿[12]の大宮、[一七]その御腹

「菊の宴」の巻【一七】以下で六十の賀を行っている。
九　挿入句。
一〇　「早う聞きし」とあるが、大后の宮が仲忠の琴を聞いたことは語られていない。
一一　「いかで聞かではあるべき。さあるべきにもあらず」を融合させた表現。
一二　「内裏の女御」は、嵯峨の院の小宮。ただし、小宮は妃だから、この呼称、不審。「国譲・下」の巻【六】注三参照。
一三　仁寿殿の女御。
一四　「男宮の限り七所」、不審。仁寿殿の女御腹の皇子は、三、四、六、八、十の宮の五人。【三八】注一七参照。「藤原の君」の巻【四】には、「男四人、女三人、七人の宮たちの御母にて」とあった。
一五　女二の宮。
一六　左大臣正頼の妻。大宮。

の女君[13]、[一八]女御放ち奉りて八所《やところ》、[一九]大殿の御腹の女君達五所《をんなきんだちいつところ》、母上渡り給ふべき方なり。かく、御方々、我も我もとのたまへば、大殿、[正頼二〇]「苦しうのたまはむものぞ」と制し聞こえさせ給へば、「あぢきなきことなり。[二一]さるべくて御暇《いとま》得給はで聞き給はざらむにより、世に聞きがたきことを聞き侍らざらむこそ[14]」とて、一人とどまり給ふべきならず。東《ひんがし》の廂《ひさし》に、宮、尚侍《ないしのかみ》、院の女御の御局《つぼね》と思す。左の大殿の、[二二]大殿腹《おほとの》、男君達《きんだち》四人、宮腹、七人の男君達《きんだち》、「いとむつかしう責めらるるを、さりぬべからむ物の狭間《はさま》」と、切《せち》に思しつつ責め聞こえ給へど、あるままにのがれ聞こえ、さるべき方なきままに、[仲忠あ]「空きたる方なきを、いかがせむ」と聞こえ給ふ。

二五　藤壺・実忠なども、伝授完了の琴を聞きたいと願う。

かかることを、藤壺《ふぢつぼ》[1]聞き給ひて、大殿に、「ただ今、みづから聞こゆべきことなむ」と聞こえ給へれば、[一]宮に、[正頼二]「さればこそ。

一七　大宮腹の、五、六、七、八、十二、十三、十四の君をいう。大宮を含めて八人。
一八　「女御」は、大君の仁寿殿の女御と、九の君の藤壺の二人。
一九　大殿の上腹の、二、三、四、十、十一の君をいう。
二〇　藤壺が苦々しくおっしゃるだろう。
二一　藤壺さまがお立場上お暇をもらえずに聞くことがおできにならないからといって、私たちまでこの世でめったに聞くことができない琴の演奏を聞くことができないのはおかしいと思います。
二二　大殿の上腹は、五、六、十の君、家あこ君。大宮腹は、太郎、次郎、三、四、八、九の君、宮あこ君。

一　大宮。
二　案じていたとおりです。

[三]このことならむ。いかにか聞こえむとすらむ。暇《いとま》許され給ふべうは、いとよし。[四]さだめて、聞こしめし、忍びて車にてとあらば、いかがせむ。すべて、いと苦し。[五]大事の聞きにくきことありぬべかめり。さは渡りなむ。[六]あなたにはものせらるとも、[七]こなたには、な渡り給ひそかし」と聞こえ給へば、大宮「さもありぬべけれど、久しく、をかしき物の音《ね》も聞かぬを、さうざうしく思ふに、尚侍《ないしのかみ》の弾き給はむは、いかでかかる折ならでは聞かむと思へばなむ」。

正頼[八]「ここに、かくのたまはすればこそ」とて、嘆く嘆く参り給へり。

居給ふままに、藤壺[九]「ここには、[2]まろをかしこ[一〇]にまかせて、ただにあらむと思ひ侍りしを、から放ち据ゑ給ひて、むつかしきことをのみ聞き、[一一]ありがたう聞かまほしきことを、誰も誰も聞き給へること。心に思ふことなく、あらまほしき目を見聞かむこそ、思ふやうなるべけれ。十五日、いぬ宮・尚侍《ないしのかみ》、楽《がく》してものし給ひ、院[3]の上もおはして、かの手の限り、さまざま弾き給ふべかなるをぞ。[一二]后《きさい》の宮もおはすべかなるに、[一三]一人しも、かく交じらふまじく侍

【二四】注二〇の発言を受ける。
三　京極殿に行きたいということなのでしょう。
四　「さだめて、聞こしめし、忍びて車にてとあらむ。さらば、いかがせむ」を融合させた表現。
五　聞きたくもない重大な話が、きっとあるのでしょう。
六　「あなた」は、大殿の上をいう。
七　「こなた」は、大宮をいう。
八　「ここ」は、大宮をいう。
九　「ここ」は、一人称。
一〇　「かしこ」は、仲忠をいう。
一一　「ありがたう聞かまほしきこと」は、めったに聞くことができなくて聞きたいと思っていた琴の演奏の意。
一二　「后の宮」は、嵯峨の院の大后の宮。
一三　私一人だけが。

るなむ、いとあさましく侍る」とて、泣き給ひぬばかり聞こえ給へば、「《正頼》いとあやしく。げに、ありがたきことを聞かせ給はば、いとよきことにこそ侍らめ。大后《おほきさい》の宮も、必ずやおはします[一四]らむ。[一五]時に臨みて、『あるまじ』など、人申さば、いかが侍るべからむ、[一六]御暇《いとま》は」。「《藤壺》[一七]上は、御気色は侍り[4]。昨夜《よべ》、いみじう聞こえしかば、『《帝》知らず』などものたまはず。こればかりは、[一八]天下《てんげ》にのたまふとも、[5]とかくは、えあらじ」とのたまふ折に[一九]渡らせ給へり。おとど、隠れに居給ひぬ。「《藤壺》明日の夜《よ》さり、必ず迎へ給へ」とのたまへば、[二〇]さればよとて出《い》で給ひぬ。

いとまめやかにむつかり申し給ひて、御暇《いとま》、しひて聞こえ給へば、「《帝》はや。いとよかなり」とて、「出で給ひなば、やがて[二一]かしこにものし給へ。よろづの人の思はむよりは、[二二]大将の朝臣《あそん》の思はむぞ、をかしきや」。「《藤壺》皆人も聞き給はぬに、一人ものし侍らばこそ、さも思ふ人も侍らめ。大后《おほきさい》の宮よりはじめ奉りておはせむには」と申し給へば、「《帝》[二三]それは、[6]さしもあらじ。[二四]げに、かの宮おはせば、

一四 助動詞「らむ」は、ここは、確実に起こる近い未来の推量の表現。
一五 藤壺さまがお出かけになる時になって。
一六 倒置法。
一七 帝は、お許しくださるご様子です。
一八 「天下にのたまふとも」は、誰がなんとおっしゃっても の意。
一九 帝が。
二〇 注二参照。
二一 「かしこ」は、京極殿をいう。
二二 「大将の朝臣」は、仲忠。
二三 大后の宮は、おいでにはならないでしょう。
二四 「かの宮」は大后の宮、「宮」は嵯峨の院の小宮。実際に、大后の宮がおいでになったら、それを理由に、

さあるばかりに、宮ぞものし給はむ。よし。聞かむ。二五さもあらじとて、また、尚侍《ないしのかみ》の琴《きん》聞かぬ人は、世にはあらずやあらむ」とのたまはすれば、藤壺、大后《おほきさい》必ずおはせむなど、人知れず思す。

二六源中納言、今は人にも殊に見え交じり給はぬを、かくなど聞き給ひて、

実忠「二七夜《よる》の御ことならば忍びて参らまほしくなむ承る」

とて、

「二八死に返り思ひ初めにし世の中の飽かぬことこそあはれなりけれ

もしさるべくは、並びなむや」

とあり。

見給うて、よろづのことより、いかさまにして聞かせ奉らむと思ひ給ひて、

仲忠「喜びて承りぬ。二九わが仏、三〇え聞こえさせぬほどに、いともいともめづらしくうれしきことは。いでや。げに、

小宮さまがいらっしゃるでしょう。小宮は藤壺のことを快く思っていなかった。

二五　大后の宮がおいでにならないからといって。

二六　「源中納言」は、源実忠。ただし、この呼称はここにだけ見える。

二七　「夜の御ことならば忍びて参らまほしとなむ承る」に同じ。

二八　昔は死ぬほどつらいものと思って捨ててしまったこの世ですが、まだ心残りなことがあったのだと思うと悲しい思いがします。実忠は、「国譲・上」の巻【四〇】注三でも、藤壺に、「死に返り惑はれし心地なれど」と言っていた。

二九　「わが仏」は、「あが仏」に同じ。【三二】注六参照。

三〇　こちらからお手紙をさしあげることができずにいるうちに。

[三一]年経《ふ》れど誰も忘れぬ憂き世には慰むことの何かあるべき

まめやかに、世の中のあはれに心細くおぼえ給へば、しるしばかり、[三二]幼き人に、月ごろものし侍りて。[三三]忍びたる所侍りがたくも、あながちにてもと思ひ給ふるを。[三四]と聞こえさすれば、[三五]両けん所の法師の心地なむし侍る」

と聞こえ給ひつ。

世にやすからずのたまひ、[三六]しんてんはこの北の方の御娘たち、宮たち、いかさまにてこれを聞かむと[三七]思し給はぬなし。

忍びてと思せど、二所《ふたところ》、院おはしますべき儀式、心殊なるありさまを言ひ騒ぎ、「ここばくの限りなき宮・殿ばら尽くして渡り給ふべきことあり」とののしれば、[三八]乞食《こじき》・[三九]乞丐《かたゐ》まで、いかなることならむ、見聞かばやと思ひ言ふ。

[四〇]右の大殿の三[7]の宮・梨壺の御方、一所《ひとところ》にとて、大后《おほきさい》の宮、にはかに渡り給はむとす。

三一　何年たっても、誰もつらい思いを忘れることのないこの世には、中納言殿の心が慰められることは何もないでしょう。
三二　「幼き人」は、いぬ宮。
三三　下に「琴を教えようと思っているのです」の意の省略がある。
三四　こんなふうに申しあげると。
三五　「両けん所」、未詳。「霊験所」「霊見証」と解する説もある。
三六　「しんてんはこの」、未詳。
三七　「思し給ふ」は、過剰な敬意の表現。
三八　「こじき」は、「こつじき」の転。
三九　「乞丐」は、物乞いの意。
四〇　嵯峨の院の女三の宮と梨壺。大后の宮の娘と孫。

二六　十四日の夜から、人々、京極殿に集まる。

十四日の夜《よ》さり、院の女御、大殿の御方々、大人一人・童《わらは》二人御供にて渡り給ふ。御達《ごたち》は、例の儀式にて、その車は下《お》りず、南の方の山の隠れに立て並めたり。二御方《ふたかた》の男君達《きんだち》・姫君たち、御車ながら、所もゆかし、かの下《お》り給はむありさま、かくなども見給はむとて、十一人の御はらから、黄金《こがね》造りに檳榔毛《びりやうげ》合はせて十一、引きしろひて、楼の西・東《ひんがし》の階殿《はしどの》に向かへて立つ。

大后《おほきさい》の宮、糸毛の御車続けて、十四して渡り給ふ。西の御門《みかど》より、西の対に、人々、檳榔毛《びりやうげ》に乗りたるをば、まづ下《お》ろして、御車、中門《ちうもん》より入れて、寝殿の未申《ひつじさる》の方の高欄を放ちて下《お》り給ふ。儀式、いと厳《いか》めし。暁方なり。左の大殿の君達《きんだち》、いと多く引き具して、御前《ごぜん》仕うまつり給へり。

儀式、いと厳めしううち続きて、三条殿の大殿の宮・梨壺《なしつぼ》渡り

一　仁寿殿の女御。
二　正頼の二人の北の方たち。大宮と大殿の上。
三　大宮腹と大殿の上腹の男君と女君たち。
四　挿入句。
五　「給ふ」は、間接話法的な敬意の表現。
六　正頼の男君たち十一人か。【三四】注三参照。
七　「階殿」は、楼に上るための、屋根がついた階段。参考、『落窪物語』巻二「中将殿の御車どもは、階殿に引き立てて、無期に立ち給へるに」。
八　車を西と東に向かい合わせて立てる。
九　大后の宮の御座所は、西の廂の間。【三四】参照。
一〇　左大臣正頼殿の男君たち。大后の宮の孫にあたる。
一一　「大殿の宮」は、嵯峨の院の女三の宮。

給ひぬ。西の対なり。尚侍《かん》の殿の人々も、皆、未申の一二御堂の廂《ひさし》・渡殿《わたどの》に移りて、西の対を、嵯峨《さが》の院・一三大宮の一四殿上人、蔵人所《くらひとどころ》にしたり。

藤壺の若宮たち、寅《とら》の時にまかで給へり。大将、思ひかけ給はぬに驚きて、一五東の廂四間《よま》を、にはかに、南に寄りて二間《ふたま》を一の宮の御方と思したるを一つにて、中を隔てて、藤壺のおはし所にし給ふ。次の二間を、廂かけて、宮・女御おはす。内裏《うち》・春宮《とうぐう》の殿上人、いと多く参れり。糸毛のになき御車、檳榔毛《びりやうげ》十二、ただの二つあり。一の宮・大宮の御方々の人々、片方《かたへ》は釣殿《つりどの》に移りぬ。一六藤壺の女御の、対かけたる渡殿などに、一七春宮の殿上、一八一間《ひとま》を分けてしつらひ居たり。

南の廂《ひさし》の御階《みはし》の東《ひんがし》は、朱雀院《すざく》の宮たち、御褥《しとね》、一九高欄の端より西の廂は、嵯峨《さが》の院の5宮たち、二〇九所《ここのところ》おはす、御褥、隙《ひま》なく装《よそ》ひ続けたり。母屋《もや》分けて、二つにしつらひて、二一6倚子《いし》立てり。二二さるべき大将たち・おとどばかりぞ、二三内には。さての上達部《かんだちめ》は、高欄の簀子《すのこ》

一二「御堂」は、念誦堂。

【六】注三参照。

一三「大宮」は、大后の宮。

一四「殿上人」は、「殿上」の誤りか。

一五 寝殿の東の廂の間。【三四】に、「東の廂に、宮、尚侍、院の女御の御局と思す」とあった。その四間が、北から、尚侍、仁寿殿の女御、女一の宮、藤壺の局にと変更された。

一六「藤壺の女御の」は、藤壺の女御の侍女の意か。

一七「春宮の殿上」は、春宮の殿上人の意か。

一八「一間を分く」の内容はよくわからない。

一九 寝殿の南の廂の間の、西の端の高欄から中央の御階にかけての西側の廂の間。西の廂の間の意ではない。西の廂の間は、大后の宮の御座所である。注九参照。

二〇 挿入句。

にぞ居たるべき。太政大臣《だいじやうだいじん》のおとども、院[二四]の上のおはしまさば参りて聞かむとし給ふ。[二五]一院は、嵯峨《さが》の院おはしましぬと聞き給ひて、後に御対面あるべきにておはしまさむとし給ふ。東の対は、一院おはしまさむ殿上・蔵人所にせられたり。

二七　夜が明けて、八月十五日、秘琴伝授完了の日を迎える。

明けゆくままに、御方々、[一]南の方、池・中島・釣殿《つりどの》、未申《ひつじさる》の堂の方、左右の反橋《そりはし》・楼のさまなど見給ふに、限りなくおもしろくめでたしと見給ふ。北の方を見やり給へば、遣水《やりみづ》、枝ざしをかしうめづらかなる木ども・小松ども、遣水のこなたかなたに多かり。対などは、[二]こなたには見えず。遥々《はる》と、[三]庭のさまにて、[四]白くおもしろきに、苔《こけ》生ひ、紅葉の木ども見ゆ。

藤壺《ふぢつぼ》見給ふに、[五]大殿は、厳《いか》めしう[六]上臈《じやうらふ》しう造りたることこそあれ、見どころ、え、かうはあべきならず、[七]尚侍《ないし》の君、狭《せば》くてむつ

二二　二人の院のための倚子。
二三　左大将兼右大臣兼雅と右大将仲忠、太政大臣忠雅と左大臣正頼をいうか。
二四　寝殿の母屋の内。
二五　「院の上」は、嵯峨の院と朱雀院をいうか。
二六　「一院」は、朱雀院をいう。

一　「南の方」は、寝殿の南の方角。
二　「こなた」は、今見ている北側の意で、北の対などがないことをいうか。
三　「庭のさまにて」は、南の庭と同じようでの意か。
四　「白く」は、白砂がまかれたさまをいうか。
五　「大殿」は、三条の院。
六　「上臈し」は、格式高いの意。
七　底本「内侍のきみ」。尚侍をいう。「内侍のかんのきみ」の誤りか。

かしく思《おぼ》[八]すらむ、[九]こなたを見やり給ふに、いといみじくおもしろく見給ふ。一の宮、何ごと思すらむと[一〇]。[一一]女御の君は、春宮《とうぐう》おはせず、后《きさき》にもなり給はぬを、心よからず思ししに、[一二]大将のありさま・容貌《かたち》、帝《みかど》と申すともきしろひがたく思したるを、少し猛《たけ》[一三]く思すに、今日のありさま、ここの造りざま、人々のいみじう言ひし、[一四]げに聞こえ給ふ。

二八　未の時頃、嵯峨の院、次いで、朱雀院、京極殿に御幸する。

未《ひつじ》の時ばかりに、嵯峨《さが》の院おはしましましたり。右大将参り給ひて、[一]御階《みはし》に御車寄せて、[二]右の大殿、大納言三人、中納言、宰相五所《いつところ》、源中納言、宮たち、いと厳《いか》めしう清らにおとなおとなしく[三]そろそろしくて引き連れておはします。[四]七十二におはしませど、いと清らに若く、ただ今ぞ五十ばかりと見え給へる。御髪《みぐし》白からず、[五]御腰少しうつ伏し給へる、いとよく笑ませ給ひて、[六]嵯峨の院「いとおもしろ

八　文脈不審。「大殿は」以下を心内文と解した。
九　「こなたを見やり給ふに」は、上の「見給ふに」を繰り返した表現か。
一〇　文脈不審。下に「思す」などの脱落があるか。
一一　「女御の君」は、仁寿殿の女御。
一二　「大将」は、婿の仲忠をいう。
一三　「猛し」は、名誉に思う、誇らしく思うなどの意。
一四　「げに」は、「げにと」の誤りか。

一　寝殿の御階。
二　底本「右大殿」。右大臣藤原兼雅。
三　「そろそろし」は、平安時代の仮名作品にほかに例が見えない語。落ち着いているなどの意と解する説に従った。
四　「七十二」は、嵯峨の

き所と、昔見しを、ゆかしきになむものしつる。かの池の七船屋《ふなや》は、こたみは丈ぞ高くなりにける。いとあはれに、ただ同じやうなりや。我見し同じほどを見し人あらじかし。そや。かの宮内《くない》の兼覧《かねみ》の朝臣《あそん》ありける。八おぼゆや」とのたまはすれば、兼覧「さ侍《はべ》り。山の木ぞ高くなり侍りける」と申す。

九一院より、右馬頭《むまのかみ》なる人御使にて、

朱雀院1「右大将の朝臣の家に渡りおはしましたりと承るは、まことにや侍らむ。尚侍《ないしのかみ》の、幼き人に琴《きん》教へて、今日もとの所へ帰り侍るを、かかるついでならでは聞きがたく侍るを、まことに御幸《みゆき》侍らば参りてと思う給ふるを、例あらぬことならば、便《びん》なくや侍らむ」

とある御返り、

嵯峨の院「承りぬ。一〇ここにも、まだ聞き知らねば。一一大王《だいわう》のゆかしき人も侍り。児《ちご》の習ひ給ふらむ聞かまほしくて、ものし一二給へるに従ひてなむまうで来つるを。一三対面もおぼつかなきを、必ず御幸《みゆき》ある

院の年齢。

五「腰うつ伏す」は、腰が曲がるの意。

六「楼の上・上」の巻【三四】の嵯峨の院の発言参照。

七「船屋」は、船を収納する建物か。釣殿のことと解する説もある。

八「おぼゆや」は、兼覧への発言。

九「一院」は、朱雀院をいう。

一〇 私も、尚侍さまの琴をまだ聞いたことがないので、こちらに来たのです。

一一「大王」は、朱雀院をいう。「大王のゆかしき人」は、いぬ宮をいうか。

一二「給ふ」は、いぬ宮に対する敬意の表現。

一三 院（朱雀院）とはなかなかお会いできないのですから、ぜひおいでください。

べし。例はありとおぼえ侍り」

と聞こえ給ひつ。

大将、御迎へに参り給ふ。一四左の大殿・右の大殿、それよりほかは、ある限り御供に仕うまつる。すなはちおはしましたり。2一五太政大臣《だいじやうだいじん》のおとど、次に参り給ふ。一六院の親王《みこ》たち、一七この御腹のだに七所《ななところ》、清らにうつくしげにて、五所《いつところ》は御冠《かうぶり》し給へり。二所《ふたところ》は、まだ童《わらは》にて、うち続きて居給ひぬ。

嵯峨《さが》の院は、御物語、3御前《みまへ》の一八御床《みゆか》の上にて。一院は、清らにうるはしく聳《そび》やかにおはします。御覧じまはして、（朱雀院）「人々、皆、残りなくものするに、内裏《うち》には、誰か候はるらむ」。左のおとど、（正頼）「一九大蔵卿源朝臣、蔵人《くらひと》の少将宣方《のぶかた》、さては、六位の男《をのこ》どもなむ候ふ」と二〇啓し給ふ。

車、二一東面《ひんがしつら》を際《きは》にて、西は、三四町まで立てたり。次々の下人《しもびと》どども、道なく見ゆ。

一四 底本「左大殿右大殿」。左大臣正頼と右大臣兼雅。
一五 【三六】に、「太政大臣のおとども、院の上のおはしまさば参りて聞かむとし給ふ」とあった。
一六 「院」は、朱雀院。
一七 「この御腹の」は、仁寿殿の女御腹の親王たちの意。ただし、「七所」不審。【三四】注一四参照。
一八 「床」は、浜床。【一九】注三参照。
一九 「大蔵卿源朝臣」は、ここにだけ登場する人物。名、未詳。「蔵人の少将宣方」は、ここが初出。【三五】注四には、「蔵人の少将藤原宣方」と見える。
二〇 院に「啓す」の例である。【七】注五参照。
二一 「東面」は、京極殿の東側をいう。

一 「午限る」は、午の時

二九　酉の時に、尚侍といぬ宮、楼から下りる。

一午《むま》限りて、酉《とり》の初めに楼より下《お》り給ふべし。楽人《がくにん》も皆平張《ひらばり》に集まりぬと、一院御覧じて、右大将・左のおとどに、朱雀院「時、やうやうなりぬめるは。いづら、遅し」と、度々《たび》仰せらるれば、左のおとど、正頼二「頭《とう》の中将・右近の蔵人《くらひと》の少将、こなたかなたにまかりて、はや、疾《と》う仰せよ」とのたまふ。立ちて、事の行事す。西の方の錦《にしき》の平張より、大鼓《おほつづみ》打ちて、静かに、やうやう楽《がく》し出《い》づ。三八人の童《わらは》、四人は、四孔雀《くざく》の装束《しやうぞく》す。四人は、胡蝶《こてふ》。左右に立ち出でて、いとをかしう舞ふに、吹き物・弾き物、あてて五賜はす。宮たち、六「手遅し」とのたまひて、吹き、弾き、合はせ給へり。

七院、大将を召して、嵯峨の院八「かの人々も、はやものせられよ。輦車《てぐるま》寄せて、かの、西・東《ひんがし》の反橋《そりはし》に寄せさせむ」。九一院の上は、気色お

までに伝授が完了するの意。

二「頭の中将」は良岑行正、「右近の蔵人の少将」は源近澄。

三「八人の童」は、【三】注八参照。

四「孔雀の装束」は、鳥の舞（迦陵頻）の装束か。鳥の舞は、胡蝶の舞の番舞（つがいまい）。参考、『源氏物語』「胡蝶」の巻「鳥、蝶に装束き分けたる童部八人、容貌などことに調へさせ給ひて」。

五「賜はす」は、朱雀院の動作か。

六 早く演奏せよ。

七「院」は、次の「一院の上」（朱雀院）に対して、嵯峨の院をいう。

八「かの人々」は、尚侍といぬ宮をいう。

九「一院の上」は、平安時代の仮名作品にほかに例が見えない語。

はする御心にて、多くの[一〇]大臣《たいしん》たち・大宮方に見せざなるに、藤壺《ふぢつぼ》を後ろめたく思はむ[1]と心もとなげに、[一一]一つに、皆狭《せば》げなりと御覧じて、《朱雀院》「かの東の[一二]放出《はなちいで》[2]の母屋《もや》二[一三]つぼ、屏風《びやうぶ》立てて、いぬ宮・尚侍《ないしのかみ》は、ここにものせらるべきなり」とのたまはすれば、喜びながら屏風立てしつらひ給ひつ。人々、心殊に見給ふ。

左のおとど、「遅し。はやはや」と仰せらる。嵯峨《さが》の院、「かたじけなけれど、[一四]大宮の御輦車《てぐるま》、尚侍、一院のは、[3]いぬ宮」と仰せらるれば、承りて、右のおとど、いとはなやかに行ふ。左のおとど、《正頼》「尚侍の御車寄せさせ給はむや。正頼《まさより》、いぬ宮はものすべし。右大将の朝臣《あそん》、思ふとも、身を二つには、え分けじ」とのたまふ。

右大将、こなたかなたに、《仲忠》「はやはや」とのたまはすれば、[一五]蘇《す》枋《はう》の裾濃《すそご》の、[一六]持て出だして、絵描《か》き、縫ひ物したる几帳《きちやう》ども、三十人の大人取り続きて、童《わらは》四人、綾《れう》の上の袴《はかま》着たり。また、いぬ宮の御方の[一七]人々[4]、[一八]紫の裾濃に縫ひ物して、唐組《からくみ》[一九]を紐《ひも》にしたり、三十人、童の丈、これは少し劣りなる、長々とある反橋《そりはし》の上にさし

一〇 底本「大臣」。身分の高い臣下の意。ここは、正頼をはじめ、正頼の男君たちや婿たちをいうか。
一一 「一つ」は、尚侍といぬ宮が藤壺と同じ東の廂の間に入ることをいう。
一二 底本「はいて」。「放ち出で」の誤りと見る説に従った。【三六】に、「次の二間を、廂かけて、宮・女御おはす」とあった所の母屋の部分のことか。
一三 「つぼ」、未詳。
一四 「大宮」は、嵯峨の院の大后の宮。大后の宮の輦車を尚侍に、朱雀院の輦車はいぬ宮にの意。
一五 文脈がやや調わないが、「蘇枋の裾濃の」は「几帳ども」に係るか。これは、尚侍方から出されたもの。
一六 「持て出だす」は、外側に向けるなどの意か。
一七 底本「人に」。「人々」

続きたる、いとをかし。

まづ、[二〇]おとど、[二一]御具[5]賜はりて、下《しも》に、右のおとどに譲り聞こえ給ひて、いぬ宮下《お》ろし奉り給ふ。右大将抱《いだ》き奉り給ひて、几帳の前《さき》に童《わらは》、[二二]こなたにも、褥《しとね》・薫炉《ひとり》・薫物《たきもの》に、白銀《しろかね》・黄金《こがね》の壺二つ据ゑたる物、脇息《けふそく》と取りて歩みたり。丈調ひ、髪丈に一尺あまりたるが、容貌《かたち》うつくしげなり。隙《ひま》なくさし続きたる几帳、色々の袿《うちき》・裳《も》の裾どものはづれたる、いとなまめかし。[二三]近き車どもよりも遥《はる》かに見ゆる、いとめでたし。

左のおとど、几帳に添ひて、はつかに、いぬ宮の御様体《やうだい》を見給ふに、[二四]いみじくうつくしげにめでたう見え給ふこと、あて宮の児《ちご》におはせしにこよなうまさり給ひて、あてになまめかしう、見驚くばかりいみじきものかな、ここばくの君たち、[二五]一、二の宮ばかり[6]こそは、品まさりて[7]見え給ひしかど、まだ小さきほどに、いとかうは見え給はざりき、[二六]これは、ゆゆしく、[二七]変化《へげ》の者と見え給ふ。楽《がく》の声、御前《おまへ》の親王《みこ》たちよりはじめて、弾き物・吹き物、声静か

の誤りと解する説に従った。
一八　以下「紐にしたり」まで挿入句。几帳の説明。
一九　「紐」は、几帳の野筋か。
二〇　「おとど」は、正頼。
二一　「御具」が何をいうか未詳。いぬ宮の調度類か。
二二　「こなた」は、いぬ宮の几帳の後方をいうか。
二三　「近き車ども」は、【三六】に、「南の方の山の隠れに立て並めたり」とあった御達の車のことか。
二四　以下「変化の者」まで、正頼の心内。
二五　朱雀院の女一の宮と女二の宮。
二六　「これ」は、いぬ宮をいう。
二七　「変化の者」は、【一九】注八参照。

に、等しくて、おもしろきこと限りなし。嵯峨《さが》の院、御扇して拍《ひやう》子《し》打たせ給ふ。[二八]一院、時々、唱歌《しやうが》し給ふ。かかること、またあらじと見え聞こえたり。

[二九][8]御車寄す。四位五位の[9]殿上人、階《はし》より下《お》りて、手かけて寄せたり。一院、「かの車、[三〇]辰巳《たつみ》の隅の高欄放ちて寄せさせよ」と、頭《とう》の[10]中将にのたまはすれば、左右《さう》の大臣《だいじん》、前《さき》に立ちて歩み給へり。右大将、いぬ宮の御車引き給へり。右大将、[三一]右のおとど几帳さして下《お》ろし奉らむとするに、[三二]「例の儀式あるを」とて、[三三]御気色賜はり給ひて、まづ尚《かん》侍のおとど下り給ひ、次にいぬ宮の御輦車《てぐるま》寄す。左のおとど、手かけ給へば、次々の人[三四]下りて寄せたり。

[三五]几帳、夕日の透き影より、尚侍、[三六]紅《くれなゐ》の黒むまで濃き唐綾《からあや》の[三七]打ち袷一襲《あはせひとかさね》、三重《みへ》の袴《はかま》、龍胆《りんだう》の織物の袿《うちき》、唐《から》の[11]縠《こめ》・薄物《うすもの》重ねたる地《ぢ》摺《ず》りの裳、斑濃《むらご》の[三八]腰さして、唐《から》の[三九]糸木綿《いとゆふ》・赤色の二藍《ふたあゐ》重ねて、唐《から》衣《ぎぬ》着給へり。いぬ宮、唐撫子《からなでしこ》の唐綾の袿一襲、[四〇]桔《き》梗《かう》色の織物の細長、三《み》重襲《へがさね》の御袴。尚侍、居ざり寄りて、下《お》ろし奉り給ひて、御

二八 「一院」は、朱雀院をいう。
二九 尚侍の輦車といぬ宮の輦車を寝殿に寄せる。
三〇 寝殿の東南の高欄。尚侍といぬ宮を東の放出に入れるためである。
三一 右大臣（兼雅）がさし几帳をしていぬ宮をお下ろし申しあげようとすると。
三二 定まった作法がありますから。年齢の順にすべきということか、あるいは、女官である尚侍を先にすべきということか。
三三 「御気色」は、朱雀院のご意向の意。
三四 「下る」は、階を下りるの意。
三五 以下、文脈が調わない。「几帳」「夕日の透き影より」を受ける言葉が、よくわからない。さし几帳に夕日があたって透けて見えるさまをいうと解した。

衣《ぞ》引き繕ひなどし給ひて居ざり入り給ふ透き影、いぬ宮、四一玉虫の簾《す》より透きたるやうに、あなめでたと見えたり。小さき扇さし隠し給ひて居ざり入り給ふを、一院、几帳の綻《ほころ》びより御覧じて、いとうつくしと思《おぼ》す。尚侍、様体細《やうだいほそ》やかになまめかしう、あな清らの人やと見えたり。四二ただ今二十余《よ》ばかりにて、裳の裾に溜《た》まりたる髪、艶《つや》々として、裾細からず、また、こちたからぬほどにて、四三引き添へられて居ざり入り給ふを、左のおとど、几帳さし給ふままに見給ひて、いといみじかりける人かな、歳のほど、四四大将の妹と言はむにぞよき、仁寿殿《じじゅうでん》の女御には、様体《やうだい》・けはひもまさり給へり、昔の心ならましかば、かかるを見過ごさましやと、ねたうおぼえ給ひ、からく思したり。

三〇　四人の童、人々から賞賛される。

一この四人の童《わらは》、一人は、容貌《かたち》、色いと白くうつくしげにて、舞

三六 「紅の黒むまで濃き」は、「楼の上・上」の巻【三四】注二六参照。
三七 「打ち袷」は、砧で打って艶を出した打衣の袷。
三八 「腰」は、腰紐の意。
三九 「いとゆふ」を糸木綿と解する説に従った。
四〇 「桔梗色」は、薄い藍色。
四一 「玉虫の」の「の」を主格の格助詞と解した。
四二 「ただ今二十余ばかりに見えて」の意。
四三 「引き添ふ」は、几帳をそばに引き寄せるの意と解した。【二四】に、「帥の君、三尺の几帳引き添へて居ざり出でたり」とあった。
四四 右大将(仲忠)の姉妹と言うのがふさわしいほどだ。

一 「この四人の童」は、さがのの孫の四人の童たち。

もすぐれてかしこくするを、二御前《おまへ》よりはじめて、かれは、いとをかしき童かなと興《けう》じ給ふ。院、三「《朱雀院》いと小さくてかしこく舞ふものかな。かれ、ここに召し寄せて、楽《がく》も静かに仕うまつらせよ」とのたまふに、左のおとど、「《正頼》四人は、四この家に侍る童なり」と啓し給へば、「《朱雀院》いとをかしく調ひて、いかで、かくあるらむ」とのたまふ。親王《みこ》たち、御方々、これに目をつけて、見興《けう》じ給ふ。御《み》階《はし》のもと近くて、「さらに、さばかりのほどにて、かく舞ふ、なし」と愛《め》で給ひて、左右《さう》の大臣《だいじん》、衵《あこめ》脱ぎて賜へば、親王《みこ》たち・殿上人、同じく脱ぎかけ給ふに、五舞ひさして逃げて行けば、「かれとどめよ」と召すに、恥ぢて参らねば、人々興《けう》じ給ひて、大将に、「誰が子ぞ」と問ひ給へば、「《仲忠》六しかしかの者どもの、兄弟《あにおとと》の子どもに侍り。七鄙《ひな》びて、かくまかでつるなめり」と八啓し給ふ。宮たち・上達部《かんだちめ》、「むべなりけり。時持《ときもち》はいと清げに侍りし者なればにこそありけれ。声いとかしこく出《い》で侍りし者なり」と申し給ひて、召せば、参りたり。


二「御前」は、二人の院をいう。

三 この「院」を、朱雀院と解した。

四「この家」は、京極殿をいう。

五「舞ひさす」は、舞を途中でやめるの意。

六「しかしかの者ども」と「兄弟」は、並列の表現。近江掾良宗時持と右馬允をいう。【三】参照。

七 田舎者なので、こうして作法もわきまえずに逃げてしまったようです。

八 院に「啓す」の例である。【七】注五参照。

九 童たちに笛をお与えになる。前に、「かれ、ここに召し寄せて、楽も静かに仕うまつらせよ」と言っているので、ここも、朱雀院の動作と解した。

一〇【三】には、「顔の清げ

「《仲忠》笛なむ、よく吹く」と申し給へば、「《朱雀院》いとをかしきことかな」とて[九]賜ふ。四人ながら、いとをかしう、吹かぬ笛なく吹き立てて、まだ小さきも、[一〇]顔かたち、愛敬《あいぎやう》をかしげにて、かかる才《ざえ》をいとうつくしくすれば、院の宮たち、我も我もと[一一]得む[2]とし給へば、左のおとど、[一二]春宮の御弟《おとと》の宮たちも、かかることとするを、さしもあらぬをだになし給ふ、二人をだにと思ひ給へど、同じやうなる宮たちの請ひ領じ給へば、え、ともかうものたまはぬを、藤壺、中に髪まさりたる二人を、いかで、[一三]宮・二の宮に奉らむと。[一四][一五]容貌《かたち》は、まさるも、[一六]えありなむ、小さくて、さまざまをかしくて、宮たちのもてなし給ふに、嵯峨《さが》の院さへ、「一人は院に[一七]候はせむ」とのたまふを、うらやましく思して、[一八]二の宮の、御簾《みす》のもと近くおはするに、「《藤壺二の宮》『かの、笙の笛吹くは、春宮に奉らむ。横笛吹くは、我得てむ』と、大将にのたまへ」と聞こえ給へば、大将の居給へるに、はた、かくとのたまへば、「《仲忠》いとよく侍るなり」と聞こえ給ふ。[一九]一院の、五、六の宮、「得むとするなり。いかでか」との

に、愛敬らうらうじきこと、殿上童とも言ひつべし」とあった。

一一　底本「えんし給へは」を「得むとし給へば」の誤りと解した。

一二　「春宮の御弟の宮たち」は、春宮の、藤壺腹の第二御子と第四御子。

一三　「宮・二の宮」は、春宮と第二御子。

一四　「と」は、「と思す」の意。

一五　以下を藤壺の心内で、「のたまふを」の部分で地の文に流れていると解した。

一六　「え」は、下に打消の表現を伴わない例。

一七　「院」は、嵯峨の院の御所。

一八　二の宮も、御簾近くで童の舞を見ていたのだろう。

一九　「一院の、五、六の宮」は、朱雀院の五の宮と六の宮。五の宮は后の宮腹、六の宮は仁寿殿の女御腹。

たまへば、七の宮[二〇]、「さは、ここ[二一]に得むとしつるものをば、不用[二二]なり」、[二三][3]八の宮、「さは、見でやあらむずるや」とのたまへば、[仲忠]「かの、いま四人[二四]候ふも、いとよく侍り。それらをも」と申し給へば、「否。それは、舞も、えせず、悪《わろ》ければ、からきなり」とのたまひて、かたみに、幼くおはする[4]どちのたまふ。院の宮たち、あるは、「上[二五]に申さむ」などのたまふ。院の上、いづれともなくうつくしと見奉り給ふ。

三一　日が暮れる頃、二人の院、尚侍に秘琴を弾くように求める。

かくて、日暮るるほどに、一院、床《ゆか》[一]より下《お》りさせ給ひて、尚《ないし》侍《のかみ》の几帳《きちやう》のもとにおはして、[朱雀院]「あさましく、おぼつかなく[二]もてなして、年ごろも。みづからこそとてなむ、今日は。昔も、時々、聞かまほしき琴《こと》も飽かずなりしかば、[1]所狭《ところせ》がるまじくとて、車などものせしかど、効《かひ》なくてやみにき。今[三]は、心やすきさまにてだ

二〇 「七の宮」は、故式部卿の宮の女御腹。
二一 「ここ」は、一人称。
二二 「不用なり」は、不可能だの意。
二三 「八の宮」は、仁寿殿の女御腹。
二四 「いま四人」は、【三】注八参照。
二五 「上」は、父朱雀院。

一 浜床。あるいは、「御床」の誤りか。
二 お手紙をさしあげないまま何年間にもなってしまいましたの意。
三 譲位した今は。
四 「人知れぬ心ざし」は、尚侍への秘めた愛情をいう。
五 私の思いはあなたに伝わらないでしょうの意か。
六 私のためにはお聞かせください。
七 下に「恐縮しています」

に、いかにと。[四]人知れぬ心ざしもありき。[2]こよなく思ひ落とされたるばかり、よにくちをしうねたきことはなくなむ。[3]よしや。[五]思ふこそ及ばざらめ。やすかるべき物の音《ね》だに、[六]身のためは。かくもてなさるるこそつらけれ」とのたまはすれば、尚侍《ないしのかみ》、「いともかしこき仰せ言《ごと》を。[七]明け暮れ、疎《おろ》かならず思ひ給へながら、年ごろは、[八]宮・若君たちの御ことを、とかく見給へしほどにこそ、時々も、え参り侍らで。御琴《こと》は、[九]いとよう聞かせ給ふべかりけるは、惚《ほ》れ惚れしうなりにて侍れば、はかばかしうも侍らじ。いかに侍らむ」と聞こえ給へば、朱雀院「いとかしこくも延べ給ふかな」とて、「尚侍『かやうになむ教へつる』とて、[一〇]引き寄せて聞かせ給[4]へかし。かの[一一]細緒《ほそを》の曲《ごく》の物、いま三つ四つはとありしも、さらになむ忘れぬ」と、「[一二]中納言の朝臣《あそん》、涼『七月七日の夜、まだ聞こえぬ物の音《ね》なむありし』とものせしかば。すべて、龍角《りうかく》の調べに[一三]はじめて、かの七日の夜《よ》の琴《こと》、今宵聞かせ給へ。いつか、また、かかる夜のごとあらむ。嵯峨《さが》の[5]院の上、年ごろゆかしうせさせ給へる、残り

などの省略がある。

八　「宮」は梨壺腹の第三御子、「若君」は仲忠の長男（宮の君）をいう。二人とも兼雅の三条殿で育てられている。「楼の上・上」の巻【二】参照。

九　尚侍が弾く琴。「御」の敬語不審。琴は、充分に聞いていただきたかったのですが、耄碌してしまったので、今は思いどおりに上手に弾くことができません。

一〇　琴を引き寄せての意か。

一一　尚侍が朱雀院（当時は、帝）の御前で琴を弾いた時のことをいうか。ただし、「せいひ」の琴だった。「内侍のかみ」の巻【三六】注三四参照。

一二　涼が朱雀院に七月七日の夜のことを報告したことは語られていない。

一三　「……にはじむ」の表現は、平安時代の仮名作品にほかに例が見えない。

少なき御世になり給ひたる、かくておはしましたる、いとかしこきことに。一四人知れぬ思ひ、少しも心とどめて思されば、ただ、今日や、そのしるし見ゆべき」。何ごとも思されぬにつけても、ありがたう、聞こえしことどもものたまふべし。

朱雀院「事ども、今日の夜《よ》の御心ばへにこそ、いよいよ限りなくおぼゆべけれ。大将の朝臣の一五喜びなども言ひてまし。なほ、さまざまに、心憂くこそ思ほゆれ。この聞こゆることどもは、さ思さましや[6]。いかに」とのたまへば、尚侍『げに、ことわり』と聞こえさすべき。疎《おろ》かならぬことをこそ、何とか啓し侍らましか。一六言《こと》よりほかにと思ひ給へしなむ。まことに、琴《きん》はあまた侍りともおぼえ侍らぬを。龍角《りうかく》・細緒《ほそを》ばかりこそ。それは、一七大将、折々に聞こしめさせ侍る[7]らむものを」と聞こえ給ふ。右のおとど、心やすからず見奉り給ふ。一八左のおとどの心ばへ、今に、なほただならじはやと思ふに、右大将、心もとなくこそおぼゆれ。朱雀院「かの龍角・細緒、一九また、かの治部卿《ぢぶきやう》の朝臣の集の中に、今、二〇上《かみ》に、掻《か》き消たれたりし、二一最極《さいごく》

一四 注四に同じ。
一五 「喜び」は、官位の昇進の意。
一六 『古今六帖』五帖〈異人を思ふ〉巻五「思ふてふ言よりほかにまたもがな君一人をばわきて偲ばむ」による表現か。
一七 仲忠は、朱雀院の御前で龍角風を弾いたことはない。細緒風は、「沖つ白波」の巻【四】で、朱雀院（当時は、帝）の御前で弾いている。ただし、仲忠が細緒風を朱雀院の御前で弾いたのはこの時だけである。
一八 以下「おぼゆれ」まで、兼雅の心内。唐突だが、院の「大将の朝臣の喜びなども言ひてまし」の発言に対して、立坊争い後に残る源藤両氏のしこりを気にしたものか。
一九 「また」は、ほかにもの意か。

に思ひ秘[8]すべしとありし、見つる[9]」と、度々《たび》責めさせ給ふに、いみじく清らなる高麗《こま》の[二二]錦《にしき》の袋にてある[10]、取り渡すに、匂ひたる香《か》、えならず。奉り給ふ。（朱雀院）「いま一つあり」と仰せらるれば、ともかくも、え啓せず。

尚侍《ないしのかみ》、いかにすべきにかと思ひわづらひ給ふほどに、嵯峨《さが》の院、近くおはしまして、[二三]「大将の朝臣にものせしことども伝へ聞き給ひけむや。昔の人の勘事《かんじ》、罪あまるを、今は残りなくなりにたる身なるを、この身に許し給はば、うれしくなむ」などのたまふさま、らうらうじく愛敬《あいぎやう》づかせ給へり。（尚侍）「いとかしこきこと」と聞こえ給へば、（嵯峨の院）「さらば、かの龍角よりして、南風《なんふ》・波斯風《はしふ》などいふなむ、[二四][11]神泉にて、[二五]大将・中納言の弾きし琴《きん》、残り[12]なむあまたある心地せしを、『空の雲の騒がしく、乱《らう》がはしきことあり』とて[二六]弾きさしてし残り[13]、その世に弾き給はなむ、いと聞かまほしき。また、波斯風などは、ほのかに聞きて、[二七]事のさまに聞きたる人なし。もしそれにやあらむと、思ひあてに伝へ聞くやうなむありし。

二〇　「上」は、昔の意か。
二一　底本「さいこく」を「最極」と解する説に従った。「最極」は、これ以上ないものの意。
二二　錦の袋に入っているのは、南風の琴。「俊蔭」の巻【三】参照。南風の琴は、仲忠が神泉苑の紅葉の賀の際に弾いた琴である。「吹上・下」の巻【一〇】参照。
二三　「楼の上・上」の巻【三四】参照。
二四　底本「かしなり」を「神泉」の誤りと見る説に従った。以下「弾き給はなむ」までを挿入句と解した。
二五　「大将・中納言」は、仲忠と涼。
二六　「吹上・下」の巻【一〇】には、「仲忠、七人の人の調べたる大曲、残さず弾く」とあった。
二七　「事のさまに」は、正式になどの意か。

それ、今宵聞かせ給はば、この世にも世々にも、尽きずうれしくなむ。これを聞かせ給はで、後の長き世に、人に聞かせ給はば、世の中に恨みとなむすべき。

二八今は身の限りと思ふ末の世にもとの恨みをとくも聞かなむ」[14]

尚侍《ないしのかみ》、二九源中納言、聞き給ひて、かく啓し給はむことの、いかでかはあやしく思ひ給はむ[15]、御返し、

尚侍三〇「二葉にて思ほえぬかな結び松[16]うち解けてこそ人はひくらめ

南風《なんふ》はあまた調べありとも、思ほえ侍らぬ」となむ申し給ふ。

三二　尚侍、父俊蔭の遺言を思い、悩む。

朱雀院《すじやく》は、気近くなつかしくて、よろづのことわりなることをのたまはせ、嵯峨《さが》の院は、御歳高く、かたじけなくおはしまして、いにしへをかけて、のがれがたくのたまふ。いかがすべからむと思ひわづらひ、一故治部卿《ぢぶ》は、二細緒《ほそを》・波斯風《はしふ》、二つの琴《こと》を立てての

二八「とく」に「解く」と「疾く」を掛ける。「末」「もと」は、縁語。
二九 以下「思ひ給はむ」まで挿入句。
三〇「二葉にて思ほえぬかな」は、幼い昔のことでおぼえていませんの意。「二葉」「結び松」は、縁語。「結び松」は、「解く」の枕詞。「ひく」に「引く」と「弾く」を掛ける。参考、『万葉集』巻二「岩代の野中に立てる結び松心も解けずいにしへ思ほゆ」（長忌寸奥麿）。小異はあるが、『古今六帖』『拾遺集』などにも見える。

一 以下「ものし給はぬ」まで、尚侍の心内。
二 俊蔭が遺言したのは、南風と波斯風の琴だった。「俊蔭」の巻【三】参照。
三 「さそらふ」は、「さすらふ」に同じ。

たまひしやう、《俊蔭》「世の中、今は限りの幸ひを極め、[1]次には、よに言ふ効《かひ》なくなり、[三]さそらへむ時にを」[2]とのたうびしを、狼《おほかみ》・獣《けだもの》の中にして、[四]細緒風《ほそをふ》の声の、物の限りは弾きき、波斯風は、今、手触れ、一手調べ始めしに、人々聞きつけてものせしかば、弾きさしてき、今、さるべき歳のほどにものし給はぬ。大将の御さま見給ひ、尚侍《ないしのかみ》になさせ給ひし御心ばへ限りなく、[五]昔の人ののたまひし間《あひだ》のありさまを思ひ出《い》で給ふに、[六]今日のありさま、位を去り給へど、二所《ふたところ》の帝《みかど》、これを聞かせ給ひにおはしましたり、式部卿の宮をはじめて、ここばくの、時にあひ、盛りとおはします、内《う》裏《ち》・春宮《とうぐう》の上達部《かんだちめ》集[3]ひ給へり、后《きさい》と聞こゆる中にすぐれ給へる[七]太《たい》皇太后宮《くわうたいこうぐう》、[八]女王、[九][4]左の大殿の北[5]の方をはじめて五所《いつところ》、女御は、式[一〇]部卿の宮の御娘を加へて[一一]三人おはす、ただ人は、公《おほやけ》私《わたくし》のやむごとなく重きものに思はれたる太政大臣《だいじやうだいじん》、左右《さう》の大臣《だいじん》、上達部の限り十五人、[一二]三位、[一三]左右の大弁、[一四]頭《とう》の蔵人《くらひと》、[6]すべて殿上人多く、ある限りの、[7]なきなし、[一五]聞き知り給ふも、さらぬも、数々、計りな

四　尚侍が北山で弾いたのは、南風の琴だった。「俊蔭」の巻【四三】参照。
五　「昔の人」は、俊蔭をいう。
六　以下「波斯風は、しばし」まで、尚侍の心内。
七　「太皇太后宮」は、嵯峨の院の大后の宮。
八　「女王」は、ここは、内親王の意か。
九　左大臣正頼の妻大宮（嵯峨の院の女一の宮）をはじめとして五人。
一〇　「国譲・下」の巻【六】には、「女御になり給はずて」とあった。
一一　「三人」は、ほかに、仁寿殿の女御と藤壺をいう。
一二　この「三位」は、非参議の三位のことか。
一三　「左右の大弁」は、左大弁源師澄と右大弁藤英。
一四　「頭の蔵人」は、「蔵人の頭」に同じ。良岑行正。

き中に、さても、細緒風は少しも弾くとも、[8]その[一六]曲《ごく》の物の果ての音《ね》を弾かむことは、波斯風に手触れむこと、昔のこと思ひ出づるに、心砕けて悲し、七日の夜は、[一七]織女《たなばた》に奉る、次には、いぬ宮に聞き知らせ奉らむと、[9]それも、ただ忍びて搔《か》き鳴らししなり、かく、[一八]帝と申せど、世に心殊に思はれ給へる院の[一九]一の宮、いぬ宮の[二〇]御条《をち》となり、大臣の北の方と思へども、なほ、心行き、[10]極まることとも思ほえず、二所《ふたところ》の帝《みかど》かしこくとも、波斯風は、しばしと思ひ乱れ給ふ。

三二　尚侍の弾く秘琴に、嵯峨の院と朱雀院をはじめ、人々感動する。

十五夜の月の、明らかに限《くま》なく、静かに澄みて、おもしろし。「心もとなし」《朱雀院・嵯峨の院》と、あまた度《たび》嘆きのたまはすれば、まづ、習ひ初めの龍角風《りうかくふ》を、[一]秋の調べに弾き鳴らし給ふ。音高き、[二]清涼殿にて弾き給ひしにすぐれて、世になくおもしろく明らかなり。よろづ

一五　琴を聞いて理解できる方も、そうでない方も。
一六　「その曲の物の果ての音」は、俊蔭から伝授を受けた琴曲の究極の音の意。
一七　まず波斯風を弾いて織女に奉納する。【一九】注九参照。
一八　「帝」は、「院の帝」の意。朱雀院。
一九　「院の一の宮」は、朱雀院の女一の宮の意。
二〇　「条」は、縁につながる者の意。底本「御おち」。

一　「秋の調べ」は、秋の風情にふさわしい調子の意。参考、『拾遺集』物名「松の音は秋の調べに聞こゆなり高くせめ上げて風ぞ弾くらし」(紀貫之)。
二　尚侍が弾いたのは、仁寿殿だった。「国譲・上」の巻【三五】注三参照。

の楽《がく》、笛の音《ね》を映《は》やし、もろもろのおもしろき声を調へたり。三譜《ふ》代《だい》の声、宮たち、御方々、龍角の声をほのかに聞きしもありしかど、まだかうはあらざりきと驚き給ふ。耳に入り、心に染みて、おもしろきこと、かかることあらむやと、すぐれて聞こゆ。

次に、細緒《ほそを》を、四胡笳《こか》の調べにて一つ弾き給ふに、色々に、霰《あられ》しばしば降り、雲たちまちに出《い》で来《き》、星騒ぎ、空の気色恐ろしげにはあらで、めづらかなる雲立ちわたる。廂《ひさし》に居給へる人々、狭《せば》くて、五人気《ひとけ》に暑かはしくおぼえ給へる、たちまちに涼しく、心地頼もしく、命延び、世の中に[2]めでたからむ栄えを集めて見聞かむやうなり。同じ調べながら、遥かに澄み上《のぼ》りたる声、心細くあはれにて、上《かみ》は空を響かし、下《しも》は地の底を揺るがす。四方《よも》の山林《やまはやし》に聞き別れて、悲しうあはれなること、世の中は常なきことに、たちまちに思ほえて、涙落つることとめがたく、あはれなり。六帝《みかど》よりはじめ奉り、そこばくの上下《かみしも》、聞き給ふに、涙落とさぬなし。

三　「譜代」は、代々続いたものの意。参考、『古今著聞集』巻六管絃歌舞「先例・官の上下臈によらず、譜代を選び用ゐらるることなり」。

四　「胡笳の調べ」は、「俊蔭」の巻【五四】注八参照。「内侍のかみ」の巻【三六】には、「仲忠に賜ひつるせいひの御琴を胡笳の調べながら取り出で給ひて」とあった。

五　「人気」は、人がいる様子の意。参考、『紫式部日記』「人気多く込みては、いとど御心地も苦しうおはしますらむとて」。

六　「帝」は、「院の帝」の意。嵯峨の院と朱雀院。

三四　尚侍の琴、内裏までとどく。不審に思った帝、探らせる。

この琴《きん》の音《ね》聞こゆること、響き、風に従ひて、近くは、内裏《うち》に、夜《よ》さりの[一]威儀の御膳《おもの》に着かせ給はむとするほどに、心細う悲しうあはれなる物の音《ね》、風につけて聞こゆるを、驚きあやしがらせ給ひて、帝「殿上の人、この物の音《ね》は聞くや。いづくにかあらむ。いとあやし」と[二]仰せ給ふ。「しか侍《はべ》る。いとあやし」と申す。しひて聞かせ給へば、東《ひんがし》、辰巳《たつみ》の方《はう》より聞こゆ。[三]蔵人《くらひと》の少将、宣方[1]「おもしろくとも、京極の大将の家の琴《きん》の声、[四]内裏まで聞こえむやは。あやし」と。[五]男女方《をとこをんながた》、聞きて、あはれがり、涙落とさぬなし。[六]上も、いと[七]愛《かな》しくおはします御心にて、帝「なほ、これ、いとあやし。蔵人所《くらひとどころ》、[八]滝口《たきぐち》の男《をのこ》ども、少将宣方《のぶかた》、[九]寮《つかさ》に、早からむ馬、はや、召しに遣はして、これが声するを指してまかりて、[一〇]目に見えずとも、そのほどと申せ」と仰せ給ふ。

一 「威儀の御膳」は、節会の際に用意される正式な食事。ここは、八月十五夜の宴でのものか。
二 「仰せ給ふ」は、おっしゃるの意。「忠こそ」の巻【一七】注三参照。
三 「蔵人の少将」は、藤原宣方。【三八】注一九参照。
四 反語表現。「内裏まで聞こえじ」の強調表現。
五 「男女方」は、男たちの所でも女たちの所でもの意。
六 「上」は、内裏の帝。
七 「愛しき心」は、感動する性格の意。
八 「滝口の男」は、滝口の武士。蔵人所に属し、宮中の警衛にあたった。
九 底本「つかさ」を、馬寮と解した。
一〇 どこだかわからなくても。
一一 「物の変化」は、人間以外の何ものかが人間の姿となって現れたもの。参考、帝《みかど》、限りなくあはれに思《おぼ》されて、かつは、物の変化《へげ》にやとまで思せど、涙落とさせ給ふこと限りなし。高きもさらぬも、候《さぶら》ひ給ふ御乳母《めのと》、内侍《ないし》・命婦《みやうぶ》・蔵人、下《しも》の品のも、泣く泣くあはれがり、あやしと思ふ。上は、端に出《い》でさせ給ひて、眺めさせ給ふ。人々も候ふ。雲の気色も例に似ず、あはれなる声の聞こゆること、よろづのこと深く思ふ心、皆忘れて、ただひとへにもの悲しう、世のあはれなることのみ思ほゆ。

三五　蔵人の少将宣方、京極殿にたどり着く。

少将、楽《がく》の声聞こゆる方に、馬を打ちて行けば、京極なり。道は、二三町を限りに、人、隙《ひま》もなく立ち居たり。御門《みかど》は、いとど足踏むべき隙《ひま》もなし。人の中を、わりなくて分け行く。近くて聞くは、まして、三つ四つ声を合はせて、さまざま、あはれなり。言ふ効《かひ》なげなる姿したる者も、あはれがりおもしろがり居たり。

『源氏物語』「手習」の巻「物の変化にもあれ、目に見す見す、生ける人を、かかる雨にうち失はせむはいみじきことなれば」。「俊蔭」の巻【四】注七では、忠雅が、俊蔭の娘が弾く南風の琴の音を聞いて、「天狗のするにこそあらめ」と言っていた。

一二　身分が高い人もそうでない者も。

一三　女蔵人。

一四　「下の品のも」は、身分が低い女もの意。

一　【三八】には、「車、東面を際にて、西は、三四町まで立てたり」とあった。

二　【一九】に、「よろづの、鼓、楽の物の笛、異弾き物、一人して掻き合はせたる音して響き上る」とあった。また、「俊蔭」の巻【四】には「琴の声と聞こゆれど、多くの物の音合はせたる声

からうして参りて、御階《みはし》の下《しも》にて三啓せむと思ふに、楽《がく》の声、琴《きん》の響きに、聞きつけ給ふべくもあらず。しひて、声の限りを出《い》だして、宣方「四蔵人《くらひと》の少将藤原宣方《のぶかた》、内裏《うち》より候《さぶら》ふ」と申す。尚侍《ないしのかみ》、疾《と》く聞きつけ給ひて、琴《こと》を弾きやみ給ふ。五上たち、聞きつけさせ給ひて、「何《なん》ぞ」と問はせ給ふ。宣方「しかしか聞こえ侍《はべ》りつるを、六上聞こしめしつけて、『この声の聞こえむ所を尋ねて奏せ七よ』となむ仰せられつる。こなたに聞こえ侍りつれば」と啓す。八御鼻どもかませ給ひて、いよいよめづらかなりけることかなと、人々驚き給はぬなし。朱雀院「内裏に、九おぼつかなく思《おぼ》さるらむ、疾《と》く参りて奏せよ。『一〇昔、ほのかに聞き侍りしに、飽かずおぼえ侍りしを、さりぬべき折になど聞きてものして侍るを、耳近くあはれに聞き侍りしが、内裏《うち》まで聞こしめしける』」など仰せらる。院の御前《まへ》よりはじめ奉りて、例の一一にしきのかうはしくて、皆、御《おほん》酒《みき》など、度々《たび》参れり。

にて」、「蔵開・上」の巻【九】には「よろづ物の音多く、琴の調べ合はせたる声」ともあった。

三 院に「啓す」の例である。【七】注五参照。

四 【三八】注二九参照。

五 「上たち」は、嵯峨の院と朱雀院をいう。

六 この「上」は、内裏の帝。

七 「奏す」は、宣方の立場からの間接話法的な敬意の表現。

八 「鼻をかむ」は、泣くことをいう。

九 挿入句。

一〇 以下は、帝への伝言。

一一 底本「にしきゝのかうはしくて」、未詳。「(例の)儀式に御かはらけ召して」の誤りと見る説もある。

一 「さらに」「つゆ」は、

三六　朱雀院、尚侍に波斯風の琴を弾くように求める。

しばしありて、嵯峨《さが》の院、「一さらに、今宵なむ、つゆ心地に思ふことなくおぼゆる。昔、二内裏《うち》にて、折節の節会《せちゑ》、花の宴の折には、おもしろくかしこき詩《ふみ》を興《けう》じ、よろづ思ふことなくて、身をまかせて年月を過ぐして[1]、折々の、おもしろかるべき楽[2]をせさせ、琴《こと》弾かせしに、三朝臣《あそん》の世よりなむ、ありがたくすぐれてはおぼえし。四この琴《きん》の声になむ、世に心もなくものおぼえつるに、今宵なむ、天もかくやあらむとおぼゆる」とのたまふに、源中納言、涼「五細緒風は、いぬ宮の産屋《うぶや》に、大将のただいささか掻《か》き鳴らして侍《はべ》りしは、ただおもしろくなむ侍りし。今宵聞き侍るには、六いづれなれど、調べ殊に変はりて、またなく、さまざまにあはれに侍りけり。まして、七七日の夜の琴《きん》は、いみじくこそは侍りしか。これをいささか掻《か》き鳴らし給へらむ声に合はせて、八この童部《わらはべ》四人舞

ともに、打消を強める呼応の副詞。
二「昔」は、嵯峨の院の御代をいう。
三「朝臣」は、俊蔭をいう。
四　あなた（尚侍）が弾く琴の声に。
五　仲忠がいぬ宮が生まれた時に弾いたのは、龍角風の琴である。「蔵開・上」の巻【九】注一参照。仲忠が細緒風の琴を弾いたのは、八月十五日の夜、清涼殿だった。「沖つ白波」の巻【四】注三参照。
六「いづれなり」は、どちらもすばらしいの意か。

七【一九】に、「南風・波斯風を我弾き給ひ、細緒をいぬ宮、龍角を大将に奉り給ひて、曲の物ただ一つを、同じ声にて弾き給ふ」とあった。ただし、ここは、特に波斯風の琴をいう。
八　さがのの孫の童たち。

ひて侍らむ、いかにおもしろくになく侍らむ」と啓し給へば、これにまさりて、げに、いかならむ[3]とも思ほす。

一院、あはれなることを、心深く思ほす御心に、まして、まだ聞かせ給はぬさまの、いとめづらかに愛《かな》しう思《おぼ》さるるに、[九]世々を経《ふ》とも忘れがたき人かなと、いよいよあさましき御心添ひて、「《朱雀院》さて、かの波斯風《はしふ》を、なほ搔《か》き鳴らし給へ」とのたまはす。

三七　尚侍、波斯風の琴を弾いて、奇瑞を起こす。

夜、半ばばかりになりゆく。切《せち》に、とかく啓してのがれ給ふを、責めて聞き給はず。「《朱雀院》何かは。[一]せぬわざわざのことのあらむかし」とて、いと近く居ざり寄らせ給ふに、いとどむくつけく、[二]世を、何とか、今は、まして思《おぼ》すまじき御心なるに、思ひわづらひて、「《尚侍》いとあやしく。さらにめづらかなるさまの侍《はべ》らぬを、[三]あきなりの。[四]左のおとどの[1]春日詣《かすがまうで》などに皆聞き馴らしたるなむ侍ら

九「世々を経とも忘れがたき人」は、尚侍をいう。

一『拾遺集』雑賀「人も見ぬ所に昔君とわがせぬわざわざをせしぞ恋しき」(源公忠)による表現か。

二「今は、まして、世を何とか思すまじき御心なるに」という文脈である。

三「あきなりの」、未詳。「あぢきなうぞ」や「あいなう侍るに」の誤りと見る説もある。

四 左大臣殿の春日詣でなどの際に聞いて、誰もが耳

む。大将に、[五]仰せ言《ごと》を」と申し給へば、いとよくうち笑はせ給ひて、[朱雀院][2]「疾《と》くこそ、かく威《おど》し聞こゆべかりけれ」とて、大将を近く召して責めさせ給へど、[六]とみに立たねば、一院の、[朱雀院]「御許されなめり。早う」とのたまはすれば、尚侍《ないしのかみ》、[七]扇を打ち鳴らし給へば、立ちて、楼に上《のぼ》りて、取りて参りたり。

　嵯峨《さが》の院、やがて取らせ給ひて御覧ずるに、琴《きん》のさまも、例に似ず、清くめでたううつくしげなることは、[3]昔より、同じ唐土《もろこし》に渡りて持て上《のぼ》りたりし[八]弥行《いやゆき》が琴《こと》どもに似ず、[九]治部《ぢぶ》卿のあまた渡したるにも似ず。御手すさびに、緒《を》を一筋鳴らさせ給ふに、響き、いとめづらかなり。あやしとて、次の緒を搔《か》き鳴らさせ給ふに、露ばかりの音もせず、[一〇]声もなし。いと恐ろしきものにこそあめれと、[4]上たちも危ふがり給ひて、几帳《きちやう》の内へさし入れさせ給ひつ。尚侍《ないしのかみ》、賜はりて引き寄せ給ふに、まづ涙落ちて、[一一]昔のたまひし言《こと》思ひ出《い》で給ふことどもあり。しひて、涙を念じ、心を静めて、弾かむとし給ふ。ここばくの親王《みこ》たち・上達部《かんだちめ》見て、これをいか

馴れたものはあります。「春日詣」の巻【四】で、仲忠は胡笳を弾いている。

五　波斯風の琴を持って来るようにお命じください。

六　仲忠がすぐに立とうとしないので の意。以下、仲忠の動作に敬語がない。

七　扇を鳴らすのは仲忠に院のお言葉に従うようにとの合図である。

八　丹比弥行。涼の琴の師。「吹上・上」の巻【三】注三、「吹上・下」の巻【一〇】注三、「沖つ白波」の巻【四】注四参照。

九　「治部卿のあまた渡したる」は、俊蔭がたくさん持ち帰った琴の意。

一〇　「声」は、「音」に対して、楽器としての音色をいう。

一一　「昔のたまひし言」は、俊蔭が尚侍に遺した遺言のこと。「俊蔭」の巻【三】参照。

がならむと、心を惑はして思ほえ給ふ。御方々、あるは、[一二]耳挟みをし給ひて、昼のやうなる[一三]御殿油を押し張りて、端近く居給ふ。内裏《うち》の御使も、[一四]山中に入りて多くの年を過ぐしけむためしのやうにおぼえて、帰り参るべき心地もせで居たり。

この琴《きん》は、[一五][5]天女の作り出で給へりし琴《きん》の中の、すぐれたる一の響きにて、[一六]山中の山人の[6]すぐれたりし手は、楽《がく》の師の、心調へて、[一七]深き遺言《ゆいご》せし琴《こと》なり。ただ、[一八]初めの下《くだ》れる[7]師の教へたる調べ一つを、まづ掻《か》き鳴らし給へるに、ありつるよりも声の響き高くまさりて、神いと騒がしく閃《ひらめ》きて、地震《なゐ》のやうに土動く。いとうたておどろおどろしかりければ、ただ緒《を》一筋を忍びやかに弾き給ふに、にはかに、池の水湛《たた》へて、遣水《やりみづ》より、深さ二寸ばかり水流れ出でぬ。人々、あやしみ、[一九]「を」と驚きぬ。一筋はおもしろく、二筋は愛《かな》しく、あはれなること、初めよりはすぐれたり。この音《ね》を聞くに、愚かなる者は、たちまちに心聡《さと》く明らかに[8]なり、怒り腹立ちたらむ者は、心やはらかに静まり、荒く激しからむ風も、静か

一二 「耳挟み」は、額髪を左右の耳に挟むこと。ここは、尚侍が弾く琴をよく聞こうとしての行為である。
一三 「御殿油を押し張る」は、灯心を掻きたてて光を明るく灯すの意か。
一四 『水経注』にある、晋の王質が山中で四人の童子が琴を弾いて歌うのを聞いているうちに斧の柄が腐るほどの時間がたっていたという「爛柯」の故事による。
一五 「俊蔭」の巻【八】参照。
一六 「山中の山人」は、七つの山の山人をいう。「俊蔭」の巻【三】参照。
一七 この「遺言」が何をいうか未詳。「俊蔭」の巻には、七つの山の人の遺言は語られていない。
一八 「初めの下れる師」は、最初の山の山人をいうか。
一九 「を」は、驚きや感動の声。

になり、病に沈み、いたく苦しからむ者も、たちまちに病怠り、動きがたからむ者も、これを聞きて驚かざ[9]らむやはとおぼゆ。いみじき二〇岩木・鬼の心なりとも、聞きては、涙落とさざらむやと聞こゆ。

二一源中納言、いといみじく、よろづのことおぼえず、心に染みて愛《かな》しくおぼえ給ふ。二二一院の上の御目より、涙、雨よりも繁《しげ》く落ちさせ給ふを見奉り給ふに、げに、いかに聞こしめすらむと、愛《かな》しくおぼえ給ふ。人々多く、二三見まはし給へば、一人としても、疎《おろ》かに二四思ひ、泣き給はぬなし。二五大将は、いまだ、この年ごろ聞き給はぬに、親ともおぼえ給はず、気《け》恐ろしきまで愛《かな》しうおぼえ給ふ。

四人の童部《わらはべ》、細くやはらかなる声のおもしろきを出だして、秋の野の虫の鳴かむよりもあはれなる言《こと》を言ふを、同じ声に合はせて舞ふに、いよいよあはれがらせ給ひて、御扇して拍子《ひやうし》打たせ給ふ。朱雀《すじやく》院の、

二六おもしろくあはれにためしなきことを聞きて苦しくは何の何

二〇「岩木」「鬼」は、人間の感情を持たないもののたとえ。参考、『白氏文集』李夫人「人非二木石一皆有レ情」、『源氏物語』「東屋」の巻「あはれなる御心ざまを、岩木ならねば、思ほし知る」、『古今集』仮名序「目に見えぬ鬼神をもあはれと思はせ」、『源氏物語』「若菜下」の巻「この琴は、まことに跡のままに尋ね取りたる昔の人は、天地を靡かし、鬼神の心をやはらげ」。

二一「源中納言」は、涼。

二二「一院の上」は、朱雀院。

二三「見まはし給へば」は、涼の動作。

二四「思ひ」は、対偶中止法で、「疎かに思ひ給はぬなし」の意。

二五「大将」は、仲忠。

二六「何の何せむ」は、「何せむ」を強めた表現か。

せむ

と、いとめでたくをかしき御声に合はせて誦《ずん》ぜさせ給へば、嵯峨《さが》の院、

二七 あはれなることのしるしの見えざらば何をか後の形見にはせむ

と聞こえさせ給へば、人々愛《め》で聞こゆ。

朱雀院二八「いましばし」とのたまはすれば、尚侍「日ごろ乱り心地の悩ましく侍るけにや」とて弾きさし給ひつ。朱雀院《すじやく》、なかなか、こたびは、いよいよ飽かずおぼえさせ給ひて、尚侍《ないしのかみ》に、かく、

二九 琴《こと》の音《ね》の飽かざりしより白雲のおり居て今日ぞうれしかりける

御返り言《こと》、

尚侍三〇「塵《ちり》積もる山も何せむ雲かかることのほかなる宿をうれしみとは、身にこそ思う給ふれ」と聞こえ給ふさまの、いとめでたければ、三一いかでよろづにかかりけむと思ほす。

二七 「あはれなることのしるし」を、後に語られる叙位・叙爵のことをいうと解する説に従った。

二八 もうしばらくお弾きください。

二九 「おり居て」に、「下り居て」と「降り居て」（譲位して）の意を掛ける。「白雲の」は、「下り居て」の序詞。

三〇 「塵積もる山」は、「雲かかる宿」に対していう。「雲かかる」以下は、倒置法。「雲かかる」は、院の御幸を受けたことをいう。

三一 どうして何もかもこんなにすばらしいのだろう。助動詞「けむ」、不審。

三八　いぬ宮、尚侍に代わって龍角風の琴を弾き、人々感動する。

一いぬ宮に、龍角《りうかく》、かかる二おほかたの声に合はせて弾かせ奉りて試みむと思《おぼ》して、弾かせ奉り給ふ。院の上、朱雀院三「変はるなるは」とのたまはする、尚侍「龍角を、四暁の調べにものし侍り」とて、我弾き給ふやうにて弾かせ奉り給ふ。暁になりにけるに、いといみじくおもしろく、五楽《がく》の声・鼓《つづみ》の声をしばし調へさせ給ひて、六皆、一度《ひとたび》七に押し入るるやうに消ちて、ただ琴《きん》の声の限り、上《かみ》に上《のぼ》りて澄み1響くこと、大将の御手よりはまさりたり。大将のみぞ、人知れず、八あやしと思ひ給ふ。

源中納言の、涼「あやしく。龍角の声は、九暁なれど、少しこそ変はれ。この、からざまの音《ね》は、大将は、同じやうに、え伝へ給はざりけることかな」とのたまふを、近きほどなれば、一院の上、朱雀院「げに、まだ聞かざりつ。よろづの楽《がく》の声、皆消ち、2琴《こと》の声の限

一　以下は、尚侍の心内。
二　「おほかたの声」は、笛や鼓など、ほかの楽器の音をいう。
三　琴（きん）の音色が変わったように聞こえます。
四　「暁の調べ」は、暁の風情にふさわしい調子の意か。
五　「楽の声」は専門楽人の楽の音、「鼓の声」は地下の楽人の鼓の音という。
六　底本「給て」。「給ふに」の誤りと見る説もある。
七　「押し入るるやうに消つ」は、包み込むように圧倒するなどの意か。
八　「あやし」は、おかしい（尚侍が弾いていらっしゃるのではないのではないか）の意。
九　「暁なれど」は、暁の調べだがの意。

り、一〇声々に、おもしろうあはれなるは、一一さる調べを離れてありけ[3]るには。かの楽にぞ。いま少し、楽の声高く仕まつれ。あやし。楽の音《ね》の一二たれてあるか」とて遣はす。楽人「楽の音《ね》、一三例限りあれば、[4]一四暁に合はせて仕うまつる」と申す。

一五なほ、琴《こと》の声は、さまざまの響きあまたに別れて、おもしろうて、楽の声は沈み、細う聞こゆ。

ほのぼのと明けゆくに、風の音はせで、空、少し霧《き》りわたり、澄みたり。折のおもしろきに、琴《きん》の声映《は》えてあはれなり。尚侍《ないしのかみ》、一六院にかくと聞かせ奉らむとて、「いとようも弾かせ給ふかな」[5]と一七聞こえ給ふに、驚かせ給ひて、几帳《きちやう》の帷子《かたびら》ふと引き上げて御覧ずれば、尚侍の弾き給ふにはあらで、火影《ほかげ》の明かきに、いぬ宮のいと白ううつくしげにて弾き居給へるなりけり。一八はやかくなりけりと見給ふに、いといみじく愛《かな》しくおぼえさせ給ふに、涙こぼれさせ給ふ。念じて、朱雀院「一九これは、この児《ちご》の弾くなりけり」とのたまはするに、いかにいかにと、人々驚きて、あはれに、「二〇ものの序《ついで》

一〇「声々に」は、さまざまな楽器の音での意か。【三五】注二参照。

一一「さる調べ」は、暁の調べをいう。

一二「たる」は、「垂る」で、たるむなどの意か。

一三「例限りあれば」は、琴（きん）の伴奏としての制約があるのでの意か。

一四「暁」は、暁の調べの意。

一五「なほ」は、楽人たちは朱雀院の指示に従って弾くが、それでもなおの意。

一六「かく」は、実際にはいぬ宮が弾いているのだの意。

一七いぬ宮に申しあげなさったので。

一八「はや……けり」は、じつは……だったのだの意。

一九尚侍への発言。

二〇「ものの序」は、ここは、琴の家を継ぐ血統の意。俊蔭から尚侍、さらに、仲忠を経ていぬ宮へと続く血

はいみじかりけるものかな」と聞き騒ぎ給ふに、「[二一]げに、ことわりと聞こえたり。ただの人は、一生を添ひて習ふとも、さらに、え、かくは侍らじ。[二二]これは、さるべくて弾き給ふなりけり」と聞こゆ。

[二三]右の大殿、この中に、すぐれてうれしうおぼえ給ふこと限りなくて、〔兼雅〕[二四]「喜びにも涙とどめられず侍りける」と啓し[二五]給ふをば、女[二六]御の君・一の宮の御心、いとあはれにうれしくおぼえ給ひて、嵯《さ》峨《が》の院、「老いは厭《いと》ふまじかりけり。いみじう聞かまほしと思ひし昔の手を弾き、末の世に、かくありがたきことのとどまりぬること」と興《けう》じ給ひて、いとになく上手《じやうず》に吹かせ給ふ高麗笛《こまぶえ》を、こ[二七]れに合はせて吹かせ給ふに、〔嵯峨の院〕「さらに、児《ちご》の弾き給ふやうならず。[二八]手のなりにけることと、いみじくあはれなるに、え堪へず」とのたまはせて、立ちて舞はせ給ひつつ、

〔嵯峨の院〕[二九]姫小松ひきつることに忍びあへず白き頭《かしら》の新羅舞《しらぎまひ》せむ

とのたまはするに、右のおとど、

統をいう。
二一　以下、誰の発言か未詳。
二二　「これ」は、いぬ宮をいう。
二三　「右の大殿」は、右大臣兼雅。いぬ宮の父方の祖父。
二四　うれしい時にも涙をとめることができないものだったのでございますね。
二五　院に「啓す」の例である。【七】注五参照。
二六　仁寿殿の女御と女一の宮。いぬ宮の母方の祖母と、いぬ宮の母。
二七　「これ」は、いぬ宮が弾く琴（きん）をいう。
二八　琴の伝授が完了したのだと思うと、とてもうれしくて、このままじっとしていることができない。
二九　「姫小松」にいぬ宮をたとえ、「ひき」に「引き」と「弾き」、「こと」に「事」と「琴」を掛ける。「白き頭」は、院自身をいうとと

兼雅 三〇 雲の上の下にも通ふ末の世に弾きとどめつることのうれしさ

式部卿の宮、

三一 この世にはあらぬこととぞ思ほゆる空には響き水の流れて

右大将、

仲忠 三二 琴の音《ね》[6]の昔に澄める暁は水もながれて愛《かな》しかりけり

となむ。三三 人々ありけるを書かぬは、本のままなり。

源中納言は、大将に、「何ごとをか思ひ給ふ」と聞こえ給へば、藤壺《ふぢつぼ》の御局《つぼね》を見やりて、仲忠 三四「いかで、なほ、ものをば思はぬぞ。心軽《かる》の御心や」とのたまへば、涼「いさや。などかは。いかが聞きなさむ」とて笑ひ給ひぬ。

流れて出《で》つる水、明くるままに、もとのごと干《ひ》ぬ。

三九　俊蔭に中納言を追贈し、尚侍に加階の宣旨がある。

朱雀院、今宵の尚侍《ないしのかみ》の禄《ろく》に、いかなることをせむ、いぬ宮に、

もに、「新羅舞」の序詞。「新羅舞」は、老人の舞か。平安時代初期まで、雅楽寮に伝えられたという。『仲文集』「おいおいはいかがはすべき新羅舞立ち舞ふべくも思ほえぬ世に」。『好忠集』「わが一日巡り巡りをせしほどに新羅舞する年は来にけり」。

三〇 「雲の上の」は、「雲の上（天上界）の琴」の意。「こと」に「事」と「琴」を掛ける。

三一 「こと」に「事」と「琴」を掛ける。「空に響き水流る」は、琴の奇瑞をいう。

三二 「ながれ」に「流れ」と「泣かれ」を掛ける。

三三 以下、省筆の草子地。

三四 反語表現。「なほ、ものをば思ふぞ」の強調表現。

いと上手《じやうず》に、[一]同じごと弾き給ふにつけても、いかでかめづらしかなることをせむと思《おぼ》す。万両の黄金《こがね》も悪《わろ》く思して、嵯峨《さが》の院に、

朱雀院「[二]世を去り侍《はべ》りて、今宵の禄をこそ、え、心のままに侍るまじけれ」と申し給へば、嵯峨の院「げに。いかがはあるべからむ。ここには、世を去りて久しくなりにたり。大将を人より越して[三]大臣《だいじん》になして、ここにて[四]大饗《だいきやう》せさせたらむ、昔の霊も、少しうれしと見るべきを。[五]かの正身《さうじみ》には、[六]正二位《しやうにゐ》の加階をものして、めづらかなることをとどめ置かむなむ、かの身に映《は》えあるべき。[七]ここに聞こえむ」。

嵯峨の院「内大臣、右大将藤原朝臣《あそん》それがし、尚侍、正二位に加階し給ふべし。中宮・春宮・大臣家の大饗になずらへて、尚侍の家に大饗許されむ。[八]数のままに、[九]女大饗あるべし。その宣旨《せじ》をはじめて、嵯峨の院も奏し下《くだ》す。かの日の設けの物は、[一〇]院より贈るべし。[一一]次々の、太政大臣《だいじやうだいじん》、同じく伝へて用意せらるべし。朱雀院の女一の宮を男になずらへて、四品の位賜ふべし。このよしを仰せ給ふべし」

一　尚侍と同じように。
二　「世を去る」は、退位する意。
三　ここは、内大臣をいう。
四　任大臣の大饗。
五　尚侍本人には。
六　尚侍は、「蔵開・下」の巻【三】で三位になっていた。尚侍は従三位相当だが、朱雀天皇の尚侍藤原満子（高藤の女君）、三条天皇の尚侍藤原綏子（兼家の女君）などのように正二位になった例もある。
七　私が帝にお願いしよう。
八　「数のままに」は、典侍・掌侍などの内侍司の者たちを全員招いての意か。
九　「女大饗」は、史実に見えない。
一〇　「院」は、嵯峨の院自身をいう。
一一　「次々の」は、それ以外の物の意か。

と書かせ給ひて、[一二]左右《さう》の大臣《だいじん》、[3]右大将のをば書かせ給はで、官位《つかさくらゐ》をこれに書きつけて、近う召して賜ふに、二三人は書き出《い》でて奉り給ふ。

右大将、その御気色を賜はりて、「《仲忠》仰せ言《ごと》は限りなくかしこけれど、さらにこの度《たび》の大臣の宣旨《せんじ》は承らじ。しひて御顧み候《さぶら》はば、かたじけなく御幸《みゆき》せしめ給へるかしこまらむために、[一三]所に冠《かうぶり》を賜はらむ」と、度《たび》々[一四]啓し給へば、朱雀院は、嵯峨の院へ、「啓せらるるままにも」と聞こえ給へば、[一五]ただ御消息《せうそこ》にて、[一六]左大弁召して、嵯峨の院、内裏《うち》に奏せさせ給ふ。

「歳高くなり侍りて、心地の惚《ほ》れ惚れしうなり侍るに、この尚侍の家、[一七]昔見給へしゆかしさにまうで来て、琴《きん》弾かせて聞き侍るに、めづらかなることどもなむ。故治部卿《ぢぶきやう》の朝臣《あそん》、公人《おほやけびと》として侍りし[一八]跡だに。身を朝廷《おほやけ》に従へて、[一九]唐土《もろこし》の使にまうで、仇《あた》の風にあひて、多くの年、父母の顔もあひ見ずして、悲しき目を見て、[二〇]たまたま帰り侍りて後、同じきやうに、いくばくも侍ら

一二 左大臣正頼は女一の宮の祖父、右大臣兼雅は尚侍の夫だから、右大将仲忠本人とども署名させないのである。
一三 「所」は、京極殿をいう。
一四 院に「啓す」の例である。【七】注五参照。
一五 前のような上奏文ではなく、普通のお手紙での意。
一六 「左大弁」は、正頼の次男師澄。
一七 「楼の上・上」の巻【三四】参照。
一八 下に「冠を得させむ」の意の省略がある。
一九 「唐土の使」は、遣唐使。「俊蔭」の巻【三】参照。
二〇 「たまたま」は、漢文訓読語。運よくの意。
二一 「その冠には」は、京極殿に従五位下の位を与えるのはの意。
二二 「俊蔭」の巻【三二】に、「治部卿かけたる宰相になされぬ」とあった。治部

ぬほどに亡くなり侍りにき。尚侍、男ならましかば、一度《ひとたび》に大臣にもなさまほしくなむ、今宵、殊には思ひ給ふる。これ、いといとやすきことに侍るを、ただ今、宣旨下《くだ》し給へ」

と奏せさせ給ふ。

嵯峨の院二一「その冠には、右大将の朝臣《あそん》、大臣にと思ひ給ふれど、度《たび》々のがれ申せばなむ。故治部卿の朝臣、二二三位になむ侍りし。二三贈位の中納言になさせ給へ」

二四と奏せしめ給ふ。

一院は、

朱雀院「嵯峨の院の御幸《みゆき》侍るに、対面賜はらむとてなむものし侍る。労《いたは》らむと思ひ給ふる童《わらは》四人、二五左右衛門尉《さうゑもんのじよう》に闕《けち》侍らむに、これ、二六同じく侍らまほしくなむ」

と奏せさせ給ふ。

事のよしを奏す。くはしく問はせ給ひ、聞こしめして、帝「げに、二七いとめづらかなりける、人の琴《きん》の声なり。二八軽々《かろがろ》しからずは、参り

卿・参議は、ともに正四位相当。俊蔭が三位だったとは語られていない。

二三　底本「そうゐ」の「ゐ」の右に、「くはんイ」と傍記がある。あるいは、「贈官」の誤りか。中納言は、従三位相当。

二四　前後は「奏せさせ給ふ」だが、ここは「奏せしめ給ふ」となっている。

二五　衛門少尉は正七位上相当、大尉は従六位下相当。衛門府は、近衛府と同様に、武官としての務めのほかに、祭礼・行事などの際に舞人や楽人を務めることが多かった。

二六　同じように官位を与えたいと思います。

二七　「いとめづらかなりける」は、「琴の声」に係ると解した。

二八　「帝として軽率な振る舞いだという謗りを受けないのなら、私もそちらへう

ても聞くべかりけるをとなむおぼえし」とのたまひて、嵯峨の院の御返り、

[帝]「かしこまりて承りぬ。げに。難く、例なきことに侍りとも、仰せられむことは、いかで。まして、いとやすきことどもに侍り」。

二九右大将のことを聞かせ給ひて、[帝]「なほ、用意ある人なりや」とのたまはせて、治部卿、中納言になさせ給ひ、京極に冠賜ふ。三〇尚侍のことも、奏し給ふままなり。

朱雀院の御返り、

[帝]「かねて、仰せられ、気色承らましかば、みづからも参り侍るべかりけるものを。衛門の官《つかさ》どもは、行く末の闕も心もとなく侍り。今も、ただ、三一仰せられむになむ」

と奏せさせ給ふ。

左大弁、立ち返り参りて三二啓すれば、宣旨のいと[4]疾《と》く下《くだ》りたるを、院の上たちも喜ばせ給ひて、上達部《かんだちめ》の中に告げさせ給ひて、宣旨

かがって聞きたかったな」と思われた。

二九 「右大将のこと」は、仲忠が内大臣への昇進を辞退したことをいう。

三〇 尚侍も、嵯峨の院が奏上なさったとおりに、正二位に昇進させなさる。

三一 「仰せられむになむ」は、おっしゃるとおりにいたしますの意。

三二 院に「啓す」の例である。【七】注五参照。

高く読むを、尚侍聞き給ふに、治部卿のところに、涙落ち、愛《かな》しくて、[三三]身の尚侍になり給ひしよりもうれしくおぼえ給ふこと限りなし。右大将、[三四]二つのことの喜びのよし奏せさせて、舞踏《ぶたふ》し給ふ。嵯峨の院は、[三五]たちまちに、思すやうにはなやかなることの、大将のなきを、なほ飽かず思さる。

御方々より、童部《わらはべ》の舞ひつるに被《かづ》けさせ給ふ物、色々、濃く薄く、さまざまなる織物、掻練《かいねり》のめでたく打ちたる、朝ぼらけに、いといとをかし。御方々、「世にまたたぐひなくものし給ひける人かな」とのたまはぬ、なし。いぬ宮の弾き給ひつるさまを、[三六]親宮の、[三七]かの五十日《いか》の餅《もちひ》参りしほどの、昨日今日と思すに、いとあはれなり。藤壺《ふぢつぼ》、これをわが御子と思はましかばと思す。

四〇　嵯峨の院と朱雀院、楼に上る。嵯峨の院、昔のことを懐かしむ。

院の上二所《ふたところ》、左右《さう》の大臣《だいじん》、宮たち、上達部《かんだちめ》、御供《おほんとも》にて、楼御覧

三三　「身の尚侍になりし」は、自分が尚侍になったことの意。「内侍のかみ」の巻【三八】注五参照。

三四　「二つのこと」は、京極殿に従五位下の位が与えられたことと、亡き俊蔭に中納言が追贈されたことをいう。

三五　「たちまちに」を「飽かず思さる」に係ると解した。

三六　底本「おや宮」。女一の宮。ただし、この呼称は、ここにだけ見える。また、「親宮」の語は、平安時代の仮名作品にほかに例が見えない。

三七　いぬ宮の五十日の祝いは、「蔵開・上」の巻【三七】参照。

じに上《のぼ》らせ給ふ。嵯峨《さが》の院は、西の対よりおはします。[一]上の親王《みこ》[1]たち・上達部、[二]左右分けて、[三]御後《しり》に歩み続きたり。[四]楼の香《かう》ばしき匂ひ、限りなし。[2]御方々を御覧じまはすに、をかしくなまめかし。見どころある楼の中のありさま御覧じて、（朱雀院）「いみじくをかしくめでたくもしたるかな」と仰せらる。まして、嵯峨の院は、らうらうじくはなやかに、愛《め》でさせ給ひて、「琴《きん》の音《ね》を聞くと、ここのありさまを見るとこそ、[五]天女の花園もかくやあらむとおぼゆれ」とのたまふ。朱雀院、[六]細かに御覧ずるに、飽かずめでたければ、「げに、ここに容貌《かたち》よろしからざらむ人の居るべき所のさまにはあらざりけり」とのたまはす。

やむごとなき限り、隙《ひま》もなく、楼の巡りの高欄に候《さぶら》ひ給ふ。山の高きより落つる滝の、[七]唐傘《からかさ》の柄《え》さしたるやうにて、岩の上に落ちかかりて[八]湧《わ》き返る下《しも》に、をかしげなる五葉《ごえふ》の小松、紅葉の木、薄《すすき》ども、濡れたるに従ひて動く。いとおもしろきを御覧じて、朱《す》雀《ざく》院、

一 「上の親王たち」は、二人の院の皇子たちをいうか。
二 「左右分けて」は、左と右とに分かれての意。西の対から楼に上った嵯峨の院に対して、朱雀院は東の対から楼に上ったのだろう。西の嵯峨の院が右、東の朱雀院が左ということになる。
三 「御後」は、それぞれの院の後ろの意。
四 「楼の上・上」の巻【三】にも、「いといみじう、香の匂ひはよに香ばしきよりも」とあった。
五 「天女の花園」は、天人が下って、南風と波斯風の琴の名をつけた所。「俊蔭」の巻【二】参照。
六 「細かに見る」は、隅々まで見るの意。
七 「唐傘」は、竹の骨に紙を張り、長い柄のある傘。「柄傘」とも。ここは、滝から真っすぐに落ちる水を、

[九]住む人も宿も分かねば円居《まとゐ》して世を尽くすべき心地こそすれ

右のおとどに、[朱雀院]「うらやましの家のあるじや」とのたまへば、いと疾《と》く、

[兼雅][一〇]「やゝもせば枝さしまさるこのもとにただ宿りきと思ふばかり
　を

今日よりは、まして、いとかしこくこそ」と啓[一一]し給ふ。心ばへあはれなりと聞かせ給ふ。

嵯峨の院、楼[一二]の上《かみ》にさし上《のぼ》りて、いと厳《いか》めしき森のやうにて、桜の木あり、「あはれ。この木見るこそ、いと恐ろしけれ。昔[一三]、十余《よ》歳にて、春ごとに来つつ、書《ふみ》見るとて、見極《ごう》じて下《お》りつつ遊びし。いで。この楼ならば、及びなむや」とて、

[一四]春来てはわが袖かけし桜花今は木《こ》高き枝見つるかな

近う候ひ給ふ源中納言、

[涼][一五]かねてより雲かかりける桜花むべこそ末の木高かりけれ

[一六]宮内《くない》卿、歳七十なる、[兼覧]「あはれ。昔を思ひ出《い》で侍《はべ》れば、あの岩の

その柄にたとえたもの。

八「涌き返る」は、激しくほとばしるの意。参考、『更級日記』「たぎりて流れゆく水、水晶を散らすやうに湧き返るなど、いづれもすぐれたり」。

九「住む人も宿も分かねば」は、住んでいる人も屋敷もどちらもすばらしいからの意。

一〇「こ」に「木」と「子」を、「宿りき」に「宿木」と「宿りき」を掛ける。「宿木」に、自分自身をたとえる。

一一 院に「啓す」の例である。【七】注五参照。

一二 以下「桜の木あり」までを挿入句と解する説に従った。

一三「楼の上・上」の巻【三四】参照。

一四『風葉集』雑三「右大将仲忠の京極の家に御幸ありけるに、昔御覧ぜられける桜の木の、楼の上にさし覆ひて厳めしうなりにけれ

もとの松の木は、かの山に一七侍りしを、子《ね》の日におはしまして引き植ゑ侍りしぞかし」と奏し給ふ。七八樹《き》ばかりして、一八上《かみ》に平《ひら》みたる松を見やりて、宮内卿兼覧《かねみ》、

一九引き植ゑし子《ね》[3]の日の松も老いにけり千世の末にもあひ見つるかな

この歌を、嵯峨の院、いみじうあはれがり給ひて、一院に、「この返しには、民部卿をあまたの人望み申すなるを、『この朝臣《あそん》を、必ずなさせ給へ』と奏せさせ給[4]へ。これのみこそ、古人《ふるひと》のとまりたるはあれ。いとあはれなり」と申し給ふ。「《朱雀院》いみじうおもしろき所なりや。時々ものして、さるべからむ折に、二〇左大弁に詩作《ふみ》らせて聞かむ」などのたまはすれば、人々、「げに。をかしう侍らむ」と啓す。

四一　嵯峨の院と朱雀院還御。仲忠、二人の院に贈り物をする。

ば、詠ませ給ひけるうつほの嵯峨の院御歌」、五句「陰と見るかな」。

一五 「雲かかる」は、院が衣の袖をかけたことをいう。「末」は、「かねて」に対して、後の世、現在をいう。

一六 兼覧。【三八】参照。

一七 「山」は、築山。

一八 「上に平む」は、木が高くて手入れができず、上が平らになっているの意か。

一九 『風葉集』雑三「同じ御幸に仕うまつりて、子の日に引き植ゑし岩根の松も木高くなりにければ、詠める　宮内卿兼覧」、二句「子の日の松は」。歌の後に、「この歌を、嵯峨の院いみじうあはれがらせ給ひて、『この御返り言には民部卿になさるべし』となむ仰せ賜はせける」とある。

二〇 「左大弁」は、源師澄。あるいは、「右大弁」（藤英）

帰らせ給ひなむとす。朱雀院《すざく》、大宮の御方に御対面せさせ給ふ。

尚侍《ないしのかみ》、大将に[1]、「いとかたじけなき御幸《みゆき》を、いかが仕うまつるべからむ」。「《仲忠》一唐土《もろこし》の集の中に、二小《こ》冊子《さうし》に、所々、絵描き給ひて、歌詠みて、三巻ありしを、三一巻《ひとまき》を朱雀院に奉らむ」。「《尚侍》嵯峨《さが》の院には、いかが」とのたまへば、「《仲忠》高《こ》麗《ま》笛を好ませ給ふめるに、四唐土の帝《みかど》の御返り賜ひけるに賜はせたる高麗笛を奉らむ」。「《尚侍》上達部《かんだちめ》は、例の作法の御装《よそ》ひあり。五若くおはします宮たちには、なべてのさまにはあらず、いかで、をかしきさまならむ物こそよからめ」と聞こえ給へば、「《仲忠》しか用意して侍《はべ》り」とて、皆、さまざまに参らせ給ふ。

六唐色紙《からしきし》の絵は、一巻《いちくわん》と言へども、四十枚《しじふまい》ばかりなり。紫檀《したん》の箱の七黄金《こがね》の口置きたるに入れたり。御覧じて、「《朱雀院》ここにこそ、今宵の物には八不死薬を[2]もがなと思へ。さても、これは、いと見まほしく思ふ物にな[3]む」とのたまはす。嵯峨の院の御笛の袋は、色よりはじめて、いと清らにうるはしき錦《にしき》の袋にて、瑠璃《るり》の細き箱に入

の誤りか。【三】注二〇参照。

一　俊蔭の在唐中の集。

二　「小冊子」は、小型の冊子本。

三　冊子本を「巻」と数えた例か。

四　「唐土の帝」は、波斯国の帝をいうか。「俊蔭」の巻【二六】参照。ただし、「俊蔭」の巻に、俊蔭が波斯国の帝に琴を献上した返礼として高麗笛をもらったことは語られていなかった。

五　「若くおはします宮たち」は、藤壺腹の御子たちをいう。

六　「唐色紙の絵」は、俊蔭の在唐の集の絵である。

七　「黄金の口置きたる(箱)」は、黄金の縁飾りをした箱。「吹上・上」の巻【二〇】注六参照。

八　「不死薬」は、「吹上・下」の巻【九】注二三参照。「内侍のかみ」の巻【三】にも、朱雀院と尚侍の、『竹取物語』を

れたる、透きて見えたる、人々興《けう》じ給ふ。[九]上も好ませ給ふ物にて、いとよし。式部卿の宮・[一〇]三所《みところ》の大臣《だいじん》には、女の装《よそ》ひ、衣箱《ころもばこ》に入れたり。[一一]さてのほかは、例のごとなり。[一二]御子《みこ》たちには、白銀《しろかね》の小鷹《こたか》を作りて、黄金《こがね》の透き餌袋《ゑぶくろ》に入れて、皆ながら[一三]鈴つけて奉り給ふ。「めづらかになまめかしうし給へり」と言ふ。

嵯峨の院、「飽かぬ物の音《ね》を、なかなかになむおぼゆる。いま一度《ひとたび》だに、いかで必ずとなむ思ふ。それは、来年の桜の花の折をなむ。ものし給はむ折にや」とのたまはす。朱雀院、近う寄らせ給ひて、「いと飽かずのみ思ひ聞こゆるを、いかでか、また、かやうにては聞こゆべからむ。いぬ宮のいとうつくしうものし給へる喜びは、聞こえむ方なきに、なほ、[一四]限りなき御心ざし籠もりたる身をこそまかせ奉らむと思へ」と、まめやかなることども、ありがたうおぼえ給ふさまなれば、あはれにまめまめしうのたまふを、御いらへ、今めかしからず心恥づかしきほどに聞こえ給ふ。

右の大殿、疾《と》くも出《い》でさせ給はなむと、心やすからずおぼえ給ふ。

引用した遣り取りがあった。

九 「上」は、嵯峨の院。

一〇 「三所の大臣」は、太政大臣藤原忠雅・左大臣源正頼・右大臣藤原兼雅の三人。

一一 「さてのほか」は、そのほかの人々の意。

一二 この「御子たち」は、注五の「若くおはします宮たち」をいう。

一三 「鈴つく」は、鷹の尾に鈴を結びつけるの意。「吹上・上」の巻【三】注一九参照。

一四 「限りなき御心ざし籠もりたる身」は、朱雀院自身をいう。「内侍のかみ」の巻【二八】でも、朱雀院は、尚侍に、「おもとには、みづからをやは得給はぬ」と言っていた。

一五 「皆、裳・唐衣具したり」は、挿入句。

一六 この「唐綾・織物の夏冬の装束」は、尚侍への物。

一七 「二人の御方々」を、尚侍と女一の宮の二人と解

嵯峨の院、尚侍《ないしのかみ》には、蒔絵《まきゑ》の小《こ》唐櫃《からひつ》一掛《ひとかけ》に、女の装《よそ》ひ、また、女の装束《しやうぞく》三十具、皆、[一五]裳《も》・唐衣《からぎぬ》具《ぐ》したり、女房の中に遣はす。朱雀院、衣箱《ころもばこ》一具《ひとよろひ》に、[一六]唐綾《からあや》・織物の夏冬の装束、また、女房の中に女の装束二十具《ぐ》、童《わらは》四人、下仕《しもづか》へ四人、織物の汗衫《かざみ》・綾《れう》の上の袴《はかま》具したり。左右の楽人《がくにん》、皆、[一七]二人の御方々より、[一八]禄《ろく》賜ふ。

事、皆果てて、帰り給ひぬ。御方々、飽かず、いみじかりつるものかな、常にかかる物の音《ね》を聞く、[一九]この人の容貌《かたち》・[二〇]ありさまを、いかならむと、ゆかしく飽かぬ心地し給ひて帰り給ひぬ。「大将の御心ばへもめづらかに、いよいよ、世になきさまにて[二一]親をも子をもてなしかしづき給ふこと」と思《おぼ》しのたまはぬ、なし。

四二　末尾。

[一]「次の巻に、[二]女大饗《だいきやう》のありさま、[三]大法会のことはありき。[四]季英《すゑふさ》の弁の、娘に琴《きん》教へ給ふことなどの、これ一つにては多かめれば、

する説に従った。

一八　底本「給」。あるいは、「賜はる」と読むべきか。

一九　「この人」は、尚侍をいうか。

二〇　「ありさまを」の「を」、不審。

二一　「親」は尚侍、「子」はいぬ宮をいう。

一　以下、草子地。「俊蔭」の巻【六三】注二参照。

二　「女大饗」は、尚侍の女大饗。【三九】注九参照。

三　「大法会」は、俊蔭の追善供養の法会だろう。俊蔭の追善供養は、この京極殿造営の目的の一つだった。「楼の上・上」の巻【一七】で、尚侍は、仲忠に、「心のどかに、昔を思ひ出でて、さべき尊きことをもせさせ、行ひもかしこにてせむとなむ思ひ侍る」と言っていた。

四　「季英の弁」は、藤英。

中より分けたるなめり」と、本[五]にこそ侍るめれ。

五 「本」は、もとの本、原本の意。参考、『蜻蛉日記』下巻「京の果てなれば、夜いたう更けてぞ叩き来なるとぞ、本に」、『源氏物語』「夢浮橋」の巻「わが御心の、思ひ寄らぬ限なく、落とし置き給へりし馴らひにとぞ、本に侍める」。

楼の上・下

一　八月十八日、いぬ宮、楼に上って、尚侍から琴を習い始める。

右大将（仲忠《なかただ》）は、朝のお食事を寝殿でさしあげて、しばらくして、尚侍《ないしのかみ》といぬ宮のお二人を楼へお渡し申しあげなさる。尚侍方も、いぬ宮方も、十二人の侍女が、さし几帳《ぎちょう》をして続いている。白銀《しろがね》の透き餌袋《えぶくろ》に、果物《くだもの》を入れてある。

まず、尚侍が楼にお上りになる。御階《みはし》は、右大将が手を取って上らせ申しあげなさる。尚侍は、唐綾《からあや》の御衣一襲《ひとかさね》、紫《し》苑《おん》色の夏の織物の袿《うちき》を着て、紅《くれない》の三重襲《みえがさね》の袴《はかま》を穿《は》いていらっしゃる。右大将は、白い綾の単衣《ひとえ》を着て、紅の打ち袷《あわせ》を肩脱ぎにして片袖を垂らしていらっしゃる。さし几帳をした上から、わずかに、几帳越しに、尚侍の、磨いたように艶々とした七尺を超える長い髪をした姿が、ほんとうに美しく見える。

右大将は、中納言の君という侍女に、「しばらく尚侍さまのおそばにいてください」と頼んで、ご自分は、東の楼で、いぬ宮をお抱き申しあげて、「侍女よ、几帳を高くさせ」とおっしゃって、こちらも、同じように、侍女たちが長々と歩いて続く。いぬ宮は、端色《はしたいろ》の小さい裳《も》をつけ、綾の打ち袷一襲と、尾花色の細長を着て、袴はとても長い。

右大将が、いぬ宮を連れて、楼に上って、琴《きん》を取り寄せてお渡し申しあげなさると、いぬ宮が、「お人形に聞かせたい。どこにいるのですか」とおっしゃるので、右大将は、笑って、「ここにいますよ」と言って、前にお置きになる。尚侍が、「いぬ宮は、以前よりも、比べようもないほどとてもかわいらしく成長なさった。歳のわりに、ほんとうに格段に気品があって美しくおなりになった」と、感慨深く見申しあげなさっている。いぬ宮は、落ち着いていて、子どもとも思われないほどおっとりしている。

まず、亡き治部卿《じぶきよう》（俊蔭《としかげ》）が尚侍にお教え申しあげなさった時の龍角風《りゆうかくふ》をいぬ宮の琴《きん》、細《ほそ》緒風《おふ》を右大将の琴《きん》にしてお弾かせ申しあげなさる。最初に、尚侍が、二つの琴《きん》を持って来させて、右大将に、「調律せよ」とおっしゃって調律させなさった音色は、このうえなく風情がある。右大将が、いぬ宮に龍角風をお渡しして、弾き始めさせ申しあげなさると、いぬ宮がとても小さな手でお弾きになる。その音色は、少しも伝授に不安を感じさせるところがなく、しっかりと理解したうえでお弾きになる。すぐに、練習曲をお弾きになった。

次に、また、右大将が琴曲《きんきよく》を一つお教え申しあげなさると、いぬ宮はまったく同じように習い取りなさるので、尚侍は、いぬ宮は秘琴《ひきん》の伝授を受けるためにこうしてお生まれになったのだと思って見申しあげて、どれほど上達なさるのか知りたいと思い、尚侍自身も音《ね》を立てて弾いたり、いぬ宮に合わせて弾いていらっしゃるうちに、涙が落ちてきて、「父上は、昔、私が四歳の時に琴《きん》を教えてくださいました。その時には、私は、琴《きん》を心には入れながらも、まだ幼くて、乳母《めのと》の膝《ひざ》にすわったまま、奏法は習い取りましたが、伝授を受けた音色で弾きこなすことはできませんでした。それができるようになったのは、七歳になってからで、その時になって、父上は、『大人の琴《きん》の音色になった』と言ってくださいました。いぬ宮が弾いた龍角風の琴《きん》は、大人でさえ、その音《ね》を立ててこんなに見事に弾くことはできないものなのに」と申しあげなさる。右大将は、いぬ宮がこうして琴《きん》を見事にお弾きになることを、願いはきっとかなうだろうと、とてもうれしくお思いになる。尚侍が、いぬ宮に、「まだ弾くことがおできになるでしょうけれど、気分が悪くおなりになると大変です。今日は、これでおしまいにしましょう」と申しあげなさる。いぬ宮は、習ったことを三度お尋ねになることはない。何年もかかって上手に弾きおぼえてきた人が、今、ほかの人が弾くのを聞いて、理解したかのようである。長年、女一の宮がお弾きになる琴《こと》を、そばにいて聞いて、弾きたがっていらっしゃったので、少しもつらいとお思いにならず、琴《きん》を心に入れていらっしゃる様子は、ほんとうにけなげである。

二　伝授二日目。女一の宮からいぬ宮を案じる手紙が届く。

翌日、女一の宮から、侍従《じじゅう》の乳母《めのと》のもとに、

「夜の間はどのように過ごしているのだろうかと思うと、とても気がかりです。いぬ宮は琴《きん》を習得なさるでしょうか。私が聞くことができないのも、思えば、おかしいことですね。

夜もお弾きになるのでしょうか。いぬ宮のことが恋しくてなりません。どんなふうでいるのか、お知らせください」

と書かれた手紙が贈られてきた。右大将(仲忠)たちが楼に上っていらっしゃる時だった。右大将が、「何か用事がある時には、釣殿《つりどの》で、手を叩《たた》け」とお命じになっておいたので、中納言の君という若く美しい侍女が、みやきという女童《おんなわらわ》にその手紙を持たせて、釣殿に行こうと思って、侍女たちに、「それにしても、私たちの信頼が厚いこと。ほかの人たちとは違いますね。これくらいのことで、手を叩いて右大将殿をお呼びするのですよ」などと言って笑う。中納言の君は、釣殿の南の端にある、帽額《もこう》をつけた御簾《みす》の内で、上長押《かみなげし》の下にすわって、みやきが高欄まで行って手を叩くと、右大将が出ておいでになった。

右大将が、手紙を読んで、「硯《すずり》は、ここにあるか」とお尋ねになると、みやきが、「ございます」と言ってお渡しするので、右大将は、

「お手紙をいただいて恐縮しております。ご機嫌が悪くてとても恐ろしいご様子だと思われましたので、お手紙をさしあげられずにいました。『とても気がかりだ』とありましたが、私のほうこそ、まったく申しあげようもないほどです。『夜の間はどう過ごしているか』と心配してくださったことは、身にあまる思いです。手紙をいただいたことで、気にかかっていたことが慰められるでしょうから、ほんとうに、とてもうれしく思って、お手紙を拝見しました。なををことそ(未詳)とも思いながら、物思いにふけって秋の夜を明

かそうとしても、『とかなむへむや（未詳）』とおっしゃったように、私は、恋しい気持ちでおります。独り寝のつらさは、わが身を振り返って感じています」とお返事をさしあげなさった。

右大将は、そのまま、侍女たちがいる所までやって来て、覗《のぞ》いて、「大弐《だいに》の君よ。果物《くだもの》を取り寄せて、侍女たちに配るように、あなたが指示なさってください。皆さんは、いつものように、碁や双六《すごろく》を打つことでしょうね」と言って、「女一の宮が、いぬ宮のことを心配してお手紙をくださったのだと思うが、このまま練習していれば、願い通りに上手に弾くことがおできになりそうに見える」と思って、ほんとうに満足して、楼にお戻りになった。

侍従の乳母という人は、嵯峨《さが》の院の親王《みこ》の、兵部卿《ひょうぶきょう》の宮でいらっしゃった方の娘である。まだ子どもの頃に、亡き源侍従（仲澄《なかずみ》）の内密の恋人だった人なのだが、源侍従が亡くなった後は、顔がとてもかわいらしいので、女一の宮のご兄弟が、人目を忍んでこっそりと通っていらっしゃった。その縁で、ほんのしばらくの間いぬ宮に乳を飲ませてさしあげたのだが、乳母にするような人ではないということで、乳母という名はついているけれど、女一の宮がとてもかわいがっていらっしゃったのだった。

侍従の乳母が、女一の宮に、

「右大将殿がお返事をさしあげたようですから、私のほうからは簡単にご報告いたします。いぬ宮さまは、琴は、しっかりと習得なさると思います。右大将殿を見申しあげていると、ほんとうにご機嫌もよさそうに思います。思いもかけず、いぬ宮さまに会えない遥かに遠い楼で習っていらっしゃるので、私はお聞きすることができません。この手紙は、帥《そち》の君が、代わりに読んでさしあげてください」

とお返事をさしあげた。

女一の宮は、読んで、とてもうれしいとお思いになられる。「なんだか胸がどきどきしますね」と言って、手紙をお置きになった。

三　いぬ宮たち、楼で、夜の食事をする。

前日と同じように、夜の食事は、楼でさしあげる。右大将（仲忠）が、「つらくお感じになりませんか。つらかったら、ここに、侍従の乳母《めのと》だけは呼びますよ」と申しあげなさると、いぬ宮は、「いいえ。遊びをするわけではありませんから。このまま、この琴《きん》を、母上がお弾きになるように、月が見えるまでは弾くつもりです」とおっしゃるので、右大将は、とてもうれしくお思いになる。四人の下仕えが、食膳を受け取って続いて、裳《も》と唐衣《からぎぬ》を着けて参上する。二人の上臈《じようろう》の侍女が、三尺の几帳で、前にさし几帳《ぎちよう》をして、楼に上って、食事をお渡しする。いつものように、右大将が尚侍《ないしのかみ》の食事のお世話をしてさしあげなさると、尚侍が、「まあみっともない。中納言の君と侍従の乳母をお使いください」とおっしゃる。右大将は、「そんな必要はありません」と言って、何度も給仕をしてお食事をさしあげなさる。中納言の君は、右大将の御衣を手で持って参上して、楼を下りた。いぬ宮の所でも、同じように食膳を持って参上した下仕えたちが、きちんと、裳と唐衣を着けている。乳母が二人いる。右大将が、取り次いで、お食事をさしあげなさる。いぬ宮は、果物《くだもの》だけを食べて、ほかには特に召しあがらない。次に、右大将がいらっしゃる所に、顔が美しく、長い髪を一つに束ねた、背の高い四人の男童《おとこわらわ》が、食事を掛籠《かけご》に入れて、南の築山《つきやま》の木の根もとに造って架《か》けた反橋《そりはし》のほうから運ばせる。右大将は、少し下りた所にある高欄に出て来て召しあがる。絵に描《か》いたようにすばらしい。

四　いぬ宮、琴の伝授に励み、上達する。

いぬ宮は、一日でたくさんの曲を習い取ることもおできになるはずだが、ことさらに、一日に、ただ二つか三つの曲をお教え申しあげてお過ごしになる。

秋も深まって、築山《つきやま》も前栽《せんざい》も、とても風情豊かになってゆく。いぬ宮が、楼から南の築山のほうを見て、「この景色を、一緒に、母上にお見せ申しあげることができないなんて」と、独り言《ごと》でおっしゃるのを聞いて、右大将（仲忠）が、とてもかわいそうだと思って、「母上は、『いずれ、この琴《きん》を、しっかりと習得なさった時に、やって来て、一緒に見たい』と言っていらっしゃいましたよ」とおっしゃると、いぬ宮は独り言を聞かれて恥ずかしくて黙っていらっしゃる。

夕暮れや昼間などに、尚侍《ないしのかみ》と右大将のお二人が休んで聞いていらっしゃると、いぬ宮が一人で練習なさる琴《きん》の音《ね》は、ほんとうにこのうえなく見事で、少しもまちがえるところもなくお弾きになる。お二人とも、いぬ宮を、とてもいとしくも不吉にもお思いになる。

どのような時だっただろうか、いぬ宮が、尚侍に、「しもつはへおもし（未詳）。乳母《めのと》のちやを呼びたい」とお願い申しあげなさるので、お召しになった。いぬ宮は、去年からは、特に乳をお飲みにならない。けれども、この乳母（ちや）は、いぬ宮のことをかわいがり申しあげて、今でも参上していぬ宮をそばにお置き申しあげていたので、右大将は、かわいそうだとお思いになって、京極殿《きようごく》に参上させていたのだった。いぬ宮が、琴《きん》をしっかりとお弾きになる一方で、乳母を恋しがるこうした子どもらしいご様子を、右大将は、かわいいと思って見申しあげなさる。侍従の乳母がやって来て、「琴《こと》は弾くことがおできになりそうですか」とお尋ね申しあげなさると、いぬ宮が、「弾くことができそうです。母上などのように、琴をそばに置いて、これからは、いつも弾くつもりです」などと話をしていらっしゃるのが聞こえる。

すっかり夜が更けて、遥かに澄みわたった月夜に、尚侍と右大将のお二人が一緒に弾いて、いぬ宮にも同じ奏法で弾かせ申しあげなさる。いぬ宮に、まったく同じ曲をお弾かせ申しあげなさる。いぬ宮がただただ同じようにお弾きになるので、右大将はうれしくお思いになる。

五　藤壺、正頼と、春宮のことなど噂する。

藤壺《ふじつぼ》は、とてもねたましくうらやましく思っていらっしゃったが、女一の宮が京極殿に一緒にお移りにならなかったことを、少しうれしくお思いになる。左大臣（正頼《まさより》）が参上なさった時に、藤壺が、「女一の宮さまは、どんなお気持ちでいらっしゃるのでしょう。私にも女御子《みこ》がいらっしゃったら、うらやましく思うでしょうに」と申しあげなさると、左大臣が、笑って、「春宮《とうぐう》がおいでになるのに、それ以外にうらやましいことを願ってはいけません。女一の宮さまは、右大将殿（仲忠）のことは、なんともお思いにならず、一日、寝ても覚めても、いぬ宮と人形遊びをなさっていたのに、ここのところずっと、それもまったくできずにいることでしょう。尚侍《ないしのかみ》さまも右大臣殿（兼雅《かねまさ》）から引き離していらっしゃるので、女一の宮さまも右大臣殿も、右大将殿のことを恨んでいて、右大臣殿は、昔に返って、女君たちと手紙の遣《や》り取りをなさっているそうです。先日、朱雀院《すざくいん》が、『私が講書をさせるために、右大将が宮中にいた時には、一夜の間でも千年を暮らすように思っていたのだから、今回のことはいいかげんな気持ちではないのだろう。女一の宮は、人並みの妻として扱ってもらっているのだろうか』などと言って心配なさっていました。それなのに、女一の宮さまのことをうらやましくお思いになるとは変ですね」などと申しあげなさるので、藤壺は、「そんなふうに、これまでに例がないようなやり方で、今から、そうしてお教え申しあげたら、ほんとうにこのうえなくすばらしい伝授となることでしょう。私が生んだ御子たちは、遊びにばかり熱心に打ち込んでいましたが、今でも遊びに熱中していらっしゃいます。梨壺さまがお生みになった三の御子は、とても親しみやすくかわいらしくて、字も上手にお書きになり、漢籍もお読みになるそうですから、春宮も、お教え申しあげたら、同じように、ほんとうに立派におできになるはずですのに、人々が、皆、それぞれの縁故によって、心の中で競い合っていらっしゃるので、私の御子たちのことを心にかけず、何も習わせ申しあげる人もいないようです」。左大臣が、「とんでもないことです。誰が、そんなふうにお思い申しあげているのでしょう。東宮の学士は、明けても暮れても、参上してお教えしているでしょう」。藤壺が、「さあ、どうでしょう。何はともあれ、どういうわけなのか、春宮は、『東宮の学士に教えてもらって漢籍を読みたくない。右大将か源中納言(涼《すずし》)に教えてもらって、漢籍も読み、ほかのどんなことも習いたい。醜い東宮の学士とは顔をあわせたくない。気にくわない』とおっしゃっているようです」。左大臣が、「いったいどういうことですか」。藤壺が、「字だけは、右大将殿から贈られた手本があったのですが、手本をくださった右大将殿ご本人が、『ほんとうにそっくりに似せてお書きになっている』とおっしゃっているようです。漢籍でもなんでも、頭の中将殿(行正《ゆきまさ》)のを習っていらっしゃいます。春宮が、とても頑《かたく》なに、今を時めく人たちのものだけが自分が習うのにふさわしいと思っていらっしゃることが、気に入らないのです。源中納言殿は、内々に聞いたところ、今から、春宮のことを大切に思うとおっしゃっているようです」などと申しあげなさる。左大臣は、春宮がかわいくていらっしゃるなどと聞いて、「この方々は、どなたも、春宮のことを、このうえなく大切なものにお思い申しあげていらっしゃるようです。源中納言殿も、さまこそがお生みになった、いぬ宮さまと同じ歳の幼い女御子を、とても大切にしていらっしゃるそうですが、『ぜひ春宮の遊び相手として入内《じゅだい》させたいと思うが、この前近くで見たいぬ宮さまが後で入内なさったら、春宮は娘のことをきっとひどく軽くお思いになることだろう』などとおっしゃっています。また、その一方で、たいへんな財産家の種松《たねまつ》から伝えられた、これまで見たこともないすばらしい笛などを持っていらっしゃるのですが、ある人が、『とても立派な笛ですね。私にください』と言っても、『さしあげることはできません。私には考えがあるのです』とお答えになったそうです」などと申しあげてお帰りになった。

六　涼、祓えの帰路、京極殿の仲忠と歌を贈答する。

源中納言（涼《すずし》）が、賀茂川《かもがわ》で祓《はら》えをしてお帰りになる時に、車をとめて、遠くから京極殿の楼を御覧になって、「噂《うわさ》どおりに、この楼は、ほんとうにすばらしい見物だな」と思って、「失礼にならないように充分に配慮して戸を叩《たた》き、こう申しあげて、返事をもらうことなく、すぐに帰って来い」と言って、

「からもりの家を見るために、道端でじっと様子を見ることになるとは、そんな私はみっ

ともない男ですね。

と思いますので、このまま通り過ぎることにします。賀茂の川原から帰る途中です」

と、大きな音で戸を叩かせて歌いかけなさる。

右大将は、ひどく忌《いま》々しく思って、

「涙で袖を濡《ぬ》らすようなふがいないあなたは、八重ならぬ九重にも重なる中を、どうやって掻《か》き分けていらっしゃったのでしょうか。

通り過ぎなさったのは、すばらしいご判断です。おすわりになれる所もありません。冗談はさておき、近いうちに、私のほうからおうかがいいたします」

と言って、使の者を移し鞍《ぐら》を置いた馬に乗せて走らせなさったので、源中納言が屋敷の門にお入りになる前にお届けできた。

「ここは、尚侍《ないしのかみ》のもとに、右大臣（兼雅）から、白い色紙に、恨み言をたくさん書き連ねた手紙をお贈り申しあげなさった。侍女と女童《おんなわらわ》が並んですわっている。美しい装束を、色とりどりに縫っている。

いぬ宮のもとには、御匣殿《みくしげどの》から、縫った装束を重ねて、九月九日の重陽《ちようよう》の宴の日に持って来た。侍女と女童が、几帳《きちよう》を傍らに寄せて、物語を読んだり遊びをしたりしているのが見える。

勤行をなさる日には、尚侍が、念誦堂《ねんじゆどう》にお参りして、仏の名号を唱えなさる。その前で、歳をとった侍女が、仏に奉るための香をあちらこちらに置いて、膝をついてすわっている。」

七　仲忠、参内後、朱雀院、女一の宮、兼雅のもとを訪れる。

右大将（仲忠）は、帝《みかど》からも、何度もお召しがあったので、参内なさる。

右大将は、退出すると、真っ先に、朱雀院《すざくいん》に参上なさった。院が、「ずいぶんと顔を見せなかったな。来年の県召《あがためし》の除目《じもく》の際に諸国の国司に任じられる者を申請する文書がいくつもあるそうだが、そのような重大な国事がある日は参内なさらなければならない」。右大将が、「必ず参内いたします。走って参内するつもりです」。院が、「どうだ。いぬ宮は琴《きん》を習い取ることができそうか」。右大将が、「もちろんです。すぐに習得するだろうと思います」と申しあげなさったので、院は、にっこりとお笑いになって、「かわいいことだね。尚侍《ないしのかみ》さまが伝授をお受けになった奏法のようだから、いぬ宮がそれをすべて習い取ることができたら、ほんとうに思いがかなう気持ちがするだろう。それにしても、いつごろ習い終えなさるのだろうか」。右大将が、「弾くにまかせて練習したら、すぐにでも習得できるでしょうが、いぬ宮は、まだ幼いので、慌てずにゆっくりと、物事を理解させながら習わせなければなりませんので」とおっしゃって、「琴曲《きんきょく》などは、季節の推移に従って習う方法がございますし、また、私も、しかるべき節会《せちえ》などにも参上しなければならないので、時間をかけずに容易にはできないと思います」。院は、「すばらしい。ほんとうに、そのとおりだろう。とても興味深い話だから、習得した時にぜひ見たい」とおっしゃる。仁寿殿《じじゅうでん》の女御は、三条の院の東北の町にお帰りになっていた。

夜になって、右大将が三条の院の東北の町にお帰りになった時に、女一の宮は、女二の宮と管絃《かんげん》の遊びをしていて、右大将がお帰りになったと聞いても会おうとなさらない。右大将が、「朱雀院に長い間いて、気分がすぐれずにいますのに。いぬ宮のこともお話ししたいと思います」とおっしゃると、女二の宮は、気まずく思って奥にお入りになった。女一の宮が、ぶつぶつ言いながら出ていらっしゃった。右大将が恨み言を申しあげなさると、女一の宮が、「恨み言を言いたいのは私の方です。人がどう思って見たり聞いたりしているのかと思うと恥ずかしい。いぬ宮のことがとても恋しいのに、いつまでも会えないのでしょうか」。右大将が、「いいえ、近いうちに、物忌みなどの機会に会っていただきましょう。いや、やはり、それもとてもやっかいです。侍女たちがおります。それに、琴《きん》の練習には当然時間が必要です」。女一の宮が、「ところで、いぬ宮はどうしていますか」。右大将は、「琴《きん》を、とてもかわいらしい様子で弾いていらっしゃるようです」などと申しあげなさる。

夜が明ける前に、右大将は、三条殿にお寄りになる。宮の君も小君も、珍しがってお喜びになる。右大臣（兼雅）が、「尚侍が長い間お手紙をくださらないのは、どういうわけなのか。とうとうお返事ももらえないようだ。ずいぶんと長い間お手紙をくださらないから、九月九日重陽の宴の物忌みをすることを口実に、人目を忍んでこっそりと行ってみよう」。右大将は、「すばらしいお考えです。でも、その日は、宮中で菊の宴が催されますから、私は参内しなければなりません」などと申しあげて、宰相の上が住む東の一の対と梅壺《うめつぼ》の更衣が住む東の二の対を訪れて、立ったままで、「いかがお過ごしですか」などとご挨拶《あいさつ》申しあげなさる。寂しい思いをしていらっしゃるご様子なので、殿の家司《けいし》たちを召して、果物《くだもの》や、しかるべき物などを、どちらにもお贈りして、急いで京極殿にお帰りになった。

八　いぬ宮、母女一の宮を恋しく思いながらも、琴を習う。

いぬ宮が、薄く濃く、とても美しく色づいてゆく檀《まゆみ》の木を見て、右大将（仲忠《なかただ》）に、「母上の所の檀も、こんなふうに美しく色づいているのでしょうか。母上とお会い申しあげなさったのですか。母上は、『恋しくても我慢しなさい』とおっしゃったのに、今はもう私のことをお忘れになってしまったのでしょうか。お手紙もくだされぱいいのに」と言っているうちに泣いておしまいになりそうになったので、右大将が、「お泣きにならないでください。母上から贈られたお手紙があります。そのお手紙には、『しっかりと琴《きん》を習っていらっしゃいますか。しっかりと習っていらっしゃるなら、近いうちにそちらに行ってお会いしましょう』と書いてありました」と申しあげなさると、いぬ宮は、とてもうれしいとお思いになって、一生懸命にお弾きになる。右大将が、「ほんとうにかわいそうだ。母上のことを恋しく思うのももっともだ」と思って、おもしろい絵などを取り出してお見せ申しあげなさるけれど、いぬ宮は、いつものように御覧にならずに、琴《きん》を特に心に深く感じながらお弾きになる。

月がとても明るく照り、空が澄みわたる静かな夜に、築山《つきやま》の木陰や、池の水の波の上に、風が次第に音を立てて涼しく吹く。そんな時に、いぬ宮が、右大将と尚侍《ないしのかみ》が弾く琴《きん》に合わせて大人のように弾いていらっしゃるのを聞いて、右大将と尚侍も、時節ももの寂しくなってゆく頃で、涙を落としながら、曲の趣旨をお教え申しあげなさる。いぬ宮は、お二人が泣いていらっしゃる様子を見て、右大将に、「私には、『泣かないように』とおっしゃるのに、父上は、母上のことを恋しくお思いになっているようですね」と言い、尚侍にも、「祖母《ばあ》さまも泣いていらっしゃるのですか」と申しあげなさるので、お二人とも、とてもかわいいとお思いになった。右大将が、つらいと思っていらっしゃるだろうと思って、「楼を下りましょう」と申しあげなさると、いぬ宮は、「月が明るく照っている間は、寝ずに、このままずっと弾いていたい」と言って、夜中まで楼にいらっしゃる。

楼からお下りになる時にも、右大将は、いぬ宮を楼の端までお抱き申しあげて、お迎えに参上した乳母《めのと》と侍女たちにいぬ宮を抱くのを代わってもらって、尚侍に手を取らせて楼からお下ろし申しあげなさる。尚侍が、「ほかにも侍女たちがいますのに」とおっしゃると、右大将は、「こうして母上が来てくださっているだけでも、とても申しわけないのですから。ほかの人の子だったら、母上においでいただくこともなかったのですが、女一の宮さまと結婚して以来、何に対しても朱雀院《すざく》のお心遣いが畏れ多いので、結婚してよかったと、格別に思って、今回の伝授を思い立ったのですが、母上にはほんとうに申しわけなく思っております」と申しあげて、いつものようにお送り申しあげてから、「いぬ宮が果物《くだもの》以外は何も召しあがらないようだが、ほんとうに困ったことだ」と言って、ご自身の手で、いぬ宮が食べられるように調理して食べていただくために、台盤所《だいばんどころ》においでになった。

九　仲忠と尚侍、京極殿に住んだ昔を思い出して歌を詠む。

いぬ宮は、このように物事を理解するにつれて、琴《きん》がずいぶんと上達して、練習がつらいとは、少しもお思いにならず、季節に応じてしるから（未詳）琴曲《きんきょく》をお弾きになるが、その様子はとてもかわいらしい。前栽《せんざい》の木々も築山《つきやま》の木々も紅葉《こうよう》し、黄櫨《はじ》の紅葉《もみじ》が、今色づいている。それぞれに風情があり、風が次第に荒々しく吹いてくる中で、築山の中から落ちる滝の音も、静かな所でお聞きになると、何もかもが、琴《きん》の音《ね》に響き合って心に染《し》みて感じられる。尚侍《ないしのかみ》は、昔のことをあれやこれやと思い出して、右大将（仲忠）に、「あなたが、『木《こ》の葉がうずたかく積もっているからつらい』とおっしゃったのは、どちらの方角でしたか」と尋ねながら、涙がこぼれなさる。右大将は、「あちらの西南の築山を通って出入りしておりました」とお答えして、硯《すずり》を引き寄せて、

昔は、築山から吹き下ろす風も、木の葉も道を塞《ふさ》ぐのだと思ったので、つらく感じられました。

と書きつけてお置きになると、ふと悲しいお気持ちになる。それを見て、尚侍も、

思いもかけない運命に巡り合って山の峰さえも掻《か》き分けて北山に行った私にとっては、

紅葉の堰《せき》などなんとも思いませんでした。

とお詠みになって、たがいに言葉に尽くせないほど悲しくお感じになる。いぬ宮も、楓《かえで》の葉が琴《こと》の上に散って覆っているのを見て、

私が弾くのをうらやましいと思って、琴の上で楓も……

とだけ詠んで、「恥ずかしく思います」とおっしゃったまま、下の句をお詠みにならないので、尚侍が、「どうしてお詠みにならないのですか。続けてお詠みなさい、お詠みなさい」とおっしゃると、いぬ宮は、

「……私と同じような音色を弾こうとしているのでしょうか」

とお続けになる。近くの賀茂川《かもがわ》の岸で吹く風の激しい音に、とても見事に合わせて琴《きん》をお弾きになるのを聞いて、右大将はいとしくお思いになる。

一〇　尚侍、父俊蔭のことを思う。

十月、時雨《しぐれ》によって紅葉が次々に散って、残った東側の葉はまばらである。尚侍《ないしのかみ》が休んでいらっしゃるような時に、右大将（仲忠）が、季節に合った漢詩のとても感慨深い一節を、遠く離れた所で吟詠して、

唐の国の七つの山の人が聞きつけて、亡き治部卿《じぶきよう》殿（俊蔭《としかげ》）と同じ音色だと言ってくださるように、いぬ宮に琴《きん》の音《ね》を伝授したい。

とお詠みになった。尚侍《ないしのかみ》は、横になっていらっしゃったけれど、それを聞きつけて、このうえなくますます涙がこぼれなさる。横になったまま、琴《きん》を弾きながら、声をひそめて、

七つの山の人が、亡き父上と同じ音色だと言ってくださっても、それを私に伝授してくださった父上がいらっしゃらないから、この家を見てもなんの効《かい》もありません。

とお詠みになる。尚侍は、横になりながら、心の中で、「世の中を見ると、言葉で言いあらわせないほど音楽の才能がある人も、同じことで、時流に乗って栄え、漢学の才も人並みであってはじめて、立派になって宮仕えをした効があるのだ。父上は、人よりもすぐれて漢学の才がおありだったそうだが、この国ではその学問に見合った待遇を受けることもなく、歳若くして、行ったこともない世界に渡って行って、ありとあらゆる悲しい体験をした後に、何年もたってからお帰りになったのだ。お帰りになってからも、官職に恵まれず、世の中が思いどおりにならなかったので、それを嘆いて、年月を過ごしていらっしゃったという。その間に、また、私のことを安心して頼んでおくことがおできになる人もなく、私を人並みにしようと思ってしたことは何もかなわずに、高齢になって、心細い思いをなさった。そうなると、今度は、このことを嘆いてお亡くなりになるまでの十六年の間、私のことで涙をたくさん落とさせ申しあげて、私が育ったのだが、その報いなのだろうか、私も、わが子に、誰

も経験したことがない、悲しくつらい思いをさせたことだろう。私が生まれた日から、父上がお亡くなりになった時まで、心にお感じになったことや、起こったさまざまな出来事を、昔から書き残しなさった日記には、心を痛めて悲しい思いをなさったことが数え切れないほど書かれている。今の右大将が、公私にわたって、漢学の才も容姿も心持ちも人となりも、この世の誰にもひけをとらないことを見たり聞いたりするにつけ、少し心が慰められる気持ちがするけれど、このことを、亡き父上にお見せすることもお聞かせすることもできないのは、悲しくて残念でならない。どのような人も、帝《みかど》であっても、それ以外の人であっても、八十歳九十歳を過ぎるまで生きて、幸せな晩年を、心行くまで経験なさることがおできになることはないだろう。つらくて悲しいものだ」と思い続けて、悲しいお気持ちになる。「父上は、今はどのような身になっていらっしゃるのだろうか。一生の間、ご自身でもお読みになり、まれに招き寄せなさった法師にも読んで講じさせなさった提婆品《だいばほん》や最勝王経《さいしょうおうきょう》を、ここで、毎日、父上のために読ませよう。施餓鬼会《せがきえ》は、毎日欠かすことなく催させよう。次第に歳をとってきたが、私に限っては、なんの悩みもない。私も、のんびりと落ち着いて、父上の後生を絶えずお祈り申しあげよう。あらゆる尊いことは、すべて、ぜひここで行おう」などと、昔のことからこれからのことまで、さまざまに感慨深く思って横になっていらっしゃる。

一一　仲忠・兼雅、妻に逢えずに嘆く。

右大将（仲忠《なかただ》）は、気にかかってはいらっしゃるけれど、夜も昼も、秘琴《ひきん》の伝授というこのうえない重大事のことを考えてお過ごしになって、月に、四五日置きになど、女一の宮のもとに、夜おいでになる。それなのに、女一の宮は、「恋しいいぬ宮にさえ会わないのだから、あなたと会うわけにはいきません。ああ、いぬ宮と会いたい」と言って、格子《こうし》も上げさせなさらないので、右大将は、「何を怒っていらっしゃるのか理解できませんね」と言って、高欄で起きたまま夜を明かして、京極殿にお帰りになる。

右大臣（兼雅《かねまさ》）は、尚侍《ないしのかみ》に会うことができるかと思って、何か機会があると、京極殿においでになるけれど、尚侍は、「若い右大将でさえ、けなげに我慢しているいぬ宮のことを思って、ずっと独り寝をなさっているのに、とても見苦しいと思います」と言って、まったく出ていらっしゃらない。尚侍が、「私にお会いになったら、困ったことになります。秘琴の伝授という重大事があるのです」と言って、そのままお帰し申しあげなさるので、右大臣は、本気になって腹をお立てになるけれど、尚侍は、「右大将がどう思うかと考えるとやっかいです」と言って、最後までお返事もおさせにならない。右大臣は、腹立たしく思われなさるけれど、右大将のことは尚侍がおっしゃるとおりなので、ぶつぶつ言いながら、三条殿にお帰りになった。尚侍方の人々もいぬ宮方の人々も、そのことを見たり聞いたりして、「とてもすばらしいご夫婦仲ですね」と言う。

一二　十一月、寝殿に移る。いぬ宮の琴上達し、仲忠を驚かせる。

十一月の一日からは、右大臣（兼雅）が、「たとえ遠くからでもお目にかかりたい」と言って、京極殿においでになった時にも、尚侍《ないしのかみ》は、「不都合です」とお断りして、侍女たちがいる所とも遠いので、寝殿にいぬ宮をお移しして、そこで習わせ申しあげなさる。風がひどく激しく吹き、天候が荒れて、空の様子も苦しそうだ。尚侍が、このような季節に合わせて弾かせ申しあげて聞いていらっしゃると、いぬ宮は、少しもまちがえることなく、尚侍がお教えになった琴《きん》の音《ね》よりはもう少しすぐれてお弾きになる。右大将もびっくりなさる奏法がある。尚侍が、右大将に、「大人でさえ、心では理解していても、ここまで上手に弾くことはできないものです」。右大将は、「朱雀院は、いぬ宮のことを見て、いぬ宮が弾く琴《きん》を聞いて、どれほど言葉に尽くせないほどかわいくお思いになることでしょう。ほかには、源中納言殿（涼）だけがいぬ宮の琴《きん》を聞いておわかりになるでしょう」と申しあげなさる。

「ここは、新嘗会《しんじようえ》の日に、右大将も参内なさると思って、世間の信望もあり、見た目も堂々としている四位と五位の官人たちが、数えきれないほど参上して集まっている。寝殿と西の対と、渡殿《わたどの》や北の廊にかけて並んですわっている。」

一三　雪の日、尚侍、昔を思い出して泣く。

雪が、夜になって、とても高く降り積もって、庭は、池も遣水《やりみず》も植木も、とても風情がある。雪は、二尺ほど、とても高く降り積もっている。侍女たちが、「ここ何年も、これほどまでの雪は降ったことがありませんね。こんな雪の中を歩きまわるのは、たいへんですね」と言うので、尚侍《ないしのかみ》が、それを聞いて、「ああ。昔も、同じように雪が積もった年があった。私が、『こんなに雪が降っているのですから、出かけてはいけません』と言ったのに、右大将は、それをも聞かずに、『山へは行きません。でも、賀茂川《かもがわ》のほとりですから』と言って、押しきって歩いて出ていらっしゃったのだ」と思い出して、ひっきりなしに降る雨よりも激しくおこしいに（未詳）涙を落としなさる。尚侍は、それを、縁起でもないとお思いになるけれど、我慢することができずに、

山は冷え込み、川辺の氷は雪が凍りついて、この屋敷では、涙がまるで雨のように降っていたことだ。

と思っていらっしゃると、いぬ宮が、それを見て、「お泣きにならないでください。私も我慢しているのです」と申しあげなさるので、尚侍が、「母上を、とても恋しくお思い申しあげていらっしゃるのですか」。いぬ宮が、「昔は、どれほど雪が降ったのですか。雪が降るまで母上とお会いしていないので、とてもつらいけれど、父上が、『泣いてはいけません』と

おっしゃるので。母上が雪山を作らせなさって、私と女二の宮さまとが並んで見たことがありました」と言って、そのまま泣いてしまいそうにおなりになるので、ほかのことを考えて気持ちを紛らわしなさるのを見て、尚侍は、雪山を作らせて、人形遊びなど、一緒にしてお見せ申しあげなさる。いぬ宮は、とても黒く見える濃い紅色で光沢がある御衣と、薄蘇枋《うすすおう》の唐綾《からあや》の細長に映えて、美しく見えて、ますますかわいらしくなっていらっしゃる。

一四　仲忠、涼のもとを訪れて語り、涼の娘を垣間見る。

右大将（仲忠）は、誰よりも早く退出して、三条の院の東北の町にお帰りになったが、女一の宮は、この前と同じように中にお入れ申しあげなさらない。

右大将は、嘆いて、さま宮と一緒に三条の院を訪れていた源中納言（涼）の所に行って、「寒さで体がこわばってしまいました」と言って、案内も請わずに廂《ひさし》の間《ま》にお入りになると、源中納言は、「ほんとうに、ひどく寒いですね。右大将殿がおいでになるかと思って、光り輝くように飾りたてたのでした」とおっしゃる。源中納言が、笑って、「何はともあれ、お召し物をお脱ぎください」と言って、右大将がお脱ぎになった物を受け取って、屏風《びょうぶ》にかけさせなさるので、右大将は、「どうしてこんなことをなさるのですか」。源中納言が、「私を侍女になさいませんか」と言って、「身にあまる大事をする人は、効《かい》々しく働く侍女が必要でしょう。残り滓《かす》のような私は、あなたの侍女になるのがふさわしいのです」などと言って、笑いながら、前にある長炭櫃《ながすびつ》の火をたくさん熾《おこ》させて、衣桁《いこう》にかけた袿《うちき》を五枚重ねて、「これは汚《よご》れていませんよ」と言ってお着せになると、右大将が、「いつものようにばかげた悪ふざけをなさいますね。もう、いいかげん大人におなりになりませんか。それにしても、女一の宮さまは心がとても冷たいこと」。源中納言が、「それはともかく、今夜はほんとうにうれしい。一緒に夜を明かしましょう」。右大将が、「そんなことはできません。女一の宮さまが疎ましくお思いになると困ります。いつもどおりにしましょう」。源中納言が、「侍女たちは、どこにいるのか」と言い、右大将に、「私も、まだ食事をしていません」と言って、「帥《そち》の君よ、灯《ひ》が暗いようだ、右大将殿の食事の世話をなさい。中納言の君よ、遅いぞ、いったいどこにいるのか」とおっしゃるので、帥の君が、「宮仕えは、ほんとうにつらいものですね。でも、呼ばれたからには、しかたがありません」と言って、色も砧《きぬた》で打った模様も、何とも言えないほど美しい装束で着飾って、三尺の几帳《きちょう》をそばに引き寄せていざって出て来た。源中納言が、とても光沢がある袴《はかま》を穿《は》いたかわいい女童《おんなわらわ》に、灯を明るく灯《とも》させて、帥の君に命じて、右大将に食事をさしあげさせなさる。右大将は、帥の君は恥ずかしいと思っているだろうと考えて、横を向いてすわっていらっしゃる。「源中納言殿は、帥の君のことは、『大納言の姫君で、とても身分が高い人なので、特別な侍女だと思って、私だって食事の世話もさせていません』とおっしゃっていたのに」と、気の毒にお思いになる。中納言の君という侍女が、奥のほうから来て、あるじの源中納言のお食事をさしあげる。女童も、こちらのは、また、格別にかわいい。誰もかれも、見た目にも美しく、目がとまってしまう者たちばかりである。右大将が、後ろを向いたまま、帥の君に、「まことに恐縮です」と言って、源中納言に、「どこにも行き場所もなくてつらい思いをしたまま何もできずにいる私のために、無理に酒を飲ませるふりをする役目をしてくださるのですか」とおっしゃると、それを聞いて、源中納言が、小さな声で、「帝《みかど》のご意向なのですよ」と申しあげなさる。すると、右大将が、「それは、どういうことですか。殿上もお許し申しあげましょうね」とおっしゃるので、源中納言は、「それは、とてもつらいことです」と言って、お二人でお笑いになる。

源中納言と右大将は、お食事をして、果物《くだもの》などを食べて、奥に入って、お二人で横におなりになる。源中納言が、「子持ち臭くない衾《ふすま》を持って来い」とおっしゃると、侍女が、香《こう》の唐櫃《からびつ》の中から、香《こう》の香りが深く染み込んだ衾を持って参上したので、それをお二人でかけて、さまざまに、おもしろくおかしいお話をなさる。源中納言が、「ところで、尚侍《ないしのかみ》さまが琴《きん》の奏法のすべてをお弾きになっているでしょうから、それをお聞かせください。いぬ宮さまが琴《きん》を習っていらっしゃるのも聞きたいものですね。夜練習なさっている時にも」。右大将が、「たやすいことです。それはそうと、中納言殿は、姫君には何を教えているのですか」。源中納言が、「琴《きん》の初歩でも教えようと思ったのですが、娘に才能がないので、かえって教えないほうがいいことはさせずにいようと思ってやめてしまいました。腹立たしくて、ほかのことは、教えてもしかたがないと思って教えていません」。右大将が、「わけがわからないことをおっしゃいますね。中納言殿が伝授を受けた琴《きん》を弾かずにいるのでは、ほかの何ができてもなんにもならないではありませんか。それでは、私が、ぜひ見てさしあげましょう。中納言殿がお教えにならなくても、私がいぬ宮と同じようにお教え申しあげましょう」。源中納言が、「いいかげんなことを言って、私をおからかいにならないでください」。右大将が、「いいかげんなことを言ったら、雷に打たれて殺され申しあげるでしょう。ほんとうの気持ちなのですよ」。源中納言が、「右大将殿が伝授をお受けになった琴《きん》は、なるほど、必ずいぬ宮さまへと伝授しなければならないと思います。でも、私の琴《きん》など、ことさら娘に伝授しなくてもかまわないでしょう。とにもかくにも、顔がとても醜いのです。御覧になったら、がっかりなさるでしょう」とは申しあげなさる一方で、それほどひどく醜くはないのにと思っていらっしゃるうちに、「私だって、物のよし悪しを判断することはできる。典侍《ないしのすけ》が言ったように、ほんとうになんて美しいのかと思われるほどの、はなやかな美しさの点では、少し劣るだろう。でも、どこにも、私のまわりにも、ほかに、これほどのかわいい子はいないだろう。右大将殿に、この子もそれほど醜くはなかったのだと思ってもらえるようにお見せ申しあげようか」と考えて、どうしたらいいのだろうかと思っていらっしゃると、右大将が、「いぬ宮のことを、前に、とてもはっきりと御覧になったのですから、中納言殿、同じように、私にも姫君をお見せください。美しいと聞いていますよ。典侍は、いぬ宮が、生まれたばかりで、見苦しくて、まだ美しくなるのか判断もつかなかった頃でさえ、『いぬ宮さまを見ていると、中納言殿の姫君のことが見たくなるし、中納言殿の姫君を見申しあげていると、また、いぬ宮さまを横に並べて見たくなります。将来いぬ宮さまたちが成長なさった後に見る人も、いずれ、同じように申しあげることでしょう』と申していました。私も、中納言殿と同じように、親しく姫君を拝見したいと思います」と言って、何度もお願いなさる。そこで、源中納言が、「いぬ宮さまのことは、思いもかけず、横を向いたお姿だけを拝見いたしました。典侍は、人をいい気にさせるような話をする、たちが悪い者です。それはそうと、今は、母君と一緒に絵を描《か》いていらっしゃるようですから」とおっしゃると、右大将は、「それはいいことを聞きました。姫君をこっそりと連れて来て、覗《のぞ》かせてください」とおっしゃる。

源中納言は、笑って、「おかしなことをおっしゃいますね。私のことを、おだてに乗る愚か者だと思っていらっしゃるのですね。それならそれでかまいません、おだてに乗ってさしあげましょう。伯父《おじ》君たちにさえ、まったく見せていませんのに」と言って、起き上がって、姫君がいらっしゃる所に突然に入って、すわって絵を描《か》いていらっしゃる姫君を、横からさっと抱いて、灯《ひ》が灯された所から、一間《ひとま》の半分ほど離れた所にすわらせ申しあげなさる。姫君の姿も頭の形も、じつに、たいそう気品があってほっそりとしている。右大将が、「どれどれ」と言って近づいていらっしゃるので、姫君は、ほんとうにびっくりして、立ち上がって、源中納言のもとにお戻りになる。その様子を見ると、いぬ宮と同じ背丈で、髪は、背丈とても少し長く伸びていらっしゃる。この姫君は、体つきは小さいけれど、大人っぽくて、とてもかわいらしいので、右大将は、ちょっと見ただけにかえってもの足りなくお思いになる。源中納言が、「よしよし」と言って抱いてお立ちになるので、右大将が、「灯台の明るい灯《ひ》で、もっとよく見せてください。かわいらしいお顔なのですから」とおっしゃると、源中納言は、「そこまではできません」と言って抱いたまま立ってお行きになる。姫君の、光沢があって、縹色《はなだいろ》のとても薄い唐綾《からあや》の袿《うちき》にかかった髪は、尾花の穂のようにふさふさとしている。ほんとうに子どもらしくてかわいらしい。灯《ひ》を明るく灯した所で、絵を描《か》くためにすわっていらっしゃった方（さま宮）も、急いで奥にお入りになった。ほんとうに美しい方である。右大将は、「いぬ宮は、とても幼い感じで、子どもらしい顔をして、気品があってすぐれていらっしゃる。その点は、ほんとうに比べようもないほどだな」とお思いになられる。

さま宮が、「ほんとうにあきれるほど常軌を逸した軽率な振る舞いです」と言って腹をお立てになるので、源中納言が姫君を下に置いて逃げて出ていらっしゃると、さま宮は、「何かに取り憑《つ》かれて正しい判断ができなくなってしまいになったようですね。大勢の人を集めて姫君を見せるのもいかがかと思いますが、それ以上に、この右大将殿にお見せになってもいいものでしょうか。私も右大将殿と目を合わせ申しあげてしまいましたよ」と言って、源中納言をお叱《しか》りになる。

源中納言は、右大将のもとに戻って来て、「北の方は、私が娘を見せたことで軽蔑していました。きっとひどく咎《とが》めたてられることでしょう。ほんとうに困ったことになった。あちらは、執念深く、あることないことをおっしゃるご一族のようです」と言って恐ろしがっておいでになるので、右大将が、「中納言殿、そのままほうっておおきになればいい。かまわないでしょう。それはそうと、かわいらしい姫君ですね。いぬ宮も、同じ年にお生まれになりました。髪は、姫君のほうが長いですね」。源中納言が、「嘘《うそ》です。髪は同じくらいの長さですよ」。右大将が、「私は、姫君の長さのほうがもう少しまさっていらっしゃると思います。こんなにかわいいのですから、誰にかは、かくなしちき（未詳）。これほどの娘を持っていらっしゃる方は、多くはないでしょうね」。源中納言が、「左衛門督殿《さえもんのかみ》（忠澄《ただずみ》）の姫君がとてもかわいいという噂《うわさ》です」。右大将が、「そんなことはないでしょう。たとえかわいくても、誰も知ることはできないでしょう」などと、一晩中いろいろな話をなさって、夜が明けた。

右大将が、「ところで、姫君を見せてくださったお礼に、何をしてさしあげたらいいのでしょうか」。源中納言が、「ほかには何も要《い》りません。どうしてお礼など望みましょう。尚侍さまが奏法のすべてを弾き尽くしなさり、いぬ宮さまがそれをすっかり習い取りなさった時に、ぜひとも聞き比べたいと思います」。右大将は、「まことにたやすいことです」と言って、源中納言が、「しばらくこちらでお休みください」と申しあげなさるが、急いで起きて、女一の宮の所にお戻りになる。

右大将は、女一の宮が寝ていらっしゃる部屋にあたる格子を叩《たた》いて、

「いぬ宮が伝授を終えて帰って来るまでの間は、冬の夜に私は寂しい独り寝をしなければならないのですね。

ほんとうに、思いどおりにならないつらい目にあいました」と、すばらしい声で詠みかけて京極殿にお帰りになった。女一の宮は、お聞きになったけれど、憎らしいと思って、返事もなさらない。女一の宮も、月日がたつにつれて、いぬ宮と過ごした昔のことを、心の底から、恋しくお思いになる。

さま宮は、「どうしてあんなことをしたのか。あきれた」と思って、源中納言に口もおき申しあげなさらない。

一五　年末。仲忠、節料を人々に配る。

十二月、少し明らかになる（未詳）時があって、右大将（仲忠《なかただ》）は、京極殿に籠もっていることができずに、女一の宮に、「こちらへおいでください。年の初めに、一人で過ごすことになるのは具合が悪いと思います。そちらに来いとお思いになるのは、いぬ宮を残して行くことになるので、気がかりだと申しあげなければなりません」と申しあげなさるが、女一の宮は、「母上が、やっとのことで退出していて、年を越しなさるでしょうからうかがえません。車にお乗りになったままでいいから、いぬ宮と会いたいと思います。いぬ宮をお連れください」とおっしゃる。でも、右大将は、「そちらには御子たちがいらっしゃいますから、不都合です」と言ってお断りになる。

諸国の荘園《しようえん》から節料《せちりよう》として献上された絹や綿などを、尚侍《ないしのかみ》たちが、侍女や下仕えの者たちに、例年の節料以上に、とても盛大にお配りになる。仁寿殿《じじゆうでん》の女御のもとには、きちんと格式を調えて、さまざまに送らせ申しあげなさる。三条殿の対で暮らしていらっしゃる方々や、故式部卿《しきぶきよう》の宮の中の君のもとにも、さまざまにさしあげなさる。三条殿の東の一の対に住む宰相の上からは、尚侍に、上品で美しく仕立てて、贈り物をさしあげなさる。尚侍は、使の者たちを召して、縹色《はなだいろ》の綾《あや》の細長を被《かず》けなさる。あちらこちらに節料を贈るけれども、また、贈り物が次々と贈られて、遥々と続く広い庭に、贈り物が、三百ほども、あちらこちらから見事な鳥を加えて、贈る前と同じように置いて集めてあるのは、尋常ならぬ様子である。尚侍は、さまざまに美しくこしらえた雁《かり》などを見て、「大臣《だいじん》の所でさえ、これほどまで盛大ではない。見事なものだ」とお思いになる。院や春宮《とうぐう》の所からもらいなさった物は、ほんとうにまばゆいほど美しい。入道の君（仲頼《なかより》）と忠君僧都《ただぎみそうず》のもとにもお贈り申しあげなさる。

一六　一月、仲忠、参賀の後、三条の院を訪れる。

正月一日には、右大将（仲忠）は、参賀のために、帝《みかど》・院・春宮《とうぐう》・大后《おおきさき》の宮などのもとに参上なさる。御前駆《ごぜんく》がひどくものものしいので、それぞれの所の人々は、おもしろくない気持ちで見申しあげる。

右大将は、その後、三条の院の東北の町を訪れて、大宮、次に、仁寿殿《じじゅうでん》の女御に拝舞し申しあげなさる。女御が、「院が若い時から見申しあげていますが、右大将殿とは比べようもありません。右大将殿を見ると、魅力的だというわけではありませんが、気後れするほど立派で、なぜだか、寿命が延びる気持ちがします」とおっしゃる。

右大将が女一の宮の部屋にお入りになると、女一の宮が、女御のもとに逃げていらっしゃるので、女御は、見苦しいと思って「なぜ逃げていらっしゃったのですか」と申しあげなさる。すると、女二の宮が、「姉宮は、『いぬ宮がこちらにおいでになるまでは会いたくない』と言って、去年の秋から、同じようにお会いになりません。『藤壺《ふじつぼ》さまが何をおっしゃっているかと思うと恥ずかしい』と言って、右大将殿のことをひたすらお恨み申しあげていらっしゃいますから」と申しあげなさる。女御が、「ほんとうに、あまりにも具合が悪く理解できないしわざだ」と思って、右大将に、「ご自分の身を抓《つね》って、女一の宮のつらさを理解していただきたいと思います。私には、『私がお頼り申しあげようと思っているほどには思ってくださらないのでしょうか。女一の宮が、「会いたくない」と言っているというのも、もっともなことだ』と思われます」。右大将が、笑って、「私のほうが、訴え申しあげたいと思っていることがございます。女一の宮さまがどのように申しあげなさったことで、年の初めに、女御さままで、私がけしからん仕打ちをしたかのようにおっしゃるのでしょうか。縁起でもありませんから、やはり二日の日は京極殿に来てくださるように、女一の宮さまにお伝えください」と申しあげなさるので、女御が、女一の宮に、「右大将殿は、並みたいていのお気持ちではないと思います。分別があるのなら、やはり、すぐに京極殿にお行きなさい。いろいろあったとしても、右大将殿は、何もかもお考えになっているのだと思います」と申しあげなさるけれど、女一の宮は物に寄りかかって横になっておしまいになった。女御は、右大将に、果物《くだもの》を三枚の沈香《じんこう》の折敷《おしき》に載せてさしあげなさったようだが、右大将は召しあがらずにお出になった。

右大将が源中納言のもとを訪れると、源中納言は、立ったままでお会いになった。源中納言が、「いかがでしたか。仁寿殿の女御がおいでになるから、いくらなんでも、お逢《あ》いになったことでしょうね」。右大将が、「逢っておりません。腹が立ったから、急いで退出することもお許しください」。源中納言が、「私は、先日悔やまれることをして、そのまま、また、目も合わせてもらえず、一緒にいることさえ許してもらえなくなってしまいました」。右大将が、「わけがわからないことをなさいますね。さま宮さまは、困ったことに、憎らしいお心の持ち主ですね」。源中納言が、「前の譲位の時のことをおぼえていらっしゃらないのですか。あちらの一族は、帝さえ何ともお思いにならないのですよ」とおっしゃると、右大将は、「いやはや。藤壺さまのお心に似ていらっしゃるのは、ほんとうに憎らしいことですね。こんな話はやめましょう。私たちは、これからも、今と同じように過ごしているほかありませんね」などと言ってお帰りになった。

今年は左大臣（正頼）が厄年《やくどし》でいらっしゃるということで、大饗《だいきょう》が催されないので、太政大臣（忠雅《ただまさ》）と右大臣（兼雅）も、自分たちも催すわけにはいかないということで、大饗が中止されたために、人々は、「今年はもの足りなくてつまらないことになったな」と言う。

一月の下旬ごろに、「子《ね》の日の遊びをせよ」と言って、尚侍《ないしのかみ》方といぬ宮方の大勢いる侍女たちを、小松を引くために築山《つきやま》に歩かせなさる。穏やかな日に、楼から見下ろすと、若い侍女と女童《おんなわらわ》と下仕えたちが、装束を色とりどりに調えて、中庭からも現れて、両方の侍女たちは、歌を詠むことになるのだろう。

一七　二月からふたたび楼での伝授が始まり、五月まで続く。

二月の下旬ごろからは、築山《つきやま》が青く色づく様子を見るのもとてもおもしろいということで、以前と同じように、楼で琴《きん》をお教え申しあげなさる。

三月には、三日の節会《せちえ》の食事を、例年のように、まことに美しく調えてさしあげなさる。桜の花も樺桜《かばざくら》の花も、まことに風情がある。楼は、ひたすら、桜の花の中に包まれている。いぬ宮は、お一人で、真剣に琴《きん》の練習をなさっていたからであろうか、ますます格段に大人っぽくおなりになる。鶯《うぐいす》が、桜の花にとまって、すぐ近くで鳴くのを聞いて、いぬ宮が、その声に合わせて、琴《きん》を、とても落ち着いた感じで弾きながら、

鶯が桜の花に親しく集まって鳴く声を聞いていると、恋しい母上のことが思われてなり

ません。

とお詠みになる。右大将（仲忠《なかただ》）は、それを聞いて、とてもかわいそうだとお思いになるけれど、大切に育ててきたいぬ宮は、人に対して、とても気がねをして、ひどく恥ずかしがりなさるので、何も言わずにいらっしゃる。

四月には、賀茂《かも》祭りの日に、賀茂神社の禰宜《ねぎ》の大夫《たいふ》が、とても見事で美しい葵《あおい》と桂《かつら》を、尚侍《ないしのかみ》のもとに持って参上した。被《かず》け物をなさる。右大将は、見た目にも美しい四位《しい》と五位の官人に命じて、尚侍の部屋の御簾《みす》に、その葵と桂をつけさせなさる。尚侍が、青い薄様《うすよう》に葵と桂をかけてお渡し申しあげなさる。

簾《すだれ》にかかるこのような葵の影がそばにあるから、この世に生きていても、親として子どもの将来に悩むことはありませんでした。

右大将は、

「空にある、月の桂にかかるこのような葵であっても、母上のお顔が見えずにいる間は悲しみにくれました。

お手紙に葵と桂をかけてくださったことで、昔のことが尽きることなく思い出されます。畏れ多いことです」とお答え申しあげなさる。お二人とも、感慨深くお思いになられる。

五月には、右大臣（兼雅《かねまさ》）から、尚侍のもとに、五日の節会の食事が贈られてくる。尚侍は、女一の宮のもとに来ていらっしゃる仁寿殿《じじゅうでん》の女御にお贈りになる。右大将も、格別に、このうえなく盛大に用意して、尚侍にさしあげなさる。上﨟《じょうろう》の侍女たちや下仕えまでも、衝重《ついがさね》はまことに美しい。尚侍の節会の食事は、これまでも、女蔵人《にょくろうど》がさしあげなさっていた。

今は、長雨が降り続く季節である。一日中雨が静かに降った後に、時鳥《ほととぎす》がかすかに鳴きながら飛んで行き、月がほのかに姿を見せた。尚侍といぬ宮と右大将が、三人で一緒に静かに弾いていらっしゃる琴《きん》の音《ね》は、とてもおもしろい。尚侍方の人もいぬ宮方の人も、泉殿《いずみどの》に出て聞いている。京極殿に仕えている人々の中に、以前に琴《きん》をしっかりと習得した人が、大勢いる。でも、琴《きん》の音《ね》を聞いても、どなたが弾いているのか区別ができない。残らず伝授を受けた琴《きん》の奏法を、今、琴《きん》を取り替えて、季節に合わせてお弾きになる。琴《きん》の静かな音《ね》が、大きく鳴り響いて、土の下まで響く音がする。これ以上ないほど心に染みてぞっとするほどすばらしい。

一八　六月晦日、川原に出て、祓えを行う。

六月、暑いけれど、楼の上は、築山《つきやま》の高い木を吹く風が、とても涼しい。いぬ宮は、白い薄い絹織物の一重襲《ひとえがさね》を着ていらっしゃる。

六月の月末に、祓《はら》えをなさるために、尚侍《ないしのかみ》といぬ宮のお二人が揃《そろ》って、御前駆《ごぜんく》をものものしく調えて、賀茂川《かもがわ》の川原にお出になった。梨壺《なしつぼ》の御子《みこ》も、右大臣（兼雅《かねまさ》）がお連れ申しあげて、賀茂川の川原に出ていらっしゃった。いぬ宮がおいでになる平張《ひらばり》は、御子がおいでになる平張のすぐ近くにある。右大将(仲忠《なかただ》)が、右大臣のもとに参上なさっている間に、御子が、小君と遊んでいて、「さあ、あちらの平張に行こう」と言って、いぬ宮がおいでになる平張の幕をさっと持ち上げて中にお入りになる。御子は、平張の中を覗《のぞ》いて、三尺の几《き》帳《ちょう》を立てて、尚侍のそばにすわっていらっしゃったいぬ宮と目を合わせなさった。いぬ宮が突然後ろをお向きになったので、尚侍が、驚いて、胸がつまって、「たいへんなことになった。右大将が、注意するようにおっしゃっているのに」と思って、みずから、遠くからいざって出て来て、御子に、「こちらにおいでください」と言って、敷物を敷いてすわらせ申しあげなさる。「とんでもないことをなさる」と、声を荒らげて、御子をお咎《とが》め申しあげなさることはできない。尚侍が、御子に、「何を御覧になったのですか」とお尋ね申しあげなさると、御子は、まったく慌てずに、「何も見ていません」とお答え申しあげなさる。御子は、とても思慮分別があり、気がまわって、大人のようでいらっしゃるから、「実際には見たけれど、絶対にそのことは言うまい」とお思いになる。幼心に、心の底から、「小さい子どもたちを見ることはあるが、まだ、これほどの人は見たことがない。とてもかわいい、また見てみたいな。一緒に遊びたい」とお思いになるけれど、口にはなさらない。いぬ宮は、「弟の宮の君にさえ顔を見せていないのに。とんでもないことになった」と、恐ろしいほどまでにお思いになられる。

尚侍自身が、果物《くだもの》を手もとに置いて、御子にさしあげなさるけれど、あまり召しあがらない。宮の君と小君が、とてもかわいらしい声で、「宮さま。こちらにおいでください。馬が水に入っているのを御覧ください」と申しあげなさるのだが、御子は、もう一度見ることができるだろうかと思って、様子をうかがっていらっしゃる。でも、もう見ることはできそうもない。右大将がおいでになったので、御子は出て行っておしまいになった。右大将が、「ああ畏れ多い。騒々しいことです。平張の中に御子が入っておしまいになったのだろうと思って心配していました」とおっしゃるのも、困ったことだ。

夜になるまで鵜飼《うかい》などをしてお帰りになる。右大将は、右大臣のお見送りをして、三条殿においでになった。

一九　七夕の日、尚侍・仲忠・いぬ宮の琴で奇瑞が起こる。

七月七日、髪を洗い清めてさしあげなさるために、楼の南にある山の井から長く引いた流れの上に浜床《はまゆか》を立てて、いぬ宮が、尚侍《ないしのかみ》と一緒に出ていらっしゃる。尚侍も、髪を洗い清めなさったようだ。人にも見えない所だけれど、歩障《ほしょう》を引き巡らしていらっしゃる。乳母《めのと》も二人いて、女童《おんなわらわ》が、衵《あこめ》だけを着て取り次ぎをしている。右大将（仲忠）が、まだあまり長くないとお嘆きになったいぬ宮の髪も、背丈と同じ長さになっていらっしゃった。顔も、変化《へんげ》の者のようにますますお美しくなってゆく。尚侍方の人々にもいぬ宮方の人々にも、七夕祭《たなばたまつ》りをさせなさった。尚侍が、「今夜の供物《くもつ》として、少し琴《きん》を弾いて、織女《たなばた》に奉納しよう。静かな所だ」と思っていらっしゃると、尚侍方もいぬ宮方も、上﨟《じょうろう》の侍女たちや人々が、東西の楼に続く反橋《そりはし》に几帳《きちょう》だけを立てて出て来てすわる。

宵を少し過ぎた頃に、源中納言（涼《すずし》）が、狩衣《かりぎぬ》を着て、馬に乗ってやって来て、南の築山《つきやま》、ひさかきと（未詳）においでになって、敷物を敷かせて、からかさ（未詳）、あの北山の木の洞《うつお》に隠してお置きになった南風《なんふ》と波斯風《はしふ》をご自分が弾き、細緒《ほそお》風をいぬ宮、龍角風《りゅうかくふ》を右大将にお渡し申しあげて、三人で、琴曲《きんきょく》をただ一曲、同じ調子でお弾きになる。これまで聞いたことがないほどまでに、空に高く鳴り響く。鼓《つづみ》、雅楽の笛、琴《きん》以外の琴《こと》など、さまざまな楽器を一人で弾いたのと同じ音で響き上る。その音《ね》がすばらしいので、聞いている人は、空に浮かんでいるような気持ちになる。たくさんの星が激しく瞬《また》いて、雷が鳴ろうとするかのように稲妻がきらきらと閃《ひらめ》く。源中納言は、どうしたらいいのだろうと、恐ろしいお気持ちになりながらも、また、聞くのを途中でおやめになることもできない。お供の左衛門尉《さえもんのじょう》に魔除《よ》けのために太刀《たち》を抜かせてお聞きになる。三人が弾く琴《きん》のさまざまにおもしろく心に染みる音が一つに聞こえて、それを聞くと、寿命が延びて、この世の栄華を見ているようなお気持ちになる。源中納言は、「どんなに困難であっても、こうして聞かなかったとしたら、さぞかし心残りだっただろうに」とお感じになる。左衛門尉は、天を仰ぎながら聞いている。

夜がすっかり更けたので、七日の月が今にも沈みそうになったが、その頃になって、光が、すぐに明るく照って、京極殿の楼の屋根と思われる所にあたって輝く。雷が遥か遠くで鳴りながら移って行って、月の周囲に、星が集まっているのが見える。これまで嗅《か》いだことのないようないい香りがする風が吹いて、その香りを漂わせている。少し眠り込んでいた人々が、目を覚まして、どうしていいのかわからずに、空に向かって、目を向けたり、耳を傾けたりする。楼のまわりには、それにもまして、さまざまに、すばらしい香りが満ちている。三人が揃《そろ》って、右大将がおいでになる渡殿《わたどの》で弾いていらっしゃるのが聞こえてくる。下を見下ろしなさると、月の光に照らされて、前栽《せんざい》の露が、白玉を敷いたように見える。響きが澄んでいて、大きな音を立てるすばらしい琴《きん》なので、尚侍は、あたりを憚《はばか》って、琴《きん》の音《ね》の限りを掻《か》き鳴らすことがおできにならない。さまざまな色の雲が月の周囲に漂って、琴《きん》の音《ね》が高く鳴る時には、月も星も雲も騒がしく動き、静かに鳴る時には、穏やかに静まる。それを聞いていらっしゃるうちに、源中納言は、もの足りなくなって、夜が明ける前まで聞いていたいとお思いになるけれども、すっかり夜中が過ぎた頃に弾くのをおやめになった。

右大将は、次に、横笛を、音《ね》の限りを尽くしてお吹きになる。その笛の音《ね》は、風情がある秋の季節に合って、これまで聞いたことがないほど、心が惹《ひ》きつけられる感じですばらしく聞こえる。源中納言は、それを聞いて驚いて、「右大将殿は、笛は、昔、私と同じ腕前だった。特に好んでお吹きにならないと聞いていたのに、こんなにも格段に上手におなりになっていたとは」と思ってびっくりなさる。

夜明け近くなった空が静まり、穏やかになった頃に、右大将が、治部卿《じぶきょう》（俊蔭《としかげ》）の詩集の中の詩を、声を出して吟詠なさる。その詩は、治部卿が、唐の国から未知の国にたどり着き、馬から下りて、その国の道を進んでお行きになった時に、とても心に染みて趣深く感じられて、四季折々の花が咲き乱れていた所や、ひどく恐ろしい顔をした者たちが集まっている所を通り過ぎなさった際に、その道々で長い間ずっと心に感じた思いをこめてお作りになった感慨深い詩や、日本に帰って来て後、誰もいない屋敷を眺めながら、四季折々に作ってお集めになった詩である。それらの詩を聞いても事情がわからない人でさえ、誰もが涙を落とすのだが、まして、右大将がこの京極殿で吟詠なさると、その声をはじめとして、何もかもがおもしろく心に染みる感じなので、源中納言は、これまでにまして、直衣《のうし》の袖を絞るほど、涙をお流しになる。琴《きん》の音《ね》と笛の音《ね》が一つになって心に染み込む。感極まる思いをなさるけれど、楽器の演奏が聞こえなくなってしまったので、聞き足りない思いでお帰りになった。

源中納言は、帰る道々、ずっと、この世はとてもはかなくも感慨深いものだと思って、長年紀伊国《きのくに》で暮らしていらっしゃった時のことなどを、さまざまに思い出していらっしゃる。

二〇　翌朝、尚侍、父俊蔭の夢を見る。

右大将（仲忠《なかただ》）も横におなりになり、尚侍《ないしのかみ》も、琴《きん》に手をかけたまま、ほんのちょっと寝入ったかどうかという時に、夢で、人が、「昔の、ほんとうに心惹《ひ》かれるすばらしい琴《きん》の音《ね》を聞きました。右大将の楽の音もあなたの楽の音も、心惹かれて感慨深いものでした。ところで、今日、門の所に参上する人は、必ず呼び入れてお会いにならなければならない人です」と言うのを御覧になる。治部卿《じぶきよう》（俊蔭《としかげ》）の声だった。尚侍は、お返事を申しあげようとなさった時に目が覚めて、激しくお泣きになる。右大将が、まだ眠っていらっしゃらなかったので、何があったのかと驚いて、声をおかけ申しあげなさると、尚侍は、「とても心に染みる夢を見ました。お亡くなりになって後、心細くつらかったので、せめて夢にだけでも姿をお見せくださいと願っていたのに、まったく姿を見せてくださらなかった父上が、たった今、夢に現れてくださったのです。この南風《なんふ》と波斯風《はしふ》は、琴《きん》の中でも特別にすばらしいものとなさっていたので、北山の木の洞《うつお》から出ようとした時と、ほかには、昨夜だけ少し弾いたのですが、父上はそれをお聞きになったのでしょうか。心に染みる父上の詩をあなたが吟詠なさったのもお聞きになったそうですよ。とても悲しく思われます」と言ってお泣きになる。右大将も、「祖父の俊蔭殿がお聞きになっていたのだ」と思うと、悲しくてお泣きになるが、それも当然のことである。右大将は、「今日来るという人のことは、どういうことなのでしょう。それはそれとして、母上がこのような夢を御覧になったと思うと、今さら効《かい》のないことですが、とても感慨深くうれしいことです」などと申しあげなさる。

二一　酉の時頃、俊蔭の夢のとおりに、時宗と四人の童が訪れる。

右大将（仲忠《なかただ》）は、門の所に、朝早くから、しかるべき者たちに、「いずれにせよ、誰か来たら、その旨報告いたせ」とお命じになって、この日は寝殿でお過ごしになる。

酉《とり》の時（午後六時）ごろに、京極殿の東の門に、馬に乗った男、四人の童、枲《むし》の垂れ衣《ぎぬ》で顔を隠した女がやって来て、男が馬から下りて、向かいにある廏《うまや》に行って、門にいた者に尋ねさせる。女が、「ここは、どなたのお屋敷ですか」と尋ねると、「右大将殿のお屋敷です」と言うので、「このお屋敷に昔から住んでいらっしゃった方のことはお聞きになっていますか」と尋ねさせる。「治部卿《じぶきよう》殿（俊蔭《としかげ》）のお屋敷だと聞いております」と言うので、男は、「こちらにおいでください」と言って、自分で会って、「あなたさまのお返事を聞いて、とてもうれしく思いました」と言って、「右大将殿は、治部卿殿のご子孫ですか」と言うと、「そのとおりです。治部卿殿のご血縁の方が住んでいらっしゃいます」と言う。「『昔から仕えていらっしゃる家司《けいし》か御厨子所《みずしどころ》さま（尚侍《ないしのかみ》）に、どうしてもお訴え申しあげたいことがあって、昔このお屋敷にお仕えしていた下人《しもびと》が参上いたしました』と、取り次いで申しあげてください。そうしてくださったら、一生の君としてお仕えして、お礼をいたします」と言う。

門にいた者が、そのことを報告申しあげると、右大将は、男を呼び寄せて、何か事情があるのだろうと思って、すぐに寝殿にいる侍女を対に下がらせて、自分で出て行って、『ここに参れ』とだけ言え」と言って呼び入れなさる。男は、喜んで、背丈は四尺より少し低いくらい、髪は膝《ひざ》のあたりの長さで、まったく同じよう揃《そろ》った、まことにかわいらしい四人の童を、とても美しく身なりを調えさせて、後ろに従えて参上した。この男もとても美しく身なりを調えていて、扇をかざして顔を隠し、童をそばに連れている様子は、まことに風格がある。歳は四十歳くらいである。

寝殿の北の廂の間《ひさしのま》に、尚侍も右大将もおいでになる。男が右大将を拝見すると、ほんとうに、恐ろしいほどに立派で気品が感じられて、簀子《すのこ》に上らずにいる。右大将が、とても親しみ深い感じで、「こちらへ」とおっしゃるので、簀子に上って、右大将のおそばに参上した。「どちらからおいでになったのですか。誰に会うためにいらっしゃったのですか」とお尋ねになると、男は、「まずお話をうかがってから、くわしい話はいたしたいと思います。こう申す私は、亡き治部卿殿が生きていらっしゃった時に、さがのという名でお仕えしていた媼《おうな》の弟でございます」とお答え申しあげる。尚侍が、几帳《きちょう》の綻《ほころ》びからお覗《のぞ》きになると、ほんとうに、十歳ほどの頃に御覧になった者である。尚侍は、「ほんとうに、昔のことが懐かしく思い出される人だ。さがのという名だった。父上が亡くなった後に、ずいぶんと歳をとっていたのに、ありがたいことに、たった一人で、右大将がお生まれになる時の準備のために奔走した人だった。この者は、心の底からありがたいと思ったさがのの縁者だったのだ」と思って、「長年、さがのが若くて生きていてくれたらと思わない時はありませんでした。さがのには娘などがいると聞いていましたが、今でも健在ですか」。男が、「娘は三人おりましたが、一番上の姉は亡くなりました。あと二人は健在で、近江掾良宗時持《おうみのじょうよしむねのときもち》といった者と、その弟の右馬允《うまのじょう》だった者が、その下の姉と妹のもとに、長年通って来て暮らしていたのですが、一昨年、なんとも不思議なことに、夫が二人とも亡くなってしまいました。男の子を二人ずつ生ませておりました。ここに参上しているのが、その者たちです」と申しあげる。男が、「私は、嵯峨《さが》の院の厩《うまや》に仕えて、長門掾《ながとのじよう》を兼任していた者の弟で、名は時宗《ときむね》といって、摂津《つの》国《くに》に住んでおります。近江国《おうみのくに》にいた姪《めい》たちは、夫に死なれてしまったので、去年から、子どもたちを引き連れて、摂津国に住んでいます。その四人の童は、それなりに美しいので、摂津国に残してきた姪たちが、『どの子も身分などが一人前なので、その身分にふさわしく、都の殿方に仕えさせたい』と申していたのですが、去年までは父親の喪に服していたので、家に閉じ込めておりました。摂津国では、見は本にも本にあきたれとさふらふ（未詳）などという者が、都の童を求めて、この子たちをほしがったので、この子の母たちが、『この子たちには親がいます。出家させるわけにはいきません』と申したところ、その者たちが、摂津守に、威《おど》しをかけたり、何かとやっかいなことを申しあげたりし、僧のほうからも公方のことを理由にして咎《とが》めたてて、家を滅ぼしてしまいました。この子たちの母が、『自分たちでは、どうすることもできません。私たちの母は、若い時から宮仕えをして、身分が賤《いや》しいことをもわきまえず、治部卿殿がお亡くなりになる時までお仕えして、子どもの私たちの顔をもついにはっきりと見ることなく死んでしまいました。私たちだけは、右大将殿のことを存じあげることもできないまま、こうしてつらく悲しい目にあうこと』と申しておりました。また、『右大将殿は、ほんとうにこのうえなく、この世の繁栄の限りを尽くしていらっしゃいます』と申す者がおりましたので、うれしく思って、涙を流して喜んで、こうしてやって参りました」と申しあげる。

あの、さがのという嫗《おうな》は、まことに気の毒なことに、病気にかかった時に、子どものもとに行きたかったのだが、たったお一人で幼い子をお持ちになっていた尚侍をお残しして行くことができずにいて、病気は今に治るだろうと思っているうちに、都で亡くなってしまったのだった。この子の母たちが申したということを、今日お聞きになるにつけても、昔のことが思い出されて、胸がいっぱいになり、悲しいお気持ちになられて、長い間涙ばかりがこぼれていらっしゃる。右大将にも昔あった出来事をお聞かせ申しあげていらっしゃったので、そういうことだったのだとお思いになると、右大将もとてもうれしくお思いになる。

尚侍は、しばらく心を静めて、「ずっと申しわけなく思っていた、昔のさがののことを話してくださったので、とても悲しくなりました。もうなんの心配もありません。さがののことを事情がよくわかるように話してくださいましたから。くわしいことは、誰にもお話しにならないでください。あちらこちら探し出してやって来てくれた童たちは、さがのの代わりだと思って、ひたすら同じように大切に思うことにしましょう。どうして私に対して気がねなさったのですか。あそこにいるのは、大将でいらっしゃいます。訴えて嘆いたことは、すぐに、その摂津守のもとにも使を行かせて善処してくださるでしょう。まことにけしからんことです。困った時にすぐにおいでにならないで、今まで、そんなつらい思いをなさっていたとは。さがのの娘たちがどこにいるとも、はっきりと聞いておくことのないままになってしまったので、気にはしていながら、今まで探し出すことができませんでした。今、こうして来てくださったことは、ほんとうにうれしく思います」とおっしゃる。時宗が、「姪たちは、若くて、とても美しい下仕えとしてお仕えしていたと聞いています。今でも、田舎じみることなく、教養がありそうでさわやかな顔つきをして、髪は細脛《ほそはぎ》ほどの長さです。あちらにいる童たちも、このような所に来るのにふさわしくない者たちですが、醜いと思いながらも、それを恐れずに引き連れて参上しました」。尚侍が、「とてもすばらしいことです。そのような童たちがお仕えするのにとてもふさわしい方々がいらっしゃいます」とおっしゃる。右大将が、「あちらにいた童たちのことか」。時宗が、「そうでございます」と申しあげると、右大将が、「かまわない。やはり、ここに連れて来い」と言って、童たちを呼び寄せて御覧になる。童たちは、とてもかわいらしくて、色白で利発そうな顔をしている。右大将が、「このような童たちを望んでいたのだ。楽器を演奏したり舞を舞ったりするのか」とおっしゃると、時宗が、「二人は、笛を吹きたがっております。ほかの二人は、舞を舞うことを好んでおります。そのような遊びも上手にできそうだと思われて、今申しあげたように、さまざまに、思いがけないつらい目にもあったのです」。右大将が、「とても興味深いことだな。どの子も、同じ所に住まわせて、好んでいる舞もさまざまに舞わせたい」とおっしゃる。

時宗が、「近江掾《おうみのじょう》だった時持の妻は、朱雀院《すざくいん》の御代《みよ》で、采女《うねめ》として仕えておりました。その妻は、官位が昇進して、殿上を許して、従五位下《じゆごいのげ》の位をお与えになるはずだった時に、どういうわけか、後からお仕えした人に理不尽にも先を越されて、位をいただかないままになってしまいました」などと、さまざまに訴え申しあげると、右大将が、「とてもたやすいことだ。今の御代でも、訴え出てお願い申しあげたら、従五位下の位をいただけるだろうが、それも今となってはふさわしくない、私が別の形で充分に世話をしよう。子どもたちが、都に住むことになったら、家の面倒も見させよう。誰でも、時々は通って来て住めばいい。このあたりにも、住む家を用意させよう」とおっしゃるので、時宗は、「まことに恐縮です」と申しあげる。右大将は、「疲れていてつらいだろう。何はともあれ、何か食べよ」と言って、食べ物をお与えになる。「摂津国の家も、前より立派に造り、家の中にあった家具調度も、もとの数どおりに与えるように、摂津守のもとに言いに行かせよう。また、摂津国に、朱雀院から伝領した荘園《しようえん》がある。これからは、おまえに預けて管理させよう」とおっしゃる。尚侍が、掻練《かいねり》の綾《あや》の一重襲《ひとえがさね》、織物の袿《うちき》、袴一具《はかまひとぐ》をお与えになる。そのほかに、右大将が、絹十疋《ぴき》を与えて、「これは、摂津国にいる姪たちに与えよ。その者たちに、『必ず必ず、上京せよ。上京して初めて、思いがかなうだろう』と伝えてくれ」とおっしゃる。時宗は、繰り返し、心の底からお礼申しあげる。

右大将がおいでになったりする所に、いぬ宮が楼からお下りになることになった時の様子は、次の巻に見えている。

右大将から、時宗に、紅《くれない》の袿一襲《ひとかさね》と織物の指貫《さしぬき》を、「これは、こうして出歩く際に必要になるものだろう」と言ってお与えになる。ほかに、絹二十疋を、「これは、摂津国にいる人に与えよ」と言い、手作りの布三十疋を、「これは、馬副《うまぞい》の者に」と言ってお与えになる。

右大将は、すぐに、ご自身の下家司《しもげいし》も一緒につけて、摂津守のもとに人を行かせなさる。右大将が、時宗に、「ほかの人を行かせて、おまえはしばらく都にいよ」とおっしゃるけれど、時宗は、「私は、すぐに国に戻って、このようにこのうえないご厚遇を受けたことを姪たちに聞かせたいと思います」と申しあげる。「長年、田舎で、何度も不愉快な目にあい、また、あのようにひどく咎められて、泣き嘆いてつらい思いをしたのに、こうして思いがけないたくさんの贈り物をいただいてうれしく思います。でも、それ以上に、これまで見たことがない、気品があって光り輝くように美しい右大将殿のお顔を、これからは、私の主君として親しく見申しあげることになることが、このうえない幸せです。災いは、あっという間《ま》に変わるものだったのですね」。時宗は、見事な京極殿の内を見たことで、何がなんだかわからないほどうれしくなって、慌てて帰って行った。

童たちは、右大将が、しかるべき人に、「しっかりと面倒を見よ」と命じて、そのまま京極殿に引きとめなさる。顔が美しく、魅力的で才気がある様子は、殿上童《てんじょうわらわ》だと言っても通りそうだ。夜になって、童たちを呼び出して、笛を渡して吹かせなさると、田舎じみることなく、このうえなく見事に吹く。四人とも、皆、それぞれに、とても上手に吹いた。右大将は、ほんとうにうれしいものだなとお思いになる。舞を舞わせなさると、舞は、明けても暮れても、熱心に練習していたので、笛以上に見事だ。人々も、興味をそそられて、「ほんとうにかわいらしい童たちですね」と申しあげる。

二二　仲忠、八月十五日を伝授完了の日と定める。

右大将（仲忠）は、八月の下旬か九月の上旬に京極殿から三条の院の東北の町にお帰りになるご予定で、「その時に、京極殿で、楽人《がくにん》を召して、西と東に分けて管絃《かんげん》の遊びをさせよう」と考えて、今から被《かず》け物の準備などをさせなさるが、顔も美しく、望んでいたとおりに舞を舞うことができる童《わらわ》を手にお入れになったことで、尚侍《ないしのかみ》が御覧になった夢を、感慨深くお思いになる。「近いうちに、童たちを四人の師たちに割り当てて習わせよう」とお考えになる。大きな荘園《しょうえん》から、絹を取り寄せて集め、綾《あや》と織物、また、薄い絹織物などを用意して、その時の屋敷の中のしつらいや儀式次第を、とても盛大なものになるように、こっそりと、しかるべき人々にお命じになる。このことは、左大臣（正頼）の屋敷の方々にもお聞かせ申しあげなさらない。童は、さらに四人加えて調えさせて、ものものしく準備を進めさせなさる。

これは、いぬ宮の秘琴伝授完了の儀式のための準備で、その日を、八月十五日とお考えになる。その日は、女一の宮も京極殿においでになる予定である。尚侍方といぬ宮方の侍女たちは合わせて四十人、女童《おんなわらわ》と下仕えに、いつものように、扇を持たせ、裳と唐衣《からぎぬ》で、格別に正装させなさる。いぬ宮は、まるで別人になったかのように、ますます大人っぽくおなりになる。琴《きん》は、尚侍とまったく同じようだが、いぬ宮のほうがさらに少し上手にお弾きになるので、尚侍は、「今はもう、これ以上の喜びはなく、もうこの世に思い遺《のこ》すことはなくなった」とお思いになる。八月十日頃のことである。

二三　涼、嵯峨の院に、十五日の伝授完了のことを語る。

源中納言（涼）が、嵯峨《さが》の院に参上して、「脚気《かっけ》を治療するために石山寺などに参詣しておりましたので、ご無沙汰してしまいました」と言って、いろいろとお話し申しあげなさって、「七夕の日に京極殿に出かけて、これまでまったく聞いたことがない琴《きん》の音《ね》を聞きました。今まで経験したことのないほど、心惹《ひ》かれて感慨深いものでした。初めに聞いた時よりは、その後に、さらに少しぞっとするほどすばらしくて、まだ聞いたことのないさまざまな琴《きん》の音《ね》が聞こえてきましたが、まだ秘めていることがたくさんあるのでしょう。ぜひ、この琴《きん》の音《ね》を院にお聞かせしたい。もう少し大きな音で空に響き上がったとしたら、もっとたいへんな奇瑞《きずい》が起こったことでしょう。官位を極めることよりも、こうして、今の世の、最高にすぐれた音楽の名手になることのほうがすばらしいことだと思います。右大将殿（仲忠）は、帝《みかど》の御前《ごぜん》などで気をゆるして吟詠した時はありませんが、普段の声や、講書をした時の右大将殿の声を聞いた時よりも、亡き治部卿《じぶきょう》殿（俊蔭）の詩を声の限りを尽くして吟詠したのを聞いた時などは、まったく涙をとめることができませんでした」。院が、「たいそうおもしろくて興味深いことだね。ぜひ、その琴《きん》の演奏を、願いどおりに聞いてみたい」。源中納言が、「いぬ宮さまに、奏法のすべてを、この足かけ二年教え込んで、今月の十五日に、楽《がく》人《にん》たちを集めて、楽人たちが、左右に分かれて、楽器を演奏しながら、いぬ宮さまを楼から下ろすことになっております。その日は、普通とは違ういろいろな趣向がございましょう」。院も、「その日は、私も、京極殿に、なんの前触れもなく突然に出かけたい。どうだろう」とおっしゃるので、源中納言が、「ある者が、『朱雀《すざく》院は、その日、京極殿にお出かけになるだろう』などと申していたそうです。そういうことでしたら、院もそのお心づもりでいらっしゃるのがいいと思います」。院が、「もちろんそのつもりだ。九月九日の重陽の宴に、左大弁（師澄《もろずみ》）に、その日にふさわしく詩を作らせてみようと思って、『禄《ろく》として、女の装束などを少し用意せよ』、また、『二十具《にじゆうぐ》ほどは、少し立派なものにせよ』と命じておいたが、それでは、先に京極殿の琴《きん》を聞こう。尚侍《ないしのかみ》が弾く琴《きん》を、ぜひとも聞きたい。右大将は、すばらしい人だ。この世で一番おもしろく興味深くてほかに例がないことがいくつも伝わっている家系だな」などとおっしゃって、源中納言は退出なさった。

二四　朱雀院をはじめ、人々、伝授完了の琴を聞きたいと願う。

朱雀院《すざく》が、右大将（仲忠）に、「伝授が完了する十五日には、必ず、京極殿に行きたい。

ものものしくせず、あなたは、かえって、知らないようにして準備をなさってください。騒がしいようだ。私が行くことが知れると、右大臣（兼雅）が迎えにと言って来ることになるのではないかと案じているのだ」とおっしゃっていたので、右大将は、「嵯峨《さが》の院も、また、畏れ多いことに、繰り返しおっしゃっていたのだから、朱雀院に来てくださるように申しあげたら、人が、ひたすら、不都合なこととして言いたてるだろう。嵯峨の院には、私のほうから申しあげて、そうなったらそうなったでしかたがないと思うことにしよう。お二人の院がおいでになった時の準備をしよう」と思って、寝殿にお二人の院がお着きになるのにふさわしく用意をして、御簾《みす》の帽額《もこう》には、大紋《だいもん》の錦を張らせなさる。屏風《びょうぶ》は、治部卿《じぶきょう》（俊蔭《としかげ》）の詩集の中にある、唐の国よりは遠く、天竺《てんじく》よりは近くで、何年もかけて巡った国々で作った詩を書かせ、その間の様子を、右大将が描かせなさったもので、ほかに例がないほど贅《ぜい》を尽くして美しい。詩も絵もすべて唐綾《からあや》に描いてあって、縁《へり》の錦や裏をはじめ、どこもかしこも豪華である。御簾《みす》を高く巻き上げて、浜床《はまゆか》に蒔絵《まきえ》を施《ほどこ》して、紫檀《したん》の倚子《いす》を作らせなさって、それにも、黄金で象嵌《ぞうがん》して、螺鈿《らでん》を施して、宝石を嵌《は》め込んである。そのしつらいは、ほかのおもしろい屋敷のどこよりも、ほんとうにすばらしい。

大后《おおきさき》の宮が、嵯峨の院に、「七十歳を過ぎて、これまでさまざまなことを聞いたり見たりしてきましたが、すばらしい琴《きん》の音《ね》は、まだ心行くまで聞いたことがありません。右大将殿が弾く琴《きん》は、いつのことだったでしょうか、ずいぶん昔に聞いたことがありましたが、これまで聞いたことがないほど、ほんとうにすばらしく感じました。まして、尚侍《ないしのかみ》さまが弾く琴《きん》は、どうして聞かずにいられましょう。聞かずにはいられません。私もお供をして聞きたいと思います」と申しあげなさるので、院は、「こちらの思いどおりになるわけではないだろう」とはおっしゃるけれど、大后の宮はお残りになるつもりはない。帝《みかど》の女御でいらっしゃる、この大后の宮腹の小宮が、「とてもすばらしいことです。私も聞きたいと思います。母上も必ずお出かけください」と申しあげなさる。

女一の宮は、仁寿殿《じじゅうでん》の女御、その腹の男宮ばかり七人、女二の宮と一緒にお出かけになる予定である。

源中納言（涼）は、七月七日のことまでも、親しい方々にお話し申しあげなさったので、方々は、我も我もと、どなたもお残りになることなくおいでになるにちがいない。お供の者たちまでは居場所もない。

寝殿の西の廂《ひさし》の間《ま》に大后の宮、北の廂の間は、左大臣（正頼《まさより》）の北の方の大宮と、大宮腹の女君たちが、仁寿殿の女御と藤壺《ふじつぼ》の女御を除いて八人、さらに、大殿《おおいどの》の上腹の女君たち五人と、母の大殿の上がおいでになる所である。このように、方々が、我も我もと行きたがりなさるので、左大臣が、「藤壺が苦々しくおっしゃるだろう」と言っておとめ申しあげなさるが、「わけがわかりません。藤壺さまがお立場上お暇《いとま》をもらえずに聞くことがおできにならないからといって、私たちまでこの世でめったに聞くことができない琴《きん》の演奏を聞くことができないのはおかしいと思います」と言って、誰一人としてお残りになるはずもない。東の廂の間は、女一の宮、尚侍、仁寿殿の女御の局《つぼね》にとお考えになる。左大臣の、大殿の上腹の四人の男君たちと、大宮腹の七人の男君たちは、「責められてほんとうに困っているので、何かの狭間《はざま》でもいいから、琴《きん》の演奏を聞くことができる所を」と、ぜひにと思って強くお頼み申しあげなさるけれど、右大将は、大勢の方がおいでになることを理由にお断り申しあげて、来ていただくことができる場所がないので、「空《あ》いた所がないので、しかたがありません」と申しあげなさる。

二五　藤壺・実忠なども、伝授完了の琴を聞きたいと願う。

このことを、藤壺《ふじつぼ》が聞いて、左大臣（正頼）に、「今すぐ、直接お会いしてお話ししたいことがあります」と申しあげなさったので、左大臣が、大宮に、「案じていたとおりです。暇《いとま》を許していただけるなら、京極殿に行きたいということなのでしょう。どうお話ししたらいいのでしょう。ほんとうにすばらしい。藤壺は、このことをお聞きになって、きっと、こっそりと車に乗ったまま聞きたいとおっしゃるでしょう。でも、そうなったら、どうしたらいいのでしょう。とにもかくにも、ほんとうに困ったことです。聞きたくもない重大な話が、きっとあるのでしょう。それでは、藤壺の所に参ります。あちらの北の方（大殿の上《おおいどの》）が京極殿においでになっても、あなたはおいでにならないでください」と申しあげなさると、大宮が、「おっしゃることはもっともですが、長い間、すばらしい琴《きん》の音《ね》も聞いていないことを、もの足りなくてつまらないと思っていました。それに、尚侍《ないしのかみ》さまがお弾きになる琴《きん》は、この機会をのがしたら聞くことはできないだろうと思うので、ぜひとも行きたいのです」。左大臣が、「あなたまで、そんなふうにおっしゃるのだから」と言って、嘆きながら参内なさった。

左大臣が来ておすわりになるとすぐに、藤壺が、「私は、『右大将殿（仲忠）と結婚して、平凡な生活をしたい』と思っておりましたのに、こうして、私を家から追い出して、宮中にお置きになったために、不愉快なことばかり耳にしています。それなのに、私がめったに聞くことができなくて聞きたいと思っていた琴《きん》の演奏は、どなたも皆お聞きになるのですね。私が望んでいることを、心になんの不満もなく見たり聞いたりすることができたら、思いがかなう気持ちがします。この十五日に、いぬ宮と尚侍さまが琴《きん》を演奏し、嵯峨の院と朱雀院もおいでになって、いぬ宮と尚侍さまが、その奏法のすべてを、さまざまにお弾きになるそうだということを聞きました。大后《おおきさき》の宮さまもおいでになるそうですのに、こうして、私一人だけがそこに加わることができないなんて、まったくとんでもないことです」と言って、泣かんばかりに訴え申しあげなさるので、左大臣が、「いったい何をおっしゃっているのですか。めったに聞くことができない琴《きん》をお聞きになったら、ほんとうに、とてもすばらしいことでしょう。大后の宮さまも、必ずおいでになることでしょう。でも、藤壺さまがお出かけになる時になって、人が、『行ってはならない』などと申しあげたら、お暇《いとま》はどうなることでしょう」。藤壺が、「帝は、お許しくださるご様子です。昨夜、強くお願い申しあげた時には、『認めない』などともおっしゃいませんでした。誰がなんとおっしゃっても、今回の琴《きん》の演奏ばかりは聞くか聞かないかを選ぶことはできません」とおっしゃっていると、そこに、帝がおいでになった。左大臣は、物陰におすわりになった。藤壺が、「明日の夜、必ず迎えにおいでください」とおっしゃるので、左大臣は、案じていたとおりになったと思って退出なさった。

藤壺が、とても真剣に不満を申しあげて、強く暇《いとま》をお願い申しあげなさったところ、帝が、「すぐにいらっしゃればいい。とてもすばらしいことだと思う」と言って、「退出なさったら、そのまま京極殿においでになってください。あなたがいらっしゃったことを、ほかのすべての人がどう思うかよりは、右大将の朝臣《あそん》がどう思うのかに、興味があります」。藤壺が、「皆さまがお聞きにならないのに、私一人が出かけて行ったら、興味を持つ人もいるでしょう。でも、大后の宮をはじめとして、いろいろな方がおいでになるのですから」と申しあげなさると、帝が、「大后の宮は、おいでにはならないでしょう。実際に、大后の宮がおいでになったら、それを理由に、小宮さまがいらっしゃるでしょう。わかりました。どういうことになるのか聞いてみましょう。大后の宮がおいでにならないからといって、尚侍さまの琴《きん》を聞こうとしない人は、この世にはほかにいないでしょう」とおっしゃるので、藤壺は、人知れず、大后の宮は必ずおいでになるだろうなどとお思いになる。

源中納言（実忠《さねただ》）は、今は人とも特におつき合いをなさらないけれど、今回のことを聞いて、

「夜に催されるなら人目を忍んでおうかがいしたいと思って聞いております」

と書いて、

「昔は死ぬほどつらいものと思って捨ててしまったこの世ですが、まだ心残りなことがあったのだと思うと悲しい思いがします。もしお許しいただけるのなら、ぜひ同席したいと思います」

とお手紙がある。

右大将は、それを見て、ほかの何よりも、どのようにしてお聞かせ申しあげたらいいのだろうと思って、

「お手紙をいただいて喜んでいます。中納言殿、こちらからお手紙をさしあげることができずにいるうちに、久しぶりにお手紙をいただいてほんとうにうれしく思っています。何をおっしゃるのですか。おっしゃるとおりに、

何年たっても、誰もつらい思いを忘れることのないこの世には、中納言殿の心が慰められることは何もないでしょう。

じつは、母上が、この世をつらく心細く感じていらっしゃるので、ここ何か月かこちらにいて、幼いいぬ宮に、ほんの少しだけでも琴《きん》を教えようと思っているのです。人目を忍んで来ていただける所はなかなかないのですが、無理にでも来ていただきたいと思っております。こんなふうに申しあげると、両けん所（未詳）の法師のような気持ちがいたします」

とお返事をさしあげなさった。

ほんとうにうらやましそうにおっしゃって、しんてんはこの（未詳）北の方の女君たちと宮たちは、どなたも、どのようにしたらこれを聞くことができるだろうとお思いになったり口になさったりしている。

右大将は、こっそりと人目にたたないようにと思っていらっしゃったけれど、お二人の院がおいでになることになったので、その儀式は、格別なものになった。そのことを世間で騒ぎたてて、「大勢のこのうえなく高貴な宮さま方や殿方が残らずおいでになる催しがある」と評判になるので、乞食《こじき》や物乞いまで、「どのようなことだろう。自分たちも見たり聞いたりしたい」と思ったり言ったりする。

大后の宮は、「右大臣殿（兼雅）の北の方の女三の宮と娘の梨壺さまも一緒の所で」と思って、前触れもなく突然においでになろうとする。

二六　十四日の夜から、人々、京極殿に集まる。

十四日の夜になって、仁寿殿《じじゅうでん》の女御と、左大臣（正頼《まさより》）の二人の北の方が、侍女一人と女《おんな》童《わらわ》二人をお供にして、京極殿においでになる。上臈《じょうろう》の侍女たちは、恒例の作法によって、乗って来た車から下りずに、南の築山《つきやま》の物陰に車を並べて立てている。左大臣の二人の北の方の男君たちと女君たちは、「京極殿の様子を知りたい。いぬ宮さまが、こんなふうに楼からお下りになるのだと、車に乗ったまま見たい」と思って、十一人の男君たちが、黄金《こがね》造りの車に檳榔毛《びろうげ》の車、合わせて十一輛《りょう》を、引き連ねて、楼の西と東の階殿《はしどの》に向かい合わせて立てる。

大后《おおきさき》の宮は、糸毛の車を続けて、十四輛《りょう》の車でおいでになる。西の門から入って、檳榔毛の車に乗った侍女たちをまず下ろして、大后の宮の車を中門《ちゅうもん》から入れて、寝殿の西南の方角の高欄を取りはずして、西の対にお下りになる。その儀式は、まことに厳かである。夜が明ける前ごろだ。左大臣の男君たちが、大勢連れだって、御前駆《ごぜんく》をお務め申しあげなさった。

儀式が、とても厳かに続いて、三条殿にいらっしゃる女三の宮と梨壺《なしつぼ》がおいでになった。御座所《おましどころ》は、西の対である。尚侍《ないしのかみ》に仕える侍女たちも、皆、西南の方角にある念誦堂《ねんじゅどう》の廂《ひさし》の間《ま》と渡殿《わたどの》に移って、西の対を、嵯峨《さが》の院と大后の宮の殿上人や蔵人《くろうど》たちの詰め所にした。

藤壺腹の若宮たちは、寅《とら》の時（午前四時）に、宮中を出て京極殿においでになった。右大将（仲忠）は、予想もしていらっしゃらなかったことに驚いて、寝殿の東の廂の間の四間《よま》を、急に、女一の宮の御座所とお考えになっていた南側の二間《ふたま》を一間《ひとま》に改めて、間《あいだ》に仕切りを設けて、藤壺の御座所になさる。次の二間を、廂の間にかけて、女一の宮と仁寿殿の女御の御座所になさる。内裏の殿上人と春宮の殿上人が、とても大勢参上している。特別にすばらしい糸毛の車と檳榔毛の車が十二輛、普通の車が二輛ある。女一の宮と大宮に仕えている侍女たちのうちの何人かは釣殿《つりどの》に移った。藤壺に仕えている侍女たちは、東の対にかけた渡殿などに、春宮の殿上人たちは、一間を分けてしつらえてそこにいる。

南の廂の間《ま》の御階《みはし》の東側は朱雀《すざく》院の宮たちの御座所、高欄の御階の端から中央の御階にかけての西側の廂の間は嵯峨の院の宮たちの御座所で、どちらも褥《しとね》が隙間《すきま》なく続けてしつらえてある。宮たちは合わせて九人いらっしゃる。母屋《もや》を東西の二つに分けてしつらえて、お二人の院のために倚子《いす》が立ててある。母屋の内には、しかるべき大将と大臣たちの御座所だけが設けられている。そのほかの上達部《かんだちめ》は、高欄の簀子《すのこ》の座にお着きになることになっている。太政大臣（忠雅）も、『嵯峨の院と朱雀院がおいでになるなら、自分も参上して、琴《きん》を聞きたい』と思っていらっしゃる。朱雀院は、嵯峨の院がおいでになると聞いて、秘琴伝授の後でお会いになりたいと思って京極殿に行こうとなさる。東の対は、朱雀院がおいでになった時の殿上人と蔵人たちの詰め所になさった。

二七　夜が明けて、八月十五日、秘琴伝授完了の日を迎える。

夜が明けてゆくうちに、京極殿《きようごく》に集まった方々は、南の方角、池・中島・釣殿《つりどの》や、西南の方角の念誦堂《ねんじゆどう》のほう、左右の反橋《そりはし》や楼の様子などを見て、このうえなく風情があってすばらしいとお思いになる。北の方角を御覧になると、遣水《やりみず》があって、そのあちらこちらに、これまで見たことがないほど見事な枝ぶりの木々や小松がたくさん植えてある。対などは、こちらには見えない。北側は、遥々と広く、南の庭と同じようで、白く風情があって、苔《こけ》が生えていて、紅葉した木々が見える。

藤壺《ふじつぼ》は、京極殿をあちらこちら見て、「父上の三条の院は、厳かで格式高く造ってはあるが、見た目の風情は、ここに比べられようもない。でも、尚侍さまは、狭くて不快に思っていらっしゃるだろう」と、ほんとうにすばらしくお思いになる。また、「女一の宮さまは、どんなお気持ちでいらっしゃるのだろう」とお思いになる。仁寿殿《じじゆうでん》の女御は、御子たちの中から春宮《とうぐう》がお立ちにならず、ご自身も后《きさき》にもおなりにならなかったことを、不愉快に思っていらっしゃったのだが、婿となった右大将の人となりも容姿も、帝《みかど》であっても張り合うことができないとお思いになると、少し誇らしいお気持ちになる。そして、今日の様子も、この京極殿のありさまも、人々がすばらしいと言っていたが、そのとおりだと申しあげなさる。

二八　未の時頃、嵯峨の院、次いで、朱雀院、京極殿に御幸する。

未《ひつじ》の時（午後二時）ごろに、嵯峨《さが》の院がおいでになった。右大将（仲忠）がお迎えに参上なさって、院の車を御階《みはし》に寄せると、院は、右大臣（兼雅）、大納言三人、中納言、宰相五人、源中納言（涼）、そして、宮たちを、とてもものものしく整然と静かに落ち着いた感じで引き連れて御座所《おましどころ》にお着きになる。院は、七十二歳におなりだが、まことに上品で美しくて若々しく、現在五十歳ほどとお見えになる。髪は白くなく、腰が少し曲がっていらっしゃるのだが、にっこりと笑って、「ここは、昔、見て、とても風情があると思った所だから、また見たいと思ってやって来たのだ。あの池に臨む船屋《ふなや》は、今では高くなったな。庭の様子が昔とまったく同じようなのは、まことに感慨深いことだ。私が見た時と同じ頃のこの京極殿を見た人はいないだろうね。そうだ。あそこに宮内卿《くないきよう》の兼覧《かねみ》の朝臣《あそん》がいたな」と言って、宮内卿に、「おぼえているか」とお尋ねになるので、宮内卿は、「おぼえております。築山《つきやま》の木は高くなりました」とお答え申しあげる。

朱雀《すざく》院から、嵯峨の院のもとに、右馬頭《うまのかみ》を使にして、

「右大将の朝臣の家においでになっているとうかがいましたが、ほんとうでしょうか。尚侍《ないし》のかみさまが、幼いいぬ宮に琴《きん》を伝授し終えて、今日もとの屋敷に帰るのですが、この機会をのがしたら尚侍さまの琴《きん》を聞くことができませんから、ほんとうにお出かけになったのな

しょうか」

ら、私もうかがいたいと思っております。でも、前例がないことなら、不都合でございま

とお手紙をさしあげなさる。嵯峨の院は、お返事を、

「お手紙ありがとうございました。私も、尚侍さまの琴《きん》をまだ聞いたことがないので、こちらに来たのです。院が会いたがっていらっしゃるいぬ宮もいます。いぬ宮が琴《きん》を習っていらっしゃるのを聞きたいと思って、いぬ宮がこちらにいらっしゃるのでやって来たのです。院とはなかなかお会いできないのですから、ぜひおいでください。前例はあると思われます」

とさしあげなさった。

右大将が、院をお迎えするために朱雀院に参上なさる。左大臣（正頼）と右大臣をはじめとして、そのほか、全員がお供する。朱雀院は、すぐに京極殿においでになった。次に、太政大臣（忠雅）が京極殿に参上なさる。朱雀院の親王《みこ》たちは、仁寿殿《じじゆうでん》の女御腹の親王たちだけでも七人、美しくかわいらしい様子で、元服している五人は冠をかぶっていらっしゃる。二人はまだ元服前で、七人が続いて御座所にお着きになった。

嵯峨の院は、御前の浜床《はまゆか》の上で、いろいろとお話をなさる。朱雀院は、上品で美しく背が高くてすらっとしていらっしゃる。朱雀院は、あたりを見まわして、「誰もが皆、ここに来ているが、宮中には、誰が残っているのだろうか」。左大臣が、「大蔵卿源朝臣と蔵人《くろうど》の少将

宣方《のぶかた》、ほかには、六位の男たちが残っております」と申しあげなさる。

車は、京極殿の東側の道から、西側に、三四町まで続いて立ててある。それより身分が低い下人《しもびと》たちは、道が見えないほど集まっている。

二九　酉の時に、尚侍といぬ宮、楼から下りる。

午《うま》の時（正午）までに伝授が完了して、酉《とり》の時（午後六時）の初めに、尚侍《ないしのかみ》といぬ宮が楼からお下りになる予定である。

朱雀院《すざくいん》が、楽人《がくにん》も皆平張《ひらばり》に集まったと見て、右大将（仲忠《なかただ》）と左大臣（正頼《まさより》）に、「だんだんと楼から下りる時刻になってきたようだな。どうした、遅いぞ」と、何度もおっしゃるので、左大臣が、「頭の中将（行正《ゆきまさ》）と右近の蔵人《くろうど》の少将（近澄《ちかずみ》）よ、西と東の楽人の座に行って、すぐに、早く楽を始めるように命じろ」とおっしゃる。二人は、立って、楽のことを執り行う。西のほうの錦の平張《ひらばり》から、大鼓《おおつづみ》を打って、静かに、次第に、楽の演奏を始める。八人の童《わらわ》は、四人は孔雀《くじやく》、四人は胡蝶《こちよう》の装束をつけている。童たちが、左と右に分かれて現れて、とても見事に舞うと、朱雀院は、褒美として、笛と琴《こと》を、それぞれに割りあててお与えになる。宮たちが、「早く演奏せよ」と言って、ご自分たちで、笛を吹いたり、琴を弾いたりして、舞に合わせて演奏なさった。

嵯峨《さが》の院は、右大将を召して、「尚侍さまといぬ宮も、早く楼から下ろしなさい。輦車《てぐるま》を持って来させて、あちらの、西と東の反橋《そりはし》に寄せさせせよう」とおっしゃる。朱雀院は、人の気持ちがおわかりになる方なので、「右大将は、いぬ宮を、大勢の身分が高い方々や大宮さまにさえ見せないそうだから、藤壺《ふじつぼ》さまに見られるのではないかと心配しているだろう」と気にかけて、「尚侍さまといぬ宮が、藤壺さまと同じ東の廂《ひさし》の間《ま》にお入りになるのは、いかにも狭そうだ」と思って、「あちらの東の放出《はなちいで》の母屋《もや》二つぼ（未詳）を、屏風《びょうぶ》を立てて仕切って、いぬ宮と尚侍さまは、こちらにお入りになるのがいい」とおっしゃるので、右大将は、喜んで、屏風を立てて調えなさった。人々は、それを見て、格別なご配慮だとお思いになる。

左大臣が、「遅いぞ。早く早く」と催促なさる。嵯峨の院も、「畏れ多いことだが、大后《おおきさき》の宮の輦車を尚侍さまに、朱雀院のはいぬ宮に」とおっしゃるので、右大臣（兼雅《かねまさ》）が、それをうかがって、とてもうれしそうに取りしきる。左大臣が、「尚侍さまの輦車は、右大臣殿が寄せてくださいますか。いぬ宮さまのは、私がいたします。右大将の朝臣《あそん》は、お二人のお世話をしたいと思っても、身を二つに分けることはできないでしょう」とおっしゃる。

右大将が、尚侍方の人々といぬ宮方の人々に、「早く早く」とおっしゃると、尚侍方から、蘇枋《すおう》の裾濃《すそご》の、外側に向けて、絵を描《か》いたり、刺繡《ししゅう》をしたりした、いくつもの几帳《きちょう》を、三人の侍女が受け取って続き、四人の女童《おんなわらわ》は、綾《あや》の上の袴《はかま》を穿《は》いている。また、いぬ宮方の三十人の侍女が出て来て、こちらの女童の背丈は少し低い。紫の裾濃の几帳には、刺繡がしてあって、唐組の紐《ひも》がついている。このような侍女や女童たちが、長々と造られている反橋《そりはし》の上でさし几帳《ぎちょう》をして続いている様子は、まことにすばらしい。

まず、左大臣が、いぬ宮の調度を受け取って、反橋を下りた所で、右大臣にお渡しして、いぬ宮をお下ろし申しあげなさる。右大将がいぬ宮をお抱き申しあげなさって、几帳の前には女童がいて、几帳の後ろにも、女童が、褥《しとね》・香炉・薫物《たきもの》に、白銀《しろがね》と黄金《こがね》の壺を二つ載せた物と、脇息《きょうそく》を持って歩いている。女童たちは、背丈が揃《そろ》っていて、髪は背丈よりも一尺長くて、顔もかわいらしい。隙間《すきま》なくさし几帳が続き、几帳の下から色とりどりの袿《うちき》や裳《も》の裾《すそ》が少し見える様子は、まことに上品で美しい。楼の近くに立てた車からも遥か遠くに見えるのは、とてもすばらしい。

左大臣は、几帳につき添って、いぬ宮の姿をわずかに見て、「なんともかわいらしく美しくお見えになること。あて宮が子どもでいらした頃と比べても、格段にすぐれていらっしゃって、気品があって上品で美しく、見て驚くほどすばらしい方だ。大勢の女君たちの中で、朱雀院の女一の宮と女二の宮だけは、ほかの人よりは気品があると思ったが、まだ小さい頃に、こんなにもかわいらしく美しくはお見えにならなかった。いぬ宮さまは、不吉なほど美しくて、『変化の者だ」とお思いになる。院たちの前にいらっしゃる宮たちをはじめ、皆が、静かな音色で演奏する琴《こと》の音《ね》も笛の音も、同じように聞こえて、このうえなくおもしろい。嵯峨の院は、扇で拍子をお打ちになる。朱雀院は、時々、唱歌《しょうが》をなさる。人々は、これほどおもしろいことはほかにないだろうと思って見たり聞いたりしている。

尚侍の輦車といぬ宮の輦車を寝殿に寄せる。四位と五位の殿上人が、御階《みはし》を下りて、手を添えて寄せた。朱雀院が、頭の中将に、「あちらの二つの輦車を、東南の方角の隅の高欄を取りはずして寄せさせよ」とおっしゃるので、左大臣と右大臣が、それぞれの輦車の前に立って歩いてお進みになる。右大将が、いぬ宮の輦車をお引きになる。右大臣がさし几帳をしていぬ宮をお下ろし申しあげようとすると、右大将は、「定まった作法がありますから」と言って、朱雀院のご意向をうかがって、先に、尚侍が輦車からお下りになる。次に、いぬ宮の輦車を寄せる。左大臣が輦車に手をお添えになると、左大臣より官位が低い人々が御階を下りて、いぬ宮が乗った輦車を寄せた。

さし几帳に夕日があたって透けて見える尚侍は、真っ黒に見えるほど濃い紅《くれない》の唐綾《からあや》の打袷《あわせ》の表着を一襲《ひとかさね》着て、三重襲《みえがさね》の袴《はかま》を穿《は》き、龍胆《りんどう》襲の織物の袿《うちき》、唐の縠《こめ》と薄い絹織物を重ねた地摺《じず》りの裳《も》をつけ、斑濃《むらご》の腰紐《こしひも》をさして、唐の糸木綿《いとゆう》と赤色の二藍《ふたあい》を重ねて、唐衣《からぎぬ》を着ていらっしゃる。いぬ宮は、唐撫子《からなでしこ》襲の唐綾の袿一襲と、桔梗色《ききょういろ》の織物の細長を着て、三重襲の袴を穿いていらっしゃる。尚侍が、いざって近寄って、いぬ宮を輦車からお下ろし申しあげて、乱れた衣を直したりなどして、いざって内にお入りになる。さし几帳から透けて見えるいぬ宮は、玉虫が簾《すだれ》から透けて見えるようで、なんとも美しい。いぬ宮は、小さい扇をかざして顔を隠して、いざって内にお入りになる。朱雀院が、それを、几帳の綻《ほころ》びから見て、とてもかわいらしいとお思いになる。尚侍は、体つきがほっそりとしていて若々しく、なんて上品で美しい人なのかと思われる。今は二十歳を過ぎたくらいのように見えて、裳の裾《すそ》に溜《た》まっている髪は、光沢があって、裾は細くすぼまってもいないし、また、あまり多すぎることもなくて、几帳をそばに引き寄せてもらっていざって内にお入りになる。その様子を、左大臣は、さし几帳をしながら見て、「ほんとうにすばらしい方だな。歳は、右大将の姉妹と言うのがふさわしいほどだ。仁寿殿《じじゆうでん》の女御よりは、姿も雰囲気もすぐれていらっしゃる。私が昔のままの心だったとしたら、こんなにすばらしい人を見て何もせずにいられなかっただろうに」と思うと悔やまれて、つらく思っていらっしゃる。

三〇　四人の童、人々から賞賛される。

ここにいる四人の童《わらわ》は、一人は、とても色白で、顔もかわいらしく、舞もとても上手に舞うので、お二人の院をはじめとして、誰もが、「あの童たちは、ほんとうにすばらしいなあ」と興味をお持ちになる。朱雀院《すざく》が、「まだとても小さいのに、上手に舞うものだね。あの童たちを、ここに呼び寄せて、楽も静かに演奏させよ」とおっしゃると、左大臣（正頼《まさより》）が、「四人は、この京極殿にいる童でございます」と申しあげなさるので、院は、「どの童も、揃《そろ》ってとてもかわいらしい。どうしてこんなに揃ってかわいいのだろうか」とおっしゃる。御《み》親王《みこ》たちや方々も、この童たちに目をとめて、興味をお持ちになる。左大臣と右大臣が、御階《はし》のもと近くで、「これくらいの歳で、こんなふうに上手に舞う者はどこにもいない」と言って感心して、衵《あこめ》を脱いでお与えになるので、親王たちと殿上人も、同じく脱いでかけようとなさると、童たちは舞を途中でやめて逃げて行く。「童たちを引きとめよ」と言ってお召しになるが、童たちが恥ずかしがって参上しないので、人々がおもしろがって、右大将（仲《なか》忠《ただ》）に、「いったい誰の子か」とお尋ねになると、右大将は、朱雀院に、「昔この京極殿に仕えていた近江掾良宗時持《おうみのじようよしむねのときもち》とその弟の右馬允《うまのじよう》だった者の子どもたちでございます。田舎者なので、こうして作法もわきまえずに逃げてしまったようです」とお答え申しあげなさる。宮たちと上達部《かんだちめ》が、「なるほど、そういうことだったのですね。時持は見た目にもまことに美しい者でしたから、その童たちもこんなにかわいらしいのですね。時持は、笛を吹くのがとても上手でした」と申しあげて、童たちをお召しになると、童たちは参上した。

右大将が、「この童たちも、笛を上手に吹きます」と申しあげなさるので、人々は、「とても興味深いことだな」と言って、笛をお与えになる。四人とも、どのような笛もとても見事に吹き鳴らす。まだ小さい童も、顔かたちが魅力にあふれていて美しく、このような音楽の才能をとてもかわいらしく披露するので、朱雀院の男宮たちが、我も我もと、童をほしがりなさる。左大臣は、それを見て、「春宮《とうぐう》の二人の弟宮たちも、このように舞を舞ったり笛を吹いたりする童を、それほど魅力も才能もない者でさえ、童として召しかかえていらっしゃる。だから、せめてこの中の二人だけでもほしい」とお思いになるけれど、同じような宮たちが召しかかえたいと望んでいらっしゃるので、何もお願いできずにいる。一方、藤壺《ふじつぼ》は、童たちの中でも髪が美しい二人の童を、ぜひ春宮と第二御子に仕えさせたいとお思いになる。藤壺は、「この童たちよりも顔がかわいい者もきっといるだろう。でも、小さくて、それぞれにかわいらしく、宮たちがもてはやしていらっしゃる。そのうえ、嵯峨の院までが、『一人は私の御所に仕えさせたい』とおっしゃっている」と、うらやましく思って、御簾《みす》のもと近くにいらっしゃる第二御子に、「右大将殿に、『笙《しょう》の笛を吹いたあの童は、春宮に仕えさせましょう。横笛を吹いた童は、私が手もとに置きたい』とお願いしなさい」と申しあげなさるので、二の宮が、すわっていらっしゃる右大将に、このことをお願いなさると、右大将は、「とてもすばらしいお話です」とお答え申しあげなさる。朱雀院の五の宮と六の宮が、「私たちも手もとに置きたいのです。ぜひとも」とおっしゃると、七の宮も、「その童は、私が手もとに置きたいと思っているのだから、それはできません」、八の宮も、「それでは、私は童を見ることができなくなるのですか」とおっしゃるので、右大将は、「ほかに四人いるあちらの童も、とてもすばらしい者たちです。その童たちを仕えさせましょう」と申しあげなさる。すると、幼い宮たちは、「嫌です。その者たちは、舞も上手に舞うことができないし、顔も醜いから、気に入りません」と言って、一緒にお話しになる。朱雀院の宮たちは、ある方は、「父院にお願い申しあげよう」などとおっしゃる。朱雀院は、どの宮もかわいいと思って見申しあげなさる。

三一　日が暮れる頃、二人の院、尚侍に秘琴を弾くように求める。

日が暮れる頃に、朱雀院《すざく》が、浜床から下りて、尚侍《ないしのかみ》の几帳《きちょう》のもとにやって来て、「どういうわけか、何年間もお手紙をさしあげないままになってしまいました。今日は、自分から会いたいと思ってやって来たのです。聞きたいと思った琴《きん》も心行くまで聞くことができないままになってしまったので、面倒だと思わずにすむようにと思って、昔も、時々、車などをさし向けたのですが、来ていただけないままになってしまいました。『譲位した今は、せめて心安らかな状態で、どのようにしたら聞くことができるのだろうか』と考えているところです。昔は、心に秘めた思いもありました。ひどく軽んじられることほど、ほんとうに残念で不本意なことはありません。わかりました。私の思いはあなたに伝わらないでしょう。でも、たやすく弾くことができる琴《きん》の音《ね》だけでも、私のためにはお聞かせください。こんな扱いを受けることがつらいのです」とおっしゃるので、尚侍が、「とても畏れ多いお言葉をいただいて恐縮しております。明けても暮れても、院とのお約束を疎《おろそ》かに思っているわけではありませんが、ここ何年かは、三の御子と宮の君たちのことを、いろいろとお世話していましたので、その間、時々であっても、参上できずにおりました。琴《きん》は、充分に聞いていただきたかったのですが、今では、耄碌《もうろく》してしまったので、思いどおりに上手に弾くことができません。どういたしましょう」と申しあげなさると、院は、「上手に引き延ばしなさるものですね」と言って、『いぬ宮に、このように教えました』と言って、琴を引き寄せてお聞かせください。前にお弾きになった細緒風《ほそおふ》の琴曲《きんきょく》は、ほかにも三つか四つあるとおっしゃっていたことを、私はけっして忘れていません」と言い、「源中納言の朝臣《あそん》（涼）が、『七月七日の夜に、今まで聞いたことがない琴《きん》の音《ね》が聞こえました』と言っていましたから。龍角風《りゅうかくふ》の曲をはじめとして、あの七日の夜にお弾きになった琴《きん》の音《ね》を、今夜すべて聞かせてください。今夜をのがしたら、もう、こんな機会はないでしょう。長年あなたの琴《きん》を聞きたがっていらっしゃった嵯峨《さが》の院が、余命も少なくなっていらっしゃるのに、こうして来てくださったのは、まことに畏れ多いことです。心に秘めた私の思いを、少しでも心にとめて思ってくださるなら、何はともあれ、今日、その証《あか》しを見せてもらえますか」とおっしゃる。院は、何をどう話していいのか思いつきなさらないまま、かつて尚侍が申しあげたまま実現しなかったこともお話しになっているにちがいない。

院が、「今回の催しは、今夜のあなたのお気持ち次第で、これ以上ないほどすばらしいものになると思われます。琴《きん》を弾いてくださったら、右大将の朝臣（仲忠）の昇進のことなども話題にしましょう。それはそうと、やはり、どう考えても、つらく思われてなりません。私がお願い申しあげたことは、同意してくださいますか。どうですか」とおっしゃると、尚侍は、『お言葉のとおりで、もっともなことです』と申しあげなければなりません。はっきりしたことを、どのようにお返事申しあげたらいいのでしょう。私のことを思っているというお言葉とは別にと思っていたのです。それはそうと、お聞かせしていない琴《きん》がたくさんあるとも思われませんのに。龍角風と細緒風だけです。右大臣（兼雅）は、右大将が、さまざまな折にお聞かせしているでしょう」と申しあげなさる。右大臣は、『左大臣殿（正頼）は、お二人の遣《や》り取りを、不安な思いで見申しあげていらっしゃる。それは、右大将は、お二人のお気持ちは、今でも、まだ穏やかではないだろうな』と思うが、右大将は、まだ不安でもの足りなく感じられる」とお思いになる。院が、「あの龍角風と細緒風のほかに、治部卿《じぶきょう》の朝臣（俊蔭《としかげ》）の詩集の中で、昔、姿が見えなくなったが、これ以上ないものだと思って秘密にしろとあった琴《きん》を、前に見たことがある」と、何度も強くお頼みになるので、尚侍が、とても美しい高麗《こま》の錦の袋に入っている南風《なんふ》を取って持って来ると、匂う香《こう》の香りは、何とも言えないほどすばらしい。尚侍は、院に、それをお渡し申しあげなさる。院が、「もう一つの琴《きん》があるぞ」とおっしゃると、尚侍は何も申しあげることができない。

尚侍が、どうしたらいいのだろうかと思い悩んでいらっしゃると、嵯峨の院が、近くに寄って来て、「右大将の朝臣にいろいろと頼んだことがあるのですが、お聞きになったでしょうか。亡き治部卿殿のお怒りは償《つぐな》いきれませんが、今はもう余命いくばくもなくなってしまった身ですから、私を許してくださったら、うれしく思います」などとおっしゃる。その様子は、魅力的で洗練された感じでいらっしゃる。尚侍が、「まことに畏れ多いことです」と申しあげなさると、院は、「許してくださるなら、あの龍角風をはじめ、南風と波斯風《はしふ》などという琴《きん》を、ぜひ聞きたいと思います。昔、神泉苑《しんせんえん》で、右大将と源中納言が弾いた琴《きん》も、まだ残りがたくさんある感じがしましたが、『空の雲が騒がしく乱れて、危険な感じがする』と言って弾くのを途中でやめた残りは、いずれお弾きになればいい。また、波斯風などは、ほのかに聞くばかりで、正式に聞いた人はいませんが、もしかしたら波斯風だったのではないだろうかと、人から話を聞いて見当をつけたことがありました。それを、今夜聞かせてくださったら、この世でも後の世々でも、いつまでもうれしく思うことでしょう。もし聞かせてくださらずに、将来、私が死んだ後に、人にお聞かせなさったら、この世に恨みを残すことになるでしょう。

今はもう最期だと思う晩年に、昔の恨みを解いて、あなたが弾く琴を早く聞きたいと思います」

とおっしゃる。尚侍は、

「私は、院がおっしゃったことは、私が幼い昔のことでおぼえていません。でも、琴《きん》は、父上の昔の恨みが解けてはじめて弾くことができるでしょう。

南風はたくさんの調べがあったとしても、今思い出せません」とお返事申しあげなさる。七月七日に尚侍の琴をお聞きになった源中納言は、これを聞いて、尚侍が、院に、こんなふうにお返事申しあげなさることを、どれほどおかしいとお思いになるだろうか。

三二　尚侍、父俊蔭の遺言を思い、悩む。

朱雀院《すざく》は、やさしく親しみをこめて、琴《きん》を弾くのが当然だということをいろいろとお話しになり、嵯峨《さが》の院は、ご高齢で、畏れ多いことに、昔のことを口にして、断ることができないようにおっしゃる。尚侍《ないしのかみ》は、どうしたらいいのだろうと思い悩んで、「父上は、細緒風《ほそおふ》と波斯風《はしふ》の二つの琴《きん》を特に取り上げて、『この琴は、生きていて、これ以上はないほどの幸いが頂点に達した時、または、ほんとうにどうにもならなくなってさまよった時に弾け』とおっしゃったが、細緒風は、狼《おおかみ》や獣《けだもの》の中で、その音《ね》の限りを弾いた。波斯風は、今回、初めて、手を触れて、一曲弾いたが、人々が聞きつけて集まって来たので、弾くのを途中でやめてしまった。いぬ宮は、今は、まだ、波斯風を弾くことができる歳になっていらっしゃらない」とお思いになる。尚侍は、右大将（仲忠《なかただ》）の今の様子を御覧になって、尚侍に任じてくださった朱雀院のお気持ちをこのうえなくありがたく思い、その一方で、亡き父上が遺言なさった時の様子を思い出しなさると、「今日の京極殿には、帝位を退きなさったとはいえ、お二人の院が、私の琴《きん》を聞くためにに来てくださった。式部卿の宮をはじめとして、大勢の、今を盛りと時めく、帝《みかど》と春宮《とうぐう》の上達部《かんだちめ》が集まっていらっしゃる。后《きさき》と申しあげる中でも一番尊い太皇太后宮《たいこうたいこうぐう》（大后の宮）、また、内親王が左大臣殿（正頼《まさより》）の北の方（大宮）をはじめとして五人、女御は、式部卿《しきぶきょう》の宮の姫君を加えて三人いらっしゃる。臣下は、身分が高くて、帝からも世間の人々からも信望を受けていらっしゃる太政大臣殿と左大臣殿、また、右大臣（兼雅《かねまさ》）など、上達部だけでも十五人、非参議の三位、左大弁（師澄《もろずみ》）と右大弁（藤英《とうえい》）、蔵人《くろうど》の頭《とう》（行正《ゆきまさ》）をはじめとして、ほかにも殿上人が大勢いて、あらゆる方々がここに集まっていらっしゃる。琴《きん》を聞いて理解できる方も、そうでない方も、大勢おいでになっていて、数えきれない。その方々の中で、細緒風は少し弾いたとしても、いくらなんでも、父上から伝授を受けた琴曲《きんきょく》の究極の音《ね》を弾くこと、波斯風に手を触れることは、昔のことを思い出すと、心が乱れて悲しい。あの七日の夜は、まず波斯風を弾いて織女に奉納して、次には、いぬ宮に聞かせて習わせ申しあげようと思って、それも、ただひっそりと弾いただけだ。私が、こうして、院の中でも、この世で格別に思われていらっしゃる朱雀院の女一の宮さまや、孫君であるいぬ宮さまの縁につながる者となり、右大臣の北の方になったことはうれしく思うが、それでもまだ、心が晴れて、幸いが頂点に達していることとも思われない。お二人の院が来てくださっていることは畏れ多くても、波斯風は、しばらく弾くのは見合わせよう」と思い乱れていらっしゃる。

三三　尚侍の弾く秘琴に、嵯峨の院と朱雀院をはじめ、人々感動する。

十五夜の月が、明るく隅々まで照らし、静かに澄んで、美しい。お二人の院が、「琴《きん》の音《ね》が待ち遠しい」と、何度も嘆いて促しなさるので、尚侍《ないしのかみ》は、まず、最初に習う龍角風《りゅうかくふ》を、秋の調べで掻《か》き鳴らしなさる。大きな音で、清涼殿《せいりょうでん》でお弾きになった時よりもすばらしくて、これまで聞いたことがないほど風情があり、はっきりと聞こえる。ありとあらゆる琴《こと》の音《ね》や笛の音《ね》を引き立て、さまざまな趣深い楽器を一つに合わせたかのような音色である。宮たちや方々の中には、龍角風の音《ね》をほのかに聞いたことがある方がいたけれど、尚侍が弾く、亡き治部卿《じぶきょう》（俊蔭）から受け継いだ琴《きん》の音《ね》には、これほどのものはまだ聞いたことがなかったと驚きなさる。聞いているうちに、心の底から感動して、これほどおもしろいことはほかにないだろうと、すばらしく感じる。

次に、細緒《ほそお》風《ふ》を、胡笳《こか》の調べで一曲お弾きになると、色とりどりに、霰《あられ》が頻繁に降り、雲がたちまちに現れて、星が激しく瞬《また》き、空の様子は恐ろしそうな感じではなくて、これまで見たことのない雲が立って渡ってゆく。廂《ひさし》の間《ま》におすわりになっていた方々は、狭い中で、人が多くて暑苦しく感じていらっしゃったが、あっという間に涼しくなって、将来への不安な気持ちがなくなり、寿命が延び、この世ですばらしい栄華を集めて体験したかのような気持ちになる。同じ琴《きん》の調べではあっても、尚侍が弾く琴《きん》は、遥か高くまで澄んだ音色で鳴り響く。その音色は、心細く寂しくて、上は空を震わせ、下は地の底を揺るがせる。四方の山や林に鳴り響くのが聞こえると、すぐに、生きてゆくことは悲しくてつらく、この世は無常なのだと感じられて、涙が落ちるのをとめることができず、しんみりとした思いになる。お二人の院をはじめとして、大勢の人々は、身分にかかわらず、誰もが、この琴《きん》をお聞きになると、涙を流す。

三四　尚侍の琴、内裏までとどく。不審に思った帝、探らせる。

この琴《きん》の音《ね》は、その響きが、風に乗って遠くまで聞こえる。近い所では、宮中で、帝《みかど》が十五夜の威儀の御膳《おもの》の席に着こうとなさっている時に、心細く悲しく寂しい琴《きん》の音《ね》が、風とともに聞こえてくるので、帝は、驚いて不思議に思って、「殿上の間《ま》にいる者よ、この琴《きん》の音《ね》を聞いているか。どこで弾いているのだろうか。ほんとうに不思議なことだ」とおっしゃる。殿上人が、「おっしゃるとおりです。ほんとうに不思議なことでございます」とお答え申しあげる。帝がじっと聞いていらっしゃると、東で、南東の方角から聞こえてくる。蔵人《くろうど》の少将（宣方《のぶかた》）が、「すばらしい琴《きん》の音《ね》だが、右大将殿（仲忠）の京極殿で弾く琴《きん》の音《ね》が宮中まで聞こえるはずはない。不思議なことだ」と言う。男たちの所でも女たちの所でも、この琴《きん》の音《ね》を聞いて、感動して、誰もが涙を落とす。帝も、とても感動なさるご性格なので、「やはり、これは、ほんとうに不思議なことだ。蔵人所の男たちと滝口の武士たち、それに、蔵人の少将宣方よ、早く、誰かに足が早い馬を馬寮《うまづかさ》に取りに行かせて、その馬に乗って、宮中を出て、この琴《きん》の音《ね》がする方向を目指して行け。そして、どこだかわからなくても、あのあたりだったと報告せよ」とお命じになる。

帝は、このうえなく感動なさりながら、一方で、変化《へんげ》の物のしわざではないかとまでお思いになるけれど、これ以上ないほど涙をお流しになる。身分が高い人もそうでない者も、また、帝にお仕えしていらっしゃる乳母《めのと》をはじめ、内侍《ないし》・命婦《みようぶ》・女蔵人《にょくろうど》も、身分が低い女も、涙を流しながら感動して、不思議に思っている。帝は、清涼殿《せいりようでん》の東の簀子《すのこ》のほうに出て、外を眺めていらっしゃる。人々もおそばにいる。雲の様子もいつもと違っていて、心に染みる琴《きん》の音《ね》が聞こえてくると、心の中で強く感じていたさまざまな思いが、すっかり忘れられ、ただひたすらもの悲しい気持ちになって、この世は感慨深いものだとばかり感じられる。

三五　蔵人の少将宣方、京極殿にたどり着く。

蔵人《くろうど》の少将（宣方《のぶかた》）は、馬に鞭《むち》を当てて、琴《きん》の音《ね》が聞こえてくる方向に行くと、そこは京極殿だった。道には、二三町先までずっと、人が隙間《すきま》もなく立って続いている。門の所は、それ以上に足を踏み入れられる隙間もない。蔵人の少将は、大勢の人の中を、やっとの思いで掻《か》き分けて行く。近くで聞くと、これまでにもまして、三つか四つの楽器の音を合わせたかのようにさまざまに聞こえて趣深い。言いようもないほどみすぼらしい姿をした者も、感動してすばらしいと思って聞いている。蔵人の少将は、やっとのことで寝殿に参上して、御《み》階《はし》のもとで、院に声をおかけしようと思うが、院は、楽《がく》の音《ね》や琴《きん》の響きのために聞きつけることもおできにならない。蔵人の少将は、なんとか、できる限りの声を出して、「蔵人の少将藤原宣方が宮中から参りました」と申しあげる。

尚侍《ないしのかみ》は、すぐに聞きつけて、琴《こと》を弾くのをおやめになる。院たちも、聞きつけて、「なぜ来たのか」とお尋ねになる。蔵人の少将は、「琴《きん》の音《ね》が宮中まで聞こえましたので、帝《みかど》が聞きつけて、『この琴の音が聞こえる所を探し出して報告せよ』とお命じになりました。こちらで琴の音が聞こえましたので、こうしてやって参りました」とお答え申しあげる。お二人の院は、鼻をすすってお泣きになる。それを見て、誰もが、これまでになくすばらしいことだったのだと、ますますお驚きになる。朱雀院が、蔵人の少将に、「帝は待ち遠しく思っていらっしゃるだろう。すぐに参内して報告せよ。帝には、『昔、尚侍が弾く琴《きん》をほのかに聞いたのですが、それ以上聞くことができずにもの足りなく思ったところ、それが実現する機だなどと聞いてこちらにやって来ました。琴《きん》の音《ね》を近くで聞いて感動していたのですが、宮中で帝までお聞きになったのですね』とお伝えせよ」などとおっしゃる。院をはじめとして、誰もが、いつものようににしききのかうはしくて（未詳）、皆、何杯も酒などをお飲みになった。

三六　朱雀院、尚侍に波斯風の琴を弾くように求める。

しばらくして、嵯峨《さが》の院が、尚侍《ないしのかみ》に、「今夜は、まったくなんの悩みもなく晴れやかな思いがします。昔、宮中で、その時々の節会《せちえ》や花の宴の折に、おもしろくすばらしい詩を作って楽しみ、なんの悩みもないまま、身をまかせて年月を過ごして、それぞれの季節の、風情がある楽を演奏させ、琴《こと》を弾かせていたのですが、治部卿《じぶきよう》の朝臣（俊蔭《としかげ》）の琴《きん》を聞いてからは、琴《きん》は、これまで聞いたこともないすばらしいものだと感じられるようになりました。あなたが弾く琴《きん》の音《ね》を聞いた時には、この世になんのもの思いもない気持ちになりましたが、今夜は、天上界の楽《がく》とはこういうものなのだろうかと思われました」とおっしゃると、源中納言（涼《すずし》）が、「細緒風《ほそおふ》は、いぬ宮の産屋《うぶや》で、右大将殿（仲忠《なかただ》）がほんの少し弾きましたが、その音《ね》はほんとうにおもしろいものでした。どちらもすばらしいものですが、今夜聞いた琴《きん》とは、調べが特に違っていて、例がないほどすばらしく、さまざまに、心に染みて趣深く感じられるものでした。七月七日の夜に聞いた琴《きん》の音《ね》は、それ以上にとてもすばらしいものでした。尚侍さまが少しお弾きになる、この琴《きん》の音《ね》に合わせて、ここにいる四人の童《わらわ》が舞を舞ったら、これまでになく、どれほどおもしろいものになるでしょうか」と申しあげなさる。それを聞いて、嵯峨の院は、「ほんとうに、これ以上に、どれほどおもしろいだろうか」ともお思いになる。

朱雀院《すざくいん》は、風情があることに、強く興味をお持ちになる方なので、まだお聞きになっていない琴《きん》の演奏が、ほんとうにすばらしいことだと、ますます興味を感じられ、尚侍は何年たっても忘れることができない人だなと思って、持ってはならない懸想心がますます加わって、尚侍に、「それでは、やはり、あの波斯風《はしふ》をお弾きください」とおっしゃる。

三七　尚侍、波斯風の琴を弾いて、奇瑞を起こす。

夜中ごろになってゆく。尚侍《ないしのかみ》が、あれやこれやと申しあげて、強くお断りになるが、朱雀《すざく》院は、尚侍を急きたててお聞き入れにならない。院が、「お断りにならないでください。まだお弾きになったことのないようなすばらしい演奏があるでしょうね」と言って、いざってすぐ近くにお寄りになるので、尚侍は、ますます恐ろしくなって、今は、これまでにもまして、この世のことを何ともお考えになれそうもないお気持ちになって、思い悩んで、「なんのことをおっしゃっているのか、まったくわかりません。これまでお聞きになったことがない演奏などまったくございませんが、あきなりの（未詳）。左大臣殿（正頼《まさより》）の春日詣《かすがもう》での際に聞いて、誰もが耳馴れたものはあります。それでよければ、右大将（仲忠《なかただ》）に、波斯《はし》風《ふ》の琴《きん》を持って来るようにお命じください」と申しあげなさる。そこで、院が、とても機嫌よく笑って、「もっと前から、こうして威《おど》し申しあげておけばよかったですね」と言って、右大将を近くに呼び寄せて急きたてなさるけれど、右大将がすぐに立とうとしないので、院は、「母上のお許しがありました。早く」とおっしゃる。それを聞いて、尚侍も、扇を打ち鳴らしなさるので、右大将は、立ち上がって、楼に上って、波斯風の琴を取って参上した。

嵯峨の院が、すぐに手に取って御覧になると、その琴《きん》は、ほかのものとは違って、美しく立派ですばらしくて、昔、治部卿《じぶきよう》（俊蔭《としかげ》）と同じ唐の国に渡って持って帰朝した弥行《いやゆき》のいくつかの琴《きん》とも、治部卿がたくさん持ち帰った琴《きん》とも違っている。院が、弾くともなしに、紘《げん》を一本鳴らしてごらんになると、その響きは、これまで聞いたことのないほどほんとうにすばらしい。不思議だと思って、次の紘を掻《か》き鳴らしなさるが、今度は、ほんの少しの音も立てないし、音色も響かない。院たちも、なんとも恐ろしいものだと思って、危険に感じて、波斯風の琴《きん》を几帳《きちよう》の内にお入れになった。

尚侍が、その琴《きん》をいただいて引き寄せなさると、真っ先に涙が落ちて、父上が昔おっしゃったことをさまざま思い出しなさる。でも、なんとか、涙をこらえ、心を静めて、弾こうとなさる。大勢の上達部《かんだちめ》や親王《みこ》たちが、それを見て、どきどきして、これからどうなるのだろうと思われなさる。女君たちも、ある方は、琴をよく聞こうとして耳挟みをして、大殿油を昼のように明るく灯して、端近くにすわっていらっしゃる。帝《みかど》の使の蔵人《くろうど》の少将（宣方《のぶかた》）も、山の中に入って長い年月を過ごしたという、唐の国の故事のような気持ちがして、宮中に帰る気にもなれずにいる。

この波斯風の琴《きん》は、天女がお作りになった琴《きん》の中でも響きが一番すばらしく、奏法は七つの山の七人の人から伝授を受けたもので、その人たちが、楽の師として心を一つに揃《そろ》えて、思いをこめて遺言をした琴《こと》である。尚侍が、まず、七人の中でも劣った最初の山の師が教えた調べを一曲だけお弾きになると、先ほどお弾きになったよりもさらに高い音色で響き、雷がとても大きな音を立てて鳴り閃《ひらめ》いて、地面が地震のように動く。とても気味が悪く恐ろしかったので、絃を一筋だけ小さな音でお弾きになると、突然に、庭の池が水を湛《たた》えて、遣水《やりみず》を通って、水が二寸ほどの深さで流れてくる。人々は、不思議に思って、「おお」と言って驚いた。絃を一本弾いた時にはおもしろく、二本弾いた時には感慨深く、心に染みて感じられることは、最初にお弾きになった時よりはすばらしい。尚侍が弾く琴《きん》の音《ね》を聞くと、愚かな者は、すぐに心が聡明《そうめい》で賢くなり、また、怒って腹を立てていた者であっても、心が穏やかになって落ち着き、荒く激しい風であっても、静かに治まり、病にかかってひどく苦しむ者であっても、すぐに病が治り、動くことができない者であっても、この琴《きん》の音《ね》を聞いたら、必ずはっとして動くだろうと思われる。その音《ね》は、たとえ感情を持たない岩木や鬼であっても、聞いたら、きっと涙を落とすだろうと思われる。

源中納言（涼）は、何がなんだかわからなくなって、ほんとうに心の底から感動なさる。朱雀院の目から涙が雨よりも多く流れていらっしゃるのを見申しあげなさると、源中納言は、「ほんとうに、どんな思いで聞いていらっしゃるのだろう」と、感慨深くお感じになる。あたりを見まわしなさると、大勢いる人々は、どの方も感動したり泣いたりなさっている。右大将は、ここ何年も、まだ、尚侍の琴《きん》をお聞きになっていないので、尚侍のことを親とも思われず、なんとなく恐ろしく感じられるほど感動なさる。

四人の童《わらわ》が、すばらしい、か細く穏やかな声を出して、秋の野の虫が鳴く音《ね》よりも心に染みる歌を歌うと、その声に合わせて舞うので、朱雀院は、ますます感動して、扇で拍子をお

打ちになる。朱雀院が、

前例がないおもしろく感動的な琴《きん》の演奏を聞いたのに、こんなに苦しい気持ちになるのでは、私はいったいどうしたらいいのでしょうか。

と、とても美しくすばらしい声に合わせて吟詠なさると、嵯峨の院も、

感動的な琴《きん》の演奏を聞いたことの証《あか》しがはっきりと見えなかったら、何によってこのことを思い出したらいいのでしょうか。

と申しあげなさる。お二人の院の歌を聞いて、人々が感動し申しあげる。

朱雀院が、「もうしばらくお弾きください」とお願いなさると、尚侍は、「ここのところ気分がすぐれずにいたためでしょうか、これ以上弾くことができません」と言って、弾くのを途中でおやめになった。朱雀院が、今回は、かえって、ますますもの足りない感じがして、尚侍に、

あなたの琴《きん》の音《ね》を聞きたいと思いながらも充分に聞くことができずにいた昔よりも、譲位して、こうして聞くことができた今日がうれしいのです。

と詠みかけなさると、尚侍は、

「私のほうこそ、

思いもかけず、この家に院がおいでくださったことがうれしいので、その喜びの大きさは、塵《ちり》が積もってできた山であっても比べものになりません。

と思っております」とお返事申しあげなさる。その様子が、とてもすばらしいので、朱雀院は、「どうして何もかもこんなにすばらしいのだろう」とお思いになる。

三八　いぬ宮、尚侍に代わって龍角風の琴を弾き、人々感動する。

尚侍《ないしのかみ》は、「いぬ宮に、龍角風《りゆうかくふ》を、ほかの楽器の音《ね》に合わせてお弾かせして試してみよう」と思って、いぬ宮にお弾かせ申しあげなさる。朱雀院《すざくいん》が、「琴《きん》の音色が変わったように聞こえます」とおっしゃるので、尚侍は、「龍角風を、暁の調べで弾いているのです」と言って、ご自分が弾いていらっしゃるようにして、いぬ宮にお弾かせ申しあげなさる。夜が明ける前になった頃に、楽の音《ね》と鼓《つづみ》の音を、しばらく、とてもおもしろく調えさせなさる。するといぬ宮が弾く琴《きん》が、ほかの楽器の音《ね》を一度にすべて包み込むように圧倒して、ただ琴《きん》の音《ね》だけが高く上って、澄んだ音色で鳴り響く。それは、右大将（仲忠）が弾くよりもすばらしい。右大将だけが、ひそかに、「おかしい。母上が弾いていらっしゃるのではないのではないか」とお思いになる。

源中納言（涼）が、「変だな。龍角風の音《ね》は、暁の調べだが、少し違う。この琴《きん》の、このような音《ね》は、右大将殿は、同じように伝授を受けることはおできにならなかったということだが」とおっしゃると、近い所なので、朱雀院が、それを聞いて、「ほんとうに、まだ聞いたことがない。今のは、あらゆる楽《がく》の音《ね》をすべて圧倒して、琴《きん》の音《ね》だけが、さまざまな楽器の音《ね》で響き、おもしろく心に染みて感じられるが、普通の暁の調べと違うのではないか。普通の暁の調べで弾くのだぞ。楽人たちよ、楽の音をもう少し大きな音で弾け。おかしいな。楽の音《ね》がたるんでいるのか」と言って、人を行かせる。楽人は、「楽の音は、琴《きん》の伴奏としての制約があるので、琴《きん》の暁の調べに合わせて弾いております」と申しあげる。

楽人たちは朱雀院の指示に従って弾くが、それでもなお、琴《きん》の音《ね》は、多くの響きにそれぞれ別れておもしろく聞こえて、楽の音は、小さくなって、か細く聞こえる。

夜がほのぼのと明けてゆくと、風の音は聞こえなくなり、空は、少し霧がかかって澄んでくる。風情がある時節に、琴《きん》の音《ね》が引き立てられて心に染みて感じられる。尚侍が、朱雀院に、実際にはいぬ宮が弾いているのだとお知らせしようと思って、いぬ宮に、「ほんとうに上手にお弾きになりますね」と申しあげなさったので、朱雀院が、驚いて、几帳《きちよう》の帷子《かたびら》をさっと引き上げて御覧になると、尚侍がお弾きになっているのではなくて、いぬ宮が、明るい灯火《ともしび》の光の中で、とても色が白くてかわいらしい様子で弾いていらっしゃるのであった。朱雀院は、それを見て、じつはいぬ宮が弾いていたのだったのだとお思いになると、いぬ宮のことがほんとうにいとしく思われて、涙がこぼれなさる。朱雀院が、涙をこらえて、尚侍に、「今のは、いぬ宮が弾いていたのですね」とおっしゃるので、人々は、いったいどういうことなのかと驚いて、感動して、「琴《きん》の家を継ぐ血統は恐るべきものだな」と言って騒いでいらっしゃる。誰かが、「ほんとうに、そのとおりですね。普通の人は、生涯をかけて習ったとしても、けっして、こんなふうに弾くことはできないでしょう。いぬ宮さまは、琴《きん》の家を継ぐべき者として、弾くべくして弾いていらっしゃるのですね」と申しあげる。

右大臣（兼雅《かねまさ》）は、感動している人々の中で、誰よりも、これ以上ないほどうれしく思われて、朱雀院に、「うれしい時にも涙をとめることができないものだったのでございますね」と申しあげなさる。それを聞いて、仁寿殿《じじゅうでん》の女御と女一の宮は、心の底からうれしくお思いになられる。嵯峨《さが》の院は、「歳をとることを忌《い》まわしく思うことはなかったのだ。こうして、ぜひとも聞きたいと思っていた亡き治部卿《じぶきょう》（俊蔭《としかげ》）の奏法を弾いて、めったにないあのすばらしい奏法がこうして後の世に残ったこと」と感動して、誰よりもとても上手にお吹きになる高麗笛《こまぶえ》を、いぬ宮が弾く琴《きん》に合わせてお吹きになる。そして、「子どもがお弾きになっているとは、まったく思われない。伝授が完了したのだと思うと、とてもうれしくて、このままじっとしていることができない」と言って、立ち上がって舞をお舞いになりながら、

幼いいぬ宮が弾く琴《きん》の音《ね》を聞いていると、歳老いた私も、我慢できずに、白髪頭で新羅《しらぎ》舞《まい》を舞うことにしよう。

とお詠みになると、右大臣が、

天上界の琴《きん》が、地上でも、同じ音色で聞こえています。伝授を受けた琴《きん》の奏法が、いぬ宮によって後の世に残されたことがうれしいのです。

式部卿の宮が、

琴《きん》を弾くと、その音《ね》が空に鳴り響き、池の水が遣水《やりみず》に流れ出して、この世では起こらない奇瑞《きずい》だと思われました。

右大将が、

夜が明ける前になって、琴《きん》の音《ね》が、昔と同じように澄んだ音色で聞こえると、池の水も流れてきて、私も、思わず涙が流れて、感慨深い思いをしました。

とお詠みになる。ほかにも歌を詠んだ人々がいたというが、それを書かないのは、原本のままである。

源中納言が、右大将に、「何を考えていらっしゃるのですか」と申しあげなさると、右大将が、藤壺《ふじつぼ》がおいでになる局《つぼね》のほうを見て、「これまでと同じように、もの思いばかりしているのです。源中納言殿は、簡単に心変わりをなさるのですね」とおっしゃるので、源中納言は、「さあ。そんなことはありません。お言葉を聞いて、どう理解したらいいのでしょう」と言ってお笑いになった。

流れてきた池の水は、夜が明けると同時に引いて、前と同じようになった。

三九　俊蔭に中納言を追贈し、尚侍に加階の宣旨がある。

朱雀院《すざくいん》は、「今夜の尚侍《ないしのかみ》の禄《ろく》に、どのようなことをしたらいいのだろうか。いぬ宮が尚侍と同じようにとても上手にお弾きになったことを考えても、尚侍に、これまでにないすばらしい禄をぜひ与えたい」とお思いになる。朱雀院が、万両の黄金でも不充分だと思って、嵯峨の院に、「私は、退位していて、今夜の禄は思うように与えることができません」と申しあげなさると、嵯峨の院は、「ほんとうにそうだ。どうしたらいいだろう。私は、退位してずいぶんと時間がたった。右大将（仲忠）をほかの人を越して内大臣にして、この京極殿で任大臣の大饗《だいきょう》をさせたら、亡き治部卿《じぶきょう》（俊蔭《としかげ》）の霊も、少しうれしいと思って見るにちがいない。尚侍本人には、正二位《しょうにい》に昇進させて、これまでにないすばらしい盛儀を記念しておこう。そうすることが、尚侍にとっての栄誉だろう。私が帝《みかど》にお願いしよう」と言って、

「今日の禄として、右大将藤原朝臣《あそん》仲忠は内大臣になり、尚侍は正二位に昇進なさるのがふさわしいと思います。尚侍の家には、中宮・春宮・大臣家の大饗に準じて、大饗を許していただきたい。内侍司《ないしづかさ》の者たちを全員招いて、女大饗が催されることでしょう。その宣《せん》旨《じ》をはじめとして、すべて私から奏上するので、帝から宣旨を下してください。その女饗宴の日のための被《かず》け物や禄は、私のほうから贈るつもりです。それ以外の物は、太政大臣《だいじょうだいじん》（忠雅《ただまさ》）が、これを受けて、同じようにご配慮くださるはずです。朱雀院の女一の宮を男宮に準じて、四品の位をお与えください。このことをお命じください」

とお書きになる。嵯峨の院は、これに、左大臣（正頼）・右大臣（兼雅）・右大将の三人は除いて、官位を書きつけて、人々を近くに召してお渡しになると、二三人は署名してお返し申しあげなさる。

右大将が、嵯峨の院のご意向をうかがって、朱雀院に、「お言葉はとても畏れ多いのですが、絶対にこの度の任内大臣の宣旨はお受けできません。どうしてもご恩顧をくださるというのなら、畏れ多くもおいでくださったことに恐縮している気持ちを表すために、この京極殿に従五位下《じゅごいのげ》の位をいただきたいと思います」と、何度もお願い申しあげなさったので、朱雀院が、嵯峨の院に、「右大将が申しあげなさったとおりになさってください」と申しあげなさると、嵯峨の院は、左大弁（師澄《もろずみ》）を召して、帝に、普通にお手紙を書いて、

「歳をとって耄碌《もうろく》してしまいましたが、昔見た、この尚侍の家が見たくなってやって来て、琴《きん》を弾かせて聞いていたのですが、これまで経験したことがないすばらしいことがいくつも起こりました。亡き治部卿の朝臣が官人として朝廷に仕えていた故地だけでも従五位下の位を与えたいと思います。治部卿は、朝廷の命《めい》によって、遣唐使として渡唐して、害をなす風にあったために、何年もの間、両親の顔も見ることのないまま、悲しい目にあいました。運よく帰朝した後も、同じように悲しい目にあって、それほど時を経ずに亡くなってしまったのです。今夜は、特に、『尚侍が男だったとしたら、同時に大臣にしてやりたい』と思っております。京極殿に従五位下の位を与えることは、なんともたやすいことですから、今すぐに宣旨《せんじ》をお下《くだ》しください」

とさしあげなさる。さらに、嵯峨の院は、

「京極殿に従五位下の位を与えるのは、右大将の朝臣を内大臣にと思ったのですが、右大

将が何度も断ったからなのです。亡き治部卿の朝臣は、亡くなった時は三位でした。中納言を追贈なさってください」

と申しあげなさる。

朱雀院は、帝に、

「嵯峨の院が京極殿にお出かけになったので、院にお目にかかりたいと思って、私もこちらに参りました。官位の面倒を見たいと思っている童《わらわ》が四人いるのですが、左衛門尉《さえもんのじょう》と右衛門尉に欠員があるでしょうから、この者たちに、同じように官位を与えたいと思います」

とお手紙をさしあげなさる。

使の左大弁が、事の次第を奏上する。帝は、くわしく尋ね、話を聞いて、「ほんとうに、これまで聞いたことがない、まことにすばらしい琴《きん》の音《ね》だったのだね。『帝として軽率な振る舞いだという謗《そし》りを受けないのなら、私もそちらへうかがって聞きたかったな』と思われた」とおっしゃって、嵯峨の院に、

「お手紙をいただいて恐縮しております。おっしゃるとおりです。難しく、前例がないことであっても、院がおっしゃることは、どうしてお断りできましょう。まして、京極殿に従五位下の位を与えることも、亡き治部卿の朝臣に中納言を追贈することも、まことにたやすいことでございます」。

とお返事申しあげなさる。

帝は、右大将が内大臣への昇進を辞退したことを聞いて、「やはり、心遣いができる人だな」と言って、亡き治部卿に中納言を追贈して、京極殿に従五位下の位をお与えになる。尚侍も、嵯峨の院が奏上なさったとおりに、正二位に昇進させなさる。

帝は、朱雀院に、

「前もって、お話があって、ご意向をうかがっていたとしたら、私も京極殿に参上いたしましたのに。童たちの衛門尉任官の件に関しては、この後に欠員があるかもよくわかりません。でも、今すぐに、何はともあれ、おっしゃるとおりにいたします」

とお返事申しあげなさる。

左大弁が、折り返し京極殿に帰って、ご報告申しあげると、院たちは宣旨がすぐに下ったことを喜んで、上達部《かんだちめ》たちの中にお伝えになる。大きな声で宣旨を読むのを聞いて、尚侍は、治部卿に中納言が追贈されたところで、涙が落ち、感動して、ご自分が尚侍におなりになったことよりも、このうえなくうれしく思われなさる。右大将は、帝に、京極殿に従五位下の位が与えられたことと、亡き治部卿の朝臣に中納言が追贈されたことのお礼を奏上させて、拝舞なさる。嵯峨の院は、それを御覧になるとすぐに、右大将には、お考えになっていたようにすばらしい禄がないことを、やはりもの足りなくお思いになられる。

女君たちから、舞を舞った童たちにお与えになった被《かず》け物は、色とりどりの、濃い物も薄い物もある、さまざまな織物や、艶《つや》を出すために砧《きぬた》で叩《たた》いた美しい掻練《かいねり》の袿《うちき》で、明け方の光に映《は》えて、ほんとうに見事だ。女性の方々は、どなたも、「尚侍さまは、この世にほかに例がないほどすばらしい方ですね」とおっしゃる。母の女一の宮は、いぬ宮が五十日《いか》の祝いの日の餅をお食べになったのは昨日今日のことだとお思いになると、今日琴《きん》をお弾きになった様子を、とても感慨深くお思いになる。藤壺《ふじつぼ》は、このいぬ宮を自分の子だと思うことができたらと、うらやましくお思いになる。

四〇　嵯峨の院と朱雀院、楼に上る。嵯峨の院、昔のことを懐かしむ。

嵯峨《さが》の院と朱雀院《すざくいん》は、左大臣（正頼《まさより》）と右大臣（兼雅《かねまさ》）、上達部《かんだちめ》と親王《みこ》たちをお供にして、楼を見るためにお上りになる。嵯峨の院は、西の対からおいでになる。朱雀院は東の対からおいでになって、上達部とお二人の院の親王たちは、左と右とに分かれて、それぞれの院の後ろを歩いて続いた。楼は、これまで嗅《か》いだことがないような香《こう》のいい香りがする。あちらこちらを見まわしなさると、さまざまに趣向を凝らしてあって美しい。朱雀院は、すばらしい楼の中の様子を見て、「ほかに例がないほど風情があって見事に造ったものだな」とおっしゃる。嵯峨の院は、それ以上に感動して、「琴《きん》の音《ね》を聞くことと、この京極殿の様子を見ることとで、亡き治部卿《じぶきょう》（俊蔭《としかげ》）が見たという天女の花園もこんなふうだったのだろうかと思われる」と、洗練された感じではなやかにおっしゃる。朱雀院が、隅々まで御覧になると、いつまでも見ていたいほどすばらしいので、「なるほど、こういうすばらしい所だから、美しい尚侍《ないしのかみ》がいるのにふさわしいのだな」とおっしゃる。

身分が高い方々が、皆、楼のまわりの高欄に隙間《すきま》もなく参上して集まっていらっしゃる。築山《つきやま》の高い所から落ちる滝が、唐傘《からかさ》の柄《え》をさしたような様子で、岩の上に落ちて、勢いよくほとばしっている。その下には、風情がある五葉《ごよう》の小松や、紅葉した木々、薄《すすき》が、滝のしぶきにあたって濡れて揺れ動いている。朱雀院は、とてもおもしろい楼の様子を見て、

ここに住んでいる人もこの屋敷もどちらもすばらしいから、私たちも、ここに集まって、いつまでも時を過ごしたい気持ちがすることだ。

と詠んで、右大臣に、「こんなすばらしい屋敷のあるじだとは、うらやましいことだ」とおっしゃるので、右大臣は、すぐに、

「ともすれば、親よりまさる木（子）のもとに、私は、ただ宿木《やどりき》のように住みついているのだと思うだけです。

今日からは、今まで以上に、とても畏れ多い気持ちがします」とお返事申しあげなさる。朱雀院は、殊勝な心がけだと思ってお聞きになる。

楼の屋根よりも高く伸びて、まことに鬱蒼《うっそう》と繁って森のようになった桜の木がある。嵯峨の院は、その桜の木を見て、「ああ。この木を見るとは、まことに驚くべきことだ。昔、私は、十歳を過ぎた頃には、毎年、春になるとここにやって来て、漢籍を読んで、読み疲れる

と、庭に下りて、この木のもとで遊んだものだ。いやはや。この楼なら、桜の木の高さにとどくだろうか」と言って、

昔は、春になるとここにやって来て、私の衣の袖をかけた桜の木が、今では高く生い繁って、その枝を見ることだ。

とお詠みになる。おそば近くにいらっしゃる源中納言（涼）が、

ずっと昔から雲（院の衣の袖）がかかっていたという桜の木の花だから、なるほど、後の世の今高く生い繁って咲いているのですね。

とお詠みになると、七十歳である宮内卿《くないきょう》が、「ああ。昔のことを思い出すと、岩のもとにあるあの松の木は、院が子《ね》の日にこちらにいらっしゃった時に、あの築山《つきやま》に生えていた松の木を、私が小松引きをして植えたものでございます」と申しあげなさる。七八本ほど集まって、上が平らになっている松の木を眺めながら、宮内卿兼覧《かねみ》が、

子の日の小松引きの際に植えた松の木も、今ではすっかり老木になってしまいました。

ということは、私は、千年生きてふたたびこの松を見たことになるのですね。

とお詠みになる。嵯峨の院は、この歌を、とてもおもしろがって、朱雀院に、「この歌の返礼としては、大勢の人が民部卿《みんぶきょう》の職を望み申しあげているということですが、帝に、『この宮内卿の朝臣を、必ず民部卿に任命なさってください』とお願い申しあげてください。昔馴《な》染《じ》みの人でいまだに生き残っているのは、この者だけです。とても懐かしい」と申しあげな

さる。朱雀院が、「まことに風情がある所だなあ。私も、時々やって来て、しかるべき時に、左大弁（師澄）に詩を作らせて聞きたい」などとおっしゃると、人々は、「おっしゃるとおりです。おもしろいことでございましょう」と申しあげる。

四一　嵯峨の院と朱雀院還御。仲忠、二人の院に贈り物をする。

お帰りの時刻になった。朱雀院《すざく》は、大宮にお会いになる。

尚侍《ないしのかみ》が、右大将（仲忠）に、「畏れ多くもおいでくださったお二人の院に、どのようにお礼をいたしたらいいでしょうか」。右大将が、「治部卿殿《じぶきょう》（俊蔭《としかげ》）の在唐中の詩集の中に、小冊子で、所々に、絵をお描きになって、さらに歌を詠み添えたものが三巻ありましたが、その中の一巻を朱雀院にさしあげましょう」。尚侍が、「嵯峨の院には、どういたしましょうか」とお尋ねになると、右大将が、「院は高麗笛《こま》を吹くことがお好きなようですから、唐の国の帝《みかど》に琴《きん》を献上した際に返礼としてくださった高麗笛をさしあげましょう」。尚侍が、「上達部《かんだちめ》には、恒例の作法どおりの装束があります。若くていらっしゃる宮たちには、通常の物ではなく、ぜひ趣向を凝らした物をさしあげたいと思います」とお答え申しあげなさると、右大将は、「そのとおりに用意してあります」と言って、すべて、それぞれの方々にさしあげなさる。

朱雀院にお贈りした唐の色紙《しきし》に描かれた在唐中の絵は、一巻とはいっても、四十枚ほどである。黄金《こがね》の縁飾りをした紫檀《したん》の箱に入れてある。朱雀院は、それを見て、「私は、『今日の贈り物としては、八月十五夜にちなんで、不死の薬がほしい』と思う。それはそうと、これは、とても見たいと思っていた物だ」とおっしゃる。嵯峨の院にお贈りした高麗笛の袋は、色をはじめとして、なにもかもとても美しくて見事な錦の袋で、瑠璃《るり》の細い箱に入れてある。それが透けて見えるので、人々は興味をお持ちになる。嵯峨の院もお好きな物なので、とてもすばらしい贈り物だ。式部卿《しきぶきよう》の宮と、太政大臣（忠雅）・左大臣（正頼）右大臣（兼雅）の三人への贈り物は、女の装束を衣箱《ころもばこ》に入れてある。そのほかの人々への贈り物は、恒例どおりの物である。御子たちには、白銀《しろがね》の小鷹《こたか》を作って、どの鷹の尾にも鈴を結びつけて、黄金《こがね》の透き餌袋《えぶくろ》に入れてお贈り申しあげなさる。人々は、「これまで見たことのない優美ですばらしい贈り物をくださった」と言う。

嵯峨の院が、尚侍に、「あなたが弾く琴《きん》の音《ね》を心行くまで聞くことができなかったので、かえってますます聞きたい気持ちがつのります。せめてもう一度だけでも、ぜひ必ず聞きたいと思います。それは、来年の桜の花が咲く時を考えています。その頃は、こちらに来ていらっしゃいますか」とおっしゃる。また、朱雀院も、尚侍の近くに寄って、「まことに心残りな思いばかりがいたしますが、もう、また、今日のように親しくお話し申し上げる機会はないでしょう。いぬ宮さまがとてもかわいく成長なさったことに対する感謝の気持ちは、どのようにも申しあげる方法がありません。ですから、やはり、あなたへの限りない思いがこもった私の身をおまかせ申しあげようと思います」と、今日のことをこれまで経験したことがないほどすばらしいことと感じていらっしゃるご様子なので、真剣な思いを心をこめて誠実にお話しなさる。尚侍も、それに、失礼にならないように優美にお返事申しあげなさる。右大臣は、院が早くお帰りになってほしいと、落ち着かない思いでいらっしゃる。

嵯峨の院は、尚侍には、蒔絵《まきえ》の小唐櫃《こからびつ》一掛《ひとかけ》に女の装束を入れて、ほかに、侍女たちには、女の装束三十具《ぐ》をお贈りになる。侍女たちの装束には、皆、裳《も》と唐衣《からぎぬ》を加えている。朱雀院は、尚侍には、衣箱一具《ひとよろひ》に唐綾《からあや》と織物の夏用と冬用の装束を入れて、ほかに、侍女たちには、女の装束二十具《ぐ》、また、童《わらわ》四人と下仕え四人には、織物の汗衫《かざみ》と綾の上の袴《はかま》を加えている。左方と右方の楽人《がくにん》は、全員に、尚侍と女一の宮から、禄《ろく》をお与えになる。

秘琴《ひきん》伝授完了の儀式がすっかり終わって、どなたもお帰りになった。女性の方々は、「もっと聞いていたい。ほんとうにすばらしい催しだった。いつも、このような琴《きん》の音《ね》を聞いている尚侍さまは、どのようなお顔やたたずまいでいらっしゃるのだろう」と興味を持って、心残りに思いながらお帰りになる。どなたも、「右大将殿のお心遣いもこれまでになくすばらしく、ますます、この世に例がない様子で、親の尚侍さまのことも子のいぬ宮さまのことも心を込めてお世話をなさっていること」と思ったり言ったりなさっている。

四二　末尾。

「次の巻に、女大饗《おんなだいきょう》の様子や大法会《だいほうえ》のことは書かれているようだ。右大弁季英《すえふさ》が娘に琴《きん》を教えていらっしゃることなどは、この巻だけでは書ききれないようだから、途中で分けたようだ」と、もとの本に書かれているようでございます。

『うつほ物語』六

本文校訂表

上に当該箇所の本文、下に底本の本文をあげた。ただし、上の本文は、本文庫の本文のままではなく、底本の本文に対応させた。仮名遣いも、底本にあわせた。

「楼の上・上」の巻

【一】
1る—り
2こころ—ころ
【二】
1の—ナシ
2はら—はゝ
3右大臣—源右大将
4と—ナシ
5又かく—みかゝ
6おほえ—おほし
7たまふる—たまふ
8かの—の
9の—ナシ
【三】
1いしつくりてら—いしつくりてう
2ほころひ—はうろひ
3よかん—よりむ
4上—と
5おやこ—おりこ
6きゝゐ—きこえ
7の—ナシ
8ひとかさね—ひとり［か歟］さね
9も—のも
10に—を
11おほえさせ—おはしませ
12うけたまはり—うけたまひ
13うゑ—こゑ
14らるれ—らなれ
15を—をは
16と—こ
17なと—なな
18たまふる—たまふ
19に—ナシ
【四】
1ろうする—ろひする
2か—に
3たてまつり—たてまつる
4たまふ—たまひ
【五】
1む—ナシ
2しか〳〵—しかこ
3て—し
4きこえ—もこえ
5給へか—給へり
【六】
1つる—心る
2の給—の
3すか〳〵し—する［か］くし
4えさらす—らさらん
5はへら—はつら
6よから—よるら
7ほそなか—ほそなかの
8ひとく—ひとへ
9と—に
10いかて—未て
11めつらしく—めくらしよく
12たまへ—たまひ
13ものせ—のも
14たまふる—たまへる
15り—ナシ
16を—と
17さま—ま
18やから—心から
19さうさうし—さうさし

20いとも—いとに
21こそ—こと
22ひやうふ—ひふうふ
【七】
1ひんかし—ひつ［ん歟］かし
2ひんかし—ひつ［ん］かし
3のーのの
4はりわた—みりわた
5の—ナシ
6かいねり—かいねか
7こうちきはかり—こうらすきはり
8はゝ君—つゝ君
9て—ナシ
10はち—はら
11と—ナシ
12はへる—はへり［る歟］
13はは—は
14給ふ—給へ
15はらから—はら
16きこえ—こえ
17つつ—つ
18ひなき—なき
【八】
1はかま—はか
2今—の
3わか君—我君
4御—は
5いて—いり
6にけ—け
7は—ナシ
8み—ナシ
9なに—なと
10に—ナシ
【九】
1給へ—給は
2ことわり—はり
3たら—さら
4あつめ—あつ
5なまめかしく—なさめかしく
6ね—ぬ
【一〇】
1二つ—に
2むかし—ひんかし
3なよゝか—なやゝか
4着—ナシ
5やう—やと
6さて—さう
7させ—ナシ
8あか—ある
9は—ナシ
10はんへら—はんつら
11わか君—わか君の
12くるま—くるまま
13つき—へき
14に—ナシ
15やう—やと
16あらため—あし［ら歟］ため
17給て—給へ
【一一】
1宮の君—のき君
2さうすき—御［さ］うすき
3なまめかしく—なよめかしく
4に—ち
5やう—やと
6そ—に
7の—ナシ
8しゝう—しらう
9たらう—かたらう
10よか—より［か］
11こ—う［こ］
12むつひ—むつる
13と—ナシ
14うち—うら
15ゝまへ—ゝまつ
16よから—より［か歟］ら

17こころ—この
18こゝろはへ—こゝろはい
19心はへ—心はい
【一二】
1一つゝみ—つたゝみ
2ためし—めし
3やう—やと
【一三】
1いとほし—いとおかし
2たまう—きたまら
3たまふる—たまへる
4に—す
5おはします—たはします
6十日—十五
7十日—十五や
8ましき—よ［ま歟］しき
9ひとところ—ひとところ
10いとほしう—いとおかしう
11ここに—をこには
12かの—る［か歟］の
13や—やゝ
14さらは—はゝは
【一四】
1は—か
2くゐんし—ゝゐんし
3いまゝて—いさ［ま歟］ゝて
4たまへ—まへ
5きみ—給み
6うたて—たて
7給は—給と
8はらから—はらかす
9ら—よ
10ゝつくしかり—ゝつしかり
11そんわう—そらわう
12れ—る
13わらふ—わらは
14ゆゝしき—ゆく［ゆ歟］しき
15見はなち—見えなゝ
【一五】
1からあや—かうあや
2らてん—うてん
3も—もの
4おほつかなく—おほつかなら
5は—ナシ
6をはすて—をは
7らるゝ—とるゝ
【一六】
1ここち—こうち
2はへり—はつり
3まし—よし
4と—ナシ
5はへる—はへり
6こと—うと
7はへる—はへり
8かん—か人
9給はさ—給へか
10る—た
11へけれ—つけれ
12あそん—あそひ
13の—ナシ
14おとり—おとか
15うゐ—こゐ
16おほせらるれ—おほせられ
17おなしく—をなし
18はへれ—はつ［へ］れ
19こ—に［こイ］
20か—る
21おほえ—おほら
22の—ナシ
23むしの—むかし
24えた—み［え歟］た
25けしき—けしきの
26しみ—しす
27いけ—はけ
28むなしく—むなしくて

29はへれ―はつれ
30ひき―ひゝき
31ひく―ひゝ
32ならす―なうす
33たに―たす
34なれ―な
35かしこう―あしこう
36たまはら―たまはゝら
37めくらし―めつらし
38こゝはいとさはかしくて―こゝはいとさはかしくさるへき所をおもひめくらしはへるにこゝはいとさはかしくて
39きやうこく―きやうに［こ］く
40御前―御おん
41て―そ
【七】
1こ君―け君
2ひとひ―ひとり
3へか―一
4し―ナシ
5こゑ―こ思
6た―な
7犬宮―大宮
8に―も
9へき―へ・［き歟］
10つくり―つくら
11なかたゝ―なかたく
12さらなる―さうなる
13の給は―のた給は
14たゝ―きゝ
15たまへ―たまは
16まほしき―・［ま］ほしき
17いかて―いて
18心み―心々
19し―ナシ
20御方―御事
21あら―あこ［ら歟］
22よき―よしき
【八】
1まゝ―まし
2しとね―しうね
3なさ―なき
【九】
1かしこう―かしかう
2に―と
3きみ―きこ
4おほろけ―おほろを
【一〇】
1めくる〳〵―めるか〳〵
2ある―あか
3もみち―もち
4おひ―おは
5をかしう―おしう
6おほち―ゝちに
7わう―わら
8の―ナシ
9いと―こと
10めくり―のくに
11こちた―うちた
12か―ナシ
13よせ―よは
14かたわき―かたはに
15つくら―つくし［ら歟］
16せ―す
17の―ナシ
18こてんのたけ―こせんのこけ
19なる―なれ
20に―す
21くろかね―をろかね
22を―せ
【一一】
1すゝし―すくし
2こそ―こなる
3はらから―はらこと

4ゝゐ―こゐ
【三】
1すかし―すくし
2すはう―すれう
3たて―たたて
4に―ナシ
5かかやき―かし［か歟］やき
6に―も
7人々―人にの
【三】
1なと―なとゝ
2かなふ―なう
3かたか―かたり
4なと―なに
【四】
1行かう―いかう
2に―ナシ
3ひとたひ―ひとたひとたひ
4たらん―たらん給へらん
5行幸―幸行
6も―ナシ
7ここに―いこ
8かたき―かたに
9え―み
10に―を
11とり申し―つる申
12いらへたまへる―いよ〳〵まつる
13のたまはする―のたまはすな
14め―ん
15そうする―そらする
16おもひとり―おもひとき
17院―院のうちにもまいりていとにくきこしめさせはへりなむ院
【五】
1みつけ―につけ
2は―はは
3こほる―こほり［る歟］
4む―ナシ
5は―い
6ふよう―ふよし
7ねんし―ねんして
8なとて―とて
9え―み
【六】
1院―ナシ
2る―り［る歟］
3のたうひ―のたひ
4そなた―それた
5給ふる―給へれ
6きかへ―きうへ
7の―ナシ
8ひとゝころ―ひところ
9ける―けり
10すゝし―すくし
11と―ナシ
12給ふれ―給へれ
13の―に
14すまひ―すまにゐ
15さふらは―はふうは
16左近衛―左兵衛
17こと―と
18はへる―はへり
19たら―・［ら］
20ゝり―こり
21たえす―たゝす
22は―ナシ
23給ひ―給と
24おこせ―をうせ
25は―て
26も―え
27めのと―そのと
28あら―あは
29かたおもて―かたおもひ
30ないしのすけ―なは［い］しのすけ

31しか―しり
32あか君〳〵―ある［か］君〳〵
33犬宮―大宮
34やう―やと
35つき―一へ［つ］き

【三七】
1御―の
2おはし―おかし
3おさなけ―おさけ
4御―こゝ
5の―もの
6の―ナシ

【三八】
1ものし―もものし
2と―とて
3え―み
4六つ―所
5給ひ―給は
6はかなき―かなき
7かく―かた
8はなれ―なれ
9ける―け
10は―はや
11むつかしう―むかしう

【三九】
1かし―し
2まもり―まり

【三〇】
1に―の
2る―な
3になし―ひなし
4てうせ―てうを
5縫は―給は
6ふたあゐ―ふたある
7さはく―さつく
8三条―一条
9ある―あり
10むまくら―むくら
11はしめ―ははしめ
12いろすり―いろのすり
13あをすり―あをり

【三一】
1と―も
2は―に
3その―うの
4は―の
5きよけ―きけ
6左大臣―左大将
7くはへ―すはへ
8五位―五
9こかね―かね
10ひらうけ―るこそけ
11右の大殿―左大殿
12左大臣―左大将
13か―ナシ
14こそ―と［こ歟］そ
15三条―九条
16おんさま―おんさまのおんさま
17くらふる―くふる
18まて―さて
19と―を
20みこおそくうみ―みときくにみ
21たまへ―たまく
22ましかは―ましく
23て―の
24おほん―おほひ
25かなは―よなは

【三二】
1に―ナシ
2は―と
3つき―へき
4一の宮―一る宮
5この―こ
6おしなへて―おなしなへて
7とも―と

8おまへ―おさ［ま歟］へ
9きよら―きよう
10三へかさね―三かさね
11こうちき―こうち
12ひとへかさね―ひとへかた［さ歟］ね
13下―ナシ
14る―ナシ
15とも人―ともは
16かゝやき―かゝや・［き歟］
17と―ナシ
18る―り
19ちう―らう
20は―ナシ
21きら／＼と―きら／＼は
22うゐ―こゐ
23かはら―はら
24つく―つゝ
25は―に
26しり―しりを
27つく―つゝ
28水は―水はなか／＼とつくられたり水は
29見―ナシ
30かうさまの所―かはまの石
31つくし―こくし

【三三】
1かく―うら
2やへむくら―やつむくら
3こり―くり
4つゝ―つく
5もてなし―りなし
6さま―御ま
7たてまつり―たて
8さ―御

【三四】
1せ―り
2給ふ―ナシ
3は―ナシ
4さいなま―さはなま
5に―き
6すはうかさね―すきかさね
7きよら―きよう
8いらふれ―いうふれ
9からあや―かうあや
10からきぬ―かしきぬ
11の―ナシ
12から―かう
13給はる―給ふる
14て―み
15たふれ―たゆれ
16まゝ―まく
17給はり―給はせ

【三五】
1四位―四五
2よろつに―ころつに
3給ひて―給へ
4たまひ―たまふ［ひ］

【三六】
1大殿―大将
2なほ―るを
3や―ナシ
4に―ナシ
5いまめかしく―いまかしく
6まなこ―又こ
7そ―ナシ
8あいきやうつき―あいきやうふ［つ歟］き
9ゆるし―おし
10と―ナシ
11む―ナシ
12いと―と
13あら―しら

【三七】
1の―ナシ

2はしら—はしう
3念すたう—念すてう
4のみ—み
5たり—よう
6から—かう
7しみ—しら
8の—ナシ
9たひかたき—たわかた
10給はり—給へり
11からし—かうし

「楼の上・下」の巻

【一】
1の—ナシ
2おとな—おとる
3はつか—はるか
4たり—たる
5ほと—た
6ほそをふ—おふ
7に—ナシ
8させ—ナシ
9給ひて—給と
10たる—る
11と—ナシ
【二】
1か—ナシ
2給ひつ—給へ
3よく—とて
4こくゑん—こく術〔ゑむイ〕
5はらから—はらはら
6り—ナシ
7そち—そ
【三】
1さはこゝに—さいらに
2中納言—中納言の
3つき—へき
4御—を
5をのこ—をこの
6かけこ—かけそ
7こと—いと
【四】
1と—ナシ
2おほし—おほち
3し—て
4き—に
5て—く
【五】
1て—ん
2さらかへり—さしかへり
3なつかしう—なゝかしう
4て—ナシ
5は—かは
6本—もと
7みぬし—みいし
8める—めり
9し—かし
10と—ナシ
11程—詞
12を—と
13か—しか
14は—の
15たうひ—たらひ
16え—み
【六】
1はらへ—いらへ
2る—り
3いり—おり
4こ—こ
【七】
1しか—しる
2ひく—く
3は—の
4うらみ—うちみ
5そ—こそ
6侍て—侍そ

7とも—いん
8の—ナシ
9ともめして—はしめて
【八】
1に—ナシ
2に—ナシ
【九】
1をせく—もやく
2こと—こ・［と歟］
【一〇】
1かれかれ—かれはれ
2きき—ひき
3と—ナシ
4しか—し
5なく—ナシ
6にき—とき
7に—わら
8給つ—給へ
9みにもよみ—うたをもみ
10す—ナシ
【一一】
1こと—と
2その—人の
【一二】
1ならさ—ならは
2は—をは
3しんしやう—しんふみ
【一三】
1うゐき—からに
2は—め
3やと—やる
4は—はや
5てゝ—きゝ
6ならひ—ならへ
【一四】
1たゝ—たえ
2きせ—き
3ものくるほしさ—・［もの歟］く
るおしさ
4すすし—すし
5とも—にも
6と—ナシ
7ふよう—よう
8きかせ—ひかせ
9ならひ—なからひ
10しらせ—しらへ
11より—なり
12いかつち神—いならち秋［神］
13わろく—我〳〵
14は—に
15よか—よる
16み—に
17返〳〵—をつ〳〵
18心おこり—心おとり
19也—や
20めつらか—めてたか
21しふねく—しふねに
22御—を
23うつくしけなる—うつくしなかさ
24宮のも—宮もの
25しか—し
26かはかり—りはかり
27はて—はへ
28かへら—かけら
29うきね—かきね
【一五】
1に—ナシ
2たまふ—たま
3を—の
4宮の君—の宮君
5に—の
6の—ナシ
7めして—めし［ミセケチ］て
8かりのこ—三のこ
9て—ナシ

10給―ね
【一六】
1一日―三日
2入り―人
3ぬ―ん
4大将の君―大君
5ちう―の中
6や―ナシ
7かゝら―からな
【一七】
1かけ―かを［け歟］
2になく―なく
3きみたち―きんたち
4くら人―くらて
【一八】
1御まへ―御まこ
2みこの君―みこ君
3え―み
4うしん―うらん
【一九】
1ほしやう―ほうせふ
2きみたち―きんたち
3おまし―たまし
【二一】
1と―かと
2ひとしう―一しやう
3さかのとてさふらひしかせうと―
さかのせきとてさふらひしかさか
のかせきと
4時むね―時もち
5申せは―申人
6にてそ―にけふ
7今―と
8みにくしとみるみる―みにつゝか
みなみな
9か―に
10しか―しり
11侍る―給
12かの―よの
13ひとく―ひとへ
14と―ナシ
15わさはひ―わさいひ
16かはる―かゝる
17まとひ―ひとひ
【二二】
1の―ナシ
2わらはへ―わらうへ
3とゝのへ―てのへ
4ことことしく―よることしく
5給ふ―給へ
【二三】
1給へ―給は
2あかりはへら―あからはつゝ
3より―よは
4とも―〱も
5へく―くく
6ありかたき―なりかたき
【二四】
1に―二
2さら―さゝ
3の―ナシ
4ふみ―かみ
5いし―家
6らてん―らへん
7たる―たり
8きき―き
9の―ナシ
10も―と
11の―二
12の―ナシ
13女君―女君宮
14さら―さ
【二五】
1きゝ―さゝ
2は―か

3の―ナシ
4侍り―侍か
5とかく―にかく
6は―も［は］
7三の宮―こ宮
【二六】
1きしき―に［き歟］しき
2おり―をか
3に―て
4ひきしろひ―ひたしろに
5の―ナシ
6いし―はし
【二七】
1一宮―二宮
【二八】
1右―左［右歟］
2たり―たる
3みまへ―みたへ
【二九】
1思はむ―思
2はなちいて―はいて
3は―はは
4人々―人に
5たまはり―たまいり
6こそ―にて
7みえ―はえ
8車―事
9の―ナシ
10に―と
11こめ―こま
【三〇】
1けうし―らうし
2と―ナシ
3八の宮―と宮
4とち―とそ
【三一】
1ところせかる―ところせか
2こよなく―ゝはよなく
3おもひ―つかひ
4給へかし―給かへし
5院の―ナシ
6おほさ―おもは
7せ―れ
8ゝす―くす
9みつると―みつゝに
10ある―あり
11神泉―かしなり
12のこり―のころ
13し―ナシ
14みの―とのみ
15給はむ―給
16うちとけ―うちか［と歟］け
【三二】
1さいはひを―さいはつに
2のたうひ―のさう
3つとひ―つらひ
4左の大殿―右大殿
5の―ナシ
6すへて―すくん
7なきなし―なにかし
8ひく―なく
9と―ナシ
10ゝはまる―ゝはさる
【三三】
1こか―こく
2に―も
【三四】
1おもしろく―おもしろこ
【三五】
1すくして―すくしゝ
2かくをせさせ―かくらをせし
3と―とと
【三六】
1の―ナシ
2とく―とて

3は―を
4と―ナシ
5天女―なに
6たり―より
7をしへ―をしみ
8に―ナシ
9さらんやは―させんは
10に―より
【三八】
1ひゝく―ひゝ
2けち―けに
3さる―さか
4れい―れは
5こらんすれ―からんすれ
6の―に［の歟］
【三九】
1女たいきやう―女たいきたり
2ある―あふ
3右―左
4いと―と
5うすく―らすく
【四〇】
1たち―ナシ
2かたかた―かた
3の―ナシ

4給へ―給つ
【四一】
1に―ナシ
2を―て
3なむ―な
4を―ナシ

解説

『うつほ物語』は、多くの物語がそうであるように、成立年も作者もわかっていません。成立年については、この後でお話しするように、『枕草子』や『源氏物語』よりも前だということはわかっています。清少納言と紫式部もこの物語を読んでいたことは確実です。作者については、当時の歌人で漢学者なのだろうと考えられていて、村上天皇の時代に「梨壺《なしつぼ》の五人」の一人として、『万葉集』の訓釈を施し、『後撰《ごせん》和歌集』の撰者ともなって、『和名類聚 抄《わみょうるいじゅうしょう》』を著した源 順《したごう》ではないかとも言われていますが、わからないというほかありません。

『枕草子』の「物語は」の段に、

物語は、『住吉』、『うつほ』。殿移り、国譲りは、憎し。……

と書かれています。この「殿移り、国譲り」が何を意味するのかは、判然としません。

『うつほ（物語）』『殿移り（物語）』『国譲り（物語）』をそれぞれ別の物語とする説もありました。また、「国譲り」を『うつほ物語』「にある「国譲《くにゆずり》（上・中・下）」の巻のことだとする説もありますが、「殿移り」という巻は存在しません。「殿移り」を、一条殿で暮らしていた、『うつほ物語』の藤原兼雅《かねまさ》の女君たち（嵯峨《さが》の院の女三の宮、故式部卿《しきぶきょう》の宮の中の君、源仲頼《なかより》の妹、橘千蔭《ちかげ》の妹、嵯峨の院の梅壺の更衣《こうい》など）が一条殿を後にしてそれぞれが引き取られた「蔵開《くらびらき》・下」の巻のことだとする説もあります。私は、この「殿移り、国譲り」を、源正頼《まさより》の三条の院を春宮妃《とうぐうひ》となった藤壺（あて宮）の里邸として整備するために、正頼の男君や婿君たちがそれぞれの自邸に移り住むことになった「国譲・上」の巻から、朱雀帝《すざくてい》の譲位と藤壺腹の第一御子の即位を語る「国譲・下」までのことではないかと考えたことがあります。（注）それはともかく、清少納言が、『うつほ物語』を『住吉物語』とともにその頃の代表的な物語だと考えていたことがわかります。また、鎌倉時代初期に成立した『無《む》名草子《みょうぞうし》』にも、

さても、この『源氏』作り出《い》でたることこそ、思へど思へど、この世一つならずめづらかに思ほゆれ。……わづかに『うつほ』『竹取』『住吉』などばかりを物語とて見けむ心地、さばかりに作り出でけむ、凡夫のしわざともおぼえぬことなり。

とあります。『枕草子』や『無名草子』がいう『住吉物語』は、現在残されているものではありません。現在残されているものは、平安時代に清少納言たちが読んだものが後に改作されたものです。

もう少し『枕草子』の話を続けます。

『枕草子』の「返る年の二月二十余日」の段に、日が暮れて、中宮職《ちゅうぐうしき》の御曹司《みぞうし》で、侍女や殿上人《てんじょうびと》たちが当時の物語のよし悪《あ》しを批評し合ったことが書かれています。折から、中宮定子を交えて、『うつほ物語』の登場人物であると源涼《すずし》と藤原仲忠《なかただ》のどちらがすぐれているかという話題になりました。これを「涼・仲忠優劣論争」などといいます。

暮れぬれば、参りぬ。御前《ごぜん》に、人々いと多く、上人《うへびと》など候ひて、物語のよき悪しき、憎き所などをぞ、定め、言ひ謗《そし》る。涼・仲忠などがこと、御前《おまへ》にも、劣りまさりたるほどなど仰せられける。「まづ、これはいかに。疾《と》くことわれ。仲忠が童生ひのあやしさを、切《せち》に仰せらるるぞ」など言へば、「何か、琴《きん》なども、天人の下《お》るばかり弾き出で、いと悪《わる》き人なる。帝《みかど》の御娘やは得たる」と言へば、仲忠が方人《かたうど》ども、所を得て、「さればよ」など言ふに、……

解釈が難しいところなのですが、萩谷朴《はぎたにぼく》氏の『枕草子解環』の理解に従って本文を立てました。「何か、琴なども、天人の下るばかり弾き出で、いと悪き人なる。帝の御娘やは得たる」が清少納言の発言です。中宮が「仲忠が童生《わらはお》ひのあやしさ」を問題にしたのに対して、清少納言は、仲忠が琴《きん》を弾いて天人を招き下ろし、朱雀帝から「仲忠には、そこに一の内親王《ないしんわう》（女一の宮）ものせらるらむ、それを賜《たま》ふ」と言われて、女一の宮と結婚したことを理由に反論して、仲忠びいきの人たちを力づけました。「仲忠が童生ひのあやしさ」とは、「俊蔭《としかげ》」の巻で、仲忠が母（清原俊蔭の娘）とともに、熊から譲り受けた北山の「うつほ」で六歳から十二歳まで暮らしたことをいいます（本書一冊目の「俊蔭」の巻【三九】～【四九】）。清少納言が言う「何か、琴なども、……」は、「吹上《ふきあげ》・下」の巻の神泉苑《しんせんえん》の紅葉の賀でのことです（本書二冊目の「吹上・下」の巻【一〇】～【一二】）。仲忠と女一の宮の結婚は、「沖つ白波」の巻で語られています（本書三冊目の「沖つ白波」の巻【三】～【五】）。

この段の「返る年の二月二十余日」とは、長徳二年（九九六）の二月二十三日のことです。この前年の四月十日に中宮の父道隆《みちたか》が亡くなり、長徳二年の四月二十四日には中宮の兄弟の伊周《これちか》と隆家《たかいえ》がそれぞれ大宰権帥《だざいのごんのそち》と出雲権守《いずものごんのかみ》として流罪になるなど、中宮の周囲には不幸な出来事が続くなかで、中宮は内裏を出て中宮職の御曹司に移ったのでした。しかし、清少納言はそんなことを微塵《みじん》も感じさせずに筆を進めています。

『枕草子』には、ほかにも『うつほ物語』の仲忠にふれたところがあります（「さて、その左衛門《さゑもん》の陣などに」の段と「賀茂《かも》へ参る道に」の段）。

「涼・仲忠優劣論争」のことは、藤原公任《きんとう》（康保《こうほう》三年（九六六）～長久二年（一〇四一））の『公任集』の五三〇番（宮内庁書陵部蔵「大納言公任集」）に、

円融院《えんゆういん》の御時にや、「『うつほ』の涼・仲忠といづれまされり」と論《ろ》じけるに、しのなはしは涼が方にやありけむ、女一の宮は仲忠が方におはしけるにや、いづれを入るるなどあるに、「ものな言ひそ」と仰せられければ、ともかくも言はでおはしけるを、言ひにおこせ給うければ

沖つ波吹上の浜に家居して一人涼しと思ふべしやは

ともあるように、円融天皇（六四代、在位は安和《あんな》二年（九六九）～永観二年（九八四））から一条天皇（六六代、在位は寛和《かんな》二年（九八六）～寛弘八年（一〇一一））の時代に行われていたことがわかります。本文は、私家集全釈叢書によって私に表記などを改めたものです。「しのなはし」はよくわからない本文ですが、涼贔屓《びいき》の人でしょう。仲忠贔屓の女一の宮は冷泉《れいぜい》天皇の宗子内親王だと考えられています。女一の宮から、涼と仲忠のどちらがまさっているかと尋ねられた公任は、「一人涼しと思ふべしやは」と詠んで、自分は仲忠贔屓だと答えたのです。

『蜻蛉《かげろう》日記』の下巻の天禄《てんろく》三年（九七二）の記事に、

さながら八月になりぬ。ついたちの日、雨降り暮らす。時雨《しぐれ》だちたるに、未《ひつじ》の時ばかりに晴れて、くつくつぼうしいとかしかましきまで鳴くを聞くにも、「我だにものは」と言はる。いかなるにかあらむ、あやしうも心細う涙浮かぶ日なり。「立たむ月に死ぬべし」と言ふ諭しもしたれば、この月にやとも思ふ。相撲《すまひ》の還饗《かへりあるじ》なども、ののしるをばよそに聞く。

とあります。作者が思わず口ずさんだ「我だにものは」という言葉は、『うつほ物語』の「藤原の君」の巻に、

人々の御返り聞こえ給ふを、三の皇子《みこ》、御前《まへ》近き松の木に、蟬《せみ》の声高く鳴く折に、かく聞こえ給ふ。
「かしかまし草葉にかかる虫の音《ね》よ我だにものは言はでこそ思へ
住み所あるものだに、かくこそありけれ」。あて宮、聞き入れ給はず。

（「藤原の君」の巻【三四】）

とある三の皇子（三の宮）の「かしかまし……」の歌と関係があると考えられています。三の皇子の歌の「草葉にかかる虫」は、あて宮の求婚者をたとえています。この歌は、散《さん》佚《いつ》した小式部内侍《こしきぶのないし》本の『伊勢物語』にも、

昔、もの思ふ男、目を覚まして、外《と》の方を見出だして臥《ふ》したるに、前栽《せんざい》の中に虫の声鳴きければ

かしかまし草葉にかかる虫の音や我だにものを言はでこそ思へ

とあります。

小式部内侍《こしきぶのないし》本の『伊勢物語』の成立年代はわかりませんし、虫は「前栽の虫」です。それに対して、『蜻蛉日記』は「くつくつぼうし（今の、つくつくぼうし）」、『うつほ物語』は「蟬」ですから、虫に関しては『蜻蛉日記』と『うつほ物語』が近しい関係と言えます。もし、『蜻蛉日記』で作者が口ずさんだ「我だにものは」が『うつほ物語』の「藤原の君」の巻の三の宮の歌を引用したとすれば、『うつほ物語』の成立年代を推定する根拠となります。

また、『源氏物語』の「絵合《えあわせ》」の巻の、藤壺の宮の御前での絵合の際、左の梅壺の女御《にょうご》（秋好中宮《あきこのむ》）方が出した巨勢相覧《こせのおうみ》が絵を描《か》いて紀貫之《きのつらゆき》が文字を書いた『竹取の翁《おきな》』に対し

て、右の弘徽殿《こうきでん》の女御方は飛鳥部常則《あすかべのつねのり》が絵を描いて小野道風《みちかぜ》が文字を書いた『うつほ物語』の「俊蔭」の巻を出しています。

梅壺《むめつぼ》の御方には、平典侍《へいないしのすけ》、侍従の内侍《ないし》、少将の命婦《みやうぶ》、右には、大弐《だいに》の典侍《ないしのすけ》、中将の命婦、兵衛《ひやうゑ》の命婦を。ただ今は心憎き有識《いうそく》どもにて、心々に争ふ口つきどもを、をかしと聞こし召して、まづ、物語の出で来初めの親なる『竹取の翁』に、『うつほ』の俊蔭を合はせて争ふ。左方「なよ竹の世々に古《ふ》りにけること、をかしき節《ふし》もなけれど、かぐや姫の、この世の濁《にご》りにも穢《けが》れず、遥《はる》かに思ひ上れる契り高く。神代《かみよ》のことなめれば、あさはかなる女、目及ばぬならむかし」と言ふ。右は、「かぐや姫の上りけむ雲《くも》居《ゐ》は、げに及ばぬことなれば、誰も知りがたし。この世の契りは竹の中に結びければ、下れる人のこととこそは見ゆめれ。一つ家の内は照らしけめど、百敷《ももしき》のかしこき御光には並ばずなりにけり。阿倍《あべの》おほしが千《ち》ぢの黄金《こがね》を捨てて、火鼠《ひねずみ》の思ひ片時に消えたるも、いとあへなし。庫持《くらもち》の御子の、まことの蓬莱《ほうらい》の深き心も知りながら、偽《いつは》りて玉の枝《えだ》に瑕《きず》をつけたるを過《あやま》ちとなす」。絵は巨勢相覧《こせのあふみ》、手は紀貫之《きのつらゆき》書けり。紙屋紙《かんやがみ》に唐《から》の綺《き》を褙《はい》して、赤紫の表紙《へうし》、紫檀《したん》の軸《ぢく》、世の常の装《よそ》ひなり。

(右方が)「俊蔭は、激しき波風に溺《おぼ》ほれ、知らぬ国に放たれしかど、なほ、指《さ》して行きける方の心ざしもかなひて、つひに人の朝廷《みかど》にもわが国にもありがたき才《ざえ》のほどを広め、名を残しける古き心を言ふに、絵のさまも唐土《もろこし》と日本《ひのもと》とを取り並べて、おもしろきことども、なほ並びなし」と言ふ。白き色紙、青き表紙、黄なる玉の軸なり。絵は常則《つねのり》、手は道風《みちかぜ》なれば、今めかしうをかしげに、目も輝くまで見ゆ。右は、そのことわりなし。

飛鳥部《あすかべ》常則は、生没年はわかりませんが、村上天皇に仕えたとされる大和絵の絵師で、『村上天皇御記』によって、天暦《てんりやく》八年（九五四）に村上天皇が書いた『法華経』の表紙絵、天徳二年（九五八）に村上天皇の女御藤原芳子の調度屏風《びょうぶ》、康保元年（九六四）に清涼殿に白沢王《はくたくおう》の像を描いたことなどが知られています。また、小野道風は、寛平六年（八九四）に生まれて康保三年（九六六）に亡くなっています。能書家として名高く、藤原佐理と藤原行成とともに「三蹟《さんせき》」と称されていることは、高校生の時に習いました。この常則と道風の名前は、『栄華物語』の「初花」の巻にも、「その御具どもの、屏風どもは、為氏・常則などが書きて、道風こそは色紙形は書きたれ、いみじうめでたしかし。」と見えます。じっさいに常則が絵を描いて道風が文字を書いた『うつほ物語』の「俊蔭」の巻が存在したかどうかはわかりませんが、『源氏物語』がそのように認識していたことがわかります。

『源氏物語』には、「蛍」の巻にも、

(光源氏が)「姫君(明石《あかし》の姫君)の御前《まへ》にて、この世馴《な》れたる物語など、な読み聞かせ給ひそ。みそか心つきたる物の娘などは、をかしとにはあらねど、かかること世にはありけりと見馴れ給はむぞ、ゆゆしきや」とのたまふも、こよなしと、対の御方聞き給はば、心置き給ひつべくなむ。

上(紫の上)、《紫の上》「心浅げなる人まねどもは、見るにも傍らいたくこそ。『うつほ』の藤原の君の娘こそ、いと重りかにはかばかしき人にて、過《あやま》ちなかめれど、すくよかに言ひ出でたることも、しわざも、女しき所なかめるぞ、一様《ひとやう》なめる」とのたまへば、(光源氏が)「うつつの人も、さぞあるべかめる。人々しく立てたるおもむき異にて、よきほどに構へぬや。よしなからぬ親の心とどめて生ほし立てたる人の、子めかしきを生けるしるしにて、後れたること多かるは、『何わざしてかしづきしぞ』と、親のしわざさへ思ひやらるるこそ、いとほしけれ。げに、さ言へど、『その人のけはひよ』と見えたるは、効《かひ》あり、面立《おもだ》たしかし。言葉の限りまばゆく褒め置きたるに、し出でたるわざ、言ひ出でたることの中に、げにと見え聞こゆることなき、いと見劣りするわざなり。すべて、よからぬ人に、いかで人褒めさせじ」など、「ただ、この姫君の点つかれ給ふまじく」と、よろづに思しのたまふ。

とあって、紫の上は、「藤原の君の娘」、つまり源正頼《まさより》の九の君であるあて宮のことを、分別もあってしっかりとした人で落ち度はないようだけれども、口にした言葉も態度も女らしいところがないように見えると評しています。

平安時代の作品には、ほかに、『狭衣《さごろも》物語』巻三に「仲忠」の名が、『浜松中納言物語』巻一に尚侍が弾いた南風と波斯《はしふ》風の琴《きん》のことが見えます。

注　『うつほ物語』「国譲・上」の巻の冒頭について〈『枕草子』「物語は」の段に見える「殿うつり」「国ゆづり」と関連させて〉——うつほ物語の表現と論理——」（「国文白百合」21号　一九九〇年三月／中古文学研究叢書2『うつほ物語の表現と論理』　一九九六年一二月　若草書房）

参考文献

参考文献を紹介する前に、少し個人的な話をさせてください。

私が学部の学生時代に容易に手に入れることができたのは、日本古典文学大系の『宇津保物語』だけでした。校注古典叢書『うつほ物語』はまだ一冊目の「嵯峨院」の巻（五巻目）までしか出版されていませんでした。日本古典文学大系で読んだことがある方はおわかりになると思いますが、とても読みにくい本文で、校注者の見解で本文の一部が別の巻に移されたりもしているので、最後まで読み通すことができずに挫折してしまいました。

　大学院に進学してあらためて『うつほ物語』を読み直してみようと思って『宇津保物語本文と索引　本文編』を買い求めて、いろいろと疑問点などを書き込みながら読み進めました。角川文庫の『宇津保物語』は手に入れることができませんでした。注釈書ではない翻刻されただけの本文を読みながら、平安時代にこんな語はあるのか、この表現は文法的にあり得るのか、会話文の範囲はどこからどこまでかなど、さまざまな疑問が浮かびました。修士課程の一年目の一九七八年の一月に校注古典叢書『うつほ物語』の二冊目が出版されましたが、まだ「あて宮」の巻（一〇巻）まででした。それでもなんとか読み通して修士論文をまとめました。

　大学に勤めることができたので、いわゆる科研費を使って前田家十三行本や宮内庁書陵部本などの写真を手に入れて、『宇津保物語本文と索引　本文編』と比較してみました。『宇津保物語本文と索引　本文編』は、古典文庫の『宇津保物語』を復刻したものですが、古典文庫の誤りを改めています。それでもまだ誤りがあるために、さらに正誤表がつけられています。とはいえ、まだ誤りが残っているのが残念です。大学に勤めて二年目の二月に校注古典叢書『うつほ物語』の三冊目「蔵開・中」の巻（一四巻）までが出版されました。

　大学に勤めて何年目だったでしょうか、おうふう（旧桜楓社。残念ながら今はありません）から、『うつほ物語』の注釈書を出さないかと依頼されました。編集者の方が私が書いた論文を読んでくださったということでした。自分でも前田家十三行本を翻刻していましたので、驚きながらもお引き受けしました。本文と注釈は巻ごとに二〇枚の5インチのフロッピーディスク（こんなことを言っても今の多くの方にはわからないでしょうね）にして届けました。それが『うつほ物語　全』として出版されたのは一九九五年（平成七年）ですから、依頼されたのはまだ昭和の頃だったと思います。

『うつほ物語　全』以前には、先ほどお話ししたように角川文庫の『宇津保物語』がなかなか手に入らなくなっていたので、『うつほ物語　全』が出版されたことで『うつほ物語』の研究者がふえたと言ってもらえたことをうれしく思いました。読み返してみると、『うつほ物語　全』にはいくつもの誤りがあることに気づいたので、『うつほ物語　全　改訂版』を二〇〇一年に出版していただくことができました。その間に校注古典叢書『うつほ物語』が完結し、新編日本古典文学全集の『うつほ物語』の出版が始まりました。

じつは、その頃、角川書店から内々に『うつほ物語』の全注釈をしないかというお話をいただきました。光栄だと思いながらも、自分では無理だと思ってお断りして、文庫本でならやってみたいとお答えしました。でも、その前に写本から本文を立てて注釈をつけてさらに現代語訳をするという勉強をもっとしたいから『落窪《おちくぼ》物語』の文庫を作らせてくださいとわがままを言って許していただきました。

『落窪物語』が出版された後に『うつほ物語』に取りかかったのですが、その頃にいろいろと別な仕事が入ってなかなか進みません。ですが、定年を前にして、大学院の頃から進めてきた自分の研究の成果として世に問いたいとお願いして、定年を迎える二〇二三年度中に出版することができました。三か月に一冊ずつ刊行するのはかなりハードな仕事でしたが、今ようやく最後の六冊目をだすことができました。

恩師のお一人である久保田淳先生が、角川ソフィア文庫の『新古今和歌集（全二冊）』の凡例に、「著者にとって第三回目の新古今和歌集注釈であるが、今回この作業に従って、改めて注釈にはおわりがないことを痛感している。」と書いていらっしゃいます。今、私も同じ思いでいます。これまでの分を読んで誤りや参考としてあげるべきものを教えてくださったり、自分自身でも読み直してもっとこうしたほうがよかったかなと思ったりするところがあります。版を重ねることができたら可能な限り直したいと思いますが、脚注のスペースがあるので、充分なことはできないかもしれません。でも、なんらかのかたちで、お示しできればと思っています。

これから参考文献をあげます。論文や論文集などは、私のものも含めて数が多いので割愛しました。刊行年は、すべて西暦に統一してあります。

本文・索引

古典文庫『宇津保物語（全八冊）』（宇津保物語研究会校　一九五七年〜一九五九年　古典文庫）
『宇津保物語　俊蔭』（上坂信男・神作光一校註　一九六九年　笠間書院）
『桂宮本宇津保物語俊蔭巻　宮内庁書陵部蔵』（神作光一編　一九七一年　笠間書院）
宇津保物語研究会『宇津保物語本文と索引　本文編』（一九七三年　笠間書院）
宇津保物語研究会『宇津保物語本文と索引　索引編』（一九七五年　笠間書院）
宇津保物語研究会『宇津保物語本文と索引　索引編　付属語』（一九八二年　笠間書院）
『俊景本宇津保物語と研究　資料編（全三冊）』（久曽神昇　一九八三年〜一九八五年　ひたく書房）
平安朝物語板本叢書『うつほ物語（全四冊）』（三谷栄一編　一九八六年〜一九八七年　有精堂）
『うつほ物語の総合研究1（全五冊）』（室城秀之・西端幸雄ほか　一九九九年　勉誠出版）

注釈・現代語訳

日本古典文学大系『宇津保物語（全三冊）』（河野多麻校注　一九五九年〜一九六二年　岩波書店）
『宇津保物語全訳（全二冊）』（伊藤カズ訳　一九六九年　明治書院）

角川文庫『宇津保物語（全三冊）』（原田芳起校注　一九六九年〜一九七〇年　角川書店）
校注古典叢書『うつほ物語（全五冊）』（野口元大校注　一九六九年〜一九九九年　明治書院）
鑑賞日本古典文学『竹取物語・宇津保物語』（三谷栄一編　一九七五年　角川書店）
『現代語訳宇津保物語』（浦城二郎訳　一九七六年　ぎょうせい）
講談社学術文庫『宇津保物語　全現代語訳（全四冊）』（浦城二郎　一九七八年　講談社）
鑑賞日本の古典4『伊勢物語・竹取物語・宇津保物語』（藤岡忠美・野口元大　一九八一年　尚学図書）
『通訳蔵開　宇津保物語』（黒川五郎　一九九二年　私家版）
『うつほ物語　全』（室城秀之　一九九五年　改訂版　二〇〇一年　おうふう）
新編日本古典文学全集『うつほ物語（全三冊）』（中野幸一校注・訳　一九九九年〜二〇〇二年　小学館）
ビギナーズ・クラシックス日本の古典『うつほ物語』（室城秀之編　二〇〇七年　角川学芸出版）
『うつほ物語―国譲巻の世界』（伊藤禎子編　二〇二一年　武蔵野書院）

新版《しんぱん》

うつほ物語《ものがたり》 六

現代語訳付《げんだいごやくつ》き

室城秀之《むろきひでゆき》＝訳注

令和6年 3月25日　初版発行

発行者●山下直久

発行●株式会社KADOKAWA
〒102-8177　東京都千代田区富士見2-13-3
電話　0570-002-301（ナビダイヤル）

角川文庫 24105

印刷所●株式会社暁印刷
製本所●本間製本株式会社

表紙画●和田三造

●お問い合わせ
https://www.kadokawa.co.jp/（「お問い合わせ」へお進みください）
※内容によっては、お答えできない場合があります。
※サポートは日本国内のみとさせていただきます。
※Japanese text only

ISBN 978-4-04-400029-5　C0193

◇◇◇

角川文庫発刊に際して

角川源義

第二次世界大戦の敗北は、軍事力の敗北であった以上に、私たちの若い文化力の敗退であった。私たちの文化が戦争に対して如何に無力であり、単なるあだ花に過ぎなかったかを、私たちは身を以て体験し痛感した。西洋近代文化の摂取にとって、明治以後八十年の歳月は決して短かすぎたとは言えない。にもかかわらず、近代文化の伝統を確立し、自由な批判と柔軟な良識に富む文化層として自らを形成することに私たちは失敗して来た。そしてこれは、各層への文化の普及滲透を任務とする出版人の責任でもあった。

一九四五年以来、私たちは再び振出しに戻り、第一歩から踏み出すことを余儀なくされた。これは大きな不幸ではあるが、反面、これまでの混沌・未熟・歪曲の中にあった我が国の文化に秩序と確たる基礎を齎らすためには絶好の機会でもある。角川書店は、このような祖国の文化的危機にあたり、微力をも顧みず再建の礎石たるべき抱負と決意とをもって出発したが、ここに創立以来の念願を果すべく角川文庫を発刊する。これまで刊行されたあらゆる全集叢書文庫類の長所と短所とを検討し、古今東西の不朽の典籍を、良心的編集のもとに、廉価に、そして書架にふさわしい美本として、多くのひとびとに提供しようとする。しかし私たちは徒らに百科全書的な知識のジレッタントを作ることを目的とせず、あくまで祖国の文化に秩序と再建への道を示し、この文庫を角川書店の栄ある事業として、今後永久に継続発展せしめ、学芸と教養との殿堂として大成せんことを期したい。多くの読書子の愛情ある忠言と支持とによって、この希望と抱負とを完遂せしめられんことを願う。

一九四九年五月三日

角川ソフィア文庫ベストセラー

新版 うつほ物語 一
現代語訳付き

訳注／室城秀之

『源氏物語』にも影響を与えたといわれる日本文学史上最古の長編物語。原文、注釈、現代語訳、各巻の梗概、系図などの資料を掲載。第一冊となる本書には、「俊蔭」「藤原の君」「忠こそ」「春日詣」をおさめる。

新版 落窪物語（上、下）
現代語訳付き

訳注／室城秀之

『源氏物語』に先立つ、笑いの要素が多い、継子いじめの長編物語。母の死後、継母にこき使われていた女君。その女君に深い愛情を抱くようになった少将道頼は、継母のもとから女君を救出し復讐を誓う——。

うつほ物語
ビギナーズ・クラシックス 日本の古典

編／室城秀之

異国の不思議な体験や琴の伝授にかかわる奇瑞などの浪漫的要素と、源氏・藤原氏両家の皇位継承をめぐる対立を絡めながら語られる。スケールが大きく全体像が見えにくかった物語を、初めてわかりやすく説く。

古事記
ビギナーズ・クラシックス 日本の古典

編／角川書店

天皇家の系譜と王権の由来を記した、我が国最古の歴史書。国生み神話や倭建命の英雄譚ほか著名なシーンが、ふりがな付きの原文と現代語訳で味わえる。図版やコラムも豊富に収録。初心者にも最適な入門書。

万葉集
ビギナーズ・クラシックス 日本の古典

編／角川書店

日本最古の歌集から名歌約一四〇首を厳選。恋の歌、家族や友人を想う歌、死を悼む歌。天皇や宮廷歌人をはじめ、名もなき多くの人々が詠んだ素朴で力強い歌の数々を丁寧に解説。万葉人の喜怒哀楽を味わう。

角川ソフィア文庫ベストセラー

角川ソフィア文庫ベストセラー

土佐日記（全）
ビギナーズ・クラシックス 日本の古典
紀 貫之
編／西山秀人

平安時代の大歌人紀貫之が、任国土佐から京へと戻る旅を、侍女になりすまし仮名文字で綴った紀行文学の名作。天候不順や海賊、亡くした娘への想いなどが、船旅の一行の姿とともに生き生きとよみがえる！

和泉式部日記
ビギナーズ・クラシックス 日本の古典
和泉式部
編／川村裕子

為尊親王の死後、弟の敦道親王から和泉式部へ手紙が届き、新たな恋が始まった。恋多き女、和泉式部が秀逸な歌とともに綴った王朝女流日記の傑作。平安時代の愛の苦悩を通して古典を楽しむ恰好の入門書。

更級日記
ビギナーズ・クラシックス 日本の古典
菅原孝標女
編／川村裕子

平安時代の女性の日記。東国育ちの作者が京へ上り憧れの物語を読みふけった少女時代。結婚、夫との死別、その後の寂しい生活。ついに思いこがれた生活を手にすることのなかった一生をダイジェストで読む。

大鏡
ビギナーズ・クラシックス 日本の古典
編／武田友宏

老爺二人が若侍相手に語る、道長の栄華に至るまでの藤原氏一七六年間の歴史物語。華やかな王朝の裏の権力闘争の実態や、都人たちの興味津津の話題が満載。『枕草子』『源氏物語』への理解も深まる最適な入門書。

新古今和歌集
ビギナーズ・クラシックス 日本の古典
編／小林大輔

伝統的な歌の詞を用いて、『万葉集』『古今集』とは異なった新しい内容を表現することを目指した、画期的な第八番目の勅撰和歌集。歌人たちにより緻密に構成された約二〇〇〇首の全歌から、名歌八〇首を厳選。

角川ソフィア文庫ベストセラー

ビギナーズ・クラシックス 日本の古典
方丈記（全）
鴨　長明
編／武田友宏

平安末期、大火・飢饉・大地震、源平争乱や一族の権力争いを体験した鴨長明が、この世の無常と身の処し方を綴る。人生を前向きに生きるヒントがつまった名随筆を、コラムや図版とともに全文掲載。

ビギナーズ・クラシックス 日本の古典
南総里見八犬伝
曲亭馬琴
編／石川　博

不思議な玉と痣を持って生まれた八人の男たちは、やがて同じ境遇の義兄弟の存在を知る。完結までに二八年、九八巻一〇六冊の大長編伝奇小説を、二九のクライマックスとあらすじで再現した『八犬伝』入門。

新版 古事記
現代語訳付き
訳注／中村啓信

天地創成から推古天皇につながる天皇家の系譜と王権の由来書。厳密な史料研究成果に拠る読み下し文、平易な現代語訳、漢字本文（原文）、便利な全歌謡各句索引と主要語句索引を完備した決定版！

風土記（上）（下）
現代語訳付き
監修・訳注／中村啓信

風土記は、八世紀、元明天皇の詔により諸国の産物、伝説、地名の由来などを撰進させた地誌。現存する資料を網羅し新たに全訳注。漢文体の本文も掲載する。常陸、出雲、播磨、豊後、肥前と逸文を収録。

新版 万葉集（一～四）
現代語訳付き
訳注／伊藤　博

古の人々は、どんな恋に身を焦がし、誰の死を悼み、そしてどんな植物や動物、自然現象に心を奪われたのか――。全四五〇〇余首を鑑賞に適した歌群ごとに分類。天皇から庶民にいたる万葉人の想いが今に蘇る！

角川ソフィア文庫ベストセラー

新版 竹取物語
現代語訳付き
訳注／室伏信助

竹の中から生まれて翁に育てられた少女が、五人の求婚者を退けて月の世界へ帰っていく伝奇小説。かぐや姫のお話として親しまれる日本最古の物語。第一人者による最新の研究の成果。豊富な資料・索引付き。

新版 古今和歌集
現代語訳付き
訳注／高田祐彦

日本人の美意識を決定づけ、『源氏物語』などの文学や美術工芸ほか、日本文化全体に大きな影響を与えた最初の勅撰集。四季の歌、恋の歌を中心に一一〇〇首を整然と配列した構成は、後の世の規範となっている。

新版 伊勢物語
現代語訳付き
訳注／石田穣二

在原業平がモデルとされる男の一代記を、歌を挟みながら一二五段に記した短編風連作。『源氏物語』にもその名が見え、能や浄瑠璃など後世にも影響を与えた。詳細な語注・補注と読みやすい現代語訳の決定版。

土佐日記
現代語訳付き
紀　貫之
訳注／三谷榮一

紀貫之が承平四年一二月に任国土佐を出港し、翌年二月京に戻るまでの旅日記。女性の筆に擬した仮名文学の先駆作品であり、当時の交通や民間信仰の資料としても貴重。底本は自筆本を最もよく伝える青谿書屋本。

新版 蜻蛉日記（Ⅰ、Ⅱ）
現代語訳付き
右大将道綱母
訳注／川村裕子

美貌と歌才に恵まれ権門の夫をもちながら、自らを蜻蛉のように儚いと嘆く作者二一年間の日記。母の死、鳴滝籠り、夫との実質的離婚――。平易な注釈と現代語訳の決定版。Ⅰ（上・中巻）、Ⅱ（下巻）収載。

角川ソフィア文庫ベストセラー

和泉式部日記
現代語訳付き

和泉式部
訳注／近藤みゆき

弾正宮為尊親王追慕に明け暮れる和泉式部へ、弟の帥宮敦道親王から手紙が届き、新たな恋が始まった。式部が宮邸に迎えられ、宮の正妻が宮邸を出るまでを一四〇首余りの歌とともに綴る、王朝女流日記の傑作。

紫式部日記
現代語訳付き

紫式部
訳注／山本淳子

華麗な宮廷生活に溶け込めない複雑な心境、同僚女房やライバル清少納言への批判——。詳細な注、流麗な現代語訳、歴史的事実を押さえた解説で、『源氏物語』成立の背景を伝える日記のすべてがわかる！

源氏物語（全十巻）
現代語訳付き

紫式部
訳注／玉上琢彌

一一世紀初頭に世界文学史上の奇跡として生まれ、後世の文化全般に大きな影響を与えた一大長編。寵愛の皇子でありながら、臣下となった光源氏の栄光と苦悩の晩年、その子・薫の世代の物語に分けられる。

和漢朗詠集
現代語訳付き

訳注／三木雅博

平安時代中期の才人、藤原公任が編んだ、漢詩句588と和歌216首を融合させたユニークな詞華集。全作品に最新の研究成果に基づいた現代語訳・注釈・解説を付載。文学作品としての読みも示した決定版。

更級日記
現代語訳付き

菅原孝標女
訳注／原岡文子

作者一三歳から四〇年に及ぶ平安時代の日記。東国から京へ上り、恋焦がれていた物語を読みふけった少女時代、晩い結婚、夫との死別、その後の侘しい生活。ついに憧れを手にすることのなかった一生の回想録。

角川ソフィア文庫ベストセラー

大鏡

校注／佐藤謙三

一九〇歳と一八〇歳の老爺二人が、藤原道長の栄華にいたる天皇一四代の一七六年間を、若侍相手に問答体形式で叙述・評論した平安後期の歴史物語。人名・地名・語句索引のほか、帝王・源氏、藤原氏略系図付き。

今昔物語集 本朝仏法部 (上)(下)

校注／佐藤謙三

一二世紀ごろの成立といわれるインド・中国・日本の三国の説話を収めた日本最大の説話文学集。名僧伝、諸大寺の縁起、現世利益をもたらす観音霊験譚、啓蒙的な因果応報譚など、多彩な仏教説話二二一話を収録。

今昔物語集 本朝世俗部 (上)(下)

校注／佐藤謙三

芥川龍之介の「羅生門」「六の宮の姫君」をはじめ、近代の作家たちが創作の素材をここから得たことは有名。世間話や民話系の説話は、いずれも的確な描写と簡潔な表現で、登場人物の豊かな人間性を描き出す。

山家集

西　行

校注／宇津木言行

新古今時代の歌人に大きな感銘を与えた西行。その歌の魅力を、一首ごとの意味が理解できるよう注解。たっぷりの補注で新釈を示す。歌、脚注、補注、校訂一覧、解説、人名・地名・初句索引を所収する決定版。

新古今和歌集 (上)(下)

訳注／久保田　淳

「春の夜の夢の浮橋とだえして峰に別るる横雲の空　藤原定家」「幾夜われ波にしをれて貴船川袖に玉散る物思ふらむ　藤原良経」など、優美で繊細な古典和歌の精華がぎっしり詰まった歌集を手軽に楽しむ決定版。

角川ソフィア文庫ベストセラー

風姿花伝・三道
現代語訳付き

世阿弥
訳注／竹本幹夫

能の大成者・世阿弥が子のために書いた能楽論を、原文と脚注、現代語訳と評釈で読み解く。実践的な内容のみならず、幽玄の本質に迫る芸術論としての価値が高く、人生論としても秀逸。能作の書『三道』を併載。

正徹物語
現代語訳付き

正徹
訳注／小川剛生

連歌師心敬の師でもある正徹の聞き書き風の歌論書。自詠の解説、歌人に関する逸話、歌語の知識、幽玄論など内容は多岐にわたる。分かりやすく章段に分け、脚注・現代語訳・解説・索引を付した決定版。

新版 好色五人女
現代語訳付き

井原西鶴
訳注／谷脇理史

実際に起こった五つの恋愛事件をもとに、封建的な江戸の世にありながら本能の赴くままに命がけの恋をした、お夏・おせん・おさん・お七・おまんの五人の女の運命を正面から描く。『好色一代男』に続く傑作。

新版 日本永代蔵
現代語訳付き

井原西鶴
訳注／堀切実

本格的貨幣経済の時代を迎えた江戸前期の人々の、金と物欲にまつわる悲喜劇を描く傑作。読みやすい現代語訳、原文と詳細な脚注、版本に収められた挿絵とその解説、各編ごとの解説、総解説で構成する決定版！

新版 おくのほそ道
現代語訳曾良随行日記付き

松尾芭蕉
訳注／潁原退蔵・尾形仂

芭蕉紀行文の最高峰『おくのほそ道』を読むための最良の一冊。豊富な資料と詳しい解説により、芭蕉が到達した詩的幻想の世界に迫り、創作の秘密を探る。実際の旅の行程がわかる『曾良随行日記』を併せて収録。

角川ソフィア文庫ベストセラー